»Männer, Geld und Häuser kann man nie genug haben.«
West-Berlin in den frühen Siebzigerjahren. Inmitten der klammen,
grauen, von Männern geprägten Stimmung der Zeit zieht eine
Baulöwin ihre Kreise. Als glamouröse Person der High-Society
nutzt sie ihre Verbindungen in die Politik, um gewaltige
Bauvorhaben durchzuboxen. Doch dann kommt ihr Otto in die
Quere, gerade neunzehn Jahre alt, Praktikant einer Vorort-Zeitung,
der ein wenig blauäugig von seltsamen Vorkommnissen auf
der Großbaustelle berichtet und damit ins Visier der Architektin
gerät. Otto wird jede Hilfe brauchen, die er finden kann, um
sich ihrem Bann zu entziehen.

TILL RAETHER, geboren 1969, aufgewachsen in Berlin, lebt
in Hamburg. Er besuchte die Deutsche Journalistenschule in
München, studierte Amerikanistik und Geschichte in Berlin und
New Orleans und war stellvertretender Chefredakteur von
»Brigitte«. Sein Roman »Die Architektin« (btb) wurde 2023
mit dem Hamburger Literaturpreis als Buch des Jahres
ausgezeichnet. Seine Romane über den hochsensiblen Kommissar
Adam Danowski werden mit Milan Peschel fürs ZDF verfilmt.
Mit Alena Schröder spricht er in ihrem gemeinsamen Podcast
»sexy und bodenständig« über das Schreiben.

# Till Raether

# Die Architektin

Roman

**btb**

Ähnlichkeiten zu lebenden oder verstorbenen Personen sind nicht beabsichtigt, jedenfalls von der grundgesetzlich geschützten Freiheit der Kunst umfasst.

Der Verlag behält sich die Verwertung der urheberrechtlich geschützten Inhalte dieses Werkes für Zwecke des Text- und Data-Minings nach § 44b UrhG ausdrücklich vor. Jegliche unbefugte Nutzung ist hiermit ausgeschlossen.

MIX
Papier | Fördert
gute Waldnutzung
FSC® C014496

Penguin Random House Verlagsgruppe FSC® N001967

1. Auflage
Genehmigte Taschenbuchausgabe April 2025
Copyright © 2023 Till Raether
Copyright der Originalausgabe © 2023 btb Verlag
in der Penguin Random House Verlagsgruppe GmbH,
Neumarkter Straße 28, 81673 München
produktsicherheit@penguinrandomhouse.de
(Vorstehende Angaben sind zugleich
Pflichtinformationen nach GPSR)

Dieses Werk wurde vermittelt durch
die Literarische Agentur Michael Gaeb
Covergestaltung und Illustration: semper smile, München
Druck und Einband: GGP Media GmbH, Pößneck
MA · Herstellung: BB
Printed in Germany
ISBN 978-3-442-77539-2

www.btb-verlag.de
www.facebook.com/penguinbuecher

*Für Brenda und Patrick Kuster*

»Sie werden oben erwartet.« Eigentlich ein ganz unverdächtiger Satz. Aber je weiter Otto sich vom Erdboden entfernt, desto bedrohlicher klingt er für ihn. Erwartet wovon? Oder von wem?

»Sie müssen nur aufpassen, wo Sie hintreten.« Nur.

Nie ist ein Hochhaus so hoch wie im Rohbau. Eine Konstruktion, die nicht dafür gemacht ist, von Menschen betreten zu werden. Linien, die bodenlos in den Himmel gezeichnet sind. Es ist ein Skelett, kein Körper. Ein verwelkter Richtkranz hängt am rostigen Haken eines gelben Krans, in der Nachbarschaft des bisher Erreichten. Solange die Fassade nicht vorgehängt ist, hat das Hochhaus keine Grenzen. Es gibt nur Andeutungen von Innenwänden, das Auge des Fahrstuhlschachts steht offen. Die Rettungstreppen haben keine Geländer, die Flure keinen Anfang und kein Ende.

Otto, Anfang zwanzig, hat vielleicht doch so was wie journalistischen Ethos, vielleicht sind ihm die Ereignisse der vergangenen Monate auch einfach zu Kopf gestiegen. Jedenfalls hat er eingewilligt, sich auf diesen Materialfahrstuhl hier zu stellen, auf dieses rostige Gitter. Hinter ihm hängt der Polier eine Kette vor. Jetzt vibriert es unter seinen Füßen.

Der Polier hat sorgfältig geprüft, ob Ottos Schutzhelm richtig sitzt, festgezurrt unterm Kinn, bis ihm das Plastik in die gereizte

Haut schneidet. So gründlich rasiert, dass man denkt, Otto hätte nie einen Bart gehabt. Es halten ihn sowieso alle für drei, vier Jahre jünger.

Erst mal ist im vierzehnten Stockwerk nur Wind. Otto schließt die Augen im wehenden Baustaub. Er stützt sich an einem Wandrahmen ab, der stabil genug scheint.

Ist er jetzt eigentlich auf eigene Gefahr hier? Was hat er den Kollegen in der Redaktion erzählt, als er vor einer guten Stunde nach Steglitz aufgebrochen ist?

Er hat nur kurz gewunken und sich dann in die U-Bahn gesetzt, die einmal von oben nach unten durch West-Berlin fährt, durch den unterirdischen Schlamm. Wann würden sie bemerken, dass er nicht da ist, unerreichbar? Morgen gegen sechzehn Uhr, wenn er am Telefon seinen Bericht vom ersten Tag des Untersuchungsausschusses durchgeben soll. Wie hat die Architektin sich geschlagen? Hat sie etwas zugegeben? War sie souverän, war sie zickig? Die werden erst merken, dass er fehlt, wenn sie seinen Text über eine blonde Frau Mitte vierzig brauchen, wie sie HB in einem Sitzungssaal des Rathauses Schöneberg raucht. Wie sie den Kopf in den Nacken legt, während sie darüber nachdenkt, mit welchen Mitteln sie das Geld aufgetrieben hat, um das höchste Haus der Stadt zu bauen. Und darüber, wo das Geld geblieben ist.

Dieses Hochhaus hier, wo Otto jetzt die Abwesenheit von Wänden zu schaffen macht, und die Entfernung zum Erdboden. Wo die südlichen Ausläufer der Stadt durch die Wandlosigkeit eine Verlängerung unendlicher Räume sind, grünbraune Frühsommerstraßen, die sich von seinen Augen weg in die Stadt entziehen, die graue Behauptung der Stadtautobahn. Hier sind Zimmer zum Wahnsinnigwerden, eines nach dem anderen. Wenn er an die Architektin denkt, zieht sich etwas in ihm zusammen, eine Region zwischen Herz und Bauchnabel, wo die Gespenster der verpassten Gelegenheiten wohnen.

»Treffpunkt ist am Ende des Flures.« Zu ebener Erde hat sich das aus dem Munde des Poliers ganz einfach und klar angehört, aber hier oben hat der Flur kein Ende und keinen Anfang, er durchschneidet einfach den Rohbaukörper auf seinem Weg durch die Welt. Der Fußboden ist provisorisch und hat eine ganz sanft gewellte Oberfläche, wie eine spätsommerliche Seeoberfläche aus Beton.

Otto bleibt stehen und sagt »Hallo«, eine Windbö entreißt ihm die Silben. Er nimmt seinen Notizblock aus der Jackentasche, weil er sich bewaffnen will. Er hat keinen Stift dabei. Er kommt sich lächerlich vor und ist damit endlich ganz bei sich. Darüber reden sie in der WG hin und wieder. Wie wichtig es ist, bei sich zu sein. Er hat Heimweh nach der klebrigen Tischtennisplatte im Hof, nach dem Kühlschrank, wo ganz hinten immer noch irgendwas zu finden ist, Ruinen niemals umgesetzter Kochpläne.

Otto dreht sich um, aber die Aufzugplattform ist bereits wieder nach unten gefahren. Er darf sich nicht vornüberlehnen, um nach ihr zu schauen.

Otto denkt an die Wunderkammer, an die Zeichnung von der Frau mit den Händen als Füßen, an die schreckliche Eisenbahn im Keller, daran, wie er in der Fasssauna vor der Westküste von Sylt beinahe ertrunken wäre, bei Ostwind hört dich keiner schreien.

Ein Kondensstreifen teilt den Himmelsausschnitt, den Otto durch die offene Wand sieht. Er flockt aus, verfedert, löst sich auf.

Vielleicht trägt die nächste Windbö einen Fetzen von Zigarettenrauch, vielleicht ein Parfum wie den Duft von Orangen.

Vielleicht sind aber auch das bloß Gespenster. Mit der Nachlässigkeit eines Mannes, der nichts mehr zu verlieren hat, setzt Otto sich in Bewegung. Rückenwind, Gegenwind, er kann es nicht mehr unterscheiden. Hier und da ist der Boden offen, Versorgungsschächte, Abstiege ins Stockwerk darunter, schmale Leitern.

Am Ende des Flures liegt ein zylinderförmiger Gegenstand, verrostet oder verschmutzt, eine Bombe von vor dreißig Jahren oder eine von hier und heute. Ein Fall für die Kampfmittelräumung oder ein Fall für Otto Bretz?

Mit Befriedigung hörte Walter Ladius, wie der Einfahrtkies unter den breiten Reifen seines neuen Mercedes-Coupés knirschte, 250 CE. Hinter ihm schloss sich das automatische Gartentor der Architektin.

Zwischen hohen, geraden Grünpflanzen, die er als Stadtmensch nicht identifizieren konnte, machte die Einfahrt eine sanfte Kurve. Der Kies knirschte weiter. Das Geräusch war Ladius immer der Inbegriff der Angekommenheit gewesen, ganz besonders in dieser letzten Sekunde vorm Aussteigen und dann, wenn man in die Stille nach dem Türöffnen den Fuß auf den Kies setzte. Auf diesen Moment freute er sich. Er hatte sich am Tauentzien italienische Lederslipper gekauft, die er heute zum ersten Mal trug, ohne Socken, denn die Architektin hatte zu ihm gesagt, »ach, dann kommen Sie doch zu mir an den Pool«, und dabei hatte sie den Blick so auf ihm ruhen lassen, als wollte sie sagen: Sie interessieren mich.

Der Kies aber fuhr fort mit dem Knirschen. Wie lang war diese Einfahrt. Auf einer Grünfläche standen Pfauen und Fasane, gelangweilt oder zufrieden. Ladius gab ein wenig Gas, die Vögel schritten indigniert in andere Richtungen. Dabei spritzte ihm der Kies in die Radkästen, und dafür war der Wagen zu neu, eines der ersten Exemplare, angeblich. Das hatte er sich in

Russland auch nicht träumen lassen. Dass das noch mal wieder so aufwärtsgehen würde. Die Schuhe klebten an seinen Füßen, das Sitzpolster an seinem Rücken. Der Oktober war viel wärmer als nötig, und Ladius geriet ohnehin ins Schwitzen, wenn es ums Geld ging. Und um Frauen. Heute hatte er also jeden Grund.

Das Kiesknirschen fing an, ihm auf die Nerven zu gehen. Was das kostete, allein das Material. Und das wurde dann ja alles angekarrt aus dem Bundesgebiet, über die Transitstrecke. Schon auch beeindruckend.

Über dem Lenkrad und seinen mittlerweile etwas weißen Knöcheln kam das Anwesen der Architektin in Sicht. Auf einer leichten Anhöhe, sodass das flache, elegante Gebäude für einen Moment auf ihn herabzublicken schien. Rechts der Bürotrakt, wo die Zeichenknechte die Kleinarbeit machten. Das Wort Zeichenknechte hatte Ladius in der Zeitung gelesen, eine halbe Million Mark an Gehältern zahlte die Architektin im Monat. Der Bürotrakt verschwand hinter Hecken in einer Senke, damit man die Leute nicht bei der Arbeit sehen musste.

Befriedigt registrierte Ladius, dass auf dem Kiesrondell vor der Eingangstür nur der rote Alfa Romeo der Architektin stand, und ein grüner Mini Cooper, vermutlich von der Tochter. Der Mann war also nicht da, und vor allem: niemand sonst, der hier gerade seine Aufwartung machte. Das war seine größte Befürchtung gewesen: nicht der Einzige zu sein heute Vormittag und dann so um die Architektin herumscharwenzeln zu müssen, sich anstellen. Das lag ihm nicht. Stehempfänge und Partys waren ihm eine Qual, selbst die eigenen runden Geburtstage. Wie neulich, die große Fünf. Normalerweise blieb man in seiner Branche unter sich. Das Öffentlichste, was er machte, war, sich den großen Aufdruck auf dem Seitenschnitt des Branchenbuchs

zu gönnen, »AUSKUNFTEI LADIUS 66 55 77«. Älteste westdeutsche Auskunftei für Wirtschafts- und Privatinformationen,
mit Firmensitz in Frankfurt am Main und Außenstelle in West-
Berlin, damit Ladius in den vollen Genuss der Berlinzulage und
aller anderen verfügbaren Subventionen kam. Der Vertriebsleiter bei der Schering war ein Stammkunde, der wollte gern über
die West-Berliner Apotheker Bescheid wissen. Denen kam das
Geld aus allen Löchern, das war schon was. Der Schering-Mann
hatte einen Umtrunk am Wannsee gegeben nach dem Absegeln.
Für eine Segelyacht interessierte Ladius sich auch. Und während die Apotheker von Sylt erzählten, Gogärtchen, rechnete er
im Kopf durch, wie viel von deren Geld beim Vertriebsleiter an
Provision hängen blieb. Genug, um Ladius sehr hohe Honorare
zu bezahlen, die er hier und da über die Spesenabrechnung
etwas auspolsterte, das wurde so erwartet. Jeder bediente sich
bei jedem, es war ein Perpetuum mobile des Nehmens und
Nehmens. Beim Vertriebsleiter hatte er auch die Architektin
kennengelernt und sich gut mit ihr verstanden. Gut genug, um
von ihr beim nächsten Aufeinandertreffen mit einem strahlen-
den Lächeln begrüßt zu werden.

Ladius stellte den Benz zwischen den Mini und den Alfa und
stieg aus. Sofort hatte er Kies im Schuh. Humpelnd rettete er
sich auf den Gartenweg. Er sollte »gleich ums Haus kommen«,
hatte sie ihm gesagt, als sie sich beim Bausenator wiederge-
sehen hatten, informell, Grillfest, der Senator wendete da selbst
die Würstchen und wischte sich den Schweiß aus dem Nacken
mit einem Hertha-Handtuch, das allerdings so aussah, als hätte
sein Referent es noch schnell vorm Eintreffen der Gäste besorgt.

Zwischen zwei Fenstern stützte Ladius sich an die Hauswand
und schüttelte seinen Schuh aus, Herbstluft an seinem rauen

alten Fuß, vier Zehen. Hoffentlich sah ihn niemand, vor allem nicht die Architektin. Vorsichtig fasste er in seinen Schuh, kalt und feucht, um zu prüfen, dass kein Kies mehr darin war. Ein Schatten huschte über ihn. Ladius blickte auf und fand sich, seinen nackten Fuß mühsam auf dem Knie und den Schuh in der Hand, Auge in Auge mit einem Mann, der innehielt und ihm dabei bekannt vorkam. Ein Stehempfangsgesicht, jemand, der andere um sich scharte. Ein schmales Gesicht, ein weicher, dunkler Haarkranz um das Oval der Glatze. Freundliche Augen, keine Krawatte, Kragenspitzen bis übers Sakkorevers, Brusthaare zwischen den Knöpfen. Der Blick, wer sich besser gehalten hatte, die gleiche Generation, eine Ahnung, dass der andere auch im Getümmel gewesen war, wie man selbst.

Sie wichen einander aus, als hätten sie Grund, aufeinander Rücksicht zu nehmen. Ladius drückte sich ein wenig näher an die Wand, der andere machte einen Schritt in die Rabatten und hob die Hand, als suchte er einen unsichtbaren Hut.

»Wachablösung!«, rief er ein wenig zu laut, als er schon an Ladius vorbei war, Rettung in einen Scherz.

»Melde gehorsamst!«, rief Ladius hinterher, witzig, aber es schmerzte ihn ein wenig, wie man sich hier die Klinke in die Hand gab.

An der hinteren Längsseite des Hauses öffnete sich der Blick auf den Pool, dahinter der leicht nach unten geschwungene Rasen, dann märkische Kiefern, Stadtwald. Dazwischen der Funkturm, seine angestrengte Spitze. Wie der Pool dampfte.

Die Architektin lag auf einer hinten leicht hochgestellten weißen Drahtliege mit sonnenblumengelbem Polster, eine Hand im Nacken, unter dem blonden, sorgfältig gewellten Haar. Sie trug einen weißen Badeanzug, dessen Träger sich für Ladius' Begriffe auf geradezu mystische Weise von ihren braunen Schul-

14

tern abhoben. Braun schien die Farbe des Jahrzehnts zu werden, das zeichnete sich ab, aber niemand sprach darüber, eigentlich seltsam, es war ja noch gar nicht so lange her mit dem Braun, dachte Ladius. Der Pool musste beheizt sein, Anfang Oktober.

Häuser, Geld und Männer konnte man nie genug haben.

Ladius hatte nie gehört, dass die Architektin diesen Satz gesagt hatte, aber sie wurde seit Jahren damit zitiert. Auf Festen wie dem beim Bausenator, beim Ball der Nationen in den Messehallen, beim Presseball im Palais am Funkturm. Sie war in West-Berlin weltberühmt für diesen Satz. Und für ihre Häuser. Und ihr Geld. Das mit den Männern blieb in der Schwebe. Also, man wusste von mehreren, aber hintereinander. Die Doppeldeutigkeit blieb. Oder ging das nur ihm so?

Er wollte Teil dieser Geschichte werden. Ihr für den Bau eines ihrer Häuser sein Geld geben. Damit viel mehr daraus wurde, wenn das Haus fertig war und verkauft wurde. Ein sicheres Geschäft, denn angeblich garantierte die Stadt für die Einlagen. Sieben bis zwanzig Prozent Rendite, da fielen einem doch die Augen aus dem Kopf. Und die Investitionssumme plus zehn Prozent konnte er von der Steuer absetzen, das war das Berlinförderungsgesetz. Geld konnte man wirklich nie genug haben, vor allem, wenn der Staat einem das sozusagen aufdrängte, man musste sich ja fast die Taschen zuhalten, um nichts davon abzubekommen.

Und dann das mit den Männern. Nun, seine Frau Doris hatte ihm vorige Woche erst »stattlich« genannt, und mit den nackten Füßen in den italienischen Schuhen fühlte Ladius sich, als wäre der Sommer für ihn noch nicht vorbei. Er räusperte sich, eigentlich gegen seinen Willen.

Die Architektin wandte sich zu ihm um, ließ die Hand aber im Haar. In der anderen hielt sie eine Zigarette.

»Da ist er ja, der liebe Ladius«, sagte sie. Er fand ihr Lächeln klar und unverstellt, das war ja eine ganz handfeste Frau. Vergeblich hielt er nach einer Sitzgelegenheit Ausschau.

»Haben Sie den Präsidenten noch getroffen?«, fragte sie. »Burose?«

Ladius hörte den Alfa-Motor ums Haus, dann das Kiesspritzen. Der lieh sich das Auto der Architektin, oder wie musste man das verstehen?

»Den Präsidenten?«

»Von der Oberfinanzdirektion. Burose. Ein guter Freund.«

Ladius nickte und hoffte, dass man ihm die Mischung aus Neugier und Neid, die er unterm Brustkorb spürte, nicht anmerkte. Andererseits, ja gut, wenn die Architektin Freunde in diesen Kreisen hatte, das gab einem dann doch eine gewisse Sicherheit, falls man sich hier engagierte. Finanziell.

»Wollen Sie sich kurz abkühlen?«, fragte sie und bedeckte mit der Zigarettenhand ihre Stirn und Augenbrauen, als fiele helles Sonnenlicht auf sie. Er sah, dass ihr Badeanzug nass war und dass sie Gänsehaut an Beinen und Armen hatte.

»Ich hab gar keine Badehose dabei«, sagte Ladius und hob das Hosenbein an, als wäre das der Beweis oder als wollte er durchs Bekanntgeben seiner Sockenlosigkeit dennoch eine gewisse ausgelassene Spätsommerlichkeit signalisieren. Die Frau verwirrte ihn. Dabei war sie doch auch nicht viel jünger als er, fünf Jahre vielleicht.

Die Architektin sah nachdenklich auf seinen Knöchel, bis er das Hosenbein wieder sinken ließ.

»Ich hab mich gefreut über unsere Begegnung beim Senator«, sagte sie und berührte die Zigarette mit den Lippen, aber nur kurz, als hätte sie es sich anders überlegt und keinen Gefallen mehr am Rauchen.

»Ganz meinerseits«, sagte Ladius und verfluchte sich für seine Steifheit. Wo kam die jetzt plötzlich her? Er war im kleinen Kreis doch eigentlich ein lustiger Kamerad. Ein lockerer Typ, wie das inzwischen hieß.

»Wenn Sie keine Badehose dabeihaben«, sagte die Architektin, »was haben Sie denn dann dabei, lieber Ladius?«

Er verstand nicht. Er schob die Hände in die Flanellhosentaschen und ließ den Blick ratlos Richtung Kiefern schweifen.

Ein Glücksgriff offenbar, denn die Architektin sagte: »Ich verstehe. Sie sind keiner, der mit der Tür ins Haus fällt.«

Ladius nickte, ermutigt. »Auch nicht mit der Hintertür.«

Sie lachte. »Aber Sie sind auch nicht gekommen, um nur mal zu gucken, oder?«

Ladius lächelte, nicht zu doll, denn Doris sagte dann immer: Was grienst du so? Er hob ein bisschen den Kopf gen Himmel, damit die Architektin von unten keinen Blick auf sein Doppelkinn hatte, das musste ja nicht sein.

»Ganz bestimmt nicht«, sagte er. Dann, mutiger: »Obwohl es hier ja genug zu sehen gibt.« Und jetzt griente er womöglich doch.

»Werfen Sie mir mal das Handtuch rüber?« Sie zeigte auf einen Stapel. Er nahm eins, festes, dickes Frottee, und reichte es ihr. Sie tupfte sich damit über die Stirn, legte es sich dann über die Schultern und winkelte ein Bein an. In ihrer Kniekehle glänzte noch Schwimmbeckenwasser.

»Danke«, sagte sie. »Wie kann ich mich revanchieren?«

Er räusperte sich.

»Mit einem Stück vom Kegel vielleicht?« Es klang, als böte sie ihm was von einer prachtvollen Torte an.

»Haben Sie die Modelle denn hier?«, fragte er, fast heiser.

Sie schüttelte den Kopf, als sei er ein bisschen naiv. »Im Büro.

Aber«, sie wiegte den Kopf, und er bewunderte die Stabilität ihrer Frisur, »die schönsten Hochhäuser stehen im Kopf.«

Er nickte, als wüsste er das längst. »Und warum Kegel?«

»Das Hochhaus ist das eine, das bauen wir jetzt. Und drumherum organisieren wir die Stadt ganz neu. Ein Kegel ist ja rund, damit die Dinge in Bewegung bleiben. Um den dreht sich alles.«

»Ist das denn ein rundes Gebäude«, fragte Ladius, »also, kegelförmig?«

Sie sah ihn an, bis er sich begriffsstutzig vorkam. »Nein«, sagte sie. »Wie sieht denn das aus? So was Rundes ist schon für die Überbauung vom U-Bahnhof Schlossstraße geplant, wer will denn das sehen. Waren Sie mal in Steglitz?« Als sprächen sie über San Francisco oder Wladiwostok.

»Ich bin da aufgewachsen«, sagte Ladius. »Albrechtstraße.«

Sie nickte, als hätte sie ihn deshalb ausgesucht. »Dann wissen Sie ja, was ich meine. Steglitz ist abgehängt vom Rest der Stadt. Wir bauen da ein Drehkreuz, Stadtautobahn, Busbahnhof, zwei U-Bahn-Linien, alles aus einer Hand, die große Drehscheibe für den Süden der Stadt. Was fahren Sie für einen Wagen?«

»Mercedes 250 CE«, sagte Ladius, andächtig, so, wie er früher, als Pimpf, den Namen seines liebsten Wehrmachtpanzers aufgesagt hatte. Panzerkampfwagen III, PzKpfw III, genau wie der 250 CE von Daimler-Benz entwickelt, Tarnname: Zugführerwagen. Panzer durfte man ja nicht mehr sagen, wegen der Schande von Versailles.

Die Architektin nickte anerkennend. »Das Coupé. Dann wissen Sie ja genau, was ich meine. Wir planen das genau für diesen Wagen. Diese Straßen, das Drehkreuz, den Kegel. Genau für Ihren Wagen. Und mittendrin bauen wir das höchste Haus der Stadt. Also, ich baue das. Und Sie.«

»Der Wagen ist wirklich ein Vergnügen«, sagte er. »Rassig. Wenn Sie möchten, machen wir eine kleine Spritztour, also …«

Sie runzelte kurz die Stirn, als würde sie überlegen. »Nein, das, was Sie dabeihaben, ist nicht im Auto. Sondern hier.«

Er sah an sich hinunter und wusste nicht, was sie meinte. Sie streckte die Hand nach ihm aus, und einen Moment durchfuhr ihn der Gedanke, sie würde ihm nun den Schritt fassen. Aber sie hielt inne und zeigte auf seinen Kopf und dann auf seinen Brustbereich, womit sie wohl das Herz meinte.

»Da«, sagte sie. »Da ist alles, was ich brauche.«

»Was brauchen Sie?«

»Was brauchen denn Sie, lieber Ladius?«

»Ja, vielleicht ein Stück vom Kegel.«

»Vielleicht?«

»Wie groß sind denn die Stücke?«

»Groß. Zu groß für Sie?«

Er wusste aus der Dienstleistungsbranche, dass man irgendwann die Zahlen auf den Tisch legen musste, also, sie sagen. Er konnte das ganz gut. Etwas lauter oder etwas leiser, als man den Rest der Unterhaltung sprach. In geschlossenen Räumen leiser, hier draußen lieber lauter. Und nicht zu schnell, aber auch nicht künstlich in die Länge gezogen.

»Fünf, hundert, tausend«, sagte er.

Sie hob das Handtuch von der einen Schulter und verdeckte mit dem Zipfel den Mund, als wollte sie einen Tropfen von der Nase auffangen, aber vielleicht war da gar kein Wasser. Vielleicht wollte sie ein mitfühlendes Lächeln verbergen.

»Das wäre mal so ein erster Vorschlag«, sagte er, obwohl er wusste, dass man nach der ersten Zahl normalerweise gar nichts sagte. Unter Männern.

»Sie sind doch Marktführer in Ihrer Branche, oder? Sie arbeiten zum Beispiel für die Schering?«

Er nickte. Schering, das bedeutete was. Der letzte Industriebetrieb mit Hauptsitz in West-Berlin. Er begriff, dass das in ihren Augen auch eine Verpflichtung war.

»Ich wollte Sie nicht gleich mit der Million überrumpeln«, sagte er und verschränkte die Arme vor der Brust.

»Ich bin nicht so leicht zu überrumpeln«, sagte sie.

»Gibt es denn überhaupt noch Stücke, die so groß sind, also, Hausnummer eine Million?«, fragte er, als hätte er nur aus Bescheidenheit erst mal einen Anteil von einer halben zeichnen wollen und nicht, weil er in Wahrheit bestenfalls vierhunderttausend flüssig hatte.

Sie wiegte den Kopf. »Nicht so richtig. Die letzten Stücke sind immer die größten. Und viele sind nicht mehr übrig. Ich verstehe aber, wenn das jetzt zu kurzfristig für Sie ist. Ich will Sie da auch nicht … überrumpeln.«

Er schluckte. »Wie groß?«

»Zwei.« Sie zog das Handtuch von den Schultern und fing an, sich die Beine abzutrocknen, schnell, pragmatisch, ohne Anflug von Verführungskunst. »Zwei Millionen.«

Als er sich wieder ins Auto sinken ließ, spürte Walter Ladius, dass er die ganze Zeit nicht gesessen hatte. Dieses Teufelsweib bot einem nicht mal einen Stuhl an, die ließ einen stehen. Und er begriff, dass er für das Bauvorhaben Kegel Anteile im Wert von anderthalb Millionen D-Mark gezeichnet hatte und dass das mehr als dreimal so viel war, als er ohne Risiko lockermachen konnte. Er lachte, fast erleichtert. Er hatte das Gefühl, alles falsch und alles richtig gemacht zu haben.

Die Propellermaschine der PanAm stand schon auf dem Roll-feld vom Flughafen Tempelhof bereit, im gleichen Oktober An-fang der Siebzigerjahre. Es lag so ein komischer karamellfar-bener Herbst in der Luft, zäh, wie sollte man da überhaupt die Stadt verlassen.

Wenn er betrunken oder aus anderem Grund in ausge-lassener Stimmung war, erzählte Otto Bretz die Geschichte seiner vereitelten Abreise aus West-Berlin, als hätte er die Hand schon an der Reling der Flugzeugtreppe gehabt, den rechten Fuß auf der ersten Stufe, und übers Rollfeld kam jemand mit einem alten Telefon gerannt. Das Telefon sah aus wie im Kinofilm, »Bei Anruf Mord«, kein modernes dunkelgrünes oder orangefarbenes, sondern ein schwarzes mit hoher Gabel. Auf einem roten Samtkissen entrollte sich eine unendlich lange schwarze Telefonschnur über die hundert, zweihundert Meter vom Flughafengebäude, dem größten Verwaltungsbau der Welt.

Eine livrierte Person, pfiffig und beflissen wie bei Tim und Struppi, rief »Herr Bretz! Ein dringender Anruf für Sie!« und schwenkte den Hörer. Also, Otto Bretz erzählte das metapho-risch, »es war wie«, »als ob«, »also, als wenn«, aber er wusste, was im Kopf seiner Zuhörerin für Bilder entstanden.

Also wandte Otto sich um, ließ die Flugzeugtreppenreling los und die Nachdrängenden passieren, sie trugen alle Hüte oder Kopftücher. Wer flog, war älter als er und staffierte sich aus. Otto hob fragend eine Augenbraue, straffte die Schultern unter dem geliehenen Sakko (»Das bringst du mir zurück, die Taschen voller Geld«, so sein Schulfreund Harald) und nahm den Hörer, der kalt wie Stein war.

»Bretz?«

»Hier ist deine Mutter.« Vor dem inneren Auge seiner Zuhörerin war nun schon das Bild entstanden, wie Otto entschuldigend in die Runde der bereitstehenden Einwinker blickte, die ihre Kellen unter dem Arm trugen und noch eine rauchten, aber langsam mit den Hufen scharrten. Wohl ließ sich bei dieser Propellermaschine, DC6, das seitliche Cockpitfenster öffnen. Der Pilot streckte den Kopf heraus, handflächengroße Koteletten, und schaute fragend in Ottos Richtung: ob er eine schriftliche Einladung benötige, oder was man so sagte, das waren ja Amerikaner.

»Mama.« Otto Bretz war neunzehn und hatte sich noch keine andere Anrede einfallen lassen für seine Mutter. Ihr Vorname, Martha, klang für ihn, als käme er von einem Bauernhof. Allerdings, so seine Erwartung, würde er eine ganze Zeit lang keine Anrede brauchen für seine Mutter/Mama/Martha, weil er während der nächsten zwei Jahre in München seine ersehnte Ausbildung machen würde. An der Journalistenschule, die sich, wegen des Prestiges und der Alleinstellung, Deutsche nannte, wie eine Bank oder Schiffsversicherung oder Kollektivschuld. Sein Vater hatte ihm den Flug spendiert, damit Otto nicht zwölf Stunden Reichsbahn fahren musste. Otto hatte ein Zimmer am Stadtrand zur Untermiete in Aussicht, angezahlt für einen Monat, und vage Vorstellungen von einer künftigen, noch fiktiven

Wohngemeinschaft in Schwabing, Uschi Obermaier, keine Ahnung, was ihn erwartete, aber die feste Überzeugung, dass es sich dabei um die Zukunft handelte: golden oder wenigstens orange. Und dass von nun an nichts mehr schiefgehen konnte, weil er sich gegen etwa fünfhundert Bewerber durchgesetzt hatte, darunter auch Frauen.

»Dein Vater ist verschwunden.« Die Stimme seiner Mutter klang sehr weit weg, dabei wohnte sie quasi in Sichtweite des Flughafens. Otto runzelte die Stirn. Über seinem Arm hing in dieser Version der Geschichte ein Trenchcoat, den er nie besessen hatte und nie besitzen würde, der Stoff glatt und schwer, tröstlich.

»Wie meinst du das?«, fragte er.

»Dein Vater ist weg«, sagte seine Mutter. Seine Mutter, sein Vater. Besitzanzeigende Fürwörter. Er war für beide zuständig.

Manchmal hörte er sich später diesen Satz sagen, und ihn schauderte dabei ein wenig: Den Flieger hab ich dann natürlich sausen lassen. Er sagte normalerweise lieber Flugzeug und: Ich hab den Flug verpasst. Aber manchmal verfiel er in diesen Angeber-Sound, das kam von der Zeitung.

Eine Taxe vom Flughafen, das lohnte eigentlich nicht, aber er wollte das jetzt hinter sich bringen, schnell wie Pflasterabreißen, vier Mark für anderthalb Kilometer, inklusive Wartepauschale und Trinkgeld. Das Gepäck hatten sie ihm noch aus dem Maschinenbauch geholt und aufs Rollfeld gestellt. Zwei Koffer mit allem. Die wuchtete Otto jetzt wieder die Treppe hoch in der Theodor-Francke-Straße, bei Chmielewskis hatte es heute wohl Kohlrouladen gegeben, wie seit zwanzig Jahren.

Er schloss die Wohnungstür auf, den Schlüssel hatte seine Mutter ihm am Ende doch wieder in Haralds Sakkotasche gesteckt, eigentlich wollte er den wortlos auf dem Küchentisch liegen lassen. »Du ziehst doch hier nicht aus wie so'n Untermieter.«

Links neben der Wohnungstür lag das sogenannte Gästezimmer, aber außer der Großtante aus Thüringen und einer Schwägerin aus Göttingen kam nie jemand. Die Eltern hatten wohl vor langer Zeit einmal zwei Kinder geplant und dann, als sie sich an Otto gewöhnt hatten, ihre Pläne geändert oder aufgegeben. Ein sinnloses Bett, glatt und unberührt, darauf ein kleiner Stapel alter Post. Sollte das nicht Mamas Handarbeitszimmer sein? Ihre Knüpfhaken lagen seit Langem auf dem Stuhl, eingestaubt. Rechts die Küche, dann das Klo. Wieder links das Elternschlafzimmer. Er blieb im Türrahmen stehen, die Hände rot vom Gewicht der München-Koffer, neues Leben, altes Leben. Fuhr er halt ein bisschen später doch »auf der Reichsbahn«. Erst mal sehen, was jetzt hier wieder los war im Katastrophengebiet Kindheitswohnung.

Der Kleiderschrank offen, helles Holz, Lamellentüren, was Neues, Modernes, keine zwei Jahre alt. Die Vaterseite demonstrativ leer, die völlige Abwesenheit von allem, was der Vater jemals getragen hatte, unterstrichen durch eine einzelne, fast vom Bügel gerutschte altbackene Krawatte, breit wie eine Flunder, in einen Harung jung und schlank, lindgrün.

Otto ließ seine Koffer im Türrahmen stehen und drehte sich um, über den schmalen Flur sein kleines Zimmer, die sogenannte Kammer, wo er sich wohler fühlte als im Gästezimmer, weil das direkt neben dem Elternschlafzimmer lag, hellhörig. Die Familienwohnung war wie ein leer gefressener Adventskalender, hinter jedem Türchen nichts. Die Seegrastapete an der Wand über seinem Bett war hell, dort, wo Otto seine drei liebsten Postkarten abgenommen hatte, die waren jetzt in der inneren Reißverschlusstasche in einem der München-Koffer, Max Ernst, sagenhafte Stadtlandschaften. Auf seinem Kopfkissen lag ein Brief. »Otto.«, in der Nazischrift seines Vaters. Warum der Punkt? Otto nahm den Brief und fand die Ecken spitz und hart.

Seine Mutter saß im Wohnzimmer, sie war um die vierzig, vor einigen Jahren hatte die Familie sie an den Sessel verloren. Hausfrauenkrankheit, hatte sein Vater einmal gesagt. Ich rauch noch eine, sagte seine Mutter. Meinte sie eine Schachtel, eine Stange? Eine kleine Frau mit Mittelscheitel, die Größe hatte Otto von ihr. Sie lehnte sich nicht an, sondern hatte die Hände auf den Knien und sah nach vorn auf den Schafwollteppich, als sammelte sie Kraft zum Aufstehen. Eines Tages!

Otto zog die Vorhänge von den Doppelfenstern, dazwischen runtergebrannte Kerzen für die Brüder und Schwestern in den Gefängnissen im Ostblock, die hatte sein Vater voriges Jahr aufgestellt. Wie Brandt da den Diener gemacht hatte, vor den Kommunisten in Warschau. Was konnten wir denn dafür.

»Du, ich krieg da Kopfschmerzen von. Von dem Licht.«

»Was ist denn jetzt mit Papa?« Der Brief war leicht wie ein Einkaufszettel, aber zugeklebt, Ordnung musste sein, der Vater mit der dicken Zunge.

Seine Mutter blickte zu ihm auf, nachdenklich. Die linke Hand mit der Zigarette auf dem Knie, runtergebrannt bis kurz vor der Strumpfhose, kariertes Wollkleid, dunkelgrün mit Brandflecken.

»Du bist jetzt aber nicht meinetwegen wiedergekommen, oder?«

Wie alle Optimisten dachte die Architektin zum Zeitvertreib gern an die Vergangenheit, denn das hinderte sie daran, über die Zukunft zu brüten. Auf dem Rauchglastisch lag ein Exemplar von »Die Grenzen des Wachstums«, das ihr Mann mitgebracht hatte, Gesprächsstoff für Gäste. Ein glänzender dunkelblauer Einband, auf dem ein kleiner Globus, offenbar ein Bleistiftanspitzer, ein Ei geknackt hatte, links und rechts von ihm lagen zwei Schalenhälften. Was sollte das bedeuten? Das Buch lag in Kniehöhe, da konnte es auch bleiben. Lieber dachte sie an Ladius, und wie leicht das gegangen war und dass sie dieses Erfolgserlebnis nach dem eher unerfreulichen Gespräch mit dem Präsidenten der Oberfinanzdirektion nötig gehabt hatte. Am Ende hatte sie sich in den Pool vor Burose und seinen Ausführungen gerettet, sein »Ich verstehe dich nicht«, aufgebracht und erschöpft zugleich, für sie endlich nur noch ein Geräusch über dem Plätschern des Wassers.

Die Architektin und Burose, der Präsident der Oberfinanzdirektion, hatten sich vor Jahren an einem See kennengelernt, bei einer Konferenz der Bauwirtschaft. Stadt der Chancen, Chancen der Stadt. Er war noch nicht der Präsident, sie war noch verheiratet mit dem Bezirksbürgermeister. Der brachte sie mit zu solchen Anlässen und zeigte sie herum. Spätsommer,

Fluxus im Haus am Waldsee. Stockhausens »Originale« lief im Hintergrund von Tonbändern, aus denen auf beiden Seiten die losen Enden hingen. Parallel dazu die Filmaufnahmen der New Yorker Aufführung vom vorigen Jahr, auf vierundsechzig Röhrenmonitoren, die immer asynchroner wurden zum Soundtrack von den Bändern.

Die Architektin wandte der Kunst den Rücken zu, hier in West-Berlin gab es immer den zweiten oder dritten Aufguss davon, was die Moderne und die Avantgarde und das Geld in vollständigen Städten machten. Klaviergeklimper, irritierende Crescendi und Kakofonien, die gar nicht mehr irritierend waren, weil die einander seriell umrankenden Baugespräche alles übertönten, was die Avantgarde sich als Störgeräusche vorgestellt hatte.

Es wurden Jakobsmuscheln und Fasan im Wechsel gereicht, mal stand man, mal saß man. Peter Rühmkorfs Lieblingsessen, sagte ihr Mann, der Hamburg für den Nabel der weiten Welt hielt.

Die Architektin sah sich die Leute an, während sie so tat, als wäre sie es, die sich anschauen ließ. Wie die anderen Frauen sich wunderten, dass sie nicht am Gattinnenprogramm teilnahm. Wie die Männer sich wunderten, dass sie nicht am Gattinnenprogramm teilnahm. Ach, Sie bauen auch? Was bauen Sie denn? Kenne ich etwas, das Sie gebaut haben? Sie hatte ein paar Wohnhäuser gebaut, Mehrfamilien, Richtung Heerstraße. Immerhin, sagte einer. Manche waren väterlich oder onkelhaft und sagten: Sie müssten an die großen Bauvorhaben der Stadt ran. Es blieb beim Konjunktiv. Es war weniger ein Rat, mehr ein abschließendes Urteil: Wohnhäuser zählten nicht, aber mehr war nicht erreichbar für sie.

Sie stand am Seeufer und schaute hinaus aufs Wasser. Sie konnte die Wasserläufer mit ihren runden Fußspuren auf der

Oberflächenspannung genauso erkennen wie das große Ganze, die Stimmung, die Vibrationen: die abgestandene Enge dieses kleinsten Süd-Berliner Sees, das Wasser zum Ende des Sommers nicht mehr frisch, die Spiegelbilder der Anliegergrundstücke in der Seeoberfläche, ein endloser Abgrund in den gespiegelten Himmel, zerrissen von den unruhigen Ruderblättern eines schlingernden Bootes auf der anderen Seite. Abendhitze mit einem Hauch von Herbst. Aus der Villa hinter ihr die Geräusche von Menschen, die mit Gläsern, Zigaretten und einander hantierten. Von der Goethestraße das Nageln von Dieselmotoren beim An- und Abfahren; die Ersten gingen, die Letzten kamen. Sie blieben fast immer zu lange, der Bezirksbürgermeister und sie.

Weiter rechts von ihr stand ein Mann, die dunkle Silhouette einer Glatze und eines Anzugs. Er stand bis fast zu den Knien im Wasser. Sie zog an ihrer Zigarette, niemals würde sie sich von irgendwas alarmieren lassen. Hin und wieder drehte einer durch, das gehörte dazu. Männer sprangen von Häusern, wenn das Geld weg war. Sie warfen sich in der Lipschitzallee vor den Zug, wenn sie den Mut verloren. Sie stellten sich ins Wasser, wenn sie betrunken waren, einfach, um auf sich aufmerksam zu machen.

Der Mann bemerkte sie und wandte ihr sein Gesicht zu, was sie daran erkannte, dass sein Profil in einer dunklen Fläche verschwand, er stand vielleicht zehn Meter entfernt.

»Das Wasser ist herrlich«, sagte er, ohne die Wörter zu rufen, das gefiel ihr. Sie sah, dass er seine Schuhe in der Hand hielt, und war trotz all ihrer Beobachtungslust doch erleichtert: Der hatte nichts Theatralisches vor. Er kam langsam auf sie zu, die Hosenbeine bis zu den Knien hochgezogen.

Sie musste fast lächeln, tat es aber nicht. Sie erkannte ihn. Vor einer halben Stunde hatte sie ihn am Büfett abgetastet, russische

Eier, die jetzt Freiheitseier hießen, kleine, harte Mürbeteigförmchen mit Sylter Krabbensalat. Referatsleiter irgendwas in der Oberfinanzdirektion. Sie hatte ihm einen Moment zugehört und sich dann etwas zu trinken geholt, ohne sich etwas zu trinken zu holen. Du fängst oben an, nach unten durcharbeiten kannst du dich immer noch, das hatte sie von ihrem Mann gelernt, dem Bezirksbürgermeister. Der war mehrfach im Gefängnis gewesen, erst bei den Nazis, dann noch mal bei den Nazis, dann bei den Kommunisten. Im Knast musste man auch immer oben anfangen, wenn man sich Respekt verschaffen wollte. Sie hielt es für einen guten Rat, darum sprach sie mit Referatsleitern erst, wenn es nötig war.

»Wir gehören hier beide nicht so richtig hin«, sagte der Referatsleiter jetzt, sein Name fiel ihr auch wieder ein: Burose. Wie eine Krankheit, die man sich in Verwaltungsräumen zuzog. Sie traute ihren Ohren nicht. Eine Anzüglichkeit oder eine Zote hätte sie weniger aus dem Konzept gebracht. Zum Glück konnte man hier rauchen. Er missverstand ihr Schweigen als Interesse.

»Ich bin eine Stufe zu niedrig, um hier für die Bauleute wirklich was möglich machen zu können, und Sie haben noch keinen großen Zweckbau der öffentlichen Hand abgewickelt.« Die Hacken seiner Schuhe klackerten aneinander, weil er seine Hand in ihre Richtung bewegte, als wollte er ihr die Budapester Maßarbeit demonstrieren. »Wir sind beide nicht im Klub.«

Sie sah ihm ins Gesicht, auf das jetzt der Widerschein der Partylichter fiel. Chancen, Stadt. Sie verzog einen Mundwinkel und die dazu gehörende Augenbraue auf eine Art und Weise, von der sie jetzt schon wusste, dass sie eines Tages in der Presse als »mokant« beschrieben werden würde.

»Ich bin in gar keinem Klub«, sagte sie. Ich bin der Klub.

»Ich auch nicht«, sagte er, aber sie merkte, dass er es anders meinte. Zehn Jahre älter als sie, die Zeit lief ihm davon. Noch einer aus dem Krieg. Solange die da waren, ging das immer so weiter. Als wären sie nur kurz aus den Schützengräben getreten, um ein paar Geschäfte abzuwickeln. Und wenn man wollte, konnte man sie dabei erwischen, wie sie sich umsahen, als könnten ihnen überall und jederzeit die Kugeln um die Ohren pfeifen.

Sie schnippte ihren Zigarettenstummel weit ins Wasser: eine Baustellengeste, eine Angeberei aus dem Studium. Das passte nicht hierher, aber diesem Burose schien es zu gefallen.

»Vielleicht sollten wir gemeinsam einen Klub gründen«, sagte er. Sie mochte diese leichte Heiserkeit, das Ungeduldige.

»Ich sagte doch, ich bin in keinem Klub.«

»Sie wissen doch noch gar nicht, was das für ein Klub ist.«

»Einer, in den ich nicht eintreten will.«

»Dann will ich auch nicht.«

»Ein beeindruckender Klub.« Sie stellte fest, dass sie schon wieder eine Zigarette in der Hand hatte, und bot ihm eine an. Er schüttelte den Kopf und zeigte auf seine Brust.

»Ich hätte vielleicht eine Idee für Sie«, sagte er und überraschte sie damit. Weil er es vorsichtig sagte, als wollte er ihr helfen.

»Danke«, sagte sie. »Ich hab noch.«

»Ideen kann man nie genug haben.«

»Ach, doch. Sogar zu viele.«

»Und Grundstücke?«

Sie rauchte und lächelte jetzt doch, weil es sowieso zu dunkel war, um daraus Interesse oder eine andere Schwäche lesen zu können.

»Kennen Sie Steglitz?«, fragte er und drehte sich mit dem Rücken zum See, sodass das Feierlicht auf ihn fiel. Sie mochte, dass er keinen Bart hatte, und braune Augen. »Die Gegend zwischen Unter den Eichen und Schlossstraße. Richtung Südwesten. Da sind eine Menge alte Gewerbehöfe, ein Schrottplatz, Werkstätten. Schuppenbebauung.«

»Ein Schrottplatz«, sagte sie mit stillem Vergnügen.

Er nickte. »Das kostet alles nichts. Aber ...«, er klapperte wieder mit den Absätzen seiner schweren Schuhe in der linken Hand. »Wir sind dabei, die Wirtschaftlichkeit des einen oder anderen Verkehrsvorhabens zu prüfen, das die Senatsverwaltung uns vorlegt.«

Sie musste aufpassen, dass ihr Vergnügen weiter still blieb. Rauchen half.

»Wenn Sie sich das mal anschauen, also diese Grundstücke ... Dann wären Sie, falls Sie das interessiert, für wenig Geld in einer guten Position. Sobald da was gebaut werden soll. Der Bezirk und der Senat müssten Ihnen das für viel Geld abkaufen.«

Sie nickte.

»Sie nicken. Was halten Sie davon?«

»Warum erzählen Sie mir das?«

Burose zuckte mit den Achseln und setzte seine Schuhe ins Gras. Sie sah, dass sorgsam ineinandergesteckte Socken daraus hingen wie durstige Zungen. »Nur so. Weil Sie sich für Grundstücke interessieren. Und ich mich damit auskenne.«

»Sind Sie sicher?«

Er sah sie fragend an. Sie wusste, dass er ihr nicht hinterhergehen konnte auf die Schnelle, barfuß, die Socken noch nicht einmal entpellt. Sie beugte sich zu ihm und sagte etwas leiser, als er bisher gesprochen hatte: »Ich weiß, welche Grundstücke Sie meinen. Ich könnte Ihnen sogar die Flurnummern nennen, und wenn Sie einen Moment warten, könnte ich Ihnen die Grundbuchauszüge aus dem Wagen holen. Ich bin noch nicht dazu gekommen, sie ablegen zu lassen.«

Er atmete ein, um ein bisschen mehr Zeit für eine Antwort zu gewinnen, aber die Zeit reichte nicht. Er musste grinsen.

Sie nickte. »Ich habe die Grundstücke vorige Woche gekauft. Alle.«

Als sie den Rasen hinauf ins Haus am Waldsee ging, um ihren Mann zu suchen, meinte sie, erkennen zu können, wie ihr der Mann von der Oberfinanzdirektion hinterherblickte. Hoffentlich kam er noch weiter oder weit, denn eigentlich mochte sie ihn.

Später, da lief Stockhausen zum vierten oder fünften Mal, stand sie noch einmal in einer Baurunde, es waren auch Leute von der TU da, Fachleute, die man daran erkannte, dass sie schroff gestrickte Pullover trugen. Einer sagte, man müsste in die Breite und für die Breite bauen, wie die nordenglischen Brutalisten. Oder in Terrassen, demokratischer, nicht so hierarchisch, nicht so phallisch wie diese Wolkenkratzer im internationalen Stil.

Die Architektin trank vom etwas zu süßen Wein, den einer von der CDU aus Österreich importiert hatte, Scheurebe, und erfreute sich am Wort Wolkenkratzer: Sie mochte, dass man hier im Westen immer noch ganz altmodische Wörter hörte, die von ganz altmodischen Menschen verwendet wurden, die nicht merkten, dass sie und die Wörter von gestern waren und nicht von morgen.

Im Stockhausen-Film zog sich eine Frau im schwarzen BH vor einem Spiegel und vor dem Publikum an oder aus.

Das Wort phallisch kannte sie, weil sie ihren Freud gelesen hatte, als der in der DDR verpönt gewesen war, Anfang, Mitte der Fünfziger. Auch so ein schönes altes Wort. Verpönte Wolkenkratzer.

»Haben Sie phallisch gesagt?«, fragte einer aus der Baudirektion, der offenbar noch ein bisschen länger brauchte, um sich eine Zote zurechtzulegen.

»Hochhäuser sind phallisch«, sagte der Fachmann und wurde ein wenig rot, als er ihren aufmerksamen Blick bemerkte. Oh, es war eine Frau in der Runde.

»Dagegen ist doch nichts einzuwenden«, sagte sie und nahm noch einen Schluck, nicht der süßen Plörre wegen, sondern für den dramatischen Effekt. »Also, ich mag phallisch.«

Das gab, wie es später hieß, ein großes Hallo. Am Rande ihres Blickfeldes stand der Mann aus dem See und versuchte, nicht nach ihrer Aufmerksamkeit zu heischen.

Otto setzte sich auf sein Bett, vertraut, wie ihm der Holzrahmen in den Oberschenkel drückte. Einen Moment überlegt, den Brief vom Vater einfach wegzuschmeißen, direktemang in den Ascheimer. Aber dann würde seine Mutter den am Ende finden, oder der Hausmeister, der wühlte im Müll die Post durch, Informationen waren Macht.

Es wäre gut gewesen, sich jetzt erst mal eine anzustecken, schon allein, um Zeit zu gewinnen. Nachdenkliche Kringel. Hinterherschauen. Eine weitere Sache, die jetzt mal dringend losgehen musste. Sex eigentlich auch. »Schulmädchen« beispielsweise waren damit viel früher dran als er, das zumindest entnahm er den Ankündigungen immer neuer »Reporte«, die in Tempelhof in sogenannten Flohkinos liefen. Wann würde das bei ihm anfangen? Und was auch hatte anfangen sollen: in die große weite Welt, dort Journalist werden, dann anderen diese große weite Welt erklären. In der Hoffnung, diese Welt bis dahin selbst zu verstehen. Oder so tun, als ob. Er wollte in München in eine Disko gehen. Er wollte mit einem oder einer BMW nach Italien. Das kam ihm alles größer vor als die klebrige Werthers-Echte-Welt von Tempelhof, freier, nach allen Seiten offener. Hier war man immer gleich in Mariendorf, was sollte er da.

Otto Bretz hatte sich noch nie in seinem Leben einer Sache wegen angestrengt, das machte seinen Vater wahnsinnig. Der Vater fand seit der Hitlerjugend, dass alles ein Kampf sein musste. Der Vater verdiente sehr gut bei Siemens, Unterhaltungselektronik, der hatte Löten und Schaltkreise noch als Funker bei der Marine gelernt, Seeblockade. Aber alles musste man sich erkämpfen. Es wurde einem ja nichts geschenkt. Weil ihm diese Kindheitssätze zum Halse heraushingen, mochte Otto sich nicht anstrengen. Niemals stand in seinen Schulzeugnissen, er hätte sich stets bemüht, mehrmals stattdessen: schade, wie er unter seinen Möglichkeiten bliebe. Dass ihm zwar viele Dinge leichtfielen und dass das eben auch eine Verpflichtung wäre. Otto sah das gar nicht ein. Warum für ein Gut viel oder für ein Sehr gut sehr viel tun, wenn er für nichts tun ein Befriedigend oder Ausreichend bekam?

Der Vater nannte ihn dann manchmal einen Gammler oder Hippie, als hätte Otto irgendwas zu tun mit den fünf, sechs Jahre Älteren, die so was wie Revolution gemacht oder zumindest versucht hatten. Otto fand das eher schmeichelhaft. Alles, was ihn irgendwie aus der Tempelhofer Etagenwohnungsenge heraushob, zog ihn an. Vor allem das Geräusch, wenn er morgens beim Frühstück die steife neue Zeitung aufschlug und zurechtfaltete. Sein Vater hatte das Handelsblatt und die Frankfurter Allgemeine abonniert, auf Bürokosten, wegen der Wirtschaftsnachrichten, Lokalzeitungen brauchte man nicht, dafür gab es die Berliner Abendschau. Sein Vater suchte nach Berichten über neue Entwicklungen im Bereich der Elektroindustrie und Unterhaltungselektronik, Erwartungen der Branche für die Internationale Funkausstellung, den Rest legte er weg. Otto griff zu und verschwand in den Bleiwüsten der kleinen Überschriften und eng gesetzten, kaum verständlichen Texte aus der weiten

Welt, als stiege er aus einem Fenster. Die Mutter schmierte ihm ein Brot, der Vater ärgerte sich, konnte aber nichts sagen, denn ein Kind, das schon mit zehn mit gerunzelter Stirn die Rubrik »Deutschland und die Welt« las, das war auch was, damit konnte man sogar ein bisschen renommieren.

Deutschland und die Welt, so hieß das, wenn von Verbrechen, Unfällen und Unwettern dort berichtet wurde, wo nicht Tempelhof war.

Otto konnte es kaum abwarten, als er die Anzeige in der Frankfurter Allgemeinen Zeitung sah: Deutsche Journalistenschule in München, 11. Lehrredaktion 1972 bis 1974, Kompaktausbildung, Bewerbungsunterlagen anfordern, folgende Frist. Zum ersten Mal investierte er was: zwei Briefmarken und mehrere Vormittage. Er schrieb einen Lebenslauf, verwies auf die Schülerzeitung, dort hatte er einmal ein Lehrerzitat beigesteuert. Er wählte eins von drei Themen für die Übungsreportage. »Willkommen in der Freiheit – Wie Ostflüchtlinge sich zurechtfinden«, das war nichts für ihn, das hatte eine Schwere, die lag ihm nicht. »Zankapfel Haushaltsgeld? – Wie moderne Paare den Alltag meistern«, na ja, da hätte er lange recherchieren müssen, um eines zu finden, hier im Haus gab es keines.

Also verbrachte er zwei schulgeschwänzte Vormittage im Zoo am gleichnamigen Bahnhof, am Ende konnte er die Tiere am Scheißegeruch in der Luft unterscheiden: »Oma hat eine Jahreskarte – Wenn Menschen jeden Tag in den Zoo gehen.« Reporterglück: Nach einer halben Stunde hatten ihn drei alte Damen vorm Affenhaus gefragt, was er denn hier so belämmert rumstehen würde, ob er was verloren hätte, seine Eltern vielleicht. Als er seinen Block aus der Anoraktasche friemelte, lachten sie ihn aus. Dann nahmen sie ihn mit ins Café am Wildgehege, kauften ihm ein Schultheiß (auf der Gedächtniskirche war es kurz nach elf Uhr vormittags), erklärten ihm den Zoo (»Die Tiere spinnen alle, aber herzig sind die«) und gaben ihn am nächsten Tag am Eingang als ihren Enkel aus, »lass mal unsern Steppke mit rein, Werner«.

Das mit dem Steppke tat weh, aber aus der Geschichte über »Die Königinnen der Tiere« hatte einer der Prüfer bei Ottos Auftritt vor der Prüfungskommission zitiert. »Edith hat die Möhren, Irmgard die Kartoffelschalen, und Käthe weiß, wo die Füttern-verboten-Schilder so verrostet sind, dass man sie nicht mehr lesen kann, und wann die Tierpfleger Kaffeepause machen. Keiner soll mehr hungern, sagt Käthe. Auch nicht Hänge-bauchschwein Erwin.« Wie man da von Anfang an drin sei in dieser Welt, beeindruckend, von so einem jungen Burschen. Er sei dann jetzt hier also ihr Nesthäkchen, willkommen am 1. November in München am Altheimer Eck.

Käthe las das auch und fragte, wann sie das denn gesagt haben sollte, aber gefallen würde es ihr schon. Es war stickig, als er sie im »Altersruhesitz am Zoo« besuchte, der Streuselkuchen, die dicke Luft, aber Otto mochte, wie er dort auf dem Sofa für ein halbes Stündchen quasi bewusstlos wurde.

Er riss den Brief von seinem Vater auf, ein Zettelchen, wenig Materialverschleiß. Der Vater habe darauf gewartet, bis er, »mein Sohn«, »in der Maschine« nach München säße (aha, daher das spendierte Ticket), denn nun sei es wichtig, »deine Mutter« auch einmal »auf eigenen Füßen« stehen zu lassen (also, sie stehen zu lassen, aha, aha), denn er, der Vater, ginge nach Stuttgart, für »den Subarashi-Konzern«, die Japaner, man habe ihn dort von Siemens abgeworben, und er werde »fürderhin« das Nord- und Mitteleuropa-Geschäft von Subarashi aufbauen.

»Deine Mutter ist eine erwachsene Frau«, schrieb sein Vater.

»Sie muss, wird und kann alleine zurechtkommen. Ihre unüberlegten Entscheidungen vom vorigen Herbst werden sich nicht wiederholen. Wenn du dies liest, bist du sicher auf deinem ersten Heimaturlaub und hast dich in München«, der Hauptstadt der Bewegung, ergänzte Otto in der Familienfeier-Stimme seines Vaters, »bereits eingelebt, da bin ich froh, denn ich möchte nicht, dass deine Mutter dir dies nun noch verderben kann.«

Aus dem Wohnzimmer hörte Otto ein Seufzen oder einen Raucherhusten, seine Mutter hatte da so eine Mischung erschaffen, die so was wie der Soundtrack seines Lebens war, Ennio Morricone der Etagenwohnung. Das Nachmittagslicht war kurz vorm Sonnenuntergang bernsteinfarben, als wäre er die Mücke darin, gefangen und konserviert für immer. Wenn sein Vater wollte, dass er die Mutter allein ließ, dann würde er eins ganz bestimmt nicht tun: die Mutter allein lassen.

Daher vielleicht die Geschichte mit dem Rollfeld und dem Telefonanruf, mit dem Livrierten und dem Telefonkabel. Weil es am Ende einfach so war, dass Otto Bretz seinen Ausbildungsplatz an der Deutschen Journalistenschule in München nicht antreten konnte wegen seiner Mutter. Stattdessen ging er zum Spandauer Volksblatt, wo er eine Zusage für ein dreimonatiges Praktikum bekommen hatte, Beginn genau wie in München. Zum Glück hatte er vergessen, das abzusagen.

Ob der Platz noch frei …, also, ob sie ihn erwarteten …, fragte er am Telefon, hellgrau und vergilbt, auf dem Tischchen im Flur.

Hä, sagte der Mann am anderen Ende der Leitung. Ja, was denn sonst. Und jetzt aber mal flinke Füße.


Es gab aber auch noch eine ganz andere Version der Geschichte. Vielleicht wurde Ottos Geschichte fortlaufend aktualisiert, wie die Zeitung. Von der ersten Ausgabe, die ab 18 Uhr am Bahnhof Spandau und am Bahnhof Zoo auslag, bis zur letzten, um Mitternacht, die dann ab vier Uhr dreißig an die Abonnenten ging.

In dieser Version kam Otto vom Einkaufen nach Hause, seine Mutter sagte, »Dein Vater ist am Flughafen«, und Otto wusste sofort, was das bedeutete: dass er das Angebot von den Japanern angenommen hatte. Eine Generalvertretung irgendwo in Wessiland. Er quietschte die Treppe hinunter und schwang sich auf sein Fahrrad, Herkules, 26er, Torpedo-Dreigang, von denen aber nur zwei gingen. Auf dem Weg zum Flughafen strampelte Otto im Stehen, sodass er sich vorkam wie ein Kind in einem Vorkriegsfilm. Der Vater würde ihn nicht allein lassen mit der Mutter, sie würden die Mutter nicht beide allein lassen, denn Otto saß ja auf gepackten Koffern, sozusagen, er hatte bei Hertie tatsächlich schon Gepäckanhänger besorgt und seinen Namen in harten Druckbuchstaben draufgeschrieben. Das konnte der Vater ihm nicht antun. Vielleicht erzählte Otto diese Version der Geschichte deshalb nicht so gerne, weil er darin heulte. Der Vater, schon in der Schlange zum Rollfeld, der Vorhang zum Gate war noch nicht auf, aber die Männer davor hatten schon dieses Aufbrüchige: »Du bist jetzt erwachsen, Otters, du kannst deiner Mutter nicht ewig das Händchen halten. Natürlich gehst du nach München.«

So, wie der Vater jetzt nach Stuttgart flog, um von da aus den Staubsaugerimport für die Tokyoter Firma aufzubauen. West-Berlin war eine Sackgasse, aus ihrer beider Sicht. Aus jeder Sicht. Ein absterbender Wurmfortsatz, wo die Bazillen sich noch mal austoben konnten, bis für immer das Licht ausging, finito la musica.

Die Tränen kamen ihm, als sein Vater ihm die Schulter quetschte und sagte: »Das kriegst du hin.« Nicht, weil ihn das so besonders gerührt hätte. Sondern weil das so unfassbar nichtssagend war. Da war wirklich gar nichts mehr. Wenn der Vater etwas sagte, war hinterher weniger da, als vorher in der Welt gewesen war. Der Vater schuf Leere, wenn er Wörter sagte.

Als Otto München absagte, sprach seine Mutter eine Woche kein Wort mit ihm, in dieser anderen Version, wütend, enttäuscht von ihm. Dann holte sie die Praktikumszusage aus Spandau, die Otto vor Wochen weggeworfen hatte. Die hatte sie rechtzeitig aus dem Müll gefischt und sicherheitshalber aufbewahrt.

»Garmisch oder Sylt?«

»Was ist der Unterschied?«

»Die Entfernung. Das ganze Fluidum.«

Die Architektin blies den Rauch an ihrem Büroleiter Vollrath vorbei.

»Oder Baden-Baden.« Das war seine Abschussvariante, das merkte sie sofort. Manchmal wusste sie nicht, ob es gut war, dass sie genau wusste, wie ihr Sekretär funktionierte, oder ob es nicht besser war, mit Leuten zu arbeiten, die einen auch mal überraschen konnten.

»Das Brenner's Park?«, fragte sie, nicht uninteressiert. Da meldete sich ihre Buchhalterseele. Weil sie wusste, dass im Grand Hotel Brenner's Park noch Rechnungen offen waren von der letzten Kommanditisten-Versammlung. Ein alter Trick aus der Baubranche: Leuten Aufträge geben, denen man noch Geld schuldete, weil mit jedem neuen Auftrag deren Hoffnung wuchs, man würde sie am Ende doch noch bezahlen. Das war einfache Psychologie.

»München und Baden-Baden sind mir zu umständlich«, sagte die Architektin, als gebe sie damit etwas von sich preis, und jetzt sei er dran.

»Sylt im Winter ist natürlich ...«, er zögerte. Vollrath trug

41

dreiteilige Anzüge und Brokatkrawatten, weil er die ungefähre Ahnung zu haben glaubte, dass so die Manager von Rockstars in London oder Los Angeles aussahen. Er war Anfang dreißig, und die wenigen Haare, die er noch hatte, trug er nicht, wie sein Vater oder Heinz Erhardt, mit einer geheimnisvollen Flüssigkeit quer über den Kopf gelegt; er überließ sie sich selbst, sodass sie, scheinbar nicht der Schwerkraft unterworfen, in verschiedene Richtungen flusten. Wenn er vor Lampen stand, hatte er einen regelrechten Heiligenschein. Das Arbeitszimmer der Architektin war nur durch den Lichtkegel ihrer Schreibtischlampe beleuchtet. Sie sah auf und durch ihn hindurch, ihr war egal, wie er aussah.

»Sylt im Winter ist eben Sylt im Winter«, sagte sie. »Wir machen eine Strandsauna. Sie lassen, was Sie dafür brauchen, aus Skandinavien kommen.« Sie sagte nicht Dänemark, weil sie immer die größte Kategorie wählte. Für Vollrath waren die Leute, die in Berlin bauten, die Rockstars von Deutschland. Warum mit Udo Lindenberg oder Vicky Leandros durch das südliche Niedersachsen touren, wenn man für die mächtigste Frau Berlins Veranstaltungen auf die Beine stellen konnte, die schon im Moment der Einladung Legende waren? Es war Vollrath egal, dass er sich dafür Büroleiter nennen lassen musste. Zur Auswahl hatte noch Chefsekretär gestanden. Für ihn war Belohnung genug, dass sie ihm hin und wieder einen Superlativ gönnte, den er dann im Freundeskreis in der Wir-Form weiterverwenden konnte: Wir bauen das höchste Haus Berlins.

»Also auch diese …«, sie suchte nach dem englischen Wort, landete dann aber selbstbewusst bei: »Wasserbottiche. Mit heißem Wasser.«

»Also jetzt nicht einfach nur ein Abend im Gogärtchen oder …«

»Das reservieren Sie mal auch, beide Tage von 15 Uhr bis open end. Aber Übernachtung machen wir im Meeresgöttin Ran 2000 ...«

»Ekke Nekkepenn wäre auch frei«, unterbrach er, und sie sah, wie er darüber erschrak. Sie lächelte, denn er hatte einen guten Moment erwischt, sie nahm die Unterbrechung als kreatives Chaos, gemeinsamen Enthusiasmus. Ekke Nekkepenn war ein Meeresgott, die Sylt erschaffen hatte. Die Architektin hatte sich den Namen ausgedacht für das Sylter Lokal, dessen stille Teilhaberin sie war. Sie dachte sich gern Firmennamen aus, darin war sie gut. Sie brauchte viele Namen, weil sie viele Firmen hatte.

»Abendessen im Ekke Nekkepenn, viergängig rustikal«, entschied sie, »aber kein Fondue. Vormittags Büfett. Und nichts mit Aspik.«

»Nichts mit Aspik«, bekräftigte Vollrath, als würde er sich Notizen machen, dabei, so gut kannte sie ihn, war er in Gedanken bei der Frage, wie er das einer wichtigen Schmargendorfer Großsülzerei beibringen sollte, die bereits mit gespitzten Bleistiften über den Auftragsbüchern saß und auf seinen Anruf wartete.

»Canapés, Krabben-Cocktail, Chicorée-Schiffchen«, improvisierte sie. »Nicht immer alles so schwer.«

»Busservice zwischen dem Meeresgöttin Ran 2000 und dem Ekke Nekkepenn?«, fragte er.

»Oldtimer«, sagte sie. »Vorkriegsmodelle.«

»Soll ich Heidi anrufen?«

»Mit Chauffeur. Chauffeurinnen. Was fürs Auge. Sechs, sieben Stück müssten reichen. Siebensitzer. Das ist ja nicht weit. Pendelverkehr.«

»Wir rechnen mit ...«

»Hundert Personen. Und ein paar Zerquetschte.«

Er nickte.

»Und – Vollrath.« Er beugte sich ein Stück Richtung Schreibtischlampe, damit sie sah, wie sehr er ihr zuhörte.

»Das ist das wichtigste Ding, das wir jetzt noch für den Kegel machen. Das ist die entscheidende Phase gerade.« Sie wusste, dass er dramatische Formulierungen zu schätzen wusste.

Vollrath schaute alarmiert. »Haben wir immer noch keine Mieter für den Kegel? Also, dass sich das dann trägt am Ende?«

Sie schloss kurz die Augen, um ihn wenigstens für einen Moment nicht sehen zu müssen. Weil Vollrath so zuverlässig im alltäglichen Kleinkram war, vergaß sie manchmal, wie wenig er vom großen Ganzen begriff.

»Vollrath«, sagte die Architektin. »Darum geht es doch gar nicht.«

»Ich weiß«, log Vollrath, das merkte sie immer gleich. »Nur, weil wir im ersten Quartal diese große Sause zur Mieterakquise in den Wannsee-Terrassen gemacht haben, also …«

»Sagen Sie bitte nicht Sause«, sagte sie. »Und natürlich machen wir so was. Das ist doch klar. Vielleicht möchte ja wirklich jemand diese Büroräume mieten. Aber dafür sind die Quadratmeterpreise, die wir kalkuliert haben, vermutlich zu hoch. Muss ich Ihnen das wirklich alles noch mal erklären?«

Sie hatte es ihm noch nie erklärt. Weil es vulgär gewesen wäre, das alles auszusprechen. Wie es immer nur darum ging, möglichst viele Bälle in der Luft zu halten. Dass man das höchste Gebäude der Stadt nicht deshalb baute, weil jemand das Gebäude brauchte, die Tausenden von Quadratmetern Bürofläche, die es darin geben würde. Sondern, weil es ging. Weil man die Grundstücke hatte, auf denen das Gebäude entstehen sollte. Weil man die Pläne für das Gebäude hatte. Weil man die Baufirma hatte, die diese Pläne umsetzen konnte. Weil man die Verbindungen hatte, die einem ermöglichten, mit der eigenen Baufirma die eigenen Baupläne zu verwirklichen. Ob dabei am Ende ein Gebäude herauskam, das jemand mieten, kaufen, versteigern oder pleite gehen lassen wollte, war unerheblich. Solange es immer weiterging, die Bälle in der Luft blieben und danach wieder was Neues kam. Womöglich war es zu viel verlangt, dass Vollrath das verstand. Wenn es doch sonst so gut wie niemand in der ganzen halben Stadt merkte, merken wollte oder verstand. Es musste nur einfach immer weitergehen. Und damit die aktuellen Finanzierungslücken geschlossen wurden und der Baustopp wieder aufgehoben wurde, mussten die Kommanditisten ihre Einlagen erhöhen. Davon würde sie diese grauen Männer, die so gern mit ihr schillern und glänzen wollten, auf Sylt überzeugen.

»Wenn da in Sylt beim K77 nicht ein Drittel bis die Hälfte von den Kommanditisten ihre Einlagen erhöht, gerne verdoppelt, können wir den Rohbau auseinanderschrauben und die Fläche wieder als Schrottplatz verpachten.« Sie wusste, dass Vollrath keine Katastrophen-Szenarien mochte, darum probierte sie an ihm gern welche aus.

»K77?«, sagte er erschrocken.

»So nennen wir das. Kegel siebenundsiebzig. Unser großes Neujahrsfest für die Kommanditisten.«

»Also nicht 73 oder 74, sondern ...«

»Weil ’77 alles über die Bühne ist, ’77 haben alle ihr Geld, alle sind glücklich, oder sie haben vergessen, wie viel sie verloren haben. Darum ist das unsere Marke. K77. Der Gestalterkreis macht was Schönes für die Einladungen. Ein Logo.«

»Also K77 am 2. Januar.«

»Mit Strandsauna. Einem nackten Mann kann man besser in die Tasche greifen. Darum«, das Schreibtischlicht bestand jetzt nur noch aus ihrem Zigarettenrauch, als wäre es solide, »darf und wird nichts schiefgehen bei dieser Sache.« Die Architektin räusperte sich, wie sie es manchmal tat, bevor sie den Qualm sanft nach unten aus ihren Nasenlöchern entweichen ließ. Als wäre das Rauchen eine Mahlzeit. »Keine Nebengeräusche«, sagte sie. »Das muss alles wie am Schnürchen laufen. Das ist Ihr Beitrag, Vollrath, und darauf freue ich mich.«

Er nickte und schluckte – das sah sie genau – seinen alten Lieblingssatz herunter, den sie ihm abgewöhnt hatte: Kommt Zeit, kommt Rat, kommt Vollrath.

Sobald er draußen in seinem merkwürdigen Vorzimmer war, nicht Teil vom Flur, nicht Teil des Chefzimmers, wie ein Hundekörbchen vor der Schlafzimmertür, würde er sich die Hand unter die Brokatkrawatte legen, das wusste sie. Gastritis mit Anfang dreißig, der Stress. Der Arzt sagte: Sie müssen mehr an die frische Luft, Sie sind doch ein junger Mann, Sie brauchen Bewegung. Trimm dich. Gehen Sie in einen Sportverein. Seine Mutter, am Telefon: Isst du denn auch richtig in Berlin. Wer kocht denn für dich.

Und die Architektin wusste, dass er bei erster Gelegenheit ihren Ex-Mann anrufen würde. Den ehemaligen Baustadtrat und Bezirksbürgermeister, der sie auf die Stadt losgelassen hatte. Seine Worte. Der ihr überall da, wo die Türen nicht von alleine aufflogen, wenn sie kam, Eintritt verschaffte, mit guten Worten, warmem Händedruck oder einfach dadurch, dass er sie sanft einen halben Meter vorausschob, seine große, fast ganz runde Hand mit den professionell gepflegten Nägeln, gerade weit genug über ihrem Hintern, dass es nicht unverschämt aussah.

Im Nebenjob hielt Vollrath diesen geschiedenen Mann, der in Bayern lebte und West-Berlin nicht loslassen konnte, darüber auf dem Laufenden, was die Architektin im Schilde welcher Firma führte. Damit ihrem Ex-Mann das nicht auch noch eines

Tages alles um die Ohren flog: Der Ex-Mann, Ex-Baustadtrat, Ex-Bezirksbürgermeister war davon überzeugt, dass er durch seine alte Verbindung mit der Architektin auf einem Pulverfass saß. Er zahlte Vollrath tausend Mark im Monat dafür, dass dieser ihm Bericht erstattete. Immer mal wieder zwischendurch, weil seine Schichten bei der Architektin von morgens um sieben bis in die Puppen gingen.

Von Vollrath wusste der Ex-Mann, wie die Architektin das mit den Grundstücken gedreht hatte, auf denen jetzt der Kegel gebaut wurde: wie sie sich die vor Jahren zu Spottpreisen besorgt hatte, um sie dann kurz vor Baubeginn für ein Vielfaches an die Stadt zu verkaufen. Schrottland, Fläche, die niemand brauchte. Bis es in Hinterzimmern oder in einem Vorzimmer, in einem Empfangssaal, vor einer Drehtür oder an einem anderen Schwellenort in dieser Schwellenstadt hieß, dort müsste ein Drehkreuz hin, für den Verkehr der Zukunft. Eine verlängerte U-Bahn-Linie 9, eine neue U-Bahn-Linie 10, ein neues Rathaus, eine neue Auf- und Abfahrt des Autobahn-Abschnittes Westtangente. Eines Tages. Die Architektin hatte schon Gewinn gemacht, bevor sie überhaupt anfing, den Kegel zu bauen.

Die Architektin stellte sich vor, wie ihr Ex-Mann sich die Hände rieb, wenn er so was hörte. Vor Begeisterung und Erschrecken. Sie waren im Guten auseinandergegangen, er feuerte sie insgeheim immer noch an wie sonst nur auf Heimatbesuch die Hertha bei »Holsten am Zoo«. Wer dort ein Bier wollte, schaltete mit einem Schalter die schwarz-weiße Fußballleuchte am Tisch an, dann kam die Bedienung und brachte frisches Schultheiß.

Dass ihr Büroleiter ihren Ex-Mann über sie auf dem Laufenden hielt, wusste die Architektin vom lieben Ladius, den sie neuerdings ihren Anderthalb-Millionen-Mann nannte, der war vom Fach. Diese Informationskreisläufe gefielen ihr, kommunizierende Röhren, das hat etwas Berechenbares. Sie gönnte Vollrath die tausend Mark, die ihr Ex-Mann ihm zahlte. Sie malte sich aus, wie er sie in bar bekam und wie Vollrath die Augen niederschlug vorm Blick des Mannes mit der Fellmütze auf den blauen Hundertmarkscheinen, der durchschaute jeden.

Um Vollrath ein bisschen zu piesacken, streifte die Architektin immer wieder ihre Pumps unterm Schreibtisch ab, bevor sie ihr Arbeitszimmer Richtung Tür durchmaß, lautlos. Sie drückte schnell die Klinke hinunter und steckte den Kopf in Vollraths Zwischenwelt. Er drückte sich sofort den Telefonhörer ins Revers, um ihn lautlos und undurchdringlich zu machen, und formte geistesgegenwärtig mit dem Mund die Silben »kein Aspik« in ihre Richtung.

»Und Vollrath«, sagte sie. »Kein Wort über K77 an die Presse. Ich will, dass es im Moment ganz und gar still um den Kegel ist.«

Vollrath nickte schmerzlich.

»Ich weiß, es gibt schon wieder Unruhe wegen des Baustopps und wegen des Geredes über Finanzierungslücken.« Sie meinte durch Vollraths Revers zu hören, wie ihr Ex-Mann ungeduldig wurde. »Das möchte ich alles sotto voce regeln. Ich verlass mich da auf Sie. Keinen Piep über den Kegel, bis wir wieder gute Nachrichten haben.«

Vor seinem ersten Praktikumstag hatte Otto Bretz Spandau noch nie betreten. Der Nachkriegsschutt war hier etwas weniger dringlich weggeräumt worden, sodass der Stadtteil die Aura einer schlecht aufgeräumten Abstellkammer hatte. Wie überall in West-Berlin waren die Straßenschneisen breit, die Fassadenputze nikotinfarben und die Zweckbauten gerade so hoch, dass sie einem den Morgenhimmel verdeckten, wenn man unmittelbar vor ihnen stand. Der Stadtteil strahlte auf Otto eine gewisse Selbstgenügsamkeit aus, die dafür sorgte, dass er sich noch einsamer fühlte: Hier schien nun wirklich niemand auf ihn zu warten. Am Wochenende war Bluesrock in der Zitadelle.

Vorm unscheinbaren Verlagsgebäude haderte Otto mit seinem Status. Er war ein Niemand: kein Schüler mehr, kein Abiturient, aber auch kein Erwachsener. Die Welt, die so trügerisch stillzustehen schien, drehte sich immer, wenn er sie betreten wollte, ein Stück weiter, sodass er wieder herunterfiel. Im Moment war er nichts, denn ein Praktikant wäre er erst, sobald er die sechs Stufen zur doppelflügeligen Blechrahmentür hinaufstieg und sich im Sekretariat zu erkennen gab.

Zwei, drei Atemzüge lang gefiel es ihm ganz gut, ein Niemand zu sein, einfach verschwinden zu können. Dann atmete

Otto aus und sprang die Stufen hinauf, als könnte er es nicht erwarten.

Erst mal verirrte er sich in die Setzerei, und die vier Leute, die da rumstanden, schauten ihn ganz mitleidig an. Drei Männer und eine Frau, wobei einer der Männer die langen Haare am Hinterkopf zu einem Dutt geknotet hatte, Arbeitsplatzsicherheit. Die Frau sah aus, als hätte sie sich vor einer Minute die Haare selbst abgeschnitten, die Schere hatte sie noch in der Hand.

»Wo ist denn hier die Redaktion?«, fragte Otto.

»Müssen wir hier wieder einen Sozialfall durchfüttern?«, fragte einer der beiden älteren Männer, und Otto antwortete, als ginge die Frage an ihn: »Also, ich krieg nur siebzig Mark im Monat.«

Der mit dem Dutt rieb sich die Stirn. »Und wie kannst du dir das leisten? Reicher Vater?«

»Nee«, sagte Otto. Hier geriet man ja schnell in die Defensive. Aber das dachte er überall. »Ich wohn noch bei meiner Mutter.«

»Bist du zwölf?«, fragte die Frau mit der Schere.

»Neunzehn, aber ich such eine Wohngemeinschaft«, sagte Otto. Das Wort war ihm noch ganz fremd im Mund, er kannte das nur aus dem Fernsehen, und wenn sein Vater erklärt hatte, dort säßen die Staatsfeinde. »Ich heiße Otto.«

»Otto«, sagte der Typ mit dem Dutt, der sich als Enver vorstellte. Otto sah, dass er nicht auf einem Bürostuhl saß, sondern in einem Rollstuhl. »Richtiger Bürgername. Otto, eine Frage an dich als Fachmann: Licht oder Blei?«

Die beiden älteren Setzer hatten die Hände in den Hüften oder vor der Brust verschränkt, als hinge was von Ottos Antwort ab. Durch eine schmutzige Glaswand, unterteilt von rostigen Streben, konnte er in die Druckerei schauen, wo gerade Prospekte durch die Rotation liefen, das sah er an den farbigen

Rahmen und dem Format, Bolle oder Kaiser's. Er meinte, Druckerschwärze und Maschinenöl zu riechen.

»Blei«, sagte er, weil er das Wort Bleiwüste mochte.

Enver nahm ihn von unten in einen kurzen, aber engen Schwitzkasten und brüllte, nah an Ottos Ohr: »Der Genosse steht auf der Seite der Arbeiterklasse!«, dann schlug er Otto auf den Rücken, wodurch Otto merkte, dass es wohl eine Umarmung gewesen war.

Die beiden alten Setzer nickten, als hätten sie Otto ansonsten am Hosenboden wieder vor die Tür gesetzt.

»Spalter«, sagte die Frau mit den abgeschnittenen Haaren, wobei sie die Schere auf ihn richtete wie ein Klappmesser. »Und ich hätte fast ein WG-Zimmer für dich gehabt.«

»Bleisatz ist der Nektar der Arbeiterklasse«, sagte Enver.

»Lichtsatz ist die Zukunft«, sagte die Frau, die ihm später sagte, sie hieße Ann, und viel später, das käme von Anita. »Und ohne Zukunft ist deine Arbeiterklasse im Eimer, Enver.«

»Fortschrittsgläubigkeit im Kapitalismus ist eine Fiktion der herrschenden Klasse«, sagte Enver.

»Wo ist denn jetzt das Sekretariat, also, vom Chefredakteur?«, sagte Otto. Die Satzmelodie klang, als würde er ein paar Oberstüfler nach dem Büro vom Direx fragen, und die ignorierten ihn, weil er erst in der Siebten war.

»Die Treppe hoch, links und dann immer der Nase nach«, sagte Ann und zeigte geradeaus, »drei Stufen hinauf in einen längeren Gang, am Ende eine Treppe hoch.«

»Ja«, sagte Enver, »wenn's nach Geld stinkt, bist du richtig.«

Auch der Chefredakteur behandelte Otto wie ein Kind, vor allem sah er ihn so an, als hätte er einen Schülerpraktikanten vergessen, Schnuppertage. Vielleicht lag es an Haralds Sakko, das Otto links und rechts von den Schultern hing, als hätte er Pflastersteine in den Taschen. Alles, was er anzog, war zu groß, seit er nicht mehr die Sachen von C&A trug, die seine Mutter ihm gekauft hatte.

Im Büro des Chefredakteurs, in der Lokalredaktion und im Flur zwischen beiden Räumen lag ausgeatmeter Zigarettenqualm wie ein Wetter, an das man sich besser schnell gewöhnte.

Anfangs ließen sie ihn das Kinoprogramm aufschreiben, war das eigentlich ein Witz? Oder erzählte Otto es später nur so? Es gab ein Programmtelefon, da konnte man anrufen, eine vierstellige Zahl im Ortsnetz. Eine wütende Tonbandstimme las einem die Kinos, die Filme und die Anfangszeiten der Vorführungen vor, in alphabetischer Reihenfolge der Kinos, von Adria bis Zoo-Palast. In Ottos Erinnerung oder seiner Erzählung machten das eigentlich die Setzer, also Ann, aber die war froh, dass sie die lästige Aufgabe los war: mitschreiben, wie jemand die Kinozeiten vorlas, damit sie das im Volksblatt im Kulturteil neben den Anzeigen in fünf Punkt bringen konnten, einmal die Woche freitags.

Dann hatte jemand in Staaken Kaninchen geklaut. Bei Bauarbeiten in der Gropiusstadt war wieder eine Fliegerbombe gefunden worden, so richtige Nachkriegsgeschichten. Stand hier die Zeit still? Der erste Zweispalter, für den er sogar ein bisschen rumtelefonierte: Zwillingsbrüder, die auf einer gemeinsamen Taxilizenz fuhren, die Anzahl war streng begrenzt. So konnten sie ihren Benz rund um die Uhr laufen lassen, das war natürlich illegal. Otto dachte sich eine Überschrift aus, für die er sich ein bisschen schämte: »Der doppelte Droschkenkutscher«.

Eines Abends in der zweiten Woche sagte die Lokalchefin, an deren Tischkante er saß: »Auf der Baustelle sind Gespenster.«

Otto hörte sie erst gar nicht, weil er gerade wieder dabei war,

das Programmtelefon abzuhören. Er war erst bei F wie Filmbühne Wien eins bis fünf. Er legte auf. »Was?«, fragte er.

»Wie bitte?«, sagte seine Chefin, die Hausmann hieß und mit
dem Kürzel Hm. zeichnete, was jedem ihrer Texte eine nachdenkliche Note verlieh. Sie galt möglicherweise auch deshalb als
große Skeptikerin der Spandauer und Gesamt-West-Berliner
Lokalpolitik. Der Kaninchendiebstahl und der doppelte Droschkenkutscher waren unter ihrem Kürzel erschienen, Otto hatte
nur zugearbeitet, er hatte noch nie seinen Namen im Blatt gesehen, egal, in welcher Abkürzung. Hm. riss ihm den obersten
Zettel vom Block ab, schwungvoll, sodass ein Teil der Spiralper-
foration noch dranhing, ihre Telefonnotizen:

Baustelle
Gespenster
??

»Ist ja ein dolles Ding«, sagte Otto mit sanfter Ironie.

»Ja, Steglitzer Kegel«, sagte Hm. »Das Hochhaus da. Das
höchste Haus der Stadt. Also, der höchste Rohbau der Stadt. Gespenster. Das ist was Buntes für weiter hinten im Lokalen.«

»Da brauche ich ja eine Stunde hin«, sagte Otto, weil das alle
sagten, wenn sie, wie es hieß, »in die Stadt« oder »nach Berlin«
fuhren.

»Dann rufst du durch und diktierst Margot vierzig Zeilen, für
die erste Ausgabe. Also flinke Füße. Und wenn's was zu sehen
gibt, dann schick ich dir Hermann, der knipst im Rathaus die
Gebinde vom Bestatterwettkränzeflechten, aber, na ja, auf der
Baustelle ist sowieso nichts zu sehen. Denn das sind ja Gespenster.« Sie kicherte. »Margot ist die Sekretärin vom Chef, die kann
Steno.«

Otto wollte was sagen, aber sie unterbrach ihn. »Du kannst danach gleich in der Stadt bleiben. Du wohnst doch da.«

Sie ließen einen hier nie vergessen, wenn man nicht aus Spandau kam.

»Warum machen wir was über eine Baustelle in Steglitz, das interessiert hier doch keinen?«, sagte Otto und blieb sitzen, die Beine übereinandergeschlagen, in Gedanken war er noch oder wieder bei der Filmbühne Wien.

»Weil du Praktikant bist, und weil mich der Polier sonst morgen wieder anruft. Das ist schon das dritte Mal. Bei der BZ und so lachen die den aus.«

»Warum lachen *wir* nicht mal die Leute aus?«, fragte Otto neugierig.

»Wir sind Spandau«, sagte seine Chefin. »Wir lachen niemanden aus.« Otto nickte. Das verstand er. »Und vergiss nicht das Kinoprogramm.«

Er seufzte und klemmte sich den Hörer mithilfe einer hellgelben Gummiverlängerung hinters Ohr. Im Adria lief immer noch »Zwei wie Pech und Schwefel«.

Aspik und Asbest, und worüber die Architektin sich nicht noch alles Gedanken machen musste.

Als die Asbest-Leute aus dem Raum waren, ihre Fragen nach Zahlungsfristen und offenen Rechnungen unbeantwortet wie der unaufgelöste Akkord am Ende einer unvollendeten Symphonie, schob die Architektin deren Papiere auseinander und ließ ihre Augen auf den Zahlen ruhen.

Welche Klasse von Asbest war die richtige, die beste?

Die billigste, weil man Geld sparte und mehr berechnen konnte? Die teuerste, weil man andere Kosten darin unterbringen konnte? Eine Höhle aus Zahlen, in der sie andere Zahlen verstecken konnte. Eine Säule aus Zahlen, mit einem geheimen Stockwerk oder einer geheimen Anzahl geheimer Stockwerke.

Vollrath und sein Aspik: Die Sülze war vielleicht doch nicht von der Hand zu weisen.

Der Asbest war nicht dafür da, Brände zu verhindern. Der Asbest war dafür da, Vorschriften zu erfüllen, ohne die man keine Höhlen bauen und aus Zahlen Säulen errichten konnte.

Die Sülze war nicht zum Essen da. Sie war ein optisches Signal. Sie musste nur auf den Büfetts stehen, zwischen den

Fleischtöpfen: als Zeichen, ihr seid immer noch zu Hause. Mag sein, dass das hier die große weite Welt ist. Ihr seid weit gekommen, ihr habt viel hinter euch gelassen, aber es war auch nicht alles verkehrt, was früher war. Die Sülze war ewig, die Sülze war der Anker in die Vergangenheit.

»Vollrath, wegen dem Aspik? Kommando zurück.«

Sylt und Sülze, jemand sollte ihr ein ikonischeres Duo nennen. Sülze, das war West-Berlin, die Stadt in der Tiefsee. Sylt, das war reines Westdeutschland. Sylt und Sülze, das war das Beste am Westen, das Bodenständige und der Glamour. Das, was ihr damals, vor zwanzig, fünfundzwanzig Jahren, wie die große Welt vorgekommen war.

Im Hörsaal saßen damals, in der Zone, außer ihr nur zwei andere Frauen, ganz am anderen Ende. Weiter hinten, wo der Wind durch die vom Regen verzogenen Fensterrahmen pfiff. Von der zweiten Reihe aus sah sie die beiden schräg von unten, Faltenröcke, Wollstrumpfhosen.

Der Professor, ganz zu Beginn: »Ich sehe, die Herren sind nicht ganz unter sich. Drei Damen immerhin, das wird ja immer besser. Voriges Semester war es nur eine, und die war eigentlich ein Mann.« Sie verstand nicht, ob der Professor das anerkennend gemeint hatte: so gut, dass die Kommilitonin im Grunde ein Mann war, oder abwertend: keine richtige Frau. Heiterkeit unter den Erstsemestern, die danach rochen, was sie sich in die Haare schmierten und was sie sich in die Lungen rauchten. Die Luft im Raum war kalt und dick, das sollte ihr immer als Erinnerung bleiben an die Jahre in der Tiefsee, wo jede Bewegung mühsam und das Licht von Oktober bis April gedämpft war, Wintersemester. Darüber der süßliche Geruch von Braunkohle.

»Wollen Sie sich nicht zu Ihren Geschlechtsgenossinnen setzen?«, fragte der Professor und ließ seinen Blick von ihr nach hinten in den Saal wandern, wo die beiden anderen saßen. Das Wort Geschlechtsgenossinnen widerte sie an: Nicht nur, dass man hier mit allen und jedem Genossin sein musste, jetzt zog dieser kriegsversehrte Hagestolz auch noch ihr Geschlecht heran und sprach es aus mit einer Betonung auf schlecht.

»Warum sind Sie so wenige? Interessieren Frauen sich nicht für den Aufbau des Arbeiter- und Bauernstaates, sondern nur für seine Dekoration? Wenn Sie in die Innenarchitektur wollen, dann hätten Sie es sich einfacher machen können, das sage ich Ihnen: Raumausstatter ist auch eine schöne Ausbildung und bedeutend kürzer.«

Offenbar erwartete er eine Antwort, jedenfalls verschränkte er jetzt die Arme vor der Brust und lehnte sich an die in drei Ebenen übereinander verschiebbare Tafel, abgeschlagen an den Kanten. Aus dem hinteren, oberen Bereich des Hörsaals, wo sie ihre sogenannten Geschlechtsgenossinnen wusste, kam kein Piep, das nötigte ihr Respekt ab, obwohl sie nicht wusste, ob die Stille von dort verlegen war oder eher trotzig, wütend.

Aber sie konnte nie die Klappe halten, vorher nicht, später nicht und in diesem Moment schon gar nicht.

»Wollen Sie nicht langsam anfangen?«, fragte sie. »Sonst dauert unsere Ausbildung noch länger.«

Der Professor musterte sie mit einem Blick, den sie längst kannte: ein schnelles Abwägen, ob hier jemand frech und zu bestrafen oder auf putzige Weise herausfordernd und deshalb zu tolerieren war. Sie war gerade neunzehn und begriff, dass ihre Stärke darin lag, dass bei ihr dieses Abwägen ohne Entscheidung blieb, ratlos, das Urteil in der Schwebe. Soso, Fräulein. Na, wir sprechen uns noch.

Der Professor drehte sich um, die Tafelkreide schon gezückt, und jetzt hetzte er sie und alle anderen durch die Grundbegriffe der Statik, als wollte er ihnen aufs Schmerzhafteste beweisen, dass er nie daran gedacht hatte, auch nur eine Sekunde zu verschwenden, insbesondere der Person in der zweiten Reihe, blonde Haare in einem schneckenförmigen Pferdeschwanz.

»Haben Sie ein Glück, dass der Alte kein Kader ist«, sagte ein Junge mit albernster Pfeife nach der Vorlesung zu ihr.

»Wieso?«, fragte sie.

»Das ist ein Bürgerlicher, der macht das hier alles nur auf Bewährung. Eine falsche Bewegung, und der begradigt Grabzeilen in der Friedhofsplanung.«

»Wieso siezen Sie mich?«, fragte sie.

Er runzelte die Stirn und sah ihr auf die Brüste. Sie sah durch ihn hindurch zu den beiden anderen Frauen in der letzten Reihe. Sie warteten darauf, dass die Männer die Mittelgänge zwischen den engen Sitzreihen freigaben. In den Gängen aber hatte sich, wie ihr Vater gesagt hätte, das eine oder andere Tabakskollegium gebildet. Die männlichen Studenten wirkten auf sie, als studierten sie nur, um sich davon zu überzeugen, dass sich alles so verhielt, wie sie es schon immer gewusst hatten. Sie verschwand, bevor es zu einer Verschwesterung mit den Kommilitoninnen kommen konnte. Sie war ratlos im Umgang mit Menschen, solange unklar war, wer was von einem wollte, und weshalb.

Die beiden anderen Frauen ließen sich allerdings nicht abschrecken, Edith und Elisabeth, genannt Ditha und Sabi, als hätten sie einen Abend gebraucht, sich gegenseitig die Spitznamen zu geben. Als sie sie in der Bibliothek auftrieben, wo man durch die Leerstellen in den Regalen den ganzen Raum durchblicken konnte, wirkte es, als folgten sie einem kybernetischen Protokoll, auf dessen Ablauf sie keinen Einfluss hatten. Man war Frau, man war deutlich in der Unterzahl, man identifizierte eine weitere Frau, man nahm Kontakt auf, man war nun drei Frauen.

Ihr gefiel zwar, wie wütend die beiden waren, aber es kam ihr auch anstrengend vor. Sie nahm sich vor, im weiteren Verlauf ihres Lebens möglichst wenig Gründe zu haben, wütend zu sein. Sie nahm sich vor, mit ihren Kräften zu haushalten.

Sie lernte, dass die beiden als beste Freundinnen, und durch ein kompliziertes Maschenwerk aus Eifersucht, Vertrautheit, Gewohnheit, Liebe und Angst miteinander verstrickt waren. Auch das schien ihr anstrengend. Sie fragte sich, ob das ein Problem von ihr war, ein Komplex, wie man sagte: dass sie die zwischenmenschlichen Anstrengungen scheute.

Sie saß allein in der Bibliothek, weil sie mehr Arbeit als die meisten anderen in ihre Hausaufgaben und in die Vorbereitung der technischen Klausuren steckte. Sie saß allein in der Kneipe, weil sie vormittags oder kurz vor Schluss dorthin ging. Sie fuhr mit der Reichsbahn nach Berlin, um sich die Stalinallee anzuschauen und die unfassbar aufregende Grube, wo das Stadtschloss gestanden hatte und angesichts derer nun alle über den neuen Palast fachsimpelten, obwohl sie ihn nur aus dem »Neuen Deutschland« kannten. Sie stand allein am Bauzaun und sah in die Grube, und die Grube sah in sie, sie ahnte die Dimensionen dessen, was da zerstört worden war und die Dimensionen dessen, was nun kommen sollte, und sie war froh, dieses erhabene Gefühl mit niemandem teilen zu müssen.

Die Wut von Ditha und Sabi richtete sich gegen die Eltern: froh, endlich »da raus« zu sein. Zuerst hielt sie die beiden für Schwestern. Aber die Eltern der einen waren längst im Westen, mit dem Bruder, und es blieb unklar, ob Ditha ihre Familie vermisste oder einfach nur wegen der Scherereien wütend war, die das unter Umständen für sie nach sich ziehen konnte (wenn das vor der Studienplatzvergabe passiert wäre, Prost Mahlzeit). Sabis Eltern erdrückten sie mit ihrer Fürsorge, sie packte die mütterlichen Pakete aus Stralsund aus und machte sich lustig über den Inhalt, ach, das olle Quittengelee schon wieder, ach, hat der Nachbar wieder Sanddorn gebrannt, aber teilen wollte sie dann doch nicht. Das schmeckt euch eh nicht.

Ihre Wut richtete sich aber auch gegen die Kommilitonen und die Professoren, die Projektleiter auf den Baustellen, die Zeichner, die Poliere, die Bauarbeiter und gegen die Sekretärinnen in den Vorzimmern der Universität und der Hochbauprojektierung, gegen die besonders, denn die hätten sie doch ernster nehmen müssen. Taten sie aber nicht. Sie lobten einander deshalb unablässig gegenseitig, und als es einen Entwurfswettbewerb im dritten Semester gab, Altbausanierung, stimmten sie füreinander, geheim, sodass jede eine Stimme erhielt. Sie wunderten sich, dass ihre Kommilitonin mit dem blonden Zickenzopf, wie Ditha das nannte, nicht wenigstens für eine von ihnen gestimmt hatte, und auf dem Weg in die Mensa, Gulaschsuppe, die nach Allesbrenner schmeckte, warfen sie ihr vor, unsolidarisch zu sein. Das Wort konnte sie langsam auch nicht mehr hören. Man stand morgens auf, möbliertes Zimmer bei einer schweigsamen Kriegswitwe mit erstaunlich vielen hellen Stellen an der Bilderwand, und schon vorm Aufstehen lief man Gefahr, sich unsolidarisch zu verhalten: der Arbeiterklasse und den Bauern gegenüber, die einem durch Schufterei das Privileg des Studiums ermöglichten und die man im Stich ließ, wenn man noch länger liegen blieb; den Genossen, die in den Lagern gefallen waren, und der Roten Armee gegenüber, indem man bei dieser alten Naziwitwe wohnte statt im Studentenwohnheim, weil man hier seine Ruhe hatte und die Witwe über einen erstaunlichen Vorrat an Schwarzkohle und einmal im Monat über

Jacobs-Kaffee verfügte, Westverwandtschaft. Unsolidarisch den Kommilitonen gegenüber, weil man nicht das Kollektiv der Lernenden stärkte, indem man dem allgemein trantütigen Tempo folgte, sondern vorlernte und nachbereitete und die Professoren mit pedantischen Detailfragen daran hinderte, Grundlagen zu verbreitern, bis der Letzte es verstanden hatte. Und nun also auch noch unsolidarisch diesen beiden Frauen gegenüber.

»Für wen hast du denn gestimmt? Für den langen Rüdi und seinen Begegnungspark?«, fragte Sabi und musste über sich selber lachen, denn der lange Rüdi war höchstens eins siebzig und hatte sich den Spitznamen anderswo verdient. Nicht bei Sabi, auch wenn sie so tat.

»Nee«, sagte die Architektin. »Ich habe auch für eine Frau gestimmt.« Sie hatte skizziert, wie man eine Zubringerstraße durch die Altstadt führen könnte, um, damit verquatschte sie sich beim Vortrag ihrer Pläne im Seminar Stadtplanung, »hier schneller wegzukommen«.

Die beiden waren einen Moment schwer von Begriff: »Ich wusste nicht, dass man für sich selbst stimmen kann«, sagte Ditha.

»Kann man immer«, sagte die Architektin.


»Warum gehst du nicht rüber?«, fragte der lange Rüdi, als sie bei ihm auf der Matratze lag. Er hatte sich einen Lattenrost aus Baustellenabfällen zusammengenagelt. Das ganze Arrangement lag auf dem Boden, und man hatte von hier unten einen Blick nach oben in die dadurch leicht verfremdete Alltagswelt. Es fühlte sich an, wie sie sich die atmosphärischen Bilder aus einem neuen französischen Film vorstellte.

Seine Frage fand sie ordinär. Langweilig. Sie antwortete ihm nicht. Das passte ihm gar nicht. Man müsste doch reden, sagte er nach einer Weile. Wir reden doch, sagte sie. Warum antwortest du dann nicht? Man muss nicht auf alles reagieren, sagte sie.

Er war verblüfft, das merkte sie daran, wie lange es dauerte, bis er einschlief.

Am frühen Morgen lief sie durch die Straßen zu ihrem Zimmer, Katzenwäsche und eine frische Bluse vor der ersten Vorlesung, Kopfsteinpflaster unter den Füßen, links und rechts die Häuser der Altstadt im Limbo zwischen fast zerstört und fast renoviert, süßlicher Lackgeruch vom Chemiekombinat, in der Manteltasche zwei feste, dichte Brötchen vom ersten Blech der Konsum-Backstube. Sie konnte nicht verhindern, dass seine Frage ihr weiter durch den Kopf ging. Damit das aufhörte, beantwortete sie die Frage, warum sie nicht »rüber« ging, für sich selbst. Es gab drei Gründe. Der erste war, dass sie nicht wusste, welche Scheine und Prüfungen sie ihr in München, Frankfurt oder an der Freien Universität Berlin anerkennen würden. Man konnte das nicht unauffällig in Erfahrung bringen. Andererseits wusste sie, dass Leute mit dem Abschluss von hier im Westen arbeiteten. Also wollte sie nicht das Risiko eingehen, doppelte Arbeit zu machen. Die Vorstellung war ihr ein Albtraum. Zweitens wollte sie, auch wenn sie Hunderte Kilometer und eine Staatsform weit weg wäre, sich niemals ausmalen müssen, wie die Kommilitonen sagen würden: Na, das war ja klar. Die hat hier auch wirklich gar nicht reingepasst. Mit ihren gebügelten Blusen, den Westzigaretten und den geputzten Schuhen.

Die Westzigaretten kaufte sie der Kriegswitwe ab, die hatte zwei Kinder an den Krupp verloren und fürchtete Lungenkrankheiten, darum durfte man bei ihr auch das Fenster nur heimlich aufmachen, und der Flur roch, als bestünde er aus einer festen, undefinierbaren Substanz, etwas Merkwürdigem, aber Organischem, vor dem man weglaufen wollte. Die Westzigaretten rauchte sie nur, wenn andere zusahen, sie demonstrierte damit, dass ihr egal war, was sie dachten. Sie bot auch gerne welche an, umso freigiebiger, da sie wusste, dass die anderen dann erst recht auf ihren Karos, Juwels und Sempers beharrten. Nur der lange Rüdi hatte keine Probleme damit, dem Klassenfeind die guten Virginia-Tabake wegzuquarzen, wie er das nannte.

Der dritte Grund war, dass sie sich hier zurechtfand und dass ihr nichts so viel Angst machte wie die Vorstellung, sich irgendwo nicht zurechtzufinden.

Ungeduldig holte sie eins von den Brötchen aus der dünnen grauen Tüte, die davon jetzt ganz feucht und warm war. Mit drei, vier Bissen hatte sie das Brötchen erledigt. Das zweite wollte sie im Sitzen essen, auf der Bettkante, mit einem Kaffee aus der Witwenküche.

Und als es so weit war, dachte sie, dass der lange Rüdi doch recht hatte. Mit dem, was er ihr unterstellte. Dass sie anderswo besser aufgehoben wäre. Ihre Strumpfhosenfüße waren kalt auf dem zugigen Parkett des möblierten Zimmers, aber der erste Bissen vom zweiten Brötchen vermischte sich ganz herrlich im Mund mit dem etwas zu dünnen Kaffee. Wenn man einmal dran gedacht hatte, wegzukommen, konnte man es fast nicht mehr aushalten. Also entwarf sie einen Plan, in Gedanken, um ihre drei Bedenken für sich selbst zu zerstreuen: erstens, hier noch das Diplom machen. Zweitens, das beste Diplom machen, damit die anderen dann aber auch richtig was zu gucken hatten, wenn sie damit in der Tasche rüberging. Und drittens, hier noch so viel lernen, dass sie sich, wenn sie im Neuen ankam, genauso gut zurechtfand wie hier. Nicht übers Bauen. Sondern darüber, wie Leute miteinander redeten, wer was wie erreichte und wer Macht über wen hatte, und warum.

»Sie neigen zu Brutalität«, sagte ein Professor, der ihren stadt-
planerischen Beitrag begutachtete: die Ausfallstraße durchs Alt-
stadtzentrum. Und mit Brutalität meinte er keinen Baustil.

»Ich dachte, wir denken neu«, sagte sie.

»Aber Sie dürfen das menschliche Element nicht vernachlässigen.«

Sie schwieg. Man musste nicht immer auf alles reagieren. Er
zeigte mit dem breiten Nikotinfinger auf die Geländebegradi-
gungen, die sie rund um ihre Trasse gezeichnet hatte. »Wo ist
denn hier der Raum für die Menschen? Was hat das mit der
Würde der arbeitenden Bevölkerung zu tun? Sozusagen ausra-
diert zu werden?«

Sie wunderte sich über die Luftschutzbunker-Rhetorik und
zeigte ihrerseits auf ihr elegant geschwungenes Straßenband.
»Ihre Menschen sind hier«, sagte sie. »Was gibt es Würdevolle-
res, als in Bewegung zu sein?«

Später fragte ein Statiker die Studenten im Hörsaal, was sie
am Ende bauen wollten. Er machte sich Sorgen, dass sie die Statik entweder bei Schmuckbauten vernachlässigen oder beim
seriellen Bauen den Fabriken und ihren Ingenieuren überlassen
würden. Ein paar sprachen vom Wiederaufbau der Theater und
Museen, so richtige Wandzeitungsarchitekten waren das. Andere sprachen von den großen Komplexen mit preiswerten,
schnell zu errichtenden Wohnungen für die Werktätigen, die
waren in der Partei.

Sie mochte den Statiker und überlegte sich etwas, was noch
keiner gesagt hatte.

»Ich möchte Hochhäuser bauen«, sagte sie. »In Berlin.«

Die U-Bahnfahrt von Spandau nach Steglitz war so lang, dass einem nichts anderes übrig blieb, als unterwegs sein Leben zu überdenken. Anders konnte Otto sich das Mienenspiel seiner Mitreisenden nicht erklären: zwischen existenzieller Angst und ungläubigem Staunen darüber, was ihnen hier widerfuhr, Alltag in der Großstadt. Vielleicht suchte er aber auch immer nur nach solchen Zuspitzungen. Ein paar von den Leuten sahen auf den zweiten Blick doch auch ganz zufrieden aus. Allerdings stiegen genau diese Leute alle mittendrin aus, Teenies mit Lammfelljacken, Studenten mit Lennon-Brillen. Dann war man wieder unter sich, Rentner, kleine Angestellte und schlecht bezahlte Praktikanten vom Spandauer Volksblatt.

Am Walther-Schreiber-Platz stieg er aus und setzte sich in den 48er-Bus. Auf das »WAGEN HÄLT«-Schild hatte jemand mit Benzinstift gekrakelt, sodass da stand, wenn das Schild aufleuchtete: »Im WAGEN sind ZuHÄLTer«. Die Schlossstraße runter, die Kegel-Baustelle sah man schon von Weitem. Drei Kräne, dazwischen das Stahlskelett, alles wie mit eiligen Strichen in den herbstlichen Nachmittagshimmel skizziert. Rathaus Steglitz stieg Otto aus dem Bus. Im Grunde war das hier auch nur Tempelhof oder Spandau, die ganze Stadt bestand aus vereinzelten kaiserlichen Rathäusern, um die sich Untertanen in ihren Miets- und Kaufhäusern scharten, und dazwischen Wurstbuden.

Je näher er der Baustelle kam, desto mehr schien sie ihm wie ein Dorf, dessen Bewohner am Rande eines gähnenden Abgrunds lebten. Die beigefarbenen Bauwagen erinnerten ihn an die Kinderbücher, mit denen sein Vater seine Jugend neu erfunden hatte. Der Bauzaun schwankte im Herbstwind, an der Außenseite flatterten Plakate von der Urania, dort konnten sich Senioren über Planeten, Pyramiden und das goldene Masuren informieren. Es gab zwei konkurrierende Anhänger-Wurstbuden neben der schlammigen Einfahrt, außen am Zaun.

Otto ließ sich von einem Pförtner durchwinken. Als er die Baustelle betrat, stellte er verwundert fest, dass er die falschen Schuhe anhatte. Ganz normale Halbschuhe, vernünftiges Schuhwerk. Die hatte er noch mit seiner Mutter gekauft, in den Schuhgeschäften Leiser oder Stiller. Zwei Wörter, die ziemlich genau beschrieben, wie er immer geworden war, wenn er mit seiner Mutter Schuhe kaufen gegangen war. Er musste daran denken, ab jetzt immer ein Paar Gummistiefel im Auto zu haben. Und ein Auto.

Er lief über die bauige Schlammstelle und suchte den Polier, als wüsste er, wo der zu finden sei. Der Pförtner hatte nur gleichgültig in die allgemeine Abgrundrichtung gezeigt. Das Hochhausskelett reckte sich orthopädisch gerade in den Himmel, ein mieses Gerippe nur aus Wirbelsäulen und Beckenknochen, Winde jagten einander hindurch, es wuchs aus einer mit Beton ausgegossenen Grube. Sie war rechteckig, so groß und grau, dass Otto für einen Moment den Halt in der Welt verlor. Auf Gerüsten und Betonplattformen standen Bauarbeiter und befestigten Planen vor den Öffnungen des Baukörpers, um ihn vor Witterung zu schützen. Es sah aus, als zögen sie einer nackten Leiche das Tuch über. Allerdings hielten sie jetzt inne, um Otto zu betrachten. Der nickte nach oben, die Bauarbeiter verschränkten die Unterarme auf den Gerüstgeländern und sahen dabei auf ihn herab. Er senkte den Blick, und ihre Stimmen füllten seine Ohren, in ihm ertönte ein tiefes Brummen, es klang wie abgehangener Bluesrock, aus dem sich nach und nach Worte und Verse herausschälten, Otto war sich da ganz sicher.

*Seht ihn euch an*
*den kleinen Mann*
*Die Zehen klamm*
*von uns'rem Schlamm*
*Schwielige Hände*
*rohe Wähähände*
*Er sieht zum ersten Mal*
*schweres Gerät*
*Weil er zum ersten Mal*
*auf der Baustelle steht*
*Er weiß nicht wohin*
*Er weiß nicht was ist*
*Wir warten darauf*
*Dass er sich ver-*
*dammt höflich nach dem Weg erkundigt …*

Otto machte ein lässiges Handzeichen, etwas zwischen Gruß und Wegwerfbewegung. Wo finde ich denn hier den Polier?, wollte er rufen, aber die waren noch nicht mal beim Refrain.

*Er denkt, er wär ein Mann bei der Arbeit*
*Er denkt, er wär ei'ng'lich ganz locker*
*Er denkt, er wär ein Mann bei der Arbeit*
*Dabei ist er ein Stubenhocker*

*Er denkt, er wär ein Mann bei der Arbeit*
*Er denkt, wir wären [Pause] Blues Rocker*
*Dabei stehen wir hier als Chor bereit*
*Und er ist ein Stuhubenhocker*

Otto flüchtete in den nächstbesten Bauwagen, es roch nach Zigaretten, Schrippen, löslichem Kaffee und Mützenfutter. Reporterglück. Der Polier Ehringshausen betrachtete die Tischplatte und sagte: »Sie sind also der Mann von der Zeitung.«

Otto nickte und legte geschäftig seinen Block auf den Tisch. Er klickte sogar mit dem Kugelschreiber.

»Glauben Sie an Gespenster?«, fragte der Polier.

Otto überlegte kurz. Die Antwort fiel ihm leicht. »Ja«, sagte er. Weil ich ein Kind bin, dachte er.

»Haben Sie den Gröning noch erlebt?«, fragte der Polier.

»Nein«, sagte Otto, freute sich aber, dass der Polier ihm zutraute, alt genug zu sein, um sich an den legendären Wunderheiler der Nachkriegszeit zu erinnern.

»Der hat damals meiner Tante das Wasser aus den Beinen geholt«, sagte der Polier. »In Detmold. Mit seinem Heilstrom. Der hat auch gesagt, es gibt unsichtbare Kräfte, da kann er drauf zugreifen, also Geisterwesen, letztlich. Geisterkräfte.«

Otto kratzte sich hinterm Ohr. Es war natürlich gut, die Leute erst mal reden zu lassen, als Reporter brauchte man Geduld, aber vielleicht nicht unbedingt für einen winzigen Einspalter hinten im Lokalen.

»Na ja«, sagte der Polier. »Dann kommense mal mit raus, Herr, äh, Dings.«


Schweres Licht lag über der Szenerie, wie Cordsamt über der Stuhllehne im Handarbeitszimmer. Das Licht hatte es hinter sich, das Licht war erschöpft von einer langen Reise durchs All. Otto kniff trotzdem in der niedrigen Oktobersonne die Augen zusammen.

»Also, wie sah diese Frau genau aus?«, fragte er den Bauarbeiter mit dem dunkelgelben Helm, den der Polier von einem der vertikalen Eisenträger geholt hatte. »Können Sie die beschreiben?«

Der Bauarbeiter, nicht viel älter als Otto, aber ganz müde um die Augen, sah den Polier fragend an.

»Jürgen schläft hier auf der Baustelle«, sagte der Polier entschuldigend. »Im Garderobenwagen. Das ist natürlich verboten. Aber das ist ja nur übergangsweise, ich drück da ein Auge zu. Sonst ist hier nachts nur der Wachschutz, darum hat Jürgen das mitbekommen.«

Jürgen nickte. Er war höchstens zwanzig und viel schmaler, als Otto sich einen Bauarbeiter vorgestellt hätte. »Haben Sie was zu schreiben?«, fragte er Otto. Dann klickte er Ottos Kugelschreiber zurecht und fing an, etwas auf die nächste Seite von Ottos Notizheft zu zeichnen.

Über Kopf und bei dem Licht konnte Otto wenig erkennen, aber er frohlockte: eine Skizze war schon mal gut, für die Seite. Der Geist vom Kegel! Wer kennt diese Frau?

Jürgen gab ihm das Notizheft zurück. Otto fragte sich, ob er vielleicht was ausbrütete, denn just in diesem Moment wurde ihm ganz schwummerig. Es war so eine Kälte, die in ihn zog, als wusste sie genau, wo sie hingehörte, an welche Stellen in seinem Herzen und wo in seinen Gliedern.

Jürgens Zeichnung hatte den zaghaften Strich einer unwillig erbrachten Schulleistung, aber dann, im letzten Arbeitsgang, forsch und fest aufgedrückt, als wollte Jürgen seine anfängliche Behutsamkeit vergessen machen. Dadurch entstand ein Doppelbild, das für einen Moment vor Ottos Augen vibrierte, als hätte es mehr Dimensionen als zwei. Über einen schrägen, schraffierten, breiten Strich, offenbar einen Querbalken, kroch eine anscheinend weibliche Gestalt, zumindest hingen ihre langen Haare entlang ihrer Vorderarme hinunter bis zu den Händen. Vorderarme, weil Jürgen, vermutlich aufgrund seiner zeichnerischen Begrenztheit, die Beine der Figur so ähnlich gemalt hatte wie Arme. Was da hinten aus ihrer wallenden Kleidung kam, sah eher aus wie Hände als Füße, aber Otto, der lieber schrieb als zeichnete, kannte die Problematik. Das Gesicht hatte Jürgen in den ersten, fast zarten Strichen belassen, es bestand nur aus schrägen Augenbrauen und einem runden Mund, wie ein o.

»Was sagt denn die Polizei dazu?«, fragte Otto. »Also, ist da irgendwie Material weggekommen oder so im Zusammenhang mit dieser, äh, Erscheinung?«

Der Polier schüttelte den Kopf.

»Ich war bis vor drei Wochen in der Plötze«, sagte Jürgen. »Darum hab ich auch noch keine Bleibe. Ist nicht so einfach, wenn du aus der JVA kommst. Macht dann auch nicht so Spaß, sich mit der Polizei zu unterhalten.«

Otto ließ sein Notizheft sinken, traute sich aber nicht, es zuzuschlagen, er wollte diese Kreatur nicht auf Dauer darin einschließen.

»Bin schwarzgefahren«, sagte Jürgen. »Gewohnheitsmäßig. Also, Erschleichung von Beförderungsdienstleistungen.«

Otto zögerte, auf der Suche nach seiner nächsten Frage. Jürgen missverstand ihn und sagte, als müsste er eine Erklärung anbieten: »Man ist eben gern unterwegs.«

Otto nickte. »Haben Sie diese ... Frau auch gesehen?«, fragte er den Polier.

»Nee. Aber es gibt noch ein paar andere, die die gesehen haben. Glaube ich.«

»Die würde ich gern mal sprechen.«

»Die sind nicht mehr da. Das sind alles Katholiken. Italiener, Spanier. Die fackeln da nicht lange, wenn die so was sehen. Il diablo. Kann sein, dass die jetzt bei der U-Bahn bauen. Die Namen müsste ich ihnen raussuchen. Das waren drei oder vier.«

»Das hat Zeit.« Einspalter. Dafür musste er sich heute nicht mehr die Füße platt laufen. Mehrere Bauarbeiter bestätigen, dass …, das reichte fürs Erste, das kriegte er schon formuliert. Auch wenn die womöglich einfach besser verdienten bei der U-Bahn, Bauarbeiter waren gesucht.

»Warum wird hier eigentlich alles eingepackt?«, fragte Otto, als der Polier und Jürgen ihn an einer Reihe von Betonmischern vorbeiführten, die mit Planen abgedeckt waren.

»Baustopp«, sagte der Polier. »Das haben Sie oft bei Großbauten. Da ist immer was mit dem Geld.«

»Mit dem Bau stimmt was nicht«, sagte Jürgen aus der Plötze.

»Ich will jedenfalls nicht, dass hier irgendwelche Hippies auf meiner Baustelle rumklettern«, sagte der Polier und öffnete Otto den Zaun. »Oder meinetwegen Geister. Darum muss das an die Presse.« Er nickte Otto zu. »Spandauer Volksblatt. Fangen wir mal klein an.«

Jürgen stand im Tor und winkte Otto zu, als zählte er auf ihn. Otto fragte sich, wo Jürgen heute schlafen würde. Auf dem Weg zum Bus merkte Otto, dass er keine Lust hatte, sein offen umgeschlagenes Notizbuch wie sonst in die Innentasche zu stecken. Er schob es in die rechte Seitentasche von Haralds Sakko, möglichst weit weg vom Herzen. Er stieg in den Bus quer rüber nach Tempelhof, der hielt an jeder Linde und Platane.

»Mama, stör mich mal nicht, ich muss jetzt telefonieren.«

Das Kabel in der Tempelhofer Wohnung war so kurz, dass es gerade zum Telefontischchen im Flur reichte. Man bekam zwar mittlerweile fünf Meter Telefonkabel bei der Post, aber das dauerte drei Monate, wenn man das vor drei Monaten bestellt hätte. Und in drei Monaten wäre er längst weg. Wenn er Ann vom Lichtsatz doch mal auf diese sagenhafte Wohngemeinschaft ansprach, von der sie jetzt noch ein paarmal erzählt hatte. In der immer mal wieder was frei wäre. Aber wohl nur für Leute, die politisch stabil waren. Angeblich hatten die da eine Weile Inge Viett versteckt, die anarchistische Gewalttäterin, wie es auf den Plakaten hieß, mit denen sie gesucht wurde in harten Kontrasten. Aber ob das wohl stimmte. Und warum wohnte Ann da eigentlich nicht?

»Ah, unser rasender Reporter«, sagte Margot am anderen Ende und hustete ab. »Dann schieß mal los.« Und als er fertig war: »Ach du meine Güte. Was hat denn Hm. gegen dich.«

»Ich hab noch ein Bild«, sagte Otto. »Also, wie so ein Phantombild. Von dem Gespenst. Soll ich das noch vorbeibringen?« Zeit war noch. Und wenn er seine Mutter im Wohnzimmer atmen hörte, schien ihm plötzlich eine weitere Stunde BVG nach Spandau gar nicht so unangenehm, vielleicht nahm er sich was zu lesen mit, »Das Kapital«, das sein Vater mal aus Spaß von den Kollegen zum Geburtstag bekommen hatte. Damit er sich mit Enver unterhalten konnte.

»Na ja, du hast dreißig Zeilen«, sagte Margot. »Ohne Bild. Also halt mal die Füße still. Anita schneidet unten eh noch was ab, wenn das nicht passt.«

Einen Moment blieb er sitzen, als das Telefonat vorbei war. Seine erste eigene Geschichte im Lokalteil. Er hatte Margot gar nicht gesagt, was sein Autorenkürzel sein sollte: -tz, wie ein

Schlag aufs Becken. Beim Schlagzeug. So ein richtiger kleiner Knalleffekt.

»Otto?«

Er stand auf und hängte Haralds Sakko an die Garderobe, dunkelgrün lackiertes Holz, ein Lichtblick im ockerfarben tapezierten Flur. Mühsam ging er zur Mutter ins Wohnzimmer. Die unüberlegten Entscheidungen vom vorigen Herbst. Was war damit gemeint, wenn der Vater das schrieb oder sagte? Otto konnte sich an gedämpfte Stimmen aus dem Wohnzimmer erinnern, die des Vaters gepresst, konzentriert, spitz, die der Mutter in die Breite gezogen, verlangsamt, ausgefranst. Aber da war Otto mitten in seiner Übungsreportage gewesen, Erwin, das Hängebauchschwein, und konnten die Eltern nicht einmal Rücksicht auf ihn nehmen. Dann war die Mutter eine Weile weg, bei Oma. Oma hatte einen Resthof in Westdeutschland, der verfiel, weil Oma schon im Heim war, Haus Ruhehafen in Malente, und dann sah seine Mutter nach der Oma und dem Resthof, und er konnte endlich in Ruhe arbeiten. Erwin wurde immer lebendiger, denn der Vater störte ihn nicht, der schrie höchstens den Nowottny oder den Bednarz oder »den Frahm« im Fernsehen an.

»Soll ich uns was zu essen machen?«, fragte seine Mutter, die Hände auf den Knien, jeden Moment würde sie aufstehen.

»Nee, lass mal, ich hab unterwegs gegessen.« Was stimmte. Er hatte zwar das Geld nicht, aber keine Lust, zu Hause in den leeren Kühlschrank zu gucken. »Hast du Hunger?«

Seine Mutter schüttelte den Kopf. »Jetzt noch nicht.«

Eigentlich wollte er sagen: Ich zieh übrigens bald aus, Mama. In eine Wohngemeinschaft. Also, du musst dir dann mal überlegen, was du mit der Wohnung machst. Also, ob du … Untermieter oder so was. Oder vielleicht eine kleinere Wohnung, hier im Block, mal den Hausmeister fragen.

»Ich geh eh noch raus«, sagte er. »Ich schau mal bei Bolle rein.«

Er ging eine Runde um den Block, dachte über Gespenster nach und sah zu, dass er bis viertel sechs an der Fleischtheke war, ab halb sechs fingen die da an, alles abzudecken. Er machte Buletten mit Schmorgurken und Kartoffelpüree und setzte sich zu seiner Mutter. Komm, wir essen vorm Fernseher, damit sie im Sessel sitzen bleiben konnte. Seine Mutter mochte alles mit Detektiven, Miss Marple, Pater Brown.

Als er später im Bett lag, dachte Otto an Jürgen aus der Plötze.

Martha Bretz wachte auf und stellte fest, dass sie immer noch im Sessel saß. Nur, dass sie sich inzwischen angelehnt hatte. Sie mochte das eigentlich nicht, weil der Blick beim Anlehnen so an die Decke ging, da verlor man den Halt. Nur zum Schlafen war das in Ordnung, da schaute sie nach innen, Augenpflege.

Der Mond schien ins Wohnzimmer, vorbei an den schweren Vorhängen, sodass deren orangefarbenes Ovalmuster wie dunkle Augen aussah. Martha Bretz saß lange genug einfach da, um den Mond von einer Scheibe im Fensterkreuz zur nächsten wandern zu sehen. Der Mond war schnell, da gab es kein Vertun. Überhaupt, wie einem die Zeit immer durch die Finger rann.

Das ging los, als dieser zehn Jahre ältere Aufschneider in ihr Leben gekommen war, Spätheimkehrer, und dann gleich auf der Pirsch, überhaupt, das Wort Spätheimkehrer, das passte von Jahr zu Jahr besser zu Siegmar Bretz, den Mann, den sie geheiratet hatte. Er kam immer spät nach Hause und ließ, wenn er da war, keine Gelegenheit aus, ihr verschiedene Arten von Vorwürfen zu machen. Stumme, ohrenbetäubende oder zimmer lautstarke. Als sie merkte, wie viel mehr Freude sie an anderen Männern und Frauen gehabt hätte, war es längst zu spät. Und wenn man einmal anfing mit dem Verpassen, dann gewöhnte man sich ganz schnell daran, das verselbstständigte sich, das ging rasant, und dann: verpasst, den Mann festzuhalten oder richtig loszuwerden. Beim Jungen wollte sie es besser machen. Ihn in Ruhe lassen. Und sich selbst auch endlich.

Ihr Mund schmeckte nach einem alten Zeitungskiosk, wo die Stammgäste gegen ihre Ernte 23 anarbeiteten, gebückt, weil die Decke so niedrig war, aber wie kam sie darauf: weil der Zeitungsmann an der Ecke Tempelhofer Damm sich immer so zum Bezahlfenster bückte. Druckerschwärze, Lakritzkatzenpfoten. Sie musste häufiger rausgehen, mehr Kraft schöpfen. Sie musste zur Post, sie brauchten Geld. Was Siegmar ihr wohl überwiesen hatte. Für all so was musste man Wege gehen. Dafür brauchte man Kraft. Und dann ganz von allein aufstehen, wie ein Apparat, und einen Fuß vor den anderen setzen, schnell wie der Mond.

Im Flur stützte sie sich an den Wänden ab, mal links, mal rechts, die Dunkelheit, die Nächte, die Tage, alles. Sie erschrak, weil ein Seufzen ganz in ihrer Nähe erklang und von der Wand zurückkam, ihr eigenes, aktuelles, oder ein altes, das in der Tapete vor Jahren hängen geblieben war. Die Klosettbrille war kalt an ihrem Hintern. Mit steifen Fingern rollte Martha Bretz die Strumpfhose von ihren Beinen, links, rechts, wie angenehm die Nacht da hauchte, dann die kühlen Fliesen unter den nackten Fußsohlen, sie hasste das aufdringliche Gekräusel vom Badezimmerteppich.

Sie spülte, wusch sich die Hände und putzte sich die Zähne, wie ein Mensch. Sie zog das Kleid aus und fand ihr Nachthemd über dem Badewannenrand. Das war jetzt der trügerische Rausch des Gelingens. Was würde als Nächstes kommen? Dass sie sich richtig ins Bett legte, längs, unter die Decke?

Erst mal setzte sie sich auf den Bettrand und sank ein, der Federkern gähnte. Siegmar hätte so gern ein Wasserbett gehabt.

Aber wie sollte das nach Tempelhof kommen? Und in den vierten Stock? Die Bertners unter ihnen würden sich bedanken. Wenn da was passierte.

Für ein Wasserbett brauchte man eine spezielle Versicherung. Es wäre ihr peinlich gewesen, da anzurufen, bei der Geschäftsstelle von der Hamburg-Mannheimer am T-Damm, ja, guten Tag, hier Bretz, wegen dem Wasserbett noch mal. Dann mach du das doch, hatte sie zu Siegmar gesagt.

Wie soll ich das denn machen, von der Arbeit?

Na ja, warum denn nicht. Ich will ja kein Wasserbett.

Und *ich* darf nie was wollen?

Nun, dachte Martha Bretz, die leere Hälfte des Nicht-Wasserbetts sah eigentlich ganz gut aus.

Wie war sie hierhergekommen? Auf den Bettrand. Sie war neununddreißig. Es war zu spät, noch anarchistische Gewalttäterin zu werden, wie es auf den Plakaten hieß. Die Leute gefielen ihr, die mit den ernsten Gesichtern und traurigen Augen, von denen hätte sie geschwärmt, wenn es die früher schon gegeben hätte. Als sie achtzehn, neunzehn war.

Martha Bretz stützte die Hände auf ihre Knie, zog die Stirn kraus und sah aus dem Schlafzimmerfenster. Der Mond hatte den Weg ums Haus geschafft, als wollte er ein klares Licht auf ihren nächsten Gedanken werfen.

Alle gingen oder wollten gehen, und vielleicht war es am besten, wenn sie das auch mal ausprobierte. Wenn sie auch endlich ging, damit Otto nicht bleiben musste. Oder, damit Otto bleiben oder weggehen konnte, wie er wollte. Damit er ihr nicht Buletten machen musste, und immer ins Wohnzimmer schauen, als blickte er in einen Abgrund.

Sie würde also gehen. Und trotzdem in seiner Nähe bleiben. Sie würde ihn endlich sich selbst überlassen. Damit er seine

Ruhe hatte. Und sie auch. Keine Vorwürfe mehr. Sie würde ihn von oben beobachten. Unauffällig. Er würde es spüren, es würde ihm auf die Nerven fallen, aber womöglich wäre er auch dankbar dafür. Sie würde ihm Platz machen.

Ihr wurde ganz leicht. Sie fand es einen guten Plan.

Für Geister und Gespenster hatte die Architektin keine Zeit. Das waren Erscheinungen, die man nur im Rückspiegel sah. Auf der Rückbank, wenn man nach hinten sah. Sobald man erschrak, verschwanden sie, weil sie ihre Aufgabe erfüllt hatten.

Die Zeitung war etwas kleiner als die anderen, es sah aus, als müssten die da in Spandau Papier sparen. Aber genug Platz für Geister und Gespenster hatten sie. Dafür, dass es spukte auf ihrer Baustelle.

Wer Häuser hatte und Häuser baute und Wohnungen und Büros vermietete, arbeitete ständig mit Geistern und Gespenstern. Kein Haus in der Stadt, wo sie nicht gestorben waren wie die Fliegen. Oder, falls die Wohnung noch neu war, wie etwa ihre Anlagen im Eichkamp und Richtung Tegeler Forst, noch sterben würden. Kein Büro, wo nicht eines Vormittags, zwischen zwei Telefonaten, der Kaffee schon lauwarm, jemand an den Tod dachte oder, in einem der zwei Telefonate, eine Nachricht bekam, die ihn daran erinnerte, wie der Tod Geister und Gespenster ohne Pause produzierte, den lieben langen Tag und abends mit Beleuchtung.

Warum sollte sie erschrecken vor Geistern und Gespenstern oder auch nur überrascht sein. Hier schrieb also jemand darüber, dass es auf ihrer Baustelle spukte. Dies wäre auch ohne zweifelhafte Beobachtung wahr gewesen, oder womöglich sogar wahrer: weil eine Baustelle, auf der wegen eines Baustopps nicht gebaut wurde, ein Gespenstergebäude verursachte. Es fehlten wirklich nur noch die Spinnweben.

Sie fragte sich, ob und wie es mit den Berichten weitergehen würde, und war das eine gute oder eine schlechte Aufmerksamkeit? Was sie nicht so gern lesen wollte: dass sie durch ihre guten Beziehungen zur Senatsbehörde für Bau und Verkehr davon erfahren hatte, dass der Bezirk und die Stadt ein Verkehrsdrehkreuz auf diesen verlassenen Grundstücken im Südwesten bauen wollten, mit einem Hochhaus als Blickfang, Traumfänger. Altmetallhändler, Autosattlereien, Autolackierereien, Autoausschlachtereien. Die Grundstücke kaufte man preiswert und verkaufte es dann für mehr, die Wertsteigerung entstand durch die Information, hier würde in Zukunft Großes gebaut. Ihre Leistung war, diese Information und die Pfennigbeträge zu haben, um den Leuten die Grundstücke abzunehmen, die hatten dann eine Sorge weniger.

Auch nicht gern lesen wollte sie darüber, wie schwierig es sich mit der Mietersuche gestaltete.

Aber wie klein diese Zeitung war. Vollrath, die brauchen Sie nicht mehr zu bringen.

Sie rauchte noch ein wenig, dann ein wenig mehr. Natürlich spukte es auf der Baustelle. Es spukte überall.

Das Telefon summte mit dem Vorzimmerton.

»Der Herr Präsident ist auf Leitung eins«, sagte Vollrath, atemlos, als hätte er gern noch länger Zeit gehabt, um seine Entschuldigung vorzutragen. »Und ich bedaure diesen Text im Spandauer Volksblatt, ich kann mir nicht erklären ...«

»Das ist jetzt ganz schlecht«, sagte die Architektin.

Vollrath machte eine kunstlose Pause, als müsste er Kraft sammeln: »Ich glaube nicht, dass ich ihn abwimmeln kann. Er steht sonst hier vor der Tür, sagt er.«

Die Architektin seufzte, Gespenster.

»Stellen Sie ihn durch.«

Sie dachte an ihr allererstes Telefonat mit Burose. Es war im Pestwinter Ende der Sechziger, die Hongkong-Grippe. Die Krematorien machten Überstunden und durften die Leichen, als sie nicht mehr hinterherkamen, mit Sondergenehmigung des Senats und der Alliierten Kommission in die DDR exportieren, Re-Import der in Urnen verpackten Asche binnen vierzehn Tagen. Alle kannten welche, die »flachlagen«, und man begrüßte sich mit den Worten: »Ach, sind Sie wieder auf dem Damm?« Über die Toten kaum ein Wort. Die Zeitungen und die Sender schwiegen, man kam der Bitte der Behörden nach, das nicht aufzubauschen.

Vormittags klingelte bei der Architektin das Telefon, gelbes Lämpchen, Vorzimmer, und Vollrath sagte: »Ihr Zwölfuhrtermin liegt flach.« Sie hörte ihn mit den breiten Fingern übers Papier des Terminkalenders streichen, wusste aber sofort, um wen es ging: »Herr Burose, Präsident der Oberfinanzdirektion.« Die Titel sagte Vollrath mehr für sich als für sie, sie wusste, wer wer war, Vollrath hörte es sich nur einfach gern sagen. Oder er arbeitete für den Osten und wusste, dass sie abgehört wurden. Ihr war es egal. Solange der Osten nicht anfing, ihr die Häuser wegzubauen, konnten die machen, was sie wollten.

Es klickte in der Leitung, als Vollrath sie mit dem Präsidenten verband, und sie atmete einen Moment, so, dass er es hören konnte.

»Sie haben es also geschafft«, sagte sie, »das freut mich.«

Einen Moment war es still, es klang, als ob er sich sammele. »Danke«, sagte er schließlich.

»Ich habe viel an Sie gedacht.«

»Woher wussten Sie ...«

»Ich weiß alles über Sie.«

Wieder schwieg er einen Moment. Dann: »Es war eine knappe Kiste, um ehrlich zu sein.« Seine Stimme klang ein bisschen heiser, tiefer als vor ein paar Jahren am See, als hätte er Befehle in einem Schützengraben geschrien, oder wenigstens Anweisungen von der Tribüne im Olympiastadion. Es faszinierte sie, wenn Männer außer sich gerieten, aber auf die Dauer war es ihr zu viel, darum heiratete sie Männer, die immer bei sich blieben.

»So?« Sie richtete sich auf. Auskünfte über Machtspiele interessierten sie, die Wettkämpfe, die Männer untereinander ausfochten, um die höhere, in diesem Fall die höchste Stufe zu erreichen: Präsident der Oberfinanzdirektion. Ihr war nicht klar gewesen, dass Burose sich gegen jemanden hatte durchsetzen müssen, und ihr war nicht klar, gegen wen. Das interessierte sie, weil es entweder ein Mann war, den sie falsch eingeschätzt und den sie nun genauer beobachten musste, oder weil es ein Mann war, von dem sie gar nichts wusste und den sie von nun an im Auge behalten musste. Vielleicht jemand aus Westdeutschland.

»Ich war drei Wochen im Behring-Krankenhaus.«

»Ach so.« Das war ihr jetzt so rausgerutscht. Sie hatte ihn missverstanden. Krankheiten interessierten sie nicht, weil sie selbst keine hatte.

»Ich sage nur Hongkong«, sagte Burose, und sie fand nun, dass er eher geschwächt als rechtschaffen abgekämpft klang.

Sie nahm eine neue Zigarette und genoss für einen Moment das Frische, Helle, fast unmerklich Gestreifte, den perfekten Gegenstand.

»Aber ich bin wieder auf dem Damm.«

Sie nickte. Wieder auf dem Damm, ganz oben, aber noch geschwächt. Wer auch immer behauptete, nur die erste Zigarette des Tages sei wirklich gut, hatte keine Ahnung.

Kurz nach diesem Telefonat trafen sie sich auf einen Kaffee bei Bilka, Joachimsthaler Straße hinterm Kranzler-Eck. Das Kaufhaus mit seiner seltsamen Mosaikkuppel lag schon im melancholischen Dunstkreis vom Bahnhof Zoo. Abschied, Wiedersehen, neues Leben, Warten und Hoffnung. Die Vorstellung, man könnte einfach in den Nachtzug nach Paris steigen, Sitzabteil, Ankunft am Gare du Nord morgens um acht, West-Berlin und die Nacht noch in der Kleidung. Der Kaffee bei Bilka kostete vierzig Pfennig, die Kondensmilch hinterließ beim Ausgießen einen festen hellgelben Ring in der Innenseite des kleinen Metallkännchens. Wie die hellbraune Wolke sich durch den Kaffee wühlte, ein Versprechen von Aufbruch, am Ende war alles einfach nur eine kleine Nuance weniger dunkelbraun.

Sie saßen an der Balustrade, die Architektin konnte ihre Finger auf den hellbraunen Plastiküberzug des Metallgeländers legen und den Rauch über die Brüstung in den Hohlraum der Kuppel blasen. Es roch nach nassen Mänteln und 4711, von der Verkaufsfläche unter ihnen hörte man, wie Menschen Dinge erwarben, die sich stapeln ließen.

Sie traf sich geschäftlich gern bei Bilka, weil sie vor mattem Hintergrund noch mehr glänzte, weil es rätselhaft war, weil man den Altersdurchschnitt senkte und weil der Nachtzug nach Paris wie eine unausgesprochene Möglichkeit zweihundert Meter weiter bereitgestellt wurde. Und es war nie verkehrt, sich bodenständig und preisbewusst zu geben.

Der Präsident war etwas ausgezehrter als damals am See, sein Hemdkragen mit viel Platz am Hals. Er fühlte sich sichtlich unwohl in der Umgebung, Bilka war kurz für Billig-Kaufhaus, das gefiel ihr, weil er ihr dadurch auf leichte, unverbindliche Weise ausgeliefert war.

»Was halten Sie von einer kleinen Stärkung?«, fragte sie und sah ihn geradeheraus an.

»Falls Sie die Schwarzwälder Kirsch oder die Donauwelle meinen: Ich weiß es zu schätzen, wenn Sie versuchen, mich aufzupäppeln. Aber ich mache mir nichts aus Süßem.« Sie fand das ganz geistreich, und er redete über sich. Das Wort aufpäppeln mochte sie auch.

»Keine Sorge«, sagte sie. »Außerdem möchte ich natürlich mit Ihnen anstoßen.« Sie holte einen mit Krokoleder ummantelten Flachmann aus der weißen Lackhandtasche und schraubte den Deckel ab, bis er in seiner Halterung baumelte. »Der Cognac hier ist nicht besonders gut«, sagte sie, »darum vertrauen Sie bitte auf meinen Black and White.« Es war Racke Rauchzart. Sie goss davon erst in seine, dann in ihre Kaffeetasse, dann noch mal in seine. Sie tat so, als würde sie das vor dem misstrauischen Blick der Kellnerin verstecken wollen, schwarzes Polyesterkleid, weißes Schürzchen mit Plastikspitzen, aber nur, um der Handlung einen Hauch von Streich und Schummelei zu geben, gemeinsam was Verbotenes tun. Damit die Kellnerin sie dabei in Ruhe ließ, hatte sie ihr einen ganz frischen Zwanzigmarkschein gegeben, zweimal gefaltet.

»Auf Ihr Wohl«, sagte sie und stieß ihre dickwandige Kaffeetasse gegen seine. »Herzliche Glückwünsche!« Es war erstaunlich, wie gut der aufgemotzte Kaffee schmeckte. Vor allem zusammen mit der Zigarette. Sie merkte, wie wohl sie sich fühlte.

»Danke«, sagte der Präsident. »Auf gute Zusammenarbeit.«

Später gingen sie im Tiergarten spazieren. Man sah ihm noch das frisch Aufgeforstete an, die winterlichen Lücken zwischen den etwas zu geraden Baumreihen, dahinter Schuttberge, die sich bei näherer Betrachtung jedes Mal als doch einigermaßen intakte Häuser im Nebel herausstellten. Sie hakte sich bei ihm ein, auch, weil sie den Flachmann am Ende so gründlich geleert hatten, dass in den Tassen gar kein Kaffee mehr zu sehen gewesen war.

»War das wirklich Black and White?«, fragte der Präsident und bewegte dabei seine Zunge prüfend im Mund.

»Ich verschwende doch keinen erstklassigen Scotch an Bilka-Kaffee«, sagte die Architektin. Sie lachten, das ging also auch.

Sie drückte sich ein bisschen fester an ihn, und er verstummte. Die Winterkälte, die frische Luft, ein Gefühl von Aufbruch und Abbruch zugleich. Sie schlenderten ihren Atemfahnen hinterher, und sie fühlte sich lebendig bis in die Haarspitzen und die Zehennägel.

Jetzt, Jahre später, hatte sie ihn also wieder hier am Telefon. Und er riss sie aus Erinnerungen, die ihr ohne seinen Anruf gar nicht gekommen wären.

»Da bist du ja«, sagte er, als er ihr Schweigen in der Leitung nicht mehr aushielt.

»Ja«, sagte sie gemessen. Eine Ungezogenheit, dass er sie anrief.

»Du wirkst nicht erfreut, mich zu hören.«

»Vollrath«, sagte sie. »Gehen Sie mal ausnahmsweise aus der Leitung, Sie ärgern sich sonst hinterher nur über sich selbst.« Ein Klicken in ihrem Hörer, höflich und verschämt. Wahrscheinlich flüchtete sich Vollrath jetzt erst mal in den Kopierraum und erholte sich da im monotonen Brummen und Schnalzen der Xerox-Maschine, so stellte sie sich das vor.

»Geht es bei dir auch mal ohne Spielchen?«, sagte Burose, an seinen Vornamen dachte sie selten.

»Immer«, sagte sie. Wie viele Missverständnisse es zwischen zwei Menschen gab, wenn man nicht von Anfang an immer alles geraderückte. Es war anstrengend.

»Ich mache mir große Sorgen«, sagte Burose, das war eigentlich redundant, sie hörte ja seine Pressstimme. »Was ist das jetzt mit diesem Spuk auf der Baustelle? Warum steht so was in der Zeitung?«

»Das ist irgendein Unfug, der die Menschen unterhält«, sagte sie. »Das sind ein paar Zeilen. Das ist nichts.«

»Das sind drei Antworten«, sagte Burose. »Normalerweise reicht dir eine.«

Sie merkte, dass sie dabei war, sich eine Zigarette zu viel anzustecken. Sie lächelte. Es gefiel ihr, wie der Präsident sich im Nachhinein noch mal ihrer Zuneigung als würdig erwies. Sie hatte nichts dagegen, sich ein bisschen durchschauen zu lassen.

»Denkst du manchmal an Braunlage?«, fragte Burose, und der Effekt verflog.

Im Postamt hatten sie nun einen speziellen Sicherheitsrahmen für das Fahndungsplakat, denn es war mehrfach geklaut worden, vielleicht von Sympathisanten. Daneben hingen Veranstaltungstipps für Makramé, Ikebana und Kochen mit dem Römertopf. Als Otto bei Friseur Kliemke in den Laden kam, damit der endlich den Kinderhaarschnitt wegmachte, sah er, dass Kliemke sich auch eins der Plakate besorgt hatte. Dann brauchten die, so Kliemke, Scheißstudenten nur draufzuzeigen, welche Frisur sie wollten.

»Also darf ich mir eine aussuchen?«, fragte Otto.

»Nee«, sagte Kliemke und zog schon den Kamm aus der hellblauen Desinfektionsflüssigkeit, »dich kenn ich ja. Wie immer?«

Otto wollte um Alternativen bitten, aber Kliemke sagte, man müsste wenigstens weiter unterscheiden können, »wer Männlein und wer Weiblein« war. Hinterher sah Otto aus, als wäre er auf den letzten Drücker noch auf dem Weg nach Vietnam, aber nicht zum Vietcong. Der Herbstwind kitzelte ihn im ausrasierten Nacken.

»Deine Haare sehen dumm aus«, sagte Ann, die so richtig abgebremst hatte auf dem Flur, der neben der Lokalredaktion verlief.

Sie betrachtete ihn durch die offene Tür. Otto hatte einen kleinen Schreibtisch am seitlichen Ende von Chefreporterin Hausmann, Edith, Hm. Quergestellt, mit einer Reiseschreibmaschine, als würde er auch ein bisschen mitspielen dürfen.

»Du siehst aus wie ein Tampon«, sagte Ann. »O.B.«

Otto rollte mit den Augen, als würde ihn das nicht beeindrucken, merkte aber, wie er rot wurde. Margot hatte das naheliegende Kürzel für seinen ersten Einspalter gewählt, O.B., Otto Bretz. Wenn er jetzt ein Gesamtwerk aufbauen wollte, konnte er schlecht nach seinem ersten veröffentlichten Text das Kürzel ändern, -tz. Er musste das jetzt so lange durchhalten, bis die Tamponwitze aufhörten.

»Ein Tampon ist ja nichts Schlimmes«, sagte Ann, die im ersten Lehrjahr Lichtsetzerin lernte, weil sie gern rumfriemelte, wie sie sagte. Sie hatte fünf Geschwister und kam aus Reinickendorf, die ersten drei Jahre nach der mittleren Reife hatte sie Fremdsprachenkorrespondentin gelernt, das hatte sich so ergeben. Automechanikerin war nicht drin gewesen, sie hörte ihren Bruder immer noch lachen. Sie wollte einfach irgendeinen Job, wo sie Latzhose tragen konnte, Fremdsprachenkorrespondentin schied darum aus. Das waren drei Jahre, die sie nicht zurückbekam. Wir füttern dich nicht noch eine Ausbildung lang durch, sagte ihr Vater immer. Du musst dich auch mal entscheiden, Mädchen. Seitdem wanderte sie von einer WG zur nächsten. Irgendwann hatte sie angefangen, die Ausziehsofa-Arrangements bei alten Schulfreundinnen so zu nennen: WGs. Sie hatte also, das war wichtig, WG-Erfahrung, wie Otto, dem sie all diese Informationen mehr oder weniger im Vorbeigehen angeboten hatte, beeindruckt feststellte.

»Ich glaube nicht, dass das mit dem Tampon bei den meisten Lesern die erste Assoziation ist«, sagte Otto würdevoll.

»Nee, nee, bei den Lesern bestimmt nicht«, sagte Ann und betonte die männliche Endung. Sie trommelte mit den Fingerspitzen am Türrahmen, superkurze Nägel, aber nicht gekaut wie bei Otto, sondern gerade geschnitten. In seiner Vorstellung machte sie alles mit dieser riesigen Schere.

»Wegen der WG noch mal«, sagte Ann, und Otto spitzte die Ohren. Warum hieß er überhaupt Otto? Vielleicht brauchte er ein Pseudonym. Etwas ganz anderes. Internationales. John Schreiber. Oder, von seinem Mittelnamen: Leo Bretz. Nun. Jedenfalls wäre er in München mit dem ersten Fuß auf dem Boden ein anderer Mensch gewesen. Wäre, wäre, Setzerlehre. Hier war er immer noch der gleiche, aber dafür stand jetzt unter seinem Artikel das Kürzel O.B. Und darüber: »Spuk auf dem Bau«, das klang wie ein Kinderbuch.

»Also, das klappt nicht«, sagte Ann. »Ich flieg da jetzt selber raus.« Ihre Freundin Monika bekam Besuch von den Eltern aus Würzburg und brauchte das Klappbett. »Also, wenn du mal was hörst.«

Otto nickte über seiner kleinen Schreibmaschine. Immerhin. Es war ein gemischter Morgen. Er war nun einerseits O.B., andererseits hielt man ihn für jemanden, der von WG-Zimmern hörte.

Hausmann, Edith, knallte ihren Telefonhörer absichtlich laut auf die Gabel, sie mochte es nicht so, wenn die Setzer in der Redaktion rumlungerten und ihren Praktikanten von der Arbeit abhielten, weder Enver mit seinem K-Gruppen-Sound noch Ann.

»So«, sagte sie zu Otto. »Was machst du heute?«

Otto wusste es nicht.

»Aber ich«, sagte Hm. »Ich hab hier zwei Sachen zur Auswahl für dich. Wenn du magst, deine erste Wasserleiche.«

Otto runzelte die Stirn. Polizeireporter, das war eigentlich eine wichtige erste Station auf dem Weg zur großen filmischen Reportage: sich abhärten, den düsteren Tatsachen des Lebens ins Auge blicken, durch Blut waten, metaphorisch.

»Frau mittleren Alters, Teltowkanal, Höhe Buschkrugallee, Polizei sagt Selbstmord, du kannst auch Freitod schreiben, aber wer weiß, vielleicht ist das Mord, du kannst das in der Schwebe halten, das ist dann interessanter, erst mal.« Sie legte ihre große Hand auf die Telefonnotiz vor sich, das hatte was Beschützendes, Abwägendes, das gefiel Otto gut. Der Gedanke an eine Wasserleiche gefiel ihm weniger. Waren die dann nicht so aufgebläht und von Fischen angeknabbert?

»Hm«, sagte Hm. »Andererseits, Wasserleiche, die liegt da sicher noch, die können die nicht so schnell abtransportieren, die zerfallen sonst manchmal. Für den Anfang ein bisschen hart, denke ich. Auch wenn die noch nicht so aufgeschwemmt ist, die ist ja von heute Morgen, wenn ich das richtig sehe. Nee, das soll Hermann machen, Foto reicht.«

Otto nickte resigniert, er war erleichtert.

»Kümmer du dich mal lieber um deine Kegel-Hexe, da haben fünf Leute angerufen wegen dem Artikel. Das ist viel für'n Einspalter. Jeder Tausendste ruft an. Fünftausend Leute hat dein Artikel beschäftigt. Die Geschichte musst du jetzt weiterdrehen. Weißt du schon, wie?«

Otto blätterte durch sein Notizheft und erschrak über die Skizze von Jürgen aus der JVA Plötzensee. Übers Schwarzfahren konnte man eigentlich auch mal was machen, oder über Leute, die wegen so Bagatelldelikten in den Jugendknast kamen. Das passte doch zu dieser ganzen Stimmung, die Gefängnisse abzuschaffen und so weiter. Von Hochhäusern hatte er hingegen gar keine Ahnung, und von Gespenstern oder Hexen auch nicht.

Das wäre, wurde ihm erst später klar, vielleicht einer der Momente gewesen, in denen er etwas hätte lernen können. Vielleicht sogar auch Hm. Wenn er zugegeben hätte, dass er ratlos war. Aber es passte nicht. Die Zeit war voller Antworten. Es war verblüffend, zum ersten Mal seit fünfundzwanzig, dreißig Jahren gab es mehr Antworten als Fragen, hatte Otto den Eindruck. Deshalb fand er sich nicht in der Lage, zu sagen, dass er keine Ahnung hatte, was jetzt zu tun sei, und warum.

»Ich wollte«, schwindelte er, »an die TU fahren und mir da mal von so einem Experten erklären lassen, wie man ein Hochhaus baut, also, ob es da vielleicht irgendwelche Lichtphänomene gibt, die durch so bauliche Sachen entstehen, Reflexe auf Stahlträgern, keine Ahnung, perspektivische Verzerrungen, oder ob in dieser Bauphase eigentlich so Kammern oder so entstehen, wo sich jemand verstecken könnte, der dann nachts auf der Baustelle rumspukt. Und dann vielleicht morgen zusätzlich ein Experte für so Volksaberglaube. Von der FU. Aber erst mal die technische Seite.«

Hm. nickte. »Und dazu diese Skizze, von der Margot erzählt hat, zeig noch mal, ach du meine Güte, ja, das ist ein schöner Kontrast zu so 'ner technischen Analyse. Lass mir die Seite mal hier, das kommt in die Repro, ich block dir mal zwei Spalten unten auf der ersten Lokal. Und schreib das so, dass die Leute sich fragen, was da los ist und wie das weitergeht.«

Dann saß Otto also wieder in der U-Bahn, aber anders als gestern hatte er diesmal ein gutes Gefühl, denn er wusste: zwei Spalten, das bedeutete OTTO BRETZ ausgeschrieben.

Braunlage, diese alte Geschichte. Eigentlich war eine ihrer Stärken, dass die Architektin mühelos vergaß. Die Gegenwart fand für sie statt auf der Schwelle zwischen dem Großen, das sich noch ereignen sollte, und dem Kleinen, das hinter ihr lag, mit jedem Tag unwichtiger. Aber in Braunlage vor drei Jahren waren so ein Licht und ein Tannenzapfengeruch in der Luft gewesen, diese Kombination hatte sich bei ihr festgesetzt.

»Es ist ja nur eine Unterschrift«, hatte die Architektin damals in Braunlage gesagt. »Weniger als das. Die Bitte um eine Unterschrift.«

Die Architektin und Burose waren damals, Ende der Sechziger, gemeinsam im Hotel »Harzperle« in Braunlage abgestiegen, so sagte man. Sie teilten zwei Zimmer, die miteinander verbunden waren, oder von Anfang an eins? Es war schwer zu sagen, vor allem später. Auch, wer das eingefädelt hatte. Die Architektin, aber so, dass Burose denken konnte, er wäre es gewesen?

Während Burose im Bad war, schaltete die Architektin sich durch die Fernsehprogramme, es war wie in West-Berlin: die innerdeutsche Grenze nah genug, um auch die Programme DDR eins und DDR zwei zu empfangen. Sie klickte also fünfmal auf der mit dem Fernseher über ein Kabel verbundenen Fernbedienung, vom Bett (ihrem Bett) aus. Burose hörte das befriedigende mechanische Klicken, während er sich, einem Impuls und einer Hoffnung folgend, auf die Schnelle das Gesicht rasierte. Auf das Klicken folgte mit kurzer Verzögerung das Geräusch des gerade auf der angewählten Sendernummer ausgestrahlten Programms. Die Synchronstimmen von Doris Day und Rock Hudson erkannte Burose sofort, »Bettgeflüster«, er sah sein eigenes erwartungsvolles Grinsen im Spiegel, halb weiß mit einem ganz leichten Stich von Grün, den der Rasierseifenstift von Palmolive verursachte. Er wollte gerade etwas über den Film sagen, der ist doch wirklich zum Piepen!, da war das vertraute Geräusch auch schon wieder weg. Sie hatte insgesamt wenig Geduld.

Dieses Zimmer in Braunlage hatte bei aller Geräumigkeit etwas Behagliches, von der Welt getrennt. Es war, als würde man sich in einer Nussschale verstecken, die Wände fest und dunkel, auf dem Boden ein hochfloriger Teppich, den er anfangs nicht barfuß betreten wollte, aber dann wollte er ihr auch nicht die Hausschuhe zeigen, die oben in seinem Koffer lagen, platt gedrückt, in einer Plastiktüte von Bolle. Als er, frisch rasiert, wieder ins Zimmer kam, lag sie unerschrocken auf der Oberdecke ihres Einzelbettes. Ihre Pumps hatte sie abgestreift, sie lagen auf dem Boden und ragten kaum aus den Teppichhaaren, getarnt wie Raubtiere in der Savanne und er der Heinz Sielmann. Sie räkelte und dehnte ihre Füße in und mit den Strumpfhosen, und in der Luft lag für einen ganz kurzen Moment dieser charakteristische Geruch von warmer Haut in Nylon.

Burose gefiel das alles hier: die Behaglichkeit, die Vorfreude, als er sich aufs Bett neben sie legte. Das gedämpfte Licht umfing sie beide wie ein Geräusch, das einen dicht oberhalb der Wahrnehmungsschwelle einlullte. Die Augen fielen ihm zu. Wie war er in dieses nussbraune Luftschiff geraten, wunderbar schauerlich, denn er hatte ja gar keine Papiere, die Papiere waren bei Henne und den Kindern, und jeden Moment konnte ihn jemand auffordern, sich auszuweisen, am besten, er verhielt sich möglichst unauffällig, aber dazu passte nicht, dass er selbst ja erst vor wenigen Augenblicken den Auftrag erhalten hatte, das Luftschiff eigenhändig zu steuern. Was denn mit dem Kapitän sei, wollte er wissen, bemüht, sich möglichst nonchalant hinter einer etwa halbhohen Anrichte aufzuhalten, da er womöglich gar keine Hose trug. Das gab ein großes Hallo! Welch eine seltsame Frage von ihm, der er doch, aber das wüsste er ja selbst am allerbesten, schließlich höchstselbst der Kapitän war. Ob er sich nun bitte schleunigst in den Führerstand begeben würde, vorher müsste nur noch eine Winzigkeit geklärt werden, nur eine Formalie, ob er seine Papiere …

Burose schreckte hoch aus seiner Traumwelt, Sekundenschlaf, davon hatten sie neulich erst in »Der 7. Sinn« berichtet.

Die Architektin musterte ihn vom anderen Bett oder von ihrer Bettseite. Sie wartete immer noch auf eine Antwort. Es gefiel ihm, dass sie sich mehr aus ihm machte als er sich aus ihr. Dieses Ungleichgewicht entlastete ihn, das war seine feste Überzeugung, auch in Hinblick auf Henne und die Kinder. Falls es eines Tages hart auf hart kam, konnte er mit voller Überzeugung und gutem Gewissen sagen, er sei da in etwas reingeraten, er sei längst nicht so verstrickt gewesen, wie es nun vielleicht schiene, er habe sich hinreißen lassen, im Übrigen aber immer die Kontrolle behalten.

Er wusste, dass die Architektin nicht zum ersten, nicht zum zweiten, sondern zum dritten Mal verheiratet war. Warum nicht auch zum vierten? Er hoffte und fürchtete zugleich, sie werde ihn fragen, durch Andeutungen, durch ständige Verfügbarkeit oder ganz direkt, ob er nicht der vierte oder fünfte werden wollte. Er wusste, dass das Institut der Ehe und die Familie für die Architektin keine ganz so große Rolle spielten wie für ihn. Er fand das aufregend, gefährlich, aber leicht zu entschärfen: wie einmal für einen gewissen Zeitraum auf der Avus das Gaspedal ganz bis zum Boden durchtreten. Wenn es brenzlig wurde, konnte man jederzeit den Fuß wieder vom Gas nehmen.

Und ihm gefiel, wie die anderen ihn seitdem ansahen. Keiner sagte je etwas ganz direkt, aber es schwang so mit. Man spürte das. Mensch, der Burose. Faustdick hinter den Ohren. Wie Blücher ans kalte Büfett. Auch kein Kind von Traurigkeit. Stille Wasser: tief.

»Nur eine Unterschrift, hm«, sagte er. »Meine Unterschrift.«

Sie angelte sich eine neue Zigarette vom Nachttisch. Er lehnte sich zu ihr hinüber und gab ihr Feuer. Es sprach auch für ihn, fand er, dass sie nicht jünger war als Henne; womöglich sogar älter. Er war also keiner von denen, die Frischfleisch brauchten, er war nicht primitiv. Bestimmt, dachte Heinz Burose, Präsident der Oberfinanzdirektion von West-Berlin, ist einem, dem seine eigenen Motive nicht so ganz klar sind, leichter zu vergeben als einem, bei dem die Sachlage klar ist: triebgesteuert, immer nur das eine. So einer war er nicht, und falls das jemals alles rauskommen sollte, dann wäre das, was er hier tat, so schwer zu verstehen, dass er ganz glaubhaft würde sagen können: Er begriffe es doch selbst am allerwenigsten, er könnte sich doch selbst am allerwenigsten verzeihen.

»Eine Unterschrift, die mir sehr gefällt«, sagte sie durch ihren Rauch. »Wie du den Aufstrich vom großen B weglässt, wie du die Minuskeln in einer Welle durchziehst: wie ein doppelter Spinnaker auf der Havel im Herbst.« Was für Details sie sich merkte, und was ihr alles an ihm gefiel. Minutenweise war er dann wieder wie verknallt, er fühlte sich wie ein Backfisch, und die Formulierung merkte er sich auch, für den Fall der Fälle: Wie ein Backfisch habe ich mich gefühlt, Henne, du machst dir ja keine Vorstellung.

Erst vor Gericht sollte ihm klar werden, wie viele Unterschriften die Architektin sehr gut kannte, aber da hatte er längst andere Probleme.

»Was ist denn mit diesen Frankfurter Banken?«, fragte er. »Man hört, die seien etwas wankelmütig. Was dein Kegel-Hochhaus angeht.«

Sie wiegte den Kopf, dass der Rauch sich bewegte, aber mit ihrer Frisur passierte nichts. »Du weißt, wie Banken sind.«

»Das ist mein Beruf«, sagte er geistreich.

»Also.«

»Ich höre, die Banken wollen vielleicht nicht so, wie du gern willst.«

»Kannst du dir das vorstellen?«

»Normalerweise schon. Aber …« Er streckte die Hand nach ihr aus, übers Bett oder den Raum dazwischen.

In solchen Momenten amüsierte er sie, und dann machte ihr das Freude hier. Weil es dann war, wie an etwas zu arbeiten, womit man sich gut auskannte und was sich mit Erfahrung und Fachwissen leicht erledigen ließ. Es war wie Tanzen, wenn man eigentlich lieber zu Hause geblieben wäre, aber wenn man dann drin war, gab es im Grunde nichts Besseres, und man fragte sich, wie man das jemals hatte vergessen können.

Sie nahm seine Hand und legte sie sich aufs Knie, als wüsste sie nicht, wohin damit.

Verblüfft stellte er fest, dass sie ihre Strumpfhose ausgezogen hatte. Es gelang ihr immer wieder in unbeobachteten Momenten, sich zu entpuppen. Dann fiel ihm sein Sekundenschlaf wieder ein, und er merkte, dass er vergessen hatte, den verblüfften Ausdruck von seinem Gesicht zu wischen.

Dann wieder, so wie jetzt, fand sie ihn schwerfällig und langsam, und dann musste sie sich absichtlich daran erinnern, wie er mit nackten Füßen im Spätsommer im Waldsee gestanden hatte, Fluxus im Hintergrund. Wenn sie das Bild heraufbeschwor, füllten sich ihre Vorratskammern mit dem, was sie brauchte, um hieran weiter Spaß zu haben: Zuneigung und Spielfreude. Beides brauchte sie, denn ohne das waren Männer auf die Dauer zu zeitaufwendig und zu wenig herausfordernd zugleich.

Es lag nicht an ihrem Knie, sondern an ihm selbst, daran, wie er sich und die Welt sah: Vielleicht mache ich mir einfach zu viele Gedanken. Vielleicht bin ich einfach zu kleinlich. Wenn ich mir anschaue, wie ich dahin gekommen bin, wo ich jetzt bin (wie viele Präsidenten gab es in West-Berlin?), dann nicht, weil ich kleinlich war. Im Kleinlichsein kann man nicht gewinnen; da gibt es immer jemanden, der am Ende noch kleinlicher ist als man selbst. Gewinnen kann man nur, indem man mal fünfe gerade sein lässt, und zwar im richtigen Moment.

»Manchmal muss man die Leute zum Jagen tragen«, sagte er und ärgerte sich, was für ein Klischee hier seinen Mund verließ. In der Behörde, in der Lagebesprechung, oder wenn der Senat kam, musste man schauen, dass man sich vor allem in solchen Klischees verständigte, denn sonst verstanden einen die anderen nicht, oder sie verstanden mehr, als man ihnen hatte sagen wollen.

Sie drehte sich so auf die Seite, dass seine Hand ihre Hüfte hinaufglitt. Er spürte die Naht ihres Rockes an der Oberseite, ihre Haut unter seiner Handfläche. Eine gewisse Brustenge, die ihn aber nicht schreckte: wie ein Seismograf, der für ihn aufzeichnete, dass es gerade zu einer Erschütterung kam.

Er mochte ungern zugeben, dass er mit seiner Unterschrift allein nicht viel ausrichten konnte. Die Illusion wollte er ihr nicht nehmen, falls sie sie überhaupt hatte. Dafür, dass der Senat in die Bürgschaft eintrat und einen Teil der Finanzierung übernahm, brauchte es am Ende die Unterschrift des Finanzsenators.

»Ich muss eigentlich nur einen Anruf machen«, sagte er. »Beim Finanzsenator. Der unterschreibt das dann.«

»Er vertraut dir?«

»Sonst hätte ich den Job nicht.« Er sagte gern Job. Dschopp. Der Finanzsenator und er waren Verbündete. Man konnte gar nicht mehr so genau erklären, wie das zustande gekommen war. Dieses Gefühl, durch den Krieg so viel verpasst zu haben. Noch mal angreifen bei der Neugründung der FU. Wirtschaftswissenschaften. Alles aufsaugen, was die Kommunisten nicht verstanden. Da konnte man sich vor Freude nur die Hände reiben, wie die einfach mit stumpfen Messern zu einem Pistolenduell erschienen. Kampf der Systeme, der wurde hier gewonnen, im langen, schmalen Hörsaal in der Thielallee. Dann der gemeinsame Versuch, bei den Juristen in die Studentenverbindung zu kommen, weil die schon wieder Mensur machten, obwohl das verboten war. Das geteilte Gefühl, eigentlich immer schon zu alt zu sein. Senator Stachnau und er schimpften über die Grünschnäbel und Pimpfe, die nie so viel lernen würden, wie sie beide schon vergessen hatten. Als sie einander Ende der Fünfziger im Ortsverein und dann in der Verwaltung wiedertrafen, waren sie Verbündete, ohne das jemals aussprechen zu müssen.

»Die Banken werden bürgen, wenn der Finanzsenator das Finanzierungskonzept unterschreibt«, sagte sie. »Und wenn sie nicht bürgen, werden andere Banken bürgen. Aber wenn der Finanzsenator es nicht unterschreibst, bürgt niemand. Also muss Stachnau unterschreiben. Es ist ein bisschen so ein Henne-Ei-Problem.«

Seine Brustenge wurde schlimmer, und er lehnte sich nach hinten, auf das große Zierkissen aus Breitcord, als übermannte ihn eine Erregung. Er war nicht abergläubisch gewesen, bis er den Steckschuss in der Brust überlebte, weil die Kugel von einer gestohlenen Goldmünze in seiner Brusttasche aufgehalten und abgelenkt worden war. Sie hatten auch im letzten Haus im Dorf nichts zu essen gefunden, Kaliningrad, aber die spätmittelalterlichen Sammlerstücke eines Numismatikers. Seitdem wusste er, dass man belohnt wurde, wenn man sich um sich selbst kümmerte.

Aber wenn es gute Zeichen gab, gab es dann nicht auch schlechte, und warum hatte sie ausgerechnet jetzt Henne gesagt?

Sie musterte ihn von der Seite und sah, dass das mit der Henne für ihn zu viel gewesen war. Sie konnte sich Vollraths Notiz fotografisch ins Gedächtnis rufen: Alter der Kinder, Spitzname der Ehefrau. Es war ihr nicht unrecht, wenn er nun eine Ruhepause brauchte, und zwar eine, die den Rest der Nacht dauerte. Es lag ja nicht an ihr, sondern an ihm, wenn nun nicht mehr gelingen sollte, was er sich vielleicht versprochen hatte von diesem informellen Arbeitstreffen in Braunlage.

Ich bin auf dem Städtetag im Ruhrgebiet.

Aber es wäre schön, wenn wir noch mal sprechen könnten. Unter vier Augen.

Dann treffen wir uns auf halber Strecke.

Das heißt, du kommst mir entgegen?

Wir kommen einander entgegen.

Auf halber Strecke ist aber nichts.

Studierst du gerade deinen ADAC-Atlas?

Ich habe die Deutschlandkarte im Kopf.

In welchen Grenzen?

Den aktuellen. Ich bin Realist.

Dann müsstest du eigentlich Braunlage kennen.

Dort stelle ich es mir düster vor.

Düster nicht. Aber dunkel.

Im Dunkeln ist gut ...

Genau.

So hatten sie sich verabredet, und darüber waren sie ins Du geraten, und als sie eintrafen im Hotel und nacheinander die Schlüssel in Empfang nahmen für ein oder zwei Zimmer, wer wollte das später noch so genau wissen, ach ja, das Amtsgericht, da war ihnen schon klar, wie und warum sie hier waren.

Er schlief wieder, diese Männer hatten gar nicht so viel Kraft, wie sie dachten. Sie zog ihm die Schuhe aus und deckte ihn zu.

Mitten in der Nacht versuchte er, zu ihr zu kommen. Es bereitete ihr keine Mühe, ihn von sich zu schieben. Im Grunde reichten zwei Worte: »Jetzt nicht.«

»Wann?«

»Gar nicht.«

»Aber ...«

»Aber?«

Sie sah seine Silhouette in der Dunkelheit, den runden Rücken, die Statue eines Mannes, der einen Moment gebraucht hatte, aber der jetzt verstand.

Warum das jetzt auch noch durchspielen. Die erste Umarmung, die zweite. Die gelernten Küsse, zwei Schulen, die aufeinandertrafen, sich anpassten oder das nicht mehr konnten, die einander hinzufügten oder wegnahmen. Ein Aufwand mit ungewissem Verlauf und gewissem Ausgang. Weder sie noch er würde so viel davon haben, wie sie sich das vielleicht vorgestellt hatten. Der derbe, ungeschützte Schritt in die Nacktheit, das Knistern der Synthetik, das Fummeln an den Knöpfen, die umgedrehten Manschetten an den Handgelenken.

Er begehrte noch einmal auf, vielleicht nur pro forma. »Aber vielleicht wäre es sogar schön«, sagte er, und in diesem Moment mochte sie ihn sehr.

»Genau«, sagte sie. »Wäre. Vielleicht. Reicht das nicht?«

Er ließ die Hand ihre Schulter hinabgleiten, in ihre Armbeuge, wo ihr Baumwollnachthemd endete. Vielleicht hellblau, vielleicht rosa, im dunklen Nusszimmer sah es grau aus. Wann hatte sie das jetzt wieder angezogen.

Er nickte. Das hatte sie ihm jetzt auch noch beigebracht. Von außen hatte all das, was hier hätte stattfinden können, im Grunde sowieso schon stattgefunden. Wenn jemand die Fakten dieses Wochenendes präsentiert bekäme, dann wäre die Sachlage klar. Die getrennte Ankunft, das gemeinsame Zimmer. Der Spaziergang den Hang hinauf, in den Wald, Nebel vom Boden bis kurz vor die Wipfel der Nadelbäume. Untergehakt. Das Abendessen in der »Hexenschänke«, rustikal, man saß so eng, dass er lange nicht wusste, ob er sein Knie gegen ihres oder gegen ein Tischbein presste.

Das Zimmer, die Betten. Und sie hatte recht, musste er zugeben. Es reichte. Mit einem Gefühl von Erleichterung, dessen Heftigkeit ihn überraschte, ließ er sich zurück in das schwere Federkissen sinken.

Nach einer Weile hörte sie ihn seufzen, und sie fragte sich, ob er sich jetzt zur Entschädigung selbst versorgt hatte. Sie fand es ungezogen, sie hatte ihm mehr Benehmen zugetraut.

Aber als er sprach, wurde ihr klar, dass er lediglich einen Gedanken gehabt hatte.

»Also, es kommt auch letztlich gar nicht darauf an, ob etwas gebaut wird? Die Planung ist das Entscheidende? Die Vorstellung, es könnte so sein?«

Sie lächelte im Dunkeln. Sie merkte, dass sie gleich wieder würde schlafen können.

»So ungefähr«, sagte sie.

Der Morgen dauerte ewig. Er wagte nicht, die vergoldete Nachttischlampe anzuknipsen, aus Angst, sie zu wecken und dann neben ihr wach zu liegen. Undeutlich erkannte er auf den phosphoreszierenden Zifferstrichen seiner Junghans, dass es gerade kurz nach halb fünf war. Er konnte die dicken, schweren Vorhänge ahnen wie eine Wesenheit auf der rechten Raumseite, dahinter der kalte, braune Ort. Wenn er den Fuß unter der Daunendecke hinausstreckte, spürte er keinen Temperaturunterschied, so überheizt war der Raum.

Er lag auf dem Rücken und atmete geduldig die Zeit weg. Als er vom Hotelflur das erste Abreise-Zischen hörte, hast du, du wolltest doch, müssen wir noch mal, jetzt geh schon, das Stoßen mittelteurer Koffer gegen die dafür hüfthoch angebrachten Holzpaneele an den Flurwänden, setzte er sich auf und verharrte auf der Bettkante, bis er hörte, wie sie sich neben ihm bewegte. Zwischen den Betten eine Ritze oder ein Meter, er wusste es von dieser Seite nicht mehr. Als ihr Licht anging, hatte er schon den Telefonhörer in der Hand, seine Finger wählten schon die Nummer, bereit, ihr alles zu beweisen.

Burose hält Wort. Burose ist einer, der macht einfach. Burose fackelt nicht lang. Burose weiß, was er tut.

»Stachnau«, sein alter Kommilitone ohne eine Spur von Müdigkeit in der Stimme. Das war ein richtiger Frühaufsteher. Arbeiten kann ich nur, bevor die Termine anfangen, sagte der Finanzsenator gern.

»Guten Morgen, mein Lieber«, sagte Burose.

Als er runterkam, hatte sie das Zimmer schon bezahlt. Einen Moment schmerzte ihn sein verletzter Stolz, dann dachte er daran, wie Henne mit dem Handballen die Seiten vom Haushaltsbuch glättete und alles im Auge behielt: Die zweiundsiebzig Mark aus dem Harz, die musst du dir aber auch endlich mal rückerstatten lassen, Heinz, vergiss das bitte nicht.

Sie stiegen in zwei getrennte Autos, sie hatte noch Pläne. Über Braunschweig und die A7 rauf nach Sylt, einen Abstecher nach Hamburg, geschäftlich. Er sah ihr nach, wie sie sich einfädelte.

Geschäftlich. Ein anderer Mann? Einer, zu dem sie nicht »Jetzt nicht« sagen würde? Die Eifersucht versetzte ihm keinen Stich, sie schnitt ihn lang und flach. Er genoss die Wunde, sie unterhielt ihn fast die ganze Rückfahrt, Hermsdorfer Kreuz, ein kurzes Scharmützel mit der Volkspolizei, Ochsenschwanzsuppe, Dreilinden, dann endlich das Singen der Avus unter den Pneus.

Burose konnte Braunlage sein Leben lang nicht vergessen. Was unter anderem daran lag, dass alles, was sich Ende der Sechziger zwischen ihm und der Architektin ereignet hatte, Mitte der Siebziger von einem West-Berliner Gericht haarklein auseinanderklamüsert wurde. Da ging es dann einen ganzen Prozesstag

lang um die Frage, ob dieses Gespräch so überhaupt stattgefunden haben konnte. Burose sagte Nein, weil sie in getrennten
Zimmern geschlafen hatten. Dies ließ sich widerlegen durch
die Aussagen einer Dame von der Rezeption des Hotels »Harzperle« in Braunlage, vier Sterne, Saunalandschaft, Schwimm-
landschaft, Genusslandschaft. Eine holzdunkle Bar mit preisge-
krönten Drinks, ausgezeichnet vom Harzer Boten. Brauner Bär,
Schwarzbraune Haselnuss, und wenn man blieb, bis die anderen
Gäste gegangen waren, Braunes Hemd und Braunes Haus. Aber
sie gingen als Erste. Hinauf in die getrennten Zimmer: so jedenfalls er vor Gericht. Hinauf ins gemeinsame Zimmer: seine Erinnerung. Oder seine Fantasie?

Am nächsten Prozesstag beharrte Burose darauf: ein gemeinsames Zimmer, es mochte wohl so sein, und wenn, dann, um
dem Steuerzahler Geld zu sparen oder weil kein anderes verfügbar gewesen sei. Zum ersten Punkt wiegte der Richter skeptisch
amüsiert das flaumige Haupt, zum zweiten konnte die Rezep-
tionskraft nicht mehr befragt werden, sie war mitsamt der Re-
servierungsbücher wieder abgereist, Zeugen bekamen nur Auf-
wandsentschädigung für einen Tag ohne Übernachtung.

Aber die Betten, darauf bestand in diesem Prozess der zu
diesem Zeitpunkt längst ehemalige Präsident der Oberfinanzdirektion – die Betten hätten getrennt gestanden.

Sobald man die Plakate vom Asta und die Büchertische mit den blauen Marx-Engels-Werken hinter sich gelassen und den Fahrstuhl gefunden hatte, wurde die Technische Universität zu einer ganz normalen Bürowelt, einer Mischung aus Bezirksamt und Gesamtschule. Beim TU-Pförtner am Ernst-Reuter-Platz holte er sich die Büronummer, dann klopfte er an eine anthrazitfarbene Tür, die Wände im Flur ohne politische Verlautbarungen, ohne Aushänge und ohne jeden Schmuck. Professor Riederer schätzte es offenbar reduziert. Auch, was seine Anwesenheit betraf.

Otto ging eine Tür weiter. »C. Bescheer, wiss. Mitarbeiter« stand da. Er klopfte wieder, diesmal lauter. Erschreckt stellte er fest, dass er sich beim Fußvolk mehr traute. Diese Obrigkeitshörigkeit, hatte er die im Blut, wie sein Vater sagen würde? Die passte überhaupt nicht mehr in die Gegenwart, und zu seinem Beruf schon gar nicht.

Durch die schwere Tür hörte er ein ganz leises Geräusch, das er mit Mühe und Not als »Ja« oder »Da« oder »Na« interpretieren konnte.

In einem großen Raum, der auch schon hinter der Riederer-Tür begann, er hatte also quasi zweimal angeklopft, stand eine Fee in ihrer Märchenwelt. Mit solchen Beschreibungen durfte man sich nicht zufriedengeben, das wusste er, aber manchmal waren sie unwiderstehlich. Eine große blonde Frau, Ende zwanzig, Anfang dreißig, mit superglatten blonden Haaren bis weit, weit über die Schultern. Rapunzel vom TU-Turm, die Schöne und das, hm, der Kies?

Die Frau stand jedenfalls inmitten einer Art Traumlandschaft, einem U-förmigen Modell, in dem Otto erst mal nur Pyramiden, frei schwebende Straßen, hängende Gärten und hängende Häuser, Terrassenwelten sah, und alles war weiß oder hellgrau, es fehlte nur noch die Modelleisenbahn. Die Frau hatte Bastelkleber in der einen Hand, der Klebstoffgeruch nach Mandeln transportierte Otto umgehend in eine noch bessere Welt, falls das möglich war, und sie hielt zugeschnittene Pappteile in der anderen Hand und zwischen den Lippen.

Sie öffnete den Mund, behielt das Pappteil zwischen den Zähnen und sagte: »Erstsemestersprechstundeistvorbei.«

Otto starrte auf das Modell, das sie umgab wie ein ausladender Rock, aber eigentlich trug sie eine beigefarbene Cordhose und ein Jeans-Hemd.

»Ich suche Professor Riederer. Ich bin vom Spandauer Volksblatt.«

»Der ist in Venedig«, sagte sie, deutlicher jetzt.

»Oh.« Natürlich. Was führten die Leute für ein Leben. Erwachsene. Wie er. Und Professor Riederer. Von München waren es, was, drei Stunden nach Venedig? Und von hier?

»Architektur-Biennale«, sagte die Frau und leimte ihre Pyramide. Otto sah, dass in die seitlichen Fassadenteile Aussparungen geschnitten waren, durch die eine Straße führen würde, und ringsherum Fensterschlitze. »Was will denn das Spandauer Volksblatt? Ärgert ihr euch immer noch über euer neues Postamt? Die Beschwerdestelle für brutalistische Zweckbauten ist da rechts.« Sie zeigte auf einen etwas eingestaubten Schuhkarton mit Schlitz im Deckel.

»Ist denn der Herr Bescheer zu sprechen?«, fragte Otto.

Die Frau legte den Kopf schräg, als sähe sie ihn zum ersten Mal. »Und Sie sind?«

»Otto Bretz. Vom Volksblatt. Es geht um den Hochhausbau.«

»Welchen?«

»Also, ganz allgemein.« Wie die Leute immer innerhalb von zwei bis drei Fragen darauf kamen, dass er keine Ahnung hatte.

»Hochhausbau ist tot«, sagte die Frau.

»Ja«, Otto witterte Morgenluft, »tot, darum geht es sozusagen. Also, um Geister. In Hochhäusern. Oder auf Baustellen. Unter anderem. Gespenster.«

Sie stellte den Bastelkleber auf eine winzige freie Fläche und streckte ihre Hand über die Landschaft zu Otto aus. »Herr Bescheer bin ich. Cäcilia Bescheer. Frau Bescheer. Ich bin wissenschaftliche Mitarbeiterin von Professor Riederer, und ich weiß alles über die Geister von Gebäuden. Das hier ...«, sie zeigte mit der Hand übers U, nachdem sie seine wieder losgelassen hatte, ihre Fingerspitzen waren klebrig, »... sind alles Gespenster. Sie sind also richtig. Herr ... äh.«

»Otto.«

»Herr Otto.«

Er wollte das durchgehen lassen, aber dann raffte sich was auf in ihm. »Ach so«, sagte er, »Otto ist mein Vorname.« Er hatte das Gefühl, das wäre erklärungsbedürftig. »Nach dem Reichsgründer.«

»Reichsgründer.«

»Ich glaube, mein Vater hätte mich lieber Adolf genannt, aber das ging wohl 1953 nicht mehr so gut.« Vielleicht unterhielt er sich einfach gern mit bastelnden Frauen. Die Kollegin Ann fiel ja im weitesten Sinne auch in diese Kategorie. Im Kunstunterricht hatte er auch gern mit Mädchen am Vierertisch gesessen. Harald und er und die Podelsky-Zwillinge.

»Na gut, Otto«, sagte die wissenschaftliche Mitarbeiterin Bescheer. »Ich bin Cecily, weil alle immer Cäcilia singen wie in dem Song von Simon and Garfunkel, davon komm ich schlecht drauf.« Sie sprach es Szessily aus.

Otto nickte. Sie machte eine Kinnbewegung. »Komm mal rum, hier sind die Gespenster.«

Das hier war wirklich besser als jede Wasserleiche. Neben einer großen Frau zu stehen, die nach Apfelshampoo roch und Klebe an den Fingern hatte.

»Also, was ist das Unheimlichste?«, fragte sie.

Otto griff tief zurück in seinen Deutschleistungskurs. »Wenn das Vertraute unvertraut wird?«, sagte er. Die Krallen des dunkelgrünen Garderobenständers im Flur, die Augen der Vorhänge im Wohnzimmer.

Cecily Bescheer wiegte den Kopf, wieder grüner Apfel. »Ja, schon. Aber noch unheimlicher sind die Gespenster dessen, was die Leute in der Vergangenheit sich als eine bessere Zukunft vorgestellt haben. Also: die Skelette, Fragmente, Überbleibsel der Utopien von gestern. Eigentlich könnten diese Utopien unsere Gegenwart sein, denn sie sollten von damals aus gesehen ja in der Zukunft stattfinden. Wenn wir sie von heute aus betrachten, und sie sind nicht Wirklichkeit geworden, dann haben wir also Berührung mit den Geistern alter Hoffnungen.«

Otto kratzte sich ein wenig am Hinterkopf, das sollte aktives Zuhören signalisieren.

»Und warum ist das unheimlich?«, fragte sie, rhetorisch, das merkte er daran, wie sie am Ende mitten im Fragezeichen den Ton hielt und dann gleich fortfuhr: »Weil wir umgeben sind von den Ruinen der Hoffnungen von gestern. Und das bedeutet, dass auch unsere Hoffnungen in Zukunft in Trümmern liegen werden, weil es einfach immer so war und immer so sein wird. Aus Hoffnungen werden Ruinen. Oder?«

Otto sah sie an, ein klein wenig von unten, sie war einen halben Kopf größer als er. Wieder hatte er nicht dieses Sexding, von dem Harald seit fünf Jahren sprach, die Kommune 1, wer zweimal mit derselben pennt, die ganzen Schulmädchen-Reporte, Es jodelt in der Lederhose, das ging irgendwie vorbei an Otto, aber nicht an Harald: Du merkst das dann schon, wenn du geil bist. Das kommt noch. Aber jetzt jedenfalls nicht. Cecily Bescheer roch auch ein bisschen nach Schweiß, das war wohl nicht unanstrengend hier, aber es störte ihn gar nicht, er hätte es gern gehabt, dass sie den Arm um ihn legte und ihn ein bisschen festhielt, während sie ihm erklärte, dass all seine Träume und die Träume der Menschheit kaputt gehen würden, immer wieder aufs Neue.

»Also, was kann man tun?«, fragte sie. Sie kratzte sich an der Nase. »Übrigens habe ich hier bald keinen Platz mehr. Und Karl, also Professor Riederer, hat mir schon ein Ultimatum gestellt. Meine Stelle oder meine Modelle.«

»Also, das hier …«, Otto zeigte weltmännisch auf ihre Bastelei, »sind Modelle.«

»Die Träume und Hoffnungen der Vergangenheit am Leben halten, das versuche ich hier«, sagte sie. »Das ist die imaginäre Landschaft utopischer Stadtbauvorhaben der letzten zehn Jahre, das ist Teil meiner Doktorarbeit, ich sehe die mehr so als Performance oder als Objekt, also, sagen wir, als Installation. Professor Riederer ist da noch nicht so weit. Aber er lässt mich machen, solange ich seine Vorlesungen halte und seine Diplomanden betreue. Professor Riederer steht auf dem Standpunkt, dass es keine enttäuschten Hoffnungen gibt, sondern man einfach mitmischen muss. Darum erstellt er Machbarkeitsgutachten für ein Hochhaus nach dem anderen und sitzt in vier oder fünf Jurys für Ausschreibungen von Großprojekten. Um welches Hochhaus geht es denn bei dir? Oder war das ganz allgemein?«

»Den Steglitzer Kegel«, sagte Otto. »Also, das Hochhaus, das da gebaut wird.«

Cecily Bescheer klatschte sich auf den rechten Cordschenkel, obwohl kaum genug Platz dafür war. »Genau! Das hier …«, ausladende Armbewegungen, grüner Apfel und Bastelschweiß, »… sind die großen utopischen Bauten der letzten zehn Jahre. Megastrukturen. Die Stadt, wie sie sein sollte. Oder könnte. Eine Überbauung der Bucht von Tokyo für Millionen von Menschen, Pyramiden, die wie vertikale Dörfer sind, Häuser, die man an andere ranhängt wie Blumenkästen an Balkone. Das sind die Sachen, die nie gebaut werden und nie gebaut wurden. Der Kegel ist das, was immer gebaut wird. Ein Hochhaus für viel Geld, das niemand braucht, zack, dann noch eins. Und noch eins. Und mein Chef schreibt denen ein Gutachten, wo drinsteht, dass das finanzierbar ist und nicht zusammenkracht.« Sie strich sich die Haare aus der Stirn, sodass ihr eine Strähne an den Fingern kleben blieb. »Bitte nicht zitieren.« Sie zeigte mit Finger und Haar auf das Notizbuch, das er ungeöffnet in der Hand hatte.

»Keine Sorge«, sagte Otto.

»Was weißt du denn über den Kegel?«, fragte Cecily Bescheer.

»Das höchste Haus von Berlin«, sagte Otto, der ein bisschen in der Ausschnitt-Ablage vom Volksblatt geblättert hatte. »Hundertzwanzig Meter. Dreißig Stockwerke. Aber da steht nur der Rohbau. Also, das Stahlgerippe. Wie man das nennt. Weil es mit der Finanzierung schleppend läuft. Ursprünglich sollte der etwa

250 Millionen kosten, jetzt ist er bei weit über 300. Und die Frage ist, wer jetzt Geld nachschießt.«

»Und hast du die Architektin schon getroffen?«, fragte Cecily Bescheer neugierig.

»Noch nicht«, sagte Otto. Darum musste er sich dringend kümmern. Aber er merkte, dass er sich vielleicht lieber mit den unwichtigen Dingen beschäftigte.

»Ich frage mich, was in deren Kopf vorgeht«, sagte Cecily Bescheer. »Alles, was sie bisher gebaut hat, ist von unglaublicher Fantasielosigkeit. Also, das höchste Haus der Stadt zu bauen, ist ja nicht gerade eine Idee. Das ist ein Einfall. Das ist was, was Kindern einfällt. Meins ist größer als deins. Nein. Doch. Ihre Wohnhäuser sind auch nicht anders. Und ich höre hier aus dem Nebenzimmer, sie plant jetzt ein Einkaufszentrum. Am Ku'damm. Das ist so ...« Sie ruderte fast mit den Armen.

»Naheliegend?«, fragte Otto.

»Vielleicht ist es das. Es ist so einfach und naheliegend, aber am Ende kommt was unglaublich Monströses dabei raus, was niemandem nützt.«

»So was wie das hier?«, fragte Otto und zeigte auf eine Entwurfszeichnung, die an der Wand hing: ein irgendwie pinselförmiges Gebäude, bei dem drei Stockwerke mit gewölbten Fensterfronten auf einem schmalen, runden Betonsockel standen. Es sah aus wie ein Raumschiff, das außer Dienst gestellt worden war, ohne jemals abgehoben zu haben.

»Die Überbauung der U-Bahnstation Schlossstraße«, sagte sie. »Das Projekt prüft der Professor gerade. Da bin ich gespalten. Das sieht wenigstens nach was aus. Aber das braucht am Ende auch kein Mensch. Da kommt dann eine Kneipe rein oder so was.«

»Ein Bierpinsel«, sagte Otto.

»Das setzt sich nie durch«, sagte Cecily Bescheer.

»In den Kegel soll am Ende wohl die Verwaltung einziehen, also so Behörden. In das Hochhaus. Falls die das nicht vermieten.« Das hatte ihm Hm. erklärt.

»Ja, das ist doch kein Nutzen. Das ist etwas, was zur Grundversorgung der Stadt gehört: dass die Verwaltung einen Ort hat, von wo aus sie für die Leute, die in der Stadt leben, arbeiten kann. Das muss doch nicht das höchste Haus der Stadt sein, das ist doch keine Idee! Das müsste doch ein Terrassenbau mit von beiden Seiten begehbaren Büros sein, die sich direkt in eine Parklandschaft öffnen, oder ein Modulhaus, das je nach Arbeitsschwerpunkt der Verwaltung erweitert oder wieder abgebaut wird, da könnte man doch Sachen machen, über die die ganze Welt redet oder die zumindest den Leuten nutzen, die da leben und von deren Geld das bezahlt wird.«

Otto merkte zu spät, dass er rot geworden war. Leidenschaft für abstrakte Dinge war er nicht gewöhnt.

»Na, grüß sie mal von mir«, sagte Cecily Bescheer. »Wenn du sie triffst.«

Als er wieder nach Spandau kam, stand Ann über ihrem schrägen Arbeitstisch, die Zungenspitze zwischen den schmalen Lippen, und leimte die Wochenendbeilage über Partnerschaft, Sexualität und Familie zusammen, »ER SIE ES«. Otto war voller Cecily-Bescheerscher Aufbruchstimmung und fragte einfach mal wieder nach dem WG-Zimmer.

Ann sah auf. »Hast du einen WBS?«

Otto fragte sich, warum das Einwohnermeldeamt oder so was einem zum Achtzehnten nicht ein Verzeichnis mit den ganzen Abkürzungen zuschickte, die man dann brauchte. »Nee, was ist das?«

»Wohnberechtigungsschein«, sagte Ann. »Den kriegt man vom Sozialamt. Dann könnten wir uns zusammen eine Wohnung suchen. Kommt drauf an, ob deine Eltern wenig genug verdienen.«

Ihm fiel auf, dass unter ihrem graublauen Kittel ein weißer Blusenkragen hervorschaute. Und ihre Haare waren heute in der Mitte gescheitelt und links und rechts mit Klammern zurückgeschoben, sodass man den selbst geschnittenen Pony nicht sah.

»Meine Mutter verdient gar nichts«, sagte Otto und lächelte. Was war das heute für ein Tag. »Du siehst gut aus. Also, anders.«

Ann rollte mit den Augen, als bereute sie, ihn gefragt zu haben. »Also sehe ich sonst nicht gut aus?«

»Schon«, sagte Otto, »aber …«, nach zwei Sätzen heillos verheddert.

»Meine Oma kommt aus Westdeutschland«, sagte Ann und richtete ihre Haarklammern. »Themawechsel. Kannst du kochen?«

»O ja«, sagte Otto. Buletten.

»Zu zweit ist keine WG«, sagte Enver. »Das ist eine wilde Ehe. Bourgeoisie-Scheiße.«

»Dann zieh doch mit ein«, sagte Ann und ratschte mit ihrem Cutter, um weiterzuarbeiten.

Enver runzelte die Stirn. »Hörst du mir eigentlich gar nicht zu?«

Ann schnitt sorgfältig um die in 36 Punkt gesetzte Zeile »Phimose entdecken – Vorhaut strecken« herum. »Was?«

»Ich bin verheiratet und habe zwei Kinder«, sagte Enver.

»Ich dachte, vielleicht willst du mal 'ne Abwechslung«, sagte Ann. »Von deiner bourgeoisen Scheiße.«

»Bei mir ist das keine Kleinfamilie, bei mir ist das eine revolutionäre Zelle«, sagte Enver.

»Also, ich erkundige mich mal, wegen dem WBS«, sagte Otto, hatte aber keine Ahnung, wo und wie.

Als er sich zu Hm. an den Tisch setzte, schaute sie ihn misstrauisch an. »Gibt's was zu feiern?«

Otto lächelte verlegen.

»Na dann«, sagte Hm. und zog ihre Vorratsschublade auf.

Wie konnte er den Enthusiasmus von Cecily Bescheer für un-
gebaute Häuser in Worte fassen? Die Doktorandin von Professor Riederer kam mit einem einzigen Zitat in seinem Artikel
vor, indirekt: »Auf dem Bau geht es nie mit rechten Dingen zu,
wissen Architektur-Experten«, man musste das verdichten,
wenn man kaum Platz hatte. Am Ende hatte er zwei Spalten geschrieben, in denen so wenig stand, dass Hm. die Überschrift in
magerer Schrift und kursiv drucken ließ, das war der Hinweis
auf die eher leichteren Artikel. »Wer spukt denn da am Kegel?«,
darüber die Skizze von Jürgen aus der Plötze. Die Reproduktion
war kontrastreich, dadurch sah die Frau mit den vier Händen
zugleich unheimlicher und faktischer aus.

Sogar der Chefredakteur nickte und wärmte sich dabei die
Glatze mit der Handfläche, was er immer tat, wenn er zufrieden
war. »Hübsch«, sagte er. »Wir können so was nicht zu oft bringen, wir sind ja auch Amtsblatt, aber die Leute lesen das gern.
Mal sehen, was morgen an Resonanz kommt. Margot soll die
direkt zu dir durchstellen.«

Hm. räusperte sich laut, denn Otto hatte kein eigenes Telefon.

Als er nach Hause kam, war es schon dunkel. Er hatte auf den
Andruck der ersten Ausgabe gewartet, OTTO BRETZ. Enver

aus der Setzerei hatte ihm über den Ellbogen geschaut und gesagt: »So scheiße sieht Repro in Lichtsatz aus.« Dann, etwas freundlicher: »Mein Beileid.«

In der U-Bahn nach Tempelhof las Otto sein druckfeuchtes Volksblatt und konnte nicht anders, als sich hin und wieder verstohlen umzuschauen, ob die anderen Fahrgäste neugierig waren, weil das die Ausgabe von morgen war und er sie schon hatte.

Zu Hause wollte er gleich mit der Zeitung ins Wohnzimmer, das war so ein Kinderreflex, guck mal, Mama, mein Deutschaufsatz, ich hab ein Lächelgesicht bekommen, und da steht mein Name, und erst im Flur merkte er, dass er gar keine Lust darauf hatte. Zum Glück kam aus dem Wohnzimmer kein Licht mehr, der Fernseher war offenbar aus, und er hörte auch nicht das charakteristische Seufzen seiner dafür eigentlich zu jungen Mutter. Oft schlief sie schon am späten Nachmittag ein, kurz die Augen zumachen, nannte sie das. Erleichtert ging er in seine Kammer und legte die Zeitung wie zufällig auf seinen Nachttisch, zusammengefaltet, als hätte er sie kurz dort abgelegt, dann in der Küche eine kalte Bulette im Stehen, danach in die Badewanne, und später konnte man ja mal einen Blick in die Zeitung werfen, zum dreißigsten Mal.

Auf dem Küchentisch lag etwas, das Otto für einen Einkaufszettel hielt. Er fand es gut, dass seine Mutter Initiative entwickelte. Dann sah er, dass es ein Fließtext war und keine Liste, komplett mit Anrede und: »Lieber Otters, ich habe beschlossen zu gehen …«, und Otto dachte an die Wasserleiche.

Wann hatte er seine Mutter eigentlich zuletzt gesehen.

Er setzte sich, und einen ganz kurzen, furchtbaren Moment lang sah Otto Bretz einen Vierspalter vor sich: »Ich bin der Sohn der Wasserleiche vom Teltowkanal.« Namenszeile vorm ersten Absatz. Dann schämte er sich und las weiter.

»Die Mansarde ist doch frei, und ich denke, ich brauche nicht so viel Platz«, schrieb seine Mutter. »Aber ich brauche Zeit zum Nachdenken. Vielleicht kann ein Freund bei dir einziehen. Wir sehen uns am Wochenende oder so. Es gibt ja oben eine Kochplatte und das Klo auf dem Flur zum Dachboden für die möblierten Herren früher. Das ist noch in Schuss.«

Otto rieb sich die Stirn. Sein erster Gedanke war: die Treppe rauf, Tacheles reden. Was war das eigentlich für eine verkorkste Familie. Aber dann wurde er trotzig. Sollte sie doch. Ihm konnte es ja nur recht sein. Er würde gleich mal richtig laut Musik anmachen. Oder den Fernseher. Oder. Sich einfach hinlegen. Mit Anziehsachen aufs Bett. Ohne gute Nacht zu sagen.

Im Wohnzimmer stellte er fest, dass seine Mutter den DUAL mit nach oben genommen hatte, da war nur ein staubfreies Quadrat auf dem kniehohen Phonomöbel, Verstärker und Boxen auch gleich mit. Er konnte sich richtig vorstellen, wie sie dreimal gegangen war, weil sie nach und nach festgestellt hatte, dass ihr immer noch was fehlte für ihre geliebten Ray-Conniff-Platten.

Im Fernsehen kam nur die »Berliner Abendschau«, die erste Viertelstunde hatte Otto verpasst. Sie waren schon beim bunten Teil. Im Zoo war wieder was geboren worden. Wie warm der Herbst war, das Strandbad Wannsee hatte noch mal aufgemacht, »für die ganz Hartgesottenen«, denn das Wasser hatte nur noch sechzehn Grad, man sah eine ältere Frau in einem neueren Badeanzug, wie sie den Fuß bis zum Knöchel ins Wannseewasser steckte und dann mit dem ganzen Körper abwinkte, da hatte die Kamera genau den richtigen Moment eingefangen, die ganze Stadt eingefangen und ausgedrückt in einer einzigen Bewegung des sich Abwendens: Hörnse uff, hörnse uff.

Dann stockte ihm der Atem auf der Sofakante, er hatte sich nicht mal richtig hingesetzt. Auf der knisternden Mattscheibe war die Skizze von Jürgen zu sehen, und der Moderator machte sich, als die Kamera rauszoomte und man die Lokalseite des Volksblatts erkennen konnte, auf feierabendliche Weise ein bisschen darüber lustig: »Früher sagte man, ein Gespenst geht um in Europa, das Gespenst des Kommunismus, aber heute sind die Geister, die wir riefen, der Aberglaube, den wir aber glauben: Nun spukt es also auf der Kegel-Baustelle, dabei war es doch bisher nur unheimlich, wie viel Geld in dieser Baugrube zu verschwinden droht, Geld, das letztendlich der kleine Sparer, der nie auf einen grünen Zweig kommt ...«

Otto ließ sich nach hinten fallen in die wie immer überraschend harten Polster, man schenkte sich nichts im Leben und im Wohnzimmer, und hart galt auch als orthopädisch besser. Er war im Fernsehen, also seine Wörter, sein Name. Weil es dazuzugehören schien, rief er laut »Haha!«, und die beiden Silben blieben lange stehen in der Wohnung.

Die Lust am Gestalten, das war die Antwort, die sie gab, wenn sie gefragt wurde: Warum das alles, was trieb sie an? Dass einem auch immer diese Fragen gestellt wurden. Alles drehte sich im Kreis, es war immer dasselbe.

Diese Auskunft befriedigte jede Erwartung, denn man hatte sich darauf geeinigt, dass nun, nach den dunklen Jahren, den wunderbaren Jahren und den wilden Jahren, endlich gestaltet werden sollte. Die Zukunft, man selbst, das Miteinander, die Wohnzimmer.

Was sie aber eigentlich meinte, war so was wie das Gegenteil: die Lust daran, dieser Stadt und dieser Welt etwas abzuringen. Informationen, Einfluss, Platz, Geld. Je mehr man einem System abrang und sich das einverleibte, umso mehr wurde man Bestandteil dieses Systems, fest verbunden, unverzichtbar.

»Vollrath, nehmen Sie diesen Schrieb hier weg, das ist Ablage.«

Sie kannte, was da stand, schon vom Telefon, alte Freunde aus der Hoch- und Tiefbaubranche informierten sie vorab, als würden sie vom Wetter erzählen: Verlängerung des Baustopps auf unbestimmte Zeit. Das durfte man nicht persönlich nehmen. Und ihr kam das entgegen, weil die ruhende Baustelle die vollkommenste Form der Bauinvestition war: Das Geschäft fand statt ohne Ablenkungen.

»Vollrath, was ist denn noch? Nein, für die Abendschau habe ich keine Zeit.«

Sie beugte sich vor, damit sie ihn besser verstehen konnte oder damit sie näher an ihrer Zigarette war.

»Ist ja ein starkes Stück«, sagte sie.

»Ja, der Spuk ist noch nicht vorbei«, sagte Vollrath clever. Sobald er draußen war, flammte die Vorzimmerleitung auf.

»Was ist denn noch?«, fragte die Architektin.

»Ihr Ex-Mann«, sagte Vollrath.

Als sie im Westen ankam, überraschte sie das Wohlwollen. Sie mochte keine Überraschungen. Also störte sie das Wohlwollen, bevor sie hätte anfangen können, sich daran womöglich zu erfreuen. Wohlwollen kam von Leuten, denen es zu gut ging. Das brachte man anderen entgegen, wenn man im Überfluss hatte.

Abschluss ohne Parteizugehörigkeit, da müssen Sie ja eine ganz Clevere sein. Da werden Sie sich hier schon schnell zurechtfinden, machen Sie sich da man keinen Kopp. Clevere Leute könnwa hier immer gebrauchen, sagte ein Lehrstuhlinhaber mit Gropius-Fliege, als sie sich ihre Zeugnisse an der Technischen Universität anerkennen ließ. Der bot ihr sogar eine Sekretärinnenstelle an, die Vorgängerin hätte sich »einen Ami geangelt«. Sie wollte die Stelle nicht, aber Geld. Je weniger die Fünfzigmarkscheine wurden, die die Mutter ihr in Hüfthöhe gegen den Rock gedrückt hatte, als wäre dort eine Tasche, desto mehr faltete sie die in der Mitte und dann auf ein Viertel, damit das kleine Bündel fest und massiv blieb.

Frau in einer Männerdomäne, sicher auch nicht immer einfach. Auf die Nachfragen der Charlottenburger Zimmerwirtin antwortete sie einsilbig. Überhaupt passte es ihr nicht, dass ihr Leben jenseits der Familie nun also eine Abfolge von immer älteren, immer zäheren Zimmerwirtinnen zu werden drohte. Sie beschloss, einen Mann zu finden, ohne ihn zu suchen.

Sie arbeitete damit, dass sie auffiel: weil sie immer die einzige Frau oder eine der wenigen war. Wenn die Architektenkammer feierte. Wenn die Bauwirtschaft feierte. Ihre erste Stelle in einem mittelgroßen Büro verwendete sie nicht nur darauf, Wiederaufbau zu lernen, Lücken zu füllen, Stuck abschlagen und Rauputz aufbringen zu lassen, Fassadenpläne, die nur dazu dienten, Putzmengen pro Quadratmeter zu berechnen. Einmal kam der ganze Kladderadatsch wieder runter. Sondern auch dafür, sich die Einladungen anzuschauen, die beim Chef im Eingangskorb lagen. Dessen Sekretärin nahm sie ein bisschen unter ihre Fittiche, weil sie fand, dass die Architektin und sie einander verbunden waren, weil sie Frauen waren. Das nahm die Architektin gerne an. Fortan begleitete sie den Chef als Armfutter auf die steifen kleinen Soiréen der Interessen- und Berufs- und Männerverbände. Das gab ein kleines, ein mittleres und ein großes Hallo.

Das kleine Hallo kam von Männern, die davon ausgingen, ihr Chef, der Inhaber des mittleren Architekturbüros mit Schwerpunkt Fassadenneugestaltung und Wiederaufbau, hätte sich »was Kleines für nebenbei angelacht« und wollte nun »damit renommieren«. Diese Herren betrachteten sie als bei nächster Gelegenheit verfügbar und streiften sie mit Blicken und Händen, aber eher pflichtbewusst, als gälte es, eine Gelegenheit, die sich einem bot, abzuarbeiten. Es war ihr egal, aber trotzdem dröhnten ihr die Ohren davon.

Das große Hallo kam von Männern, die sich freuten, dass es hier »was fürs Auge« gab. »Egon, endlich kümmerst du dich mal um uns«, und wie lange ihr Chef sie denn schon versteckt gehabt hätte in der Firma, na, zum Glück wollte der sie nicht für sich behalten, das wäre ja auch »eine Sauerei« gewesen. Sie hatte den Eindruck, dass diese Männer es einfach liebten, laut zu sein, Männer, die Beton verkauften, Metall zu Stützgittern verschweißen ließen, Lastwagenfuhrparks dirigierten. Sie versorgten sie mit Getränken und lachten dröhnend über ihre Scherze.

»Und Sie sind Architektin? Was bauen Sie denn am liebsten?«

»Alles außer die Betten.«

Egon, das ist ja eine ganz Kesse, wen hatte er hier denn mitgebracht, alle Achtung. In der Lautstärke von Männern, die es gewöhnt waren, Maschinen zu übertönen. Sie hauten ihr auf die Schulter, es war ihr tausendmal lieber als jedes halb zufällige Streichen über den nackten Unterarm. Angestellt war sie als Bauzeichnerin.

Am interessantesten aber war das mittlere Hallo, Zimmerlautstärke, von einem, der sie ausgeguckt hatte. Zwanzig, fünfundzwanzig Jahre älter als sie, Ende vierzig, Anfang fünfzig. Sie mochte, wenn sie zurückdachte, keine genauen Jahreszahlen. Sie blickte nicht gern zurück wie in einen Korridor, linear, von dem die Jahre abgingen wie Türen; sie sah eine nach oben unschärfer werdende Wand vor sich, einen unendlichen Raum, in dem viel miteinander und mit den Wolken verschwamm.

Auch dieser Mann war deutlich älter, wie alle anderen hier, aber es dauerte nicht lange, bis sich ihr erschloss, dass zutraf, was sie bei diesem ersten »Hallo, guten Abend, und Sie sind?« gehofft hatte: dass er sie so gründlich anschaute, weil er die Erfahrung gemacht hatte, dass man die Leute prüfen musste, bevor man sich mit ihnen einließ, und wenn es auf einen, wie es jetzt hieß, Small Talk war. Er war grau und buschig für Anfang fünfzig. Exil in fünf verschiedenen Ländern, schon vor den Nazis zu links für die Sozialdemokraten. Jetzt war er Bezirksbürgermeister und fand, der Westen müsste mit dem Osten reden,

Adenauer mit Grotewohl und die Bezirksbürgermeister West mit denen Ost, damit alles nicht noch schlimmer wurde. Trotzdem räumte er eigenhändig provisorische Grenzsperren in Kreuzberg ab, sie erinnerte sich an ein Foto in der BZ. Es sah gestellt aus, aber dass es ihn bei einer Handlung zeigte, die echte Konsequenzen hatte, war nicht zu bestreiten: Ärger mit Bonn, weil er sich als Bezirksbürgermeister in die große Politik einmischte, Anerkennung in West-Berlin, genau deshalb.

Sie erzählte ihm schmucklos, wer sie war. Es war einer der ersten Abende, an denen sie nicht mehr mit ihrem Chef hierhergekommen war, inzwischen war sie Inhaberin eines eigenen Architekturbüros. Das »klein« schluckte sie mühelos runter.

»Haben Sie genug Aufträge?«, fragte er.

»Nie«, sagte sie.

Bei diesen Gelegenheiten stand man in Kreisen und Trauben, es gab Herva mit Mosel und Engelhard, vielleicht, damit mindestens einer im Laufe des Abends sagen konnte, es mache »den Schwengel hart«. Wohl eher »zart«, sagte sie. Mein lieber Herr Gesangsverein, nicht von schlechten Eltern.

Die Räume konnte man daran unterscheiden, wie hoch sie getäfelt waren. Hüfthoch im Klubhaus der Freien Universität. Bis unter die Decke und dann diese komplett mitgetäfelt in der Handwerkskammer. Vornehm auf Dreiviertelhöhe, darüber genug Platz, damit die Stuckleiste noch zur Geltung kam, in der Industrie- und Handelskammer. Nur an einer Wand, moderne Asymmetric, die dem Raum Schlagseite verlieh, im Festsaal der Technischen Universität. Wie es bei den Freimaurern aussah, erfuhr sie später nur aus seinen Erzählungen. Wenn sie ihn nach einer Täfelung fragte, konnte er sich nicht daran erinnern, er hatte keinen Blick für so was.

»Wir brauchen Leute, die die Stadt aufbauen«, sagte er und

holte ihnen zwei Pikkolöchen von einem Zinktablett, Schraubverschluss, das war modern, man war hier in der TU.

Sie umfasste mit einer Kinnbewegung den ganzen Raum. »Davon gibt es, denke ich, genug.«

»Nie genug«, sagte er. Bauen war das, woran alle sich festhalten konnten, fünfundvierzig, achtundvierzig, dreiundfünfzig, neunundfünfzig. Alles andere hatte Zeit. Das mit den Nazis, das mit der Demokratie, das mit der Geschichte, immer nur Streit, aber, guck mal, aufbauen müssen wir das ja eh. Je schneller, je lieber. Mit anpacken, das war alles, was jetzt zählte.

Vielleicht verliebte er sich darin, dass sie bauen konnte und wollte.

Sie verliebte sich darin, dass er sich verliebte. Sie heirateten schnell, denn warum warten. Es hielt zwei oder drei Jahre. Danach wusste sie Bescheid. Seitdem war er ihr Ex-Mann.


»Es wird ganz schön viel geredet«, sagte ihr Ex-Mann jetzt am Telefon. Er klang älter.

»Das hat dich doch früher nicht gestört«, sagte sie.

»Da habe ich auch selber noch viel geredet.«

»Machst du dir Sorgen?«

»Um dich?«

Sie antwortete nicht, um sich sattzuhören an der tiefen Stille in seinem Hintergrund. Sie stellte sich ein Wohnzimmer mit dunkler Decke, rustikalen Möbeln und verblühten Hängegeranien vor. »Warum nicht«, sagte sie.

»Es kommt nun mal sehr viel Unruhe rein«, sagte er. »Das betrifft mich ja nicht. Aber wenn ich das bis hierhin höre.«

»Was hörst du?«

»Dass es bei dir im Hochhaus spukt. Und solche Sachen. Das ist doch nur der Anfang. Da werden die Leute neugierig.«

»Glaubst du an Gespenster?«, fragte sie, aufrichtig interessiert.

Er überlegte, und ihr fiel wieder ein, dass sie das immer an ihm gemocht hatte: Er war sich selten auf Anhieb sicher, und er legte keinen Wert darauf, das zu verbergen.

»Jein«, sagte er.

Als sie aufgelegt hatte, seine alte Stimme verloschen, aber noch als Nachklang in ihrem Ohr, drückte sie Vollraths Taste.

»Einfach noch mal die Kegel-Verträge«, sagte sie.

»Gern«, sagte Vollrath in einem Ton, der nahelegte, dass er auf eine Erklärung wartete.

»Ich schau mir die so gerne an«, sagte sie.

Am nächsten Morgen waren der Kegel und Jürgens Gespenst in allen Morgenzeitungen außer dem Tagesspiegel, dort war man sich wohl zu fein. Den Artikeln merkte man an, dass sich die Spätschicht in den anderen Redaktionen nach der Abendschau gezwungenermaßen noch mal rangesetzt hatte, zusammengehauene Texte für die letzte Ausgabe, die erst um dreiundzwanzig Uhr gedruckt wurde und die an die Abonnenten geliefert wurde.

Alle hatten die Geschichte etwas größer gemacht, als sie im Volksblatt war: um zu vertuschen, dass sie was verpasst hatten. Auf dem Weg vom U-Bahnhof in die Redaktion sah Otto sein Gespenst sogar auf der Titelseite der BZ am Kiosk, eingerückt als Störer, wo in der ersten Ausgabe noch was über die Nachverhandlungen der Berlinförderung gestanden hatte: Aus »Brandt will unser Geld« war »Neuer Kegel-Horror« geworden. Ottos Fingerspitzen kribbelten. Seine Geschichte, die buchstäblich aus nichts bestand, war größer geworden als er selbst. Er war Journalist.

»Du ruhst dich jetzt nicht auf deinen Lorbeeren aus«, sagte der Chef.

»Was hast du für heute?«, fragte Hm., in Gedanken schon bei der Morgenkonferenz.

»Wunderkammer«, sagte Otto, der eigentlich gar nichts hatte.

»Wunderkammer?« Hm. sah ihn über den Rahmen ihrer Brille hinweg an. Weil es keine Lesebrille war, musste sie das Kinn dafür ein gutes Stück weit auf die Brust senken, sodass sie noch skeptischer aussah, als Otto es selbst war.

Otto blätterte in seinen Notizen, als hätte er welche.

»Jeder Zweckbau hat ja eine«, sagte er, »das ist, glaube ich, inzwischen so festgeschrieben, um Kulturförderung vom Bund zu bekommen …«

»Hm«, machte Hm., was in diesem Zusammenhang so viel bedeutete wie: Ich weiß, na und.

»Und weil … na ja, diese Geistererscheinung«, wie sprach man da die Anführungszeichen mit, »hat ja auch etwas mit Wundern zu tun, also, es wäre ein Wunder, wenn, und andererseits, wir wundern uns doch alle …«

Hm. runzelte die Stirn. »Ja«, sagte sie. »Dreh das mal weiter.«

Auf die Sache mit der Wunderkammer hatte Cecily Bescheer ihn gebracht. Gestern, in einem Nebensatz. Jetzt rief sie ihn auf der Nummer von Hm. zurück und fing erst mal an mit irgendwelchen Bauvorschriften, das Vorhandensein von Wunderkammern betreffend. Als hätte sie gemerkt, wie ungeduldig Hm. ihre Finger schon wieder nach dem nikotinfarbenen Hörer ausstreckte, brach sie ab und nannte ihm einen Namen: »Hörsch, das ist ein Spirituosenvertreter aus Hermsdorf, einer von den Kommanditisten. Der hat den Kontakt zu Baltasano gemacht. Baltasano ist der Wunderkammermann Nummer eins, wenn es um Hochhäuser geht.«

Nach Hermsdorf fuhr keine U-Bahn durch, die Leute da bewegten sich nicht vom Fleck.

»Nimm mal den Simca«, sagte Enver, »das ist ein stabiles

Auto, die haben starke Industriegewerkschaften in Frankreich. Die brauchen zwei Jahre für so ein Auto, weil sie zwischendurch die ganze Zeit streiken.«

»Ist das deiner?«, fragte Otto auf dem schiefen Parkplatz hinter dem Verlagsgebäude, wo die Lieferwagenfahrer rumbrüllten, weil die VWs der Redakteure ihnen das Rangieren schwer machten.

»Volkseigentum«, sagte Enver und hielt ihm den Schlüssel hin. »Du musst nur die Handbedienteile entkoppeln. Und danach wieder einhaken.«

Mit arroganter Selbstverständlichkeit wälzten die anderen Autos sich die Heerstraße runter, dann die Stadtautobahn wieder rauf nach Norden, die wussten alle ganz genau, wo ihr Platz war und dass es für Otto keinen gab, jedenfalls nicht auf ihrer Spur. Als er im Doppelhaushälften-Teil von Hermsdorf ankam, tat ihm der Nacken weh vom nach vorn gebeugten Fahren. Beim Einscheren am Bordstein quetschte er die volkseigenen Felgen.

Weißer Rauputz, schwarze Fensterrahmen, ein herbstlicher Trockenblumenkranz an der dicken Tür. Der Türgong Westminster oder das, was auf dem Weg nach West-Berlin davon übrig geblieben war. Ein Mann im schwarzen Frotteebademantel und in Leder-Slippern öffnete ihm die Tür, bestes Haar, graue Jahre. Der Bademantel sah sehr glatt und weich und frisch gewaschen aus, dunkel und fest geschnürt wie eine Berufsbekleidung.

»Sie sind wegen Baltasano hier«, stellte der Mann fest und musterte Otto mit einem Augenzwinkern, bei dem Otto nicht klar war, ob es an der Herbstsonne, einem nervösen Tick oder daran lag, dass dies hier alles ein köstlicher, kostspieliger Scherz war. »Hörsch«, es klang wie ein Räuspern. Die Hände warm und weich, professionell gepflegt. »Dann kommen Sie mal mit in mein Büro.« Eine Handbewegung in Richtung einer Kellertreppe mit dunkelbraunen Trittstufen und schwarzem Stahlgeländer. Und dann, als hätte er Ottos Gedanken gelesen: »Schuhe können Sie anbehalten.«

Weil er die Schulzeit noch nicht lange hinter sich hatte, war Ottos Nase noch darauf eingestellt, den Familiengeruch in anderen Häusern und Wohnungen wahrzunehmen. Alles, was er wahrnahm, kam direkt aus der Region des weichen, tiefen Bademantels: ein Parfum wie moosbehangene Betonwände, an denen Männer kurz innehielten, weil ihnen große Abenteuer bevorstanden.

»Sie schickt also die Zeitung.«

Otto schaute auf Hörschs Haare, während sie die Stufen in ein merkwürdiges Kräuterlikörlicht hinunterstiegen, Hubschrauberlandeplatz, so nannte man doch diese kahle runde Stelle hinten auf dem Kopf von allen, die die Welt regierten.

»Ja, wegen dieser Kegel-Geschichte«, sagte Otto.

»Müssen wir uns Sorgen machen?« Am Fuß der Treppe, mit einem Arm in die Dunkelheit weisend, Otto sollte also vorgehen. Nach zwei Schritten legte Hörsch hinter ihm einen Lichtschalter um. Links neben Otto setzte sich eine Modelleisenbahn in Bewegung, Schienenzeppelin, Kleinstädte, Tunnel, Waldgebiete, alles beleuchtet mit winzigen Birnen, die hinter kleinen Plastikfenstern durch aufgemalte gelbe und rote Gardinen leuchteten.

»Kleines Hobby«, sagte Hörsch, aber daran, dass er stehen geblieben war und schaute, merkte Otto, dass es wohl doch ein großes war. »Alles an einem Schalter.« Milde Musik mit singenden Frauenstimmen kam aus dem Nichts, rhythmische Streicher. Ich wusste, es würde zu Ende gehen, aber nimm mich noch ein letztes Mal, damit ich mich daran erinnern kann.

Nimm mich noch ein letztes Mal … mit, das »mit« verdeckt unter einem Bläserstoß.

»Schienenzeppelin«, sagte Hörsch. Otto nickte. Die Ausbreitung dieses Kellergeschosses irritierte ihn. Die Doppelhaushälfte war doch höchstens sechs Meter breit und zehn Meter tief, im Schätzen war er gut, darauf hatte sein Vater ihn trainiert. Der war bei der Artillerie gewesen. War die ganze Gegend hier unterkellert? Die ganze halbe Stadt am Ende? Lauter unvollendete Fluchttunnel, die nie den Osten erreicht hatten, sondern vor der Mauer wieder abgebogen waren, Fluchttunnel im Kreis, immer zurück zu sich selbst.

Der Schienenzeppelin fuhr an einem großen Güterbahnhof entlang, alles Spurweite N, dadurch war diese ganze Welt noch größer, als sie auf ein paar Türblättern in H0 gewesen wäre: Spur N brauchte nur ein Viertel des Platzes. Der Schienenzeppelin schnurrte vor sich hin, als würde das Geräusch zur Musik gehören. Ottos Blick blieb an den Güterzügen hängen, und er musste an die Schule denken, zehnte Klasse. Wie der Geschichtslehrer gesagt hatte: Ihr seid jetzt alt genug. Als würde er ihnen was Neues erzählen, wenn er von den Menschentransporten und den Massenmorden sprach, in leicht gedämpfter Stimme, als sollte man es auf dem Gang nicht hören.

Das waren genau solche Güterwaggons, Viehwagen, in rostigem Braun. Der Zug war besonders lang, bestimmt dreißig oder vierzig Waggons, die hatte der also alle gekauft, extra dafür, um daraus diesen langen Zug zu machen, oder mehrere, und während Otto da so stand, setzte sich dieser Zug in Bewegung, er folgte dem Schienenzeppelin auf einem parallelen Gleis und bog dann ab, tiefer in den Raum. Eine Automatik, die das ausgelöst hatte. Nach hinten hin wurde der Raum etwas dunkler, aber Otto meinte zu erkennen, dass dort noch viel mehr Güterwaggons standen. Ihm war sehr unbehaglich, aber er fand nicht die Worte dafür. Um sich abzulenken, suchte er mit dem Blick die Platte ab, das krosse grüne Gras, die weichen Konturen der Plastikfelsen über den Tunnelöffnungen, die sanft beleuchteten Fenster der Fachwerkhäuser, die Gleise entlang der Bürohäuser aus den Fünfzigern, liebevoll aufgeklebte Firmenschilder an den glatten weißen Fassaden, Allianz, HUK Coburg, ARAG, Gleisweichen zwischen kellerharten Rhododendren, stoische Kühe, winzig. Manchmal klickte eine Weiche. Otto wurde wütend und wusste nicht, wohin damit.

»Gastrobranche«, sagte Hörsch und schob Otto weiter. »Man muss den Kunden was bieten. Das sind alles große Kinder. Die spielen gern.« In einem Tonfall, als würde er Otto den Arm um die Schulter legen. »Hier zum Beispiel«, sie kamen durch einen breiten, indirekt beleuchteten Gang mit abgehängter Decke und Cordsofas in einen getäfelten Barraum, der leicht überheizt und unterbeleuchtet war: »der Führerbunker. Also«, Hörsch legte ihm jetzt wirklich die Hand auf den Unterarm, »nur so'n Spruch von mir, aber hier ist sozusagen die Kommandozentrale. Wenn Sie zwölf Kisten Bols Blau brauchen, oder Racke Rauchzart, dann gehen Sie zu Getränke Hoffmann. Oder meinetwegen zu Ullrich am Zoo. Aber wenn Sie Dimple oder Ballantine's oder den echten Curaçao wollen, dann kommen Sie zu Hörsch.«

Ottos Fluchtreflexe verstärkten sich. Manchmal fragten die Leute aus Westdeutschland, ob man sich denn nicht eingesperrt fühlte in der Stadt, immer die Mauer vor der Nase und so weiter. Otto verstand nie, was sie meinten, denn mit der Stadt und einer Mauer hatte das nichts zu tun für ihn: Er fühlte sich eingesperrt, wenn Erwachsene anfingen zu reden. Die Onkel und Tanten und Nachbarn und Hörschs.

»Ich bin übrigens Anzeigenkunde«, sagte Hörsch und drückte Otto auf einen samtbezogenen Barhocker. Hinter der Bar standen Flaschen eng in Regalen, darüber hingen Wimpel an einer langen Gliederkette, die Wimpel waren aus Messing und zeigten Wappen, die Otto nicht verstand.

»Ostpreußen«, sagte Hörsch, der seinem Blick gefolgt war.

»Wo ist denn Herr Baltasano?«, fragte Otto und zog seinen Notizblock heraus, um sich einige Quadratzentimeter Professionalität zurückzuerobern.

»Vielleicht einen Jägermeister?«

Besser wäre es. Ihm war unwohl. »Nein, danke.«

»Vernünftiger Junge. Branca Menta? Sechsämtertropfen?«

»Also, wegen der Wunderkammer ...«

Hörsch breitete die Arme aus und drehte sich ein wenig hin und her, als wollte er einen ganzen Erdkreis umfassen, unterirdisch. »Das hier ist auch so eine Art Wunderkammer. Das ist meine Burg hier unten, mein Schloss, und der Unterschied ist nur, dass ich nicht eine einzelne Kammer reserviert habe für alle Schätze, die die Errungenschaften der Menschheit repräsentieren, sondern die ganze Unterkellerung. Sie haben hier alles, was die Gegenwart ausmacht. Brot und Spiele. Und sogar ...«, er wies zu einem weiteren Durchgang, dessen Tür halb offen stand, dahinter beigefarbenes, hölzernes Licht, »... eine Finnische Sauna. Finninnensauna!« Er lachte.

Eine Schrecksekunde lang dachte Otto, er würde nun aufgefordert, in diese Sauna zu gehen. Aber Hörsch sprach gleich weiter: »Und weil Sie nach Baltasano fragten: Der Signor kommt gleich. Der hat vielleicht noch ein, zwei Minuten auf der Sanduhr.«

Otto verstand kein Wort und betrachtete deshalb seinen Notizblock. »Sind Sie auch Kommandant ... Kommanditist bei der Kegel-Baugesellschaft?«

Hörsch zögerte einen Moment. »Bei welcher denn?«

»Na ja«, sagte Otto.

»Bei der Kegelbau Angelion oder bei der Quaderbau Angelion?«

»Nun.«

»Die Architektin hat ja mehrere Firmen, für jedes Vorhaben mindestens eine.«

»Warum?«

Hörsch lachte. »Sie können nur so und so viele Anteile zeichnen pro Firma, also von Westdeutschland aus. Deshalb bin ich auch kein Kommanditist. Ich bin mit Leib und Seele Berliner. Mit Herz und Seele, verstehen Sie.«

»Frontstadt«, sagte Otto, offen sarkastisch, langsam reichte ihm das hier, und wie lange dauerten eigentlich so ein, zwei Minuten.

»Jawohl«, bellte Hörsch und salutierte ernsthaft im Scherz.

Von der Finnischen Sauna her kam ein heißer Hauch, dann hörte Otto die Schreie eines Mannes. Etwas zwischen Brunft und tiefer Verzweiflung. Wasser plätscherte, die Schreie hörten auf, Ottos Gänsehaut auch.

»So, machste mir'n kleenet Bierchen«, die Stimme kam zuerst, dann heiße Luft, die jetzt feucht war, dann ein Mann mit umgeschlagenem Handtuch, der so groß war, dass er hier im Keller, in der Kommandozentrale des Imperiums Hörsch, den Kopf ein wenig einziehen musste.

»Wer is ihmchen denn?«, fragte der Mann und setzte sich zwei Barhocker entfernt von Otto.

»Ein Mann von der Presse«, sagte Hörsch, der hinter den Tresen gegangen war und den Zapfhahn mit Schmackes bediente. »Wegen der Wunderkammer.«

Der Mann mit dem Handtuch ließ den Kopf sinken, als wäre er aufgespürt worden.

»Du weeßt doch, dass ick nie mit der Presse rede«, sagte er zu Hörsch.

»Ja«, Hörsch strich Schaum ab, »weil du nie gefragt wirst.«

»Dit nennt man Diskrezion«, sagte Baltasano. Dann, zu Otto: »Wer schickt Sie denn? SFB? Tagesspiejel? Sie sehen nicht nach BZ aus.« Das Letzte sprach er mit einem gewissen Bedauern in der Stimme aus.

»Spandauer Volksblatt«, sagte Otto fest.

»Ach du Scheiße«, sagt Baltasano, resigniert mit weichem S.

»Kennen Sie sich mit Geistern aus?«, fragte Otto, um hier mal langsam in die Offensive zu gehen.

»Kellergeistern«, sagte Baltasano. Hörsch lachte geschäfts-mäßig.

»Also, mit Geistererscheinungen«, sagte Otto. »Frauen, die Hände als Füße haben. Und die über Stahlträger krabbeln wie vierbeinige Spinnen.«

Hörsch stand schräg hinter ihm und arbeitete an seinem Pils.

»Wie kommen Sie darauf?«, fragte Baltasano, Hochdeutsch, um Distanz bemüht.

»Wegen der Wunderkammer«, sagte Otto. »Das ist doch auch im weitesten Sinne etwas ... Übersinnliches. Also Wunderbares.«

Baltasano nahm sein Pils, Hörsch hielt Otto auch eins hin. Das Pils schmeckte nach Unruhe und schlechter Laune, nach Sonntagabend am Mittwochvormittag. Er verzog das Gesicht.

»Lieber was Süßes?«, fragte Hörsch.

Otto nickte. Hörsch stellte ihm einen Sechsämtertropfen hin, erst ein kleines Glas, dunkelbraune, kompakte Flüssigkeit wie ein Kräuterbonbon, daneben die geriffelte Flasche, damit Otto sich nachschenken konnte.

»An einer Wunderkammer ist nüscht Mysthischet«, sagte Baltasano. »Die müssen Sie bereitstellen, nach der Bauverordnung für Verwaltungs- und Bürogebäude. Ab einer gewissen Größe. Ab fuffzehntausend Quadratmeter. Anteilig. Ich bin dabei, der Architektin die gewünschte Kammer zu fuffzehn Quadratmeter zu gestalten.«

Otto ertappte sich dabei, dass er nur die Zunge in das Schnapsglas mit dem Kräuterlikör steckte, wie seine Großmutter, wenn sie zu Ostern an den letzten Tropfen Eierlikör kommen wollte. In seinem Mund explodierte eine ganz aggressive Behaglichkeit, dieses Getränk schmeckte, wie der Bademantel von Hörsch aussah. Hustend blätterte er seinen Notizblock zurecht.

»Warum?«, fragte er.

»Na ja, die Wunderkammer, das ist ein Brauch aus dem Schloss- und Burgenbau des Spätmittelalters, der sich dann fortgesetzt hat in die Renaissance und bis ins achtzehnte Jahrhundert«, dozierte Baltasano hochdeutsch, als müsste er ein Investorengremium überzeugen. »Ein Raum im Schloss voller Gegenstände, die das Wissen der Menschheit repräsentieren«, er machte Nachfüllbewegungen mit seiner Pils-Hand. Hörsch war zur Stelle. »Wunderbare Gegenstände, Miniaturen, Automaten, Gemälde, Schmuck, Landkarten. Und dank der Sozis ham wa dit jetzt auch in jedem Zweckbau. Als Visitenkarte der Demokratie.«

Hörsch lachte hinter der Bar.

»Die Demokratie an sich is ja dit Wunder«, sagte Baltasano. »Dit spiegelt sich och in der Wunderkammer, die ick denen jestaltet habe für den Kegel. Für dreihunderttausend Mark. Dit dürfense nich schreiben, dit jibt nur wieder Ärger. Dit versteht der Bürger nicht.« Er räusperte sich und sprach wieder investorisch: »Die Kunst hat ihren Preis. Kunst, das wissen Sie vielleicht, kommt von Gunst, und Gunst kommt von Gönnen.«

Otto merkte, dass er mit der Hand über die Riffelflasche fuhr, und zwar beim Absetzen, und dass er sich nachgeschenkt hatte und dass sein Glas schon wieder leer war. Das Erwachsenenleben bestand aus seltsamen Reizen und daraus, ihnen nachzugeben.

»Was enthält denn Ihre Kammer? Also, ist das wie so eine Zeitkapsel?«

Baltasano schüttelte energisch den Kopf. »Wo denkense hin. Zeitkapseln sind verboten inzwischen. Wir haben eh zu viel Vergangenheit. Damit wollenwa nicht auch noch die Zukunft belasten. Aber ick zeig Ihnen gern meinen Entwurf. Hamse ne Kamera dabei?«

Otto schüttelte schuldbewusst den Kopf, wobei ihm etwas von dem Sechsämtertropfen aus dem Glas flog, das bereits wieder auf dem Weg zu seinem Mund war.

»Umso besser. Fotografieren dürfense da nämlich nich.« Baltasano winkte Otto, ihm zu folgen, einen weiteren Gang hinab. »Mein Freund Hörsch hat mir hier 'ne Art Atelier eingerichtet«, sagte er. Otto hatte immer noch das Glas in der Hand. Er stellte es in den Sims einer Wandnische, die mit einer elektrischen Fackel beleuchtet war. Sie gingen an weiteren Türen entlang, und Otto fragte sich, ob sie nicht langsam längst wieder in Spandau waren, unterirdisch.

Baltasano blieb vor einem Raum mit der Aufschrift »Atelier Baltasano« stehen, Schweißperlen auf den Schultern. Er öffnete die Tür zum Atelier und winkte Otto zu sich heran. Als Otto neben ihm stand, legte Baltasano ihm den Arm um die Schulter und presste ihn eng und feucht an sich.

»Voilà«, sagte Baltasano, »die Wunderkammer.«

Hinter der Tür war ein Raum, der in etwa die vorgegebenen Maße zu haben schien. »Zwo sechzig«, flüsterte Baltasano, »genau die Deckenhöhe vom Kegel-Hochhaus.« Der Raum war weißgrau, hell, aber nicht blendend, gedämpft, mit anthrazitfarbener Auslegeware. »Wie im Kegel«, wisperte Baltasano. »Die ist vom Originalausstatter. Den Kontakt hat mir die Architektin janz direkt vermittelt. Kurzer Dienstweg. Hamse die schon kennengelernt, die Architektin?«

Otto hielt sich bedeckt. »Wer nicht«, sagte er.

Baltasano haute ihm auf die Schulter, der erneute Körperkontakt erschütternd und besorgniserregend. »Ganz genau«, sagte er. »Die kennt jeder und keener. Dit is dit Kunststück.«

»Die mächtigste Frau von Berlin«, sagte Otto, eine Redewendung von der Konkurrenz, beim Spandauer Volksblatt hatten sie für solche Superlative keinen Platz und keine Ader.

»Die eenen sagen so, die anderen ooch«, sagte Baltasano.

»Was für eine Art von Macht ist das?«, fragte Otto.

»Die Macht, das wat jemacht wird.« Er räusperte sich, als wäre sein Berlinerisch ein Frosch im Hals. »Die lässt Dinge geschehen. Also sie schafft Ereignisse und Orte, Bauwerke, wo vorher nüscht war. Das hat fast schon was Göttliches. Dit is unsere Siegesgöttin, wenn Sie so wollen.«

Otto notierte sich das, verstand es dadurch aber nicht besser. »Wessen Siegesgöttin?«, fragte er. Wenn Leute von »uns« redeten, machten sie sich immer kleiner oder größer, als sie waren.

»Von allen, die ooch wat abhaben wollen«, sagte Baltasano.

Otto spürte den Schwelbrand des Kräuterlikörs im Körper. »Der Raum ist leer«, sagte er.

»Janz jenau, meen Junge. Weil dit eigentliche Wunder die Demokratie ist, und die Demokratie is een leeret Jefäß, dit wir immer wieder mit Inhalt füllen müssen, jeden Tach aufs Neue.«

Hörsch lachte mit einem leutseligen Schnaufen, sodass Otto seinen sachte flatternden Bademantel am Rücken spürte.

Im Auto starrte Otto auf seinen Notizblock. »Wunderkammer im Keller: einziges Architekturmodell in Größe 1:1«, stand da, aber er wusste nicht, wie er das seinen Lesern erklären sollte. Daneben: »[300.000 DM]«, und die eckigen Klammern bedeuteten, dass er das nicht schreiben durfte.

»Ach das«, hatte Baltasano gesagt, als Otto ihm und Hörsch die Skizze von Jürgen gezeigt hatte. »Dit is ne janz jewöhnliche Sumpfhexe, die jab's hier früher an jeder Ecke.«

Am nächsten Morgen standen ein paar Leute vor dem Redaktionsgebäude und fingen an, auf Otto zu zeigen. Er teilte das
Grüppchen mit den Jackenärmeln und der Hüfte, er schob sich
die Mikrofone aus dem Gesicht wie einen Vorhang aus Schaum-
stoff und Windschutzflusen. Ein Kamerateam von der Abendschau. Ein, zwei O-Töne, für einen weiteren bunten Beitrag gegen Ende der Sendung heute Abend: Was sagt der Geistersucher
von Spandau? Das dauert fünf Minuten, Kollege. Maximal ein
bis zwei Stunden. Die Techniker hätten jetzt eh erst mal Früh-
stückspause. Tatsächlich fläzten die in einem Technikwagen
und aßen Schrippen aus der Tüte. Otto sagte, er würde gleich
wieder rauskommen.

»Ah«, sagte der Chefredakteur. »Da ist ja der Mann der
Stunde.« Otto freute sich, weil er die Ironie etwas zu spät bemerkte.

»Vielleicht schaffst du es mit deiner Geistergeschichte noch
auf die Leuchtschriftanlage. Da bei den Imbissbuden am Potsdamer Platz. Dieses Gestell, mit dem wir den Ost-Berlinern erklären, was in der Welt los ist«, sagte Hm.

»Also«, sagte der Chef. »Meinetwegen redest du mit den Kollegen von der Abendschau, aber schnell und kurz. Und dann
zeigt dir Hm. mal, wie wir hier Journalismus machen.«

Als der Chef weg war, zog Hm. die zweite Schreibtischschublade von unten auf und zog eine Flasche Weinbrand hervor, mit weinrotem Etikett und feierlicher goldener Schrift. Sie schwenkte die Flasche in Ottos Richtung wie ein Beweismittel.

»Auch einen?«, fragte sie.

»Jetzt?«

»Ich kann dir auch einen für später einpacken.«

»Ja, gut.«

»Das löst die Zunge und schärft den Verstand, wenn du gleich mit dem Fernsehen sprichst. Ist auch gut für den Teint. Du kommst dann besser rüber. Gib mir mal deinen Kaffeebecher.«

Sie nahm seinen Becher, ging zur Wand, wo auf einer grauen Aktenablage die Kaffeemaschine stand, füllte was in den Höffner-Becher und schüttete Weinbrand drauf.

»So«, sagte sie. »Das nennt man Arbeitsteilung. Das eine macht dich wach, das andere lullt dich ein. Und so machen wir beide das jetzt auch. Ich hör ja, dass die Investoren nervös werden. Da ist wieder Bewegung in der Sache. Ich finde raus, was los ist, und du lullst die Leute ein, du lenkst sie ab mit dieser Geistergeschichte.«

Otto gefiel das, Arbeitsteilung mit Hm. »Und wenn da doch was dran ist?«

»Was? An dieser Geistergeschichte?«

»Ja. Also. Wenn es diese Sumpfhexen ... jetzt nicht direkt gibt, also nicht in physischer Form, aber ... vielleicht ist das eine Art Manifestation, also, von ... kollektiven Vorstellungen davon. Wie das alles hier nur auf Sumpf gebaut ist. Oder so was. In der Art.«

Hm. betrachtete ihn. »Weißt du was«, sagte sie, »trink mal noch einen.«

Otto schwankte ein wenig und hatte einen sehr trockenen Mund, als er vor der Abendschau-Kamera stand.

Vorigen Juli hatte es einen Gebietstausch mit dem Osten gegeben. Die Ruine vom »Haus Vaterland« war zusammen mit dem Gelände des stillgelegten Potsdamer Bahnhofs zu West-Berlin gekommen. Daran erinnerte Otto sich, als es bei der Themenkonferenz nach seinem Fernsehinterview besonders zäh zuging. Weil ihm das mit der Gespenstersuche vielleicht langsam zu einseitig wurde, schlug er ein sogenanntes Schmuckstück vor, einen heiteren Essay, ohne Recherche: Vorschläge für den nächsten Gebietstausch mit Ost-Berlin.

»Das ist vielleicht ein zu heißes Eisen für ein Schmuckstück«, sagte der Chef. »Je mehr im Westen über Gebietstausch diskutiert wird, desto weniger ist man im Osten dazu bereit.«

»Adenauer ist tot«, sagte Hm., die sich wohl durch etwas im Chefton an den begrabenen Ex-Kanzler erinnert fühlte.

»Aus diesem heißen Eisen müssen wir mal«, formulierte Otto angestrengt, um nicht zu lallen, »die heiße Luft rauslassen.«

»Zisch!«, sagte Enver, der auf Themenkonferenzen wie überall gern geduldet wurde.

»Also du meinst, wir tauschen Zehlendorf gegen Köpenick und den Müggelsee, so in dem Schanger«, sagte Hm.

»Ja, genau«, sagte Otto. »Ein bisschen an den Lokalpatriotismus der Leute hier in Spandau appellieren. Was können wir dem Osten anbieten, damit wir die Spandauer Vorstadt zurückkriegen?«

Hm. nickte, denn die Spandauer Vorstadt war ein Teil des Ost-Berliner Stadtteiles Mitte.

»Alt-Tegel«, sagte Enver. »Da ist die Versorgungskasse, die können mich mal.«

»Na ja«, sagte der Chef, »das ist eine kleine Lokalglosse, vierzig Zeilen, und bitte liebenswürdig, O.B.«

Otto nickte enttäuscht. Er hatte eigentlich keine große Lust mehr auf das Geisterheischen, aber darauf, eine ganze Zeitungsseite vollzuschreiben.

»Wie wäre es mit so Gespenstergeschichten aus Berlin und der Mark Brandenburg, also Volksaberglauben, diese jahrhundertealten Geschichten, Sumpfhexen, der Hoppelpoppel, den toten Schultheiß auf seinem Gaul, dieser …«

»Vergiss nicht den Sexbär«, sagte Enver.

»Nicht wieder diese olle Kamelle«, protestierte der Chef. »Das ist doch gar nicht belegt, dass daher der Name der Stadt kommt.«

»Welcher Sexbär?«, fragte Otto interessiert.

»Na, der Bär, mit dem dieser Askanier Sex hatte am Gründungsort der Stadt, daher der Name«, sagte Enver geduldig.

»War das ein Bär oder eine Bärin?«, fragte Hm. über ein leichtes Aufstoßen. Otto wurde rot, der Chef seufzte.

»Wer will das beurteilen«, sagte Enver. »Es war dunkel im Mittelalter.«

»Das lassen wir mal weg«, sagte der Chef und warf Enver einen scharfen Blick zu. »Also, Bestialität mit Bären, das können Sie sich für die Sonntagsbeilage vielleicht verkneifen.«

»Die anderen Geschichten kennt doch jeder aus der vierten Klasse«, sagte Hm. »Heimatkunde.«

»Ja«, sagte der Chef und nickte Otto zu, der sollte den Auftrag in seinen Notizblock schreiben. »Und die Leute wollen in der Zeitung lesen, was sie schon immer gewusst oder geahnt haben.«


Weil Hm. merkte, dass Otto den Scharlachberg Meisterbrand nicht so gut vertrug wie sie, setzte sie ihn zur Ausnüchterung, wie sie sagte, an die Bauverordnung: »Lern mal was über Hochhäuser.« Jetzt bekam er erst recht Kopfschmerzen.

Laut Bauverordnung sprach man von einem Hochhaus, sobald das Gebäude höher zu werden versprach als zweiundzwanzig Meter. So weit reichten Feuerwehrleitern. Wer höher baute, musste zusätzlich Vorsorge treffen gegen flammende Infernos. So nannte die Konkurrenz das, wenn es Großbrände in hohen Gebäuden oder auf Autobahnen gab, weil Tanklastzüge explodierten. Es war dann gegebenenfalls auch von menschlichen Fackeln die Rede.

Das Hochhaus brauchte also zwei räumlich getrennte Fluchttreppenhäuser, er kämpfte sich durch das dichte Deutsch der Bauverordnung und stellte sich vor, wie es sich abwärts rennen mochte, während aus dem anderen Gebäudeteil die Flammen am Fluchttreppenhaus leckten. Brandschutzmaterial, das flammende Infernos daran hinderte, sich auszubreiten, hieß Asbest, das schien ihm ein plump geschwindelter Name zu sein. Wie Eternit. Asbest, vom Besten, Eternit, für die Ewigkeit. »Bauen, die neue Religion«, notierte Otto. Hm. schaute ihm über die Schulter und las seine Notizen. Er roch 4711, Weinbrand und Kaffeeatem.

»Verrenn dich mal nicht«, sagte sie und tippte auf seinen Block. »Wir sind hier nicht bei Transatlantik oder beim Kursbuch oder so was. Ich brauche nichts Intellektuelles von dir.«

Keine Sorge, dachte Otto.

»Einen Text baust du wie ein Haus«, sagte Hm., »und einen längeren Text wie ein Hochhaus. Auf einem sehr stabilen Betonfundament. Das muss hier in Berlin doppelt und dreifach so fest sein wie anderswo. Hier sinkt dir sonst alles ins Grundwasser. Und jeder Text sinkt dir ab ins Vage. Was ist das Fundament von einem Text?«

Otto lehnte sich zurück und steckte zerstreut das hintere Ende seines Bic-Kugelschreibers in den Mund, sodass er sofort ein köstliches, elektrisches Plastikbitzeln auf den Geschmacksknospen hatte, wie Uhu-Kauen. »Mein Wissen.«

Hm. schüttelte den Kopf. »Nein. Deine Haltung. Sobald die nicht stimmt, gerät dein Text in Schieflage. Den lesen dann nur noch Leute, die auch einen Knick in der Optik haben. Dein Text soll aber für alle da sein. Darum muss deine Haltung fest und gerade sein. Wie ein Betonfundament.«

Otto mochte Hm., aber ihm fiel auf, dass ältere Menschen seine Zuneigung auf die Probe stellten, indem sie ihn vollquatschten. Er fragte sich, wann da der Wendepunkt kam im Leben: Musste man sich die erste Hälfte alles anhören, bevor man in der zweiten Hälfte einfach zurückredete?

»Was wird dann im modernen Hochhausbau auf diesem Betonfundament aufgerichtet?«, fragte Hm. über ein leichtes Aufstoßen. Und dann, halblaut, als fügte sie eine Fußnote hinzu: »Lass uns jetzt mal Unterkellerungen und Tiefgaragenbauten und so weiter weglassen, eine Metapher lebt ja von ihrer Prägnanz.«

»Ein Stahlskelett.«

Hm. klatschte sich in der Synthetikhose mit eingewebter Bügelfalte auf die Oberschenkel, zustimmend, womöglich aber auch eher in stabilisierender Absicht. Ein weiterer Griff in die Schreibtischschublade. »Ein Stahlskelett, richtig. Das Eisengerippe. Aus Stahlträgern und Stahlprofilen. Und das ist dein Wissen. Was du weißt, trägt den Text. Dein Text ist nur stabil, wenn du gut informiert bist. Ansonsten wird er«, sie schluckte und schenkte nach, »schwammig und«, noch ein Schluck, »einsturzgefährdet.«

»Und dann«, sagte Otto ungeduldig, »wird eine Glasfassade vorgehängt. Und diese Glasfassade ist der Stil. Also, der muss besonders klar sein. Damit man sehen kann, was drinnen vor sich geht.«

Hm. wischte sich etwas verstohlen über den Mund, sie beherrschte das Kunststück, ihren Lippenstift dabei fast ganz intakt zu lassen. Sie runzelte die Stirn. »Also der Stil – oder sagen wir, die Sprache – vermittelt die Informationen.«

»Ja, genau.«

»Aber beim Hochhaus wird doch die Glasfassade nicht vorgehängt, damit man reingucken und das Stahlskelett sehen kann.«

»Nein. Aber ...«

Sie hob abwehrend die Hand und schloss die Augen, erschöpft oder um einen Schwindel zu besiegen. Der junge Kollege. Nun mal langsam.

»Das Stahlskelett wird ver- und ausgekleidet. Mit Wänden und Fußböden. Das ist die ...« Sie überlegte. Ihr Blick verlor sich in der Weite des gar nicht besonders großen Büros.

»Das ist der rote Faden«, half Otto, halbherzig.

»Die Wände sind der rote Faden«, sagte Hm. »Nee.«

»Also diese vorgehängte Glasfassade ...«

»Ich würde sagen, die Überschrift ist die Glasfassade, weil durch die ... Also, die ist ja sozusagen das Äußere des Textes. Die Überschrift und der Vorspann.«

»Und der Fahrstuhlschacht und die Haustechnikaufbauten auf dem Dach, die ...«

»Hast du nicht eigentlich was zu tun?«, fragte Hm., als wäre das alles seine Idee gewesen.

»Ich suche immer noch den Eingang«, sagte Otto.

In der Amerika-Gedenkbibliothek waren so viele Studentinnen, die deutlich älter waren als er, dass Otto ein bisschen rot wurde. Ausgerechnet, als er am Informationsschalter stand und sich erkundigte, wie er denn am besten Literatur fände über Sagen der Region Berlin.

Was er denn mit Sagen meine, fragte die Bibliothekarin, die sich bereits ihre Schachtel Attika und ein Perlmuttfeuerzeug zurechtgelegt hatte für ihre Pause.

Otto kämpfte mit sich, um nicht das Wort Märchen zu sagen. Mit jeder Sekunde wurde er jünger.

»Also«, sagte die Bibliothekarin etwas müde, »es gibt so ein Buch mit Berliner Sagen, das kriegt ihr aber eigentlich vom Senat in der vierten Klasse, Heimatkunde.« Leider erinnerte sich Otto wirklich ganz gut daran.

»Sumpfhexen«, sagte er, »ich suche was über Sumpfhexen.«

Die Hand der Bibliothekarin, die immer wieder in Richtung einer einzelnen Attika gezuckt war, ganz heller Filter, hielt inne und senkte sich auf die Resopalplatte ihres kleinen Auskunftskabuffs.

»Ah«, sagte sie. »Haben Sie denn 'ne Berechtigung?«

»Was für eine Berechtigung?«

»Wir haben ein historisches Werk über Geister und Gespenster Brandenburgs und Berlins, frühe Neuzeit, das ist in der Sondersammlung. Da brauchen Sie eine Sondernutzungsberechtigung. Weil da neulich jemand versucht hat zu klauen. Das sind ja Werte. Also, ausgerechnet dieses Buch.«

»Ich bin von der Zeitung«, sagte Otto.

»Oh«, sagte sie, »ich dachte, Sie müssen 'n Referat in der Schule halten oder so was. Aber jetzt, wo Sie's sagen: Kann es sein, dass ich Sie gerade im Fernsehen gesehen habe? Sie haben so geschwankt.«

»Wo ist denn dieser Raum?«, fragte Otto.

Je näher Otto der Sammlung seltener Bücher und Manuskripte kam, desto weniger wurden die Studentinnen. Vor sich trug Otto eine Plastikschale mit weißen Handschuhen, einer Pfandmarke für seine Wertsachen und einem Tagesausweis. Sonst durfte man nichts mitnehmen in den schummrigen Raum, der sich jetzt am Ende eines Souterrain-Gangs vor ihm öffnete, fensterlos, aber mit einer breiten Glasfront zum Gang. Hinter der Glastür winkte ihn dieselbe Bibliothekarin heran, ebenfalls in Handschuhen, sie musste einen anderen, womöglich geheimen Gang genommen haben, um vor ihm hier zu sein, oder einen Angestelltenaufzug. An den Wänden standen Folianten mit Lederrücken in schwachem Licht, in der Mitte des Raumes acht Tische mit jeweils einem Stuhl, zwischen den Tischen viel Platz, als sollte man nicht voneinander abgucken. Auf dem Tisch, den sie ihm zuwies, lag ein dunkelbraunes Buch, auf dem in geprägten, aber verblichenen altdeutschen Buchstaben »Geistererscheinungen und Gespenstersichtungen der frühen Berliner Ansiedlungen, von Lokatoren überliefert und aufgezeichnet zur Erbauung und Abschreckung des interessierten Publikums von Arno Blyma« stand.

Momentchen mal, dachte Otto, dem diese Schrift doch recht unvertraut war.

»Anonym.« Aha. Und dann, genauer, auf dem Frontispiz: »zugeschrieben einer Ordensfrau der Hl. Berolina im Kloster zu Cedelendorp, geläuterte Sünderin und abgeschworen dem Irdischen und Weltlichen, dies verfasst zur Abwehr und Warnung«.

Darunter eingeprägt die Jahreszahl 1667.

Die weißen Handschuhe waren ganz weich und hautig an seinen Fingern, er fühlte sich größer und distanzierter durch sie, es war perfekt. Die Seiten des Buches waren steif von der Zeit, es gab kein Inhaltsverzeichnis, aber ein Register. Zwischen »Sargflucht« und »Sylphe« fand Otto die Sumpfhexen und versuchte, sich möglichst viel zu merken.

Der Eintrag begann mit einer etwas langwierigen Darstellung der Trockenlegung des Sumpfgebietes, in dem man hernach die Städte Berlin und Cölln im Bereich der Spree angesiedelt hatte. Dabei versäumte die anonyme Verfasserin es nicht, auf die ruhmreiche Rolle einer ganzen Reihe von Lokatoren hinzuweisen: von Bistümern oder Handelsgesellschaften oder Fürsten beauftragte Landfinder, die von Bären, Mücken und Sumpfhexen geplagt in der außerordentlich feuchten und matschigen Gegend ankamen, in der Otto heute bei regulierter Luftfeuchtigkeit und ohne Bleistift unterhalb des Straßenprofils saß.

Nun beschrieb die anonyme Verfasserin die topografischen Gegebenheiten des alten, ursprünglichen Berlins. Sumpfwiesen in einem Urstromtal, flach bewachsen von Waldkiefern und Moorbirken, ein weiß-grünes Geflecht über dem Land. In den Wurzeln dieser Bäume lebten die Sumpfhexen und hielten sich mit Händen und Füßen an den unterirdischen Wucherungen fest, wobei ihre Gewänder im hohen Grundwasser schwebten

und »mit sanftem und doch festem Griff ihre Formen umfpür-
ten«, nein, »umspürten«.

Otto runzelte die Stirn. Ihre Füße wurden beschrieben als
»ebenso feingliedrig und der zärtlichen Berührung zugetan wie
ihre Hände«, und ihre Augen beschrieb die unbekannte Verfasserin, die doch angeblich der Sünde abgeschworen hatte, als
»gewitzte Laternen, die es vermochten, den Bekleideten zu
durchschauen bis auf den Leib und den Unbekleideten mit
Sanftmut und Wohlwollen zu umfassen«.

Apropos Leiber, das Wort war Otto vorher nie besonders interessant erschienen, aber jetzt: Sie »nähreten sich von den Leibern der Unglücklichen, die ihren Schritt fehlgesetzt und ihren
Weg verloren hatten in der einnehmenden Feuchtigkeit der
sumpfigen Welt«. Zu seiner Zeit, in der vierten Klasse, hatte das
einfach Urstromtal geheißen. Und was war gemeint mit »näh-
ren«? »Sie verzehren die Schreie und das Gurgeln der Unglücklichen und waschen ihre körperlichen Hüllen mit ihren eigenen
Säften, von denen es im Überfluss gibt im Strome der Spree.«

Otto fasste sich mit den Handschuhhänden ins Gesicht. Moment mal. Wie sollte er das … Also, er musste ja auch effizient
denken. Im Sinne der Recherche, seine Zeit war nicht unbe-
grenzt. Man musste zielorientiert arbeiten. Und wie sollte er das
hier den Lesern des Spandauer Volksblatts erklären? Sofern er
es überhaupt selbst verstand?

Harald hatte ihn kurz vorm Abschied mal verklemmt genannt, weil Otto sich nichts daraus machte, was Harald am meisten interessierte: Mädchen, nannte Harald das, womit er Frauen
meinte, aber in der Twen stand auch immer nur Mädchen. Die
neuen Mädchen, was sie wollen und wie man sie kriegt.

Andererseits schrieb die Verfasserin von allem Unterirdischen mit einer beneidenswerten Begeisterung, einer Hingabe

149

und einer Freude am Detail. Die langen, schlanken Mittelzehen der Sumpfhexen, ihr »fester Griff, der noch den abgebrühtesten Zeitgenossen zu überraschen« vermochte; »der güldene Flaum an ihrer Wangenpartie zwischen Öhrchen und Kinn, sichtbar nur im Mondenschein, wenn sie zum Halten der Ausschau in sternklarer Nacht die Köpfe über die Nabe der Moorwiesen« hoben; wie sie ihre »kurzen, kräftigen Beine in helfender oder aber auch strafender Absicht um die unglückselig vom Wege Abgekommenen« schlagen, »denen anders schon gar nicht mehr zu helfen« war, die also »der Welt und Gott und dem Satan längst verloren waren«.

Die Lokatoren und ihre Leute kamen und legten die Sümpfe trocken, um Vieh zu halten und Getreide anzubauen. Sie zerstörten die Welt, in der die Sumpfhexen wohnten. Und die Sumpfhexen beschlossen, sich zu rächen. Wobei, hier wollte die Verfasserin sich nicht festlegen: »Wer vermochte zu sagen, ob es ein verzweifeltes Ringen um den eigenen Fortbestand oder ein rachsüchtiges Treiben war«, wenn die Sumpfhexen von nun an »und auf alle Zeit« in der Welt der Menschen auftauchten und dort für Angst und Schrecken sorgten, »auf der Suche nach Leibern, die sie versorgen konnten«, »mehr schlecht als recht genährt nun durch das Entsetzen der vor ihnen Fliehenden«, aber nie mehr »in den Umstand versetzt, Unglückliche zu heilen durch die milden Düfte ihrer Wohltatspalten«, es konnte ja wohl nicht angehen, dass dieses Wort dort wirklich stand. Otto hatte wirklich Schwierigkeiten mit den Schrifttypen des mittleren bis späten siebzehnten Jahrhunderts.

»Wir schließen dann langsam«, sagte die Bibliothekarin und stand vor seinem Tisch, als wäre sie die ganze Zeit nirgendwo anders gewesen.

Otto schluckte.

»Sind Sie fertig mit dem Buch?«

Ja und nein.

»Wollen Sie noch einen Moment sitzen bleiben?« Sie hatte das Buch sanft geschlossen wie ein Schlafzimmerfenster, wenn man niemanden stören wollte, und hob es mit beiden Händen an. Otto dachte an die feuchten Gewänder der Sumpfhexen und ihre Fußsohlen, die sich sanft an die Schenkel der Versunkenen legten, stützend, tröstlich und unbedingte Hingabe einfordernd. Er nickte.

Es war nach siebzehn Uhr, als er die Treppe hinauf ins Erdgeschoss stieg, wo die Studentinnen sich an Schließfächern zu schaffen machten, an Tischen saßen, rauchten und Kaffee aus geriffelten Plastikbechern tranken. Sie sahen ihn an und summten, bis es ihm in den Ohren rauschte und er eine Melodie zu erkennen meinte, sanft, aber durchdringend. Wo schaute man hin, was machte man mit den Händen, welcher Gesichtsausdruck eignete sich, wenn jemand einen plötzlich anzusingen begann, und dann auch noch zwei gute Dutzend Studentinnen. Studenten waren wohl auch dabei, aber sie machten eher so eine Art Basso ostinato mit tiefem Bumm-bumm-da-dumm, ein aufdringlich synkopierter Viervierteltakt, mehr wie aus einem Musical des vorigen Jahrzehnts, als würde Peter Alexander versuchen, Rock'n'Roll zu machen, und jetzt fingen die Studentinnen an zu singen, Otto tat, als suchte er die Garderobe, was bildete er sich eigentlich ein …

*Oh, es scheint, wir haben Besuch*
*Er geht in den Keller*
*Und findet ein Buch*
*Er liest immer schneller*

*Es erregt ihn sehr*
*Er sitzt im Archiv*
*Es erregt ihn noch mehr*
*Es trifft ihn tief*
*Es ist auch kein Wünder*
*Denn er ist ein*
   *Spätzünder*
   *Spätzünder*
   *Spätzünder*

Otto winkte ab, als sei das zu viel der Ehre, diese Aufmerksamkeit, oder spinnte er eigentlich?

*Die Sumpfhexen haben's ihm angetan*
*Ganz zärtlich fasst er die Seiten an*
*So viel Festigkeit, so viel Feuchtigkeit*
*Endlich ist er zu allem bereit*
*Am liebsten stürzt er sich selbst ins Moor*
*Aber da ist sein Rechercheauftrag vor*
*Also träumt er nur, das ist auch gesünder*
*Denn er ist ein*
   *Spätzünder*
   *Spätzünder*
   *Spätzünder …*

Otto kannte sich ein bisschen mit der Liedform aus, siebte Klasse, aber der B-Teil kam hier doch recht schnell, dafür waren sie jetzt schon wieder in der nächsten Strophe, während er versuchte, seine verschlungene Jacke aus einem hölzernen Schließfach zu zerren.

*Oh es scheint, uns verlässt der Besuch*
*Er ist schon fast weg*
*Doch was war mit dem Buch?*
*Hatte es einen Fleck?*
*Fehlten ihm Seiten?*
*Etwas stimmte daran nicht,*
*will ihn zum Bleiben verleiten,*
*wird er wieder rot im Gesicht?*
*Nein, nicht die sexuelle Metaphorik*
*Vom ertrinkenden Sünder*
*Es ist was Konkretes*
*Was noch nicht zu Spätes*
*Geh lieber zurück*
   *Spätzünder*
   *Spätzünder*
   *Spähähätzüüüüüünder!*

Sie froren in der Bewegung ein, sogar die Jazzhände erstarrten, und einen Takt später gingen sie wieder ihren normalen studentischen Bibliotheksbeschäftigungen nach.

Otto schob seine Jacke zurück in den Schrank und kümmerte sich nicht um das Pfandstück, fünfzig Pfennig, auf denen eine Frau eine Pflanze in den Boden setzte, hoffentlich war der feucht genug.

Etwas atemlos erreichte er den Archivraum. Die Bibliothekarin sah über den Rand einer Brille, die sie nicht aufhatte.

»Darf ich noch einmal kurz das Buch sehen, bitte?«

»Welches?«

»Bitte.«

Da es noch auf dem Archivwagen neben ihr lag, zeigte sie darauf. »Kurz genug?«

Otto zeigte seine nackten Hände. »Soll ich es selber anfassen? Nur einmal die letzte Seite bitte, also, die Innenseite vom Einband.« Beim Zuklappen war ihm etwas im Augenwinkel hängen geblieben, das Nachbild eines Hinweises.

Sie drehte das Buch in seine Richtung und schlug es ganz hinten auf. In die Innenseite war ein Stempel gedrückt wie von einem Linolschnitt: ein primitiv umrissener Kopf eines Pans, vorm Strichmund wohl die Flöte, im Hintergrund drei phallische Kolbengräser. Darunter stand in eckiger Keilschrift, fast runenartig:

EX LIBRIS

BALKAU

Es sah aus, als hätte jemand versucht, den Stempel zu entfernen oder wenigstens zu verwischen. Die Bibliothekarin klappte das Buch wieder zu, es knallte trocken von den Wänden des Archivsaals.

»Das war ein Ankauf«, sagte sie. »Eine Schande, was die Leute mit den Büchern machen. Aber darauf haben wir keinen Einfluss.«

»Ankauf von wem?«

»Da müssen Sie in der Verwaltung fragen.«

»Wo finde ich die?«

»Die haben zu. Seit fünf Minuten.«

»Natürlich.«

»Balkau, steht doch da.«

Der liebe Ladius, und wie besorgt er klang. Das stand ihm nicht gut.

Vollrath, warum stellen Sie mir so jemanden durch?

Denn es brachte gar nichts, mit den Kommanditisten zu telefonieren. Sie riefen nie an, um ihre Einlagen zu erhöhen. Sie riefen an, um ihre Sorgen zu teilen, nach dem Motto: geteilte Sorge ist doppelte Sorge. An dieser Art von Tausch- und Vermehrungsgeschäften hatte die Architektin keinerlei Interesse.

Mit einer Art Verblüffung stellte sie fest, wie abhängig sie von diesen Menschen geworden war, die nichts leisteten, außer ihr zu glauben. Es hatte eine Zeit gegeben, da war diese Art Mensch der Feind. Weil sie sich immer nur raufsetzten und ranhängten. Jemand wie Ladius glaubte, er hätte sich verausgabt, indem er mehr Anteile gezeichnet hatte, als er sich leisten konnte. Aus seiner Sicht bestand seine Leistung darin, dass er sich hier zu etwas durchgerungen hatte. Diese Menschen suchten Erleichterung in der Sprache von Feldherren und einsamen Helden, sobald sie sich auf dem Papier zu etwas verpflichteten, woraus keinerlei Schaden für sie entstehen konnte. Wenn alles gut lief, bekamen sie ihr Geld mit Rendite zurück. Wenn alles schlecht lief, lief es für sie ebenfalls gut, weil sie dann, als in Westdeutschland ansässige Geschäftsleute, ihre Verluste von der Steuer absetzen konnten und zum Verlustausgleich noch eine Subvention erhielten. Es war erstaunlich, dass sie auf diese Menschen, die sich nichts trauen mussten, angewiesen war.

Ladius also wollte, dass endlich Ruhe im Karton war. Er sprach mit ihr wie mit einem Kind. Aber mit einem, vor dem er Angst hatte. Es war ihr widerwärtig. Andere Saiten müssten nun aufgezogen werden, sagte Ladius, sie konnte sich das wirklich nur in indirekter Rede anhören. Wer sprach so.

»Da müssen wir jetzt gemeinsam durch, lieber Ladius«, sagte sie. Sylt und Sülze: Damit würde sie auch den abfrühstücken. Als sie aufgelegt hatte, sagte sie zu Vollrath: »Den stellen Sie mir bitte nicht mehr durch.«

Ladius hatte diese Anweisung zwar nicht mehr gehört, aber er malte sich mühelos aus, dass dieser Satz genau so gefallen war. Bei der Architektin würde er nicht mehr durchdringen, telefonisch. Die war fertig mit ihm. Die hatte sein Geld, das reichte ihr.

Aber ihm reichte es hinten und vorne nicht. Er stand in einem zugigen Parkhaus in Ku'damm-Nähe, Augsburger Straße, und wartete darauf, dass dieser Burose, Präsident der Oberfinanzdirektion, von seinem Kardiologen kam. So was war erschreckend leicht rauszufinden.

Ladius gähnte und hörte, als er damit fertig war, das scharfe Geräusch von genagelten Ledersohlen auf splittigem Asphalt. Er schaute Richtung Treppenhaus und sah Buroses ovale Silhouette auf sich zukommen.

Etwa fünf Schritte vor ihm blieb Burose stehen. »Kennen wir uns?«

Ladius trat aus dem Schatten eines geparkten Wagens, Ford

Transit. Er wartete einen Moment, bis der Präsident der Ober-finanzdirektion sein Gesicht im schwachen Licht der Parkhaus-beleuchtung erkennen konnte. Es roch nach Reifengummi, Benzin und Urin, Ladius machte das nichts aus, aber er sah, dass es dem Präsidenten unangenehm war.

»Was machen Sie denn hier?« Der Präsident nahm die Hand aus der Manteltasche, sein Schlüsselbund, der silberne Metall-schaft, das schwarze Plastik mit dem BMW-Symbol. Um zu zei-gen, dass er es eilig hatte.

»Sie sind telefonisch schwer zu erreichen«, sagte Ladius. »Und darauf, dass wir uns zufällig mal wieder bei der Architek-tin treffen, kann ich nicht warten. Ladius, der Name.«

Der Präsident ließ die Hand mit dem Autoschlüssel sinken, geduldig oder resigniert. »Sie sollten vorsichtig sein, wenn Sie Leuten auflauern«, sagte er. Es amüsierte Ladius, dass Burose so eine Stimme hatte, die immer ein wenig von schräg oben zu kommen schien. Jemand, der nicht besonders anpassungsfähig war. »Heutzutage fühlt man sich ja leicht bedroht«, sagte der Präsident und klopfte sich mit der freien Hand theatralisch in die Region der Achselhöhle.

Ladius musste lachen, obwohl er das hier auch nicht unnötig ausdehnen wollte. »Sie meinen, Sie dürfen eine Waffe tragen, um sich gegen Terroristen zu schützen? Wegen Ihrer Position? Ich bitte Sie.«

»Wer spricht von dürfen?«, sagte Burose ein wenig trotzig, und Ladius fing an, ihn ein bisschen zu mögen. Am Ende muss-ten sie eben alle improvisieren.

»Na«, sagte Ladius mit mildem Spott, »dann bin ich froh, dass Sie nicht das Feuer auf mich eröffnet haben.« Er trat einen Schritt vor und machte eine einladende Handbewegung in Richtung von Buroses Wagen: bitte, nach Ihnen.

»Woher kennen Sie meinen Wagen?«

»Ich bin Inhaber einer Auskunftei.«

»Dann brauche ich mich ja nicht vorzustellen.«

Sie wandten sich beide um, als sie von der Auffahrt ein Reifenquietschen und das Tackern eines VW-Motors hörten. Burose bekam einen alarmierten Zug um die sehr hohe Stirn, aber es war ein Käfer mit Kindern auf dem Rücksitz, die unverschämte Grimassen zogen.

»Vielleicht sollten wir uns einen gemütlicheren Ort suchen«, sagte Ladius. »Draußen auf dem Ku'damm. Im Novo Skopje oder so.«

»Das kenne ich nicht.«

»Haben Sie Hunger?«

»Nun.«

»Essen kann man ja immer«, sagte Ladius. Burose wiegte ein wenig den Kopf, innerlich wieder auf Distanz, der mochte es offenbar nicht, wenn man allzu offen auf die geteilten Hungererfahrungen anspielte.

»Oder so eine schön glänzende Peking-Ente«, sagte Ladius. »Unten im Bikini-Haus.«

»Meine Frau wartet mit dem Abendessen.«

»Nun, das tut sie sicher öfter, nicht wahr?«

Burose stand inzwischen stocksteif an seinem BMW, Ladius lehnte sich auf der anderen Durchfahrtseite gegen einen niedrigen Ford Capri, was anstrengender war, als es aussah. Die unverputzte Betondecke war so niedrig, dass beide dagegengestoßen wären, wenn sie sich auf die Zehenspitzen gestellt hätten.

»Also, was …«, fing Burose an, aber der RO 80, dessen Farbe im schummrigen Licht nicht genau zu erkennen war, hellgrau, hellgrün, hellblau, fuhr im Schritttempo zwischen ihnen hindurch. Auf der Rückbank noch mehr Kinder, mindestens vier.

Sie zogen ihre Gesichtszüge mit den Fingern auseinander zu grotesken Fratzen.

»Weshalb …« Dann ein Strich-Achter, beige, Kinder auf der Rückbank, aufgeregt, einer wurde offenbar angestachelt, die Hose runterzuziehen und den Hintern von innen gegen die Scheibe zu pressen, aber die Mutter oder der Vater am Steuer gab Gas.

»Im Untergeschoss ist eine Kegelbahn«, sagte Ladius. »Samstagabend ist Hochkonjunktur für Kindergeburtstage.«

»Auskunftei«, sagte Burose. »Hm. Beeindruckend.«

Später saßen sie in einer Grotte mit Blick über die Stadt. Elfter Stock, die Decke abgehängt in Form einer Tropfsteinhöhle, Gips mit Tabakpatina. Burose schenkte Lambrusco nach.

»Also diese Hm. …«

»Ja«, sagte Ladius. »Um die müssen wir uns keine Sorgen machen. Die ist ein versoffenes Stück. Die verliert immer irgendwann den Faden, von der wird nichts kommen.«

»Aber dieser O.B. Um den müssen wir uns kümmern.«

»Otto Bretz.«

»Ja.«

»Ich mag keine Leute, die noch was beweisen müssen«, sagte Ladius.

Burose trank und sah zwischen den Gips-Stalaktiten hindurch auf die im Neonlicht zuckende Innenstadt. »Müssen wir das nicht alle?«

Ladius lächelte und spürte, dass von seiner nächsten Antwort viel abhing, auch für ihn selbst.

»Nein«, sagte er. »Das müssen wir nicht.«

Als Otto wieder nach Spandau kam, rief ihn Margot zu sich. Otto dachte gleich, er hätte was ausgefressen. Vielleicht sollte er aber auch einfach offiziell belobigt werden. Schließlich hatte er das Spandauer Volksblatt wieder auf die Landkarte gebracht. Diese Woche wurde aus ihrem Lokalteil abgeschrieben.

Margot hielt ihm ein Stück Pappe hin, halb so groß wie eine Postkarte, hellgrau, und darauf ein schreckliches Bild: seins, das Passfoto vom Woolworth am Tempelhofer Damm, das er an seine Bewerbung geheftet hatte.

»Der ist gerade vom Journalistenverband gekommen«, sagte sie. »Da fehlt nur noch dein Autogramm.« Otto glotzte. »Dein Presseausweis«, sagte sie und reichte ihm einen Kugelschreiber. »Da, wo Inhaber steht.«

Sein PRESSEAUSWEIS.

Margot merkte wohl, dass das ein besonderer Moment für ihn war. Feierlich. Sie rollte wohlwollend mit den Augen. Er war jetzt offiziell Reporter, Journalist, Pressemann. Es war eigentlich nicht zu fassen. Er blieb einfach vor ihrem Tisch stehen und schaute sich das Ding an, die Unterschrift war ihm ganz gut gelungen, mit diesem Strich durch die drei T, wie er das früher immer geübt hatte. Margot gab ihm noch eine Ausweishülle aus Plastik.

»Freu dich draußen weiter«, sagte sie.

Was allerdings seltsam war, aber dafür fand Otto keine Worte: sein Kindergesicht auf diesem Erwachsenendokument, ein verfluchtes kariertes Hemd, seine Mutter hatte ihn gezwungen, das anzuziehen, hellblau-orange. Da hatte er gerade noch reingepasst, aber es war sein bestes.

Und was auch seltsam war: dass er gerade niemanden hatte, dem er diesen Ausweis zeigen konnte.

Enver kam an ihm vorbei, eine Donauwelle aus der Kantine auf dem Schoß. Er verlangsamte kaum, als Otto ihm den Ausweis hinhielt.

»Schau dir das an!«, rief Otto ihm hinterher.

»Sag mir erst Bescheid, wenn du mir deine Gewerkschaftskarte zeigen willst«, brummelte Enver und knallte durch die Schwingtüren, aber schon freundlich, fand Otto.

Dann steckte er den Presseausweis in die Innentasche der kurzen Wildlederjacke, die er sich bei Leineweber im Ausverkauf geholt hatte. Haralds Sakko hatte er im Keller von Hörsch gelassen. Das feste Plastik der Hülle drückte ihm angenehm in die Brust.

Mit dem Ausweis in der Tasche war es ein ganz anderes Gefühl, zu Hm. zu gehen und ihr die Frage zu stellen, die Otto seit Tagen beschäftigte: Warum kamen seine paar Geschichten über eine Geistersichtung, die sie nicht beweisen konnten, bei den Lesern des Lokalteils so gut an?

Sie hob langsam den Blick, wie es ihre Art war: erst den Kopf und dann, mit ein bisschen Zeitverzögerung, die Augen.

»Weißt du, wann in Deutschland der letzte Hexenprozess stattgefunden hat?«

Otto ahnte, das war eine Art Trickfrage. Man dachte, im Mittelalter, aber Höhepunkt der Hexenverfolgung war im siebzehnten Jahrhundert gewesen. Und Hm. konnte ja nicht wissen, dass er gerade ein Buch aus der Zeit in der Hand gehabt und dadurch Fachmann geworden war.

»1670«, schätzte er sehr gut.

Hm. lächelt nie, aber jetzt. »Vor ungefähr zehn Jahren«, sagte sie. »In den Fünfzigerjahren gab es Hunderte.«

»Moment mal«, sagte Otto.

»Hexenprozess in dem Sinne«, sagte Hm., »dass Leute sich vor Gericht gegen den Vorwurf der Hexerei verteidigt haben.«

»Mit der Wasserprobe?«, fragte Otto.

»Nein, weil sie von Nachbarn oder Kollegen verklagt wurden, die sie im Dorf oder in der Firma als Hexen beschuldigt haben. Das hat ganze Existenzen zerstört. Ganze Dorfgemeinschaften.«

»Okay«, sagte Otto skeptisch, und ein bisschen reingelegt fühlte er sich auch.

»Zur gleichen Zeit sind Hunderte, ach, Tausende von Deutschen irgendwelchen Geisterheilern hinterhergereist. Wir hatten hier bis in die frühen Sechziger Auftritte von Heilern in der Deutschlandhalle, in der Urania. Dann wurde es den Leuten irgendwann peinlich. Aber nur nach außen.«

Hm. nahm einen Schluck Kaffee, man durfte nie ihren kalten Kaffee wegschütten, einmal wollte Otto ihr einen Gefallen tun. Kalter Kaffee macht schön, sagte sie dann. Langsam bekam er einen Blick dafür, dass sie womöglich recht hatte.

»Lange Rede, kurzer Sinn«, sagte sie, »die Leute sind immer noch verrückt nach Geistern, Hexen und Gespenstern, sie sagen es nur nicht mehr so offen. Seit der Mondlandung. Darum freuen sie sich, wenn wir ihnen den Stoff liefern.« Sie nickte ihm zu. »Das ist wichtig.«

Otto beschloss, ihr zu glauben. Aber das mit den Sumpfhexen, das kriegte er höchstens auf fünf Zeilen gestreckt, sofern er nicht über Körperflüssigkeiten schreiben wollte.

»Sagt dir der Name Balkau was?«, fragte er, mit das erste Du, das er nicht durch passivische Konstruktionen und allgemeine Formulierungen umschifft hatte.

Hm. sah ihn an. »Wie kommst du darauf?«

»Schwer zu erklären.«

»Das ist einer unserer wichtigsten Anzeigenkunden.«

»Der Name ist mir noch nie aufgefallen«, sagte Otto.

»Das erstaunt mich«, sagte Hm. »Einmal in der Woche. Ganzseitig. Zwischen den Todesanzeigen am Sonntag.«

So weit war Otto im Spandauer Volksblatt noch nie gekommen.

»Eine Zeit lang hat er in der U-Bahn inseriert, man konnte da gar nicht drüber hinweggucken«, sagte Hm. »Vielleicht warst du da noch zu klein. Jetzt ist er ganz in die Zeitungen gegangen, weil das die Zukunft ist. Nah am Leser, nah am Kunden: Du liest die Todesanzeigen und denkst an den Tod, und wenn du nächstes Mal an den Tod denkst, denkst du an Balkau. Falls ich nicht unsterblich werde, bringt mich Balkau in die Erde.«

Otto notierte.

»Das brauchst du nicht aufzuschreiben, man kann nur diese U-Bahn-Sprüche nicht vergessen: Opa schreit die Oma an, schaff mir jetzt den Balkau ran!«

»Nee.«

»Hat der Doktor kein Rezept mehr, muss am Ende Balkaus Set her. Die verkaufen so Paket-Lösungen, das nennen die Set, das hat er von den Amis.«

»Verstehe.«

»Macht der Schnitter dir mal Kummer, wähle flugs die Balkau-Nummer. Da haben sie allerdings Ärger bekommen, wegen Fernsehkummer? Jäger-Nummer! Daran erinnere ich mich noch. Das muss '67 gewesen sein.«

Otto fiel was ein. »Stimmen eigentlich diese Gerüchte, dass bei der Hongkong-Grippe die Krematorien in West-Berlin nicht mehr hinterhergekommen sind?« Seine Eltern hatten darüber nie reden wollen, aber ihn hatte das fasziniert. Haralds Vater, der beim Senat in der Verkehrsverwaltung arbeitete, hatte zu Hause, als die Kinder hoffentlich im Bett waren, Harald aber noch wach war, von Särgen erzählt, die sich »auf Bürgersteigen« stapelten, wegen der »Übersterblichkeit«. »Verkehrshindernisse« seien das.

Hm. nickte, etwas schmerzvoll, wie Otto fand. »Ja, darüber durften wir nicht berichten. Also, wir sollten nicht. Von wegen Pressefreiheit. Es gab so ein Treffen im Senat, und danach sind wir im Grunde alle mit so einer Art Selbstverpflichtung rausgegangen. BZ, Bild, Morgenpost, Tagesspiegel, Telegraf, Abend, uns hätten sie beinahe vergessen einzuladen. Schade! Hätten sie mal sollen. Man wollte die Bevölkerung nicht verunsichern.«

»Das muss ja ein großes Geschäft für den Balkau gewesen sein«, sagte Otto.

»Liegt die Oma auf der Bahre, sicher' dir die Balkau-Ware!«

»Verstehe.«

»Wenn die letzten Glocken klingen, soll mich Balkau heimwärts bringen.«

»Ich werd dann mal.«

»Ja, lass mich jetzt bitte wieder in Ruhe arbeiten.«

Otto zog das Telefon zu sich heran und blätterte in den Gelben Seiten, bis er die Nummer von Balkau gefunden hatte.

Ob denn der Chef zu sprechen … Und wie man den erreichen … Ah, ja gut. Immer um diese Zeit. Und bis wann?

Otto legte auf und betrachtete seine Notiz.

»Wo ist denn das Blockhaus Nikolskoe?«, fragte er Hm., weil sie alles wusste.

»Zwischen Spionenbrücke und Haus der Wannseekonferenz«, sagte Hm. »Am Ende der Welt.«

Als der Praktikant weg war, mit diesem seltsam federnden Schritt, leicht nach vorn gebeugt, immer so UNTERWEGS, sah Hm. sich pro forma um und zog die zweite Schreibtischschublade von unten auf. Sie merkte an ihrer Gesprächigkeit, dass ihr der Frühschoppen nicht gut bekommen war: Sie hatte gar nicht die Zeit, hier so leutselig auf den Nachwuchs einzureden. Seiten wollten gebaut, Sorgen wollten sich gemacht werden. Ihr Ziel war, sich mithilfe der nächsten drei, vier Schluck wieder zurückziehen zu können.

Mit dem leichten, unbewussten Seufzen einer Routineangelegenheit stellte sie die Flasche Scharlachberg Meisterbrand auf die Schreibtischunterlage, prüfte den Kaffeebecher, leer genug, und schenkte sich zwei, drei Fingerbreit ein.

Wie Abendsonne am Morgen, es war doch schön.

Die Architektin verließ ihr Büro Richtung Wohnhaus, ein Fasanenschweif im Mondlicht wie eine Kometenbahn über den Kiesweg. Der Mann und die Tochter hatten Abendessen für sie aufbewahrt, Bandnudeln mit Schinken und Erbsen in Sahnesauce. Sie aß im Stehen in der Küche und spiegelte sich in der glatten Oberfläche der Schrankelemente. Aus dem Wohnbereich kamen die etwas forcierten Geräusche einer Polizeiserie, dieses fürs Fernsehen zurechtbetonte Beamtendeutsch. Sie schenkte sich aus der viereckigen Tupperkanne im Kühlschrank den Tritop-Waldmeister-Mix ein, den ihre Tochter vorbereitet hatte, grüne Sehnsucht lief ihr durch die Kehle, dann stellte sie das Glas in die Spüle. Die Klappe des Geschirrspülers war ihr in diesem Moment zu schwer. Auf dem Weg durch den Flur in den Wohnbereich streifte sie die Schuhe von den Füßen. Einem Impuls folgend, zog sie im Gehen die Nylonstrumpfhose aus, indem sie unterm Rock den Bund lockerte und erst mit dem einen, dann mit dem anderen Fuß auf das vom Schuheausziehen lockere Zehenende trat. Aufräumen würde sie morgen. Sie strich ihren Rock glatt, blieb am kniehohen Barwagen stehen und hantierte mit einer Karaffe, dunkelbraune Flüssigkeit, während sie ihre Familie betrachtete. Abende zu dritt waren eine Seltenheit, sie ergaben sich, man konnte sie nicht planen, weil Vollrath ihr immer wieder was reindrückte oder weil ihr die Tage mit weißen Enden im Tischkalender haltlos schienen.

Ihr Mann machte so eine lustige Handbewegung mit nur zwei ausgestreckten Fingern, fünf Bier für die Männer vom Sägewerk, das bedeutete, sie sollte ihm auch einen einschenken. Sie verzichtete auf die Sodaspritze, um die etwas leiernd vorgetragenen Anschuldigungen des Kommissars nicht zu unterbrechen. Ihre Tochter winkte sie aufs Sofa, vor dem sie auf dem Teppich saß.

Die Architektin ließ sich in die weißen Polster sinken und reichte ihrem Mann über den Mittelscheitel der Tochter sein Glas. Ihre Tochter lehnte sich an ihre Beine, sie fuhr ihr durchs Haar. Die Figuren im Fernsehen spielten, dass alles, was sie und andere taten, irgendwelche Konsequenzen hatte. Nichts blieb folgenlos, eins führte immer zum anderen. Die Architektin lächelte.

Der Haustürgong, weich und weit entfernt. Sie merkte, dass sie weggedämmert war, das Glas fest in der Hand. Ihr Mann seufzte hilfsbereit. Sie winkte ab und stellte das leere Glas auf den Couchtisch. Um diese Zeit klingelte niemand, den sie nicht erwartete. Sie erwartete niemanden. Es passte nicht zusammen. Ihre Tochter und ihr Mann blickten tolerant enttäuscht und waren dann wieder beim Fernsehen. Die Architektin hatte zu tun, das war bekannt. Sie wusste nur gerade nicht, was. Es passte ihr nicht. Presse, ein Geisterstreich. So was in der Art.

Durch die Gegensprechanlage, die sie mit dem Vorplatz des Einfahrttores verband, hörte sie die Stimme des Präsidenten. Ob sie Zeit zum Reden hätte. Sie sparte sich, »jetzt?« zu fragen. Sie sagte »am Pool« und verließ das Haus durch eine Seitentür. Ihr gefiel, wie ruhig ihre Schritte und ihr Atem waren. Es gab keine Krisen, es gab nur Ereignisse, die entweder von Anfang an absehbar und daher eingeplant waren, oder die folgenlos blieben. Lieber wäre sie auf dem Sofa geblieben, aber vor Arbeit fürchtete sie sich nicht. Burose war Arbeit.

Und Ladius erst recht. Sie ließ sich nicht überrumpeln, also blieb sie gleichgültig, als sie sah, dass beide zusammen gekommen waren. Das war ebenso überraschend wie handhabbar. Der Pool war beleuchtet, sodass es über dem türkisfarbenen Quader aus sanfter Bewegung weiß nach oben dampfte, Schmatzen und Gluckern. Die beiden Männer standen da, als hätten sie sich was überlegt, große Jungs in Bundfaltenhosen, Burose mit einem cognacfarbenen Blouson, Ladius in einem zu kurzen, zu hellen Trenchcoat.

»Ihr kennt euch ja«, sagte der Präsident.

»Der liebe Ladius«, sagte die Architektin.

»Was machen wir jetzt mit diesem O.B.?«, sagte Ladius.

»Gar nichts«, sagte die Architektin, die sich ärgerte, dass sie sofort verstand, wer und was gemeint war. »Das verläppert sich.«

»Vielleicht für Sie«, sagte Ladius. »Sie kommen so oder so auf Ihre Kosten. Wenn ich mir Ihre Verträge anschaue, müssen Sie nicht mal haften, wenn ihre Baufirma pleitegeht. Oder wenn der Kegel unvermietbar ist.«

Sie setzte sich auf einen Drahtstuhl ohne Polster, ärgerte sich über die Kälte an ihrem Hintern und steckte sich eine Zigarette an. Sie blies den Rauch flach nach unten, er rollte über ihre Silhouette.

»Sie fragen sich, woher ich Ihre Verträge kenne«, sagte Ladius.

»Liebe Leute«, sagte Burose, der manchmal so was flackernd Leutseliges aus sich herausholte, seit er da war, wo er immer hingewollt hatte, »wir müssen doch hier nicht so eine Schärfe reinbringen. Wir sitzen doch alle im selben Boot.«

Sie war sich nicht sicher, ob er engagiert oder ein wenig verzweifelt klang, beides gefiel ihr nicht.

»Eben nicht«, sagte Ladius. »Und Ihre Verträge liegen in der Senatsverwaltung. Falls Ihnen das nicht klar ist: Genauso gut könnten sie am Kiosk ausliegen.«

Die Architektin zuckte die Achseln. »Es sind gute Verträge.«

Burose und Ladius wechselten einen Blick. Sie rangen um Oberwasser. Die Architektin stand auf und ging an den beiden vorbei, wobei sie gerade genug zurückwichen, um nicht ins Wasser zu fallen. Sie öffnete den Rattanschrank mit den Handtüchern und legte sich eins um die Schulter. Sie drückte ihre Zigarette aus, dachte dabei über ihre Unterwäsche nach und fand nichts zu beanstanden. Sie stieg aus Rock und Pullover und genoss, wie die Herbstluft ihre Beine hinauf über ihren Körper kroch. Dann machte sie zwei Schritte und sprang mit einem glatten, flachen Kopfsprung in den Pool.

Das Wasser umschloss sie wie eine Schutzschicht, rauschende Stille, die feste, kühle Hülle des Pools, die mit jedem Beinschlag wärmer wurde. Sie öffnete die Augen und sah die Lichtsäulen und darin tanzende Schwebeteilchen, Blätter und Eicheln in den Ecken. Sie war in Sicherheit.

Als sie mit dem Kopf die Wasseroberfläche durchstieß, stiegen Ladius und der Präsident gerade am Rand des Pools aus ihren Hosen. Sie brauchte einen Moment und ein Chlorwasserzwinkern, um das Bild zu verstehen. Die beiden Männer hatten Badehosen unter ihren Flanellbundfalten, Burose eine dunkelblaue, Ladius eine dunkelrote, die beiden waren vorbereitet gekommen. Sie hatten damit gerechnet, dass die Architektin sich ins Wasser retten würde.

Sie drehte sich auf den Rücken und sah in die trübe Schüssel des orange-schwarzen Himmels. Sie machte ein paar Rückenkraulbewegungen, als machte ihr das alles nichts aus. Sie ahnte die Beckenkante und fing ihre Geschwindigkeit mit elastischem Handgelenk ab. Burose und Ladius machten zwei Arschbomben, es war das einzig passende Wort. Spritzwasser prasselte auf sie nieder. Wie zwei Torpedos kamen sie unter Wasser auf sie zu. Sie stieß sich von der Wand ab und machte ein paar gelangweilte Brustzüge in Richtung der beiden Männer, den Kopf seitlich im Wasser, ihre Frisur flach und glatt über ihrem Ohr.

»Herrlich«, rief Ladius und spritzte ein bisschen in ihre Richtung, »wie gut das tut.« Sie hielt inne und trat Wasser. Erstaunlich, wie unverschämt dieser Mensch innerhalb weniger Wochen geworden war. Neulich hatte er hier noch gestanden und gestammelt und ihr aus irgendwelchen Gründen seine nackten Knöchel gezeigt. Ihre Augen suchten Burose, bevor sie ihn hinter sich hörte. Die beiden Männer fingen an, langsam im Kreis um sie zu schwimmen. Nach einer Weile bekam sie das Gefühl, es entstünde ein Strudel. Sie streckte die Beine und erreichte nur mit den Zehenspitzen den Boden, die Wasserlinie vom Kinn zu den Ohren.

»Um den Pool habe ich dich immer beneidet«, sagte Burose.

»Ich würde dir einen gönnen«, sagte sie und registrierte, wie ruhig ihre Stimme war. »Die Frage ist, warum du dir nicht selbst einen gönnst.«

»Also«, sagte Burose, »ich kann verstehen, dass der liebe Ladius hier sich Sorgen macht, dass sein Geld verloren geht. Ich mache mir Sorgen, dass Informationen verloren gehen und irgendwo wieder auftauchen, wo sie nicht hingehören.«

Dann, dachte sie, hättest du vielleicht nicht hier und da in

Andeutungen von Braunlage erzählen sollen. Der Gedanke lenkte sie ab, sodass sie Wasser in den Mund bekam. Für einen kurzen Moment hatte sie die Wahl zwischen husten und schlucken. Sie schluckte und stieß mit zwei kräftigen Zügen zum Beckenrand, zwischen den beiden Schwimmern hindurch, die sie umkreist hatten, als hielten sie sich für Haifische. Sie hasste es, dass es die letzte Kraft war, mit der sie sich hinaufzog und sich hinsetzte, als hätte sie es bequem. Das Handtuch war in Reichweite, aber sie beschloss, es sich nicht überzulegen, sondern auszuhalten, dass sie nasse Unterwäsche trug.

Die Männer hörten auf zu kreisen und standen dort bequem im Wasser, wo sie sich auf ihre Zehenspitzen hatte verlassen müssen.

Sie lächelte, als hätte sie alles unter Kontrolle. Burose missverstand es als Zeichen, sie hätte den Ernst seiner Lage nicht erfasst.

Er warf einen Blick auf ihr Haus, als hätten dessen Außenwände Ohren. Dann machte er einen Schritt durchs Wasser auf sie zu und sagte, als wäre sie schwer von Begriff: »Wenn rauskommt, dass wir zusammen in Braunlage waren und dass ich dir die Unterschrift vom Senator besorgt habe, wegen der überhaupt erst das Finanzierungskonzept durchgegangen ist, dann ist alles aus.«

Für dich, dachte sie.

»Und wenn du keine neue Finanzierung auf die Beine stellst, verliert der Kollege Ladius sein Geld, und das kann er leider nicht ganz so gut wegstecken wie manch andere, die das einfach als Verlust abschreiben und abhaken.«

Das war mein Fehler, dachte sie. Geschäfte mit Leuten machen, die das nicht wegstecken können, wenn es negative Entwicklungen gibt.

»Wir müssen uns diesen O.B. vorknöpfen«, sagte Ladius, der offenbar von sich ablenken wollte. »Damit der aufhört.«

Burose fuhr sich über den Schädel, als hätte er Haare nach hinten zu verteilen, und sah sie abwartend an.

»Der macht den Hund in der Pfanne verrückt«, sagte Ladius.

»Es wäre schade, wenn der Sachen findet«, sagte Burose.

»Ich kann den angehen«, sagte Ladius. »Über dessen Familie. Der findet nie wieder einen Job.«

Sie beobachtete sich selbst dabei, wie sie die Beine ausstreckte und mit den Füßen im Wasser planschte, sorglos.

»Ach«, sagte sie. »Vielleicht red ich mal ganz in Ruhe mit dem. Es gibt doch immer auch andere Wege.«

Burose sah sie von unten an, als wüsste er genau, was sie meinte, und als hätte er Grund, sich für den Erfolg ihrer Methoden zu verbürgen.

Ladius nestelte am Bund seiner knappen Badehose, als würde er nachdenken, aber dann sah sie, wie wütend er war. Ein gekränkter Mann, der um sein Geld fürchtete. Gekränkt, weil er womöglich von Burose gehört hatte, dass man bei ihr noch auf andere Weise Erfolg haben konnte, als sein Geld loszuwerden. Oder weil er einfach nicht verstand, wie das alles hier funktionierte.

»Ich weiß nicht, ob mir das reicht«, sagte Ladius nach einer Weile. Sie nahm das Handtuch vom Stuhl und spürte erst im Umlegen, wie kalt ihr geworden war. Mit ruhigem Interesse betrachtete sie die beiden Männer und studierte die sich veränderte Dynamik zwischen ihnen, von frischer Komplizenschaft zu Welten voneinander entfernt, aber gerade, als ihr Blick auf Buroses sternförmiger Brustnarbe hängen blieb, wurde es stockdunkel hinterm Haus. Nur das Nachtgewölbe des Halenseer Himmels warf Lichtverschmutzung zurück. Der Pool war schwarz wie eine frisch geteerte Straße, die Männer zwei helle, glänzende Säulen im Nichts.

»Oh«, sagte ihr Mann von der Hauswand, wo die Lichtschalter waren, »ich dachte, hier ist keiner mehr. Wir müssen ja Energie sparen.« Sie liebte die leichteste Note milder Ironie in seiner Stimme.

Vor hundert Jahren hätte sie sich in eine Hütte am See zurück-
gezogen, vor zweihundert in eine Stallruine, wo der Mond
durchs Dach schien. Aber Martha Bretz lebte in der Gegenwart,
da blieb nur die Mansarde als Zuflucht. Es war ihr insgesamt
alles zu viel. Das Naheliegende hatte sie ja nun ausprobiert:
Mann, Kind, nicht noch ein Kind. Das war ja zur Hälfte recht
gut gegangen, das Kind gedieh. Otto hatte einen Beruf mit sicherer Zukunft, Zeitungen wollten die Leute immer lesen. Den
hatte sie über die Schwelle gekriegt, zum Erwachsensein, für
den konnte das Leben losgehen.

Zum Glück hatte Otto sie nie gefragt, was das bedeutete, das
Leben fing an, der Ernst des Lebens, und wie man das machte
und wie man das aushielt. Sie hätte keine Antwort darauf gehabt. Sie wollte eigentlich nur hier sitzen, an ihrem inneren Seeufer, mit Blick durch das Loch ihres inneren Strohdachs. Der
Mond brauchte keine zwanzig Minuten, um die Fläche des
Mansardenfensters zu durchmessen.

Dachschaden, das sagte sich so leicht. Siegmar war es rausgerutscht, er hatte ein Wort freigelassen, das eigentlich eingesperrt
gehörte. Sie sei doch nicht mehr ganz dicht, da lag der Dachschaden als nächste Metapher nahe. So redete der also mit seiner Frau. Dabei wollte sie einfach ihre Ruhe haben.

Martha Bretz saß gern auf Parkbänken, so, wie sie früher gern in der Küche gesessen und in Richtung Fenster geschaut hatte. Wenn die Familie endlich aus dem Haus war, war ihr damals immer eine unheimliche Energie in die Glieder gefahren, das kollektive Unterbewusstsein von Generationen ratlos, rastlos fleißiger Frauen. Erst die Arbeit, dann das Vergnügen. Beides verdiente den Namen nicht so recht. Die Arbeit war gewesen, mal mit dem Schrubber und mal mit dem Staubsauger durch die Wohnung zu gehen, den Staubfeudel im Schürzenbund wie eine Frau in einer Zeichnung, damit sie, während sie mit einer Hand den Schrubber oder den Vampir schob, mit der anderen ein bisschen Staub von den Büchern und anderen Stehrumseln entfernen konnte. Das dauerte, weil sie sich Zeit ließ, etwa eine halbe Stunde. Dann kümmerte sie sich um den Geschirrspüler, ein Erfolgsmodell aus der Firma ihres Mannes. Sie putzte mit Wegwerftüchern, praktisch. Das Einkaufen überließ sie Otto, und irgendwann auch das Kochen, er machte das schnell und humorlos, sie fand, sie hätte ihm was mitgegeben fürs Leben dadurch. Sie hörte ihre Schallplatten, immer dieselben, und sehnte sich danach, nicht immer wieder aufstehen und sie umdrehen zu müssen, alle halbe oder Dreiviertelstunde eine neue auflegen. Sie dachte darüber nach, sich eins dieser schier endlos laufenden Tonbandgeräte zu besorgen, kilometerweise

baba baba ba baba ba baaaa
baba babababa ba baaaa
bababa ba bababa baaa
babababaa bababaaa

ohne Pause, nur das Ineinanderverwobene der Stimmen und Töne als Wandteppich ihrer Existenz, ihr eigenes Leben ein einziges Nebengeräusch.

Sie war sicher, dass Otto sich Sorgen machte. Das tat ihr leid, aber sie fand doch wichtig, das dann für sich stehen zu lassen: Er machte sich Sorgen, nicht sie ihm. Sie ließ ihm Platz, sie machte sich so gut wie unsichtbar. Das hatte sie mit ihrem Umzug in die Mansarde erreicht. Die Mansarde war wie ihr Wohnzimmersessel als Raum. Sie liebte den rohen Holzfußboden unter dem nicht ganz auf den Raum zugeschnittenen Linoleumrest. Je näher man an der Wand stand, desto mehr sah man von den rauen, splittrigen Bodendielen. Sie liebte den Geruch nach Sommer, der sich in den Holzbalken der Decke für immer verfangen hatte, und dass die einfachen Fenster am Morgen von innen beschlagen waren, unleugbare Spuren ihrer Existenz und doch flüchtig, jeden Tag wieder aufs Neue verschwunden.

Das Gemeinschaftsklo auf dem kurzen Gang zum Dachboden hatte sie für sich allein, manchmal konnte sie dort schon ihren Atem sehen. Sie putzte sich die Zähne und wusch sich das Gesicht über dem stumpfen Waschbecken, sie bürstete sich die Haare und sah dabei unverwandt auf eine Stelle an der Toilettenwand, wo sonst der Spiegel hing. Ein- oder zweimal in der Woche badete sie in der alten Wohnung, während Otto in der Redaktion oder in deren Auftrag unterwegs war. Sie achtete peinlich darauf, keine Spuren zu hinterlassen: aus Rücksichtnahme und weil sie sich vorstellen wollte, sie wäre nie da gewesen. Frisch gebadet ging sie in den Park, sie genoss den Widerstreit zwischen ihrem warmen, gerade erst der Schwerelosigkeit entzogenen Körper und der kühler werdenden, dichten Herbstluft. Sie setzte sich auf eine Parkbank, ließ den Blick weich werden und merkte, dass ihr immer noch etwas fehlte.

Der Bus entließ ihn mit einem Fauchen, ein sandiger Wendekreis am Rande des Düppeler Forsts. Die Autos auf dem Parkplatz gehörten sichtlich uralten Leuten, schon die Farben, alle anderen waren in der Schule oder bei der Arbeit. So wie Otto. Er straffte sich und genoss, wie ihm der milde Herbstwind durch die Jacke fuhr.

Das Blockhaus Nikolskoe kam ganz und gar altertümelnd und hässlich hinter dem Parkplatz zum Vorschein, von Kiefern nicht ausreichend verdeckt, Wände aus dunkelbraun gebeizten Baumstämmen, die kleinen Fenster spitzenverhängt. Man bekam eigentlich schon Atemnot, wenn man drauf zuging. Otto wunderte sich, wofür die Königskinder des neunzehnten Jahrhunderts sich begeistert hatten, und vor allem, warum ihre Ferienhäuser immer noch hier standen: immer noch eine Art Residenz, aber heute nicht mehr von Hohenzollern, sondern von denen, die ihnen nachtrauerten, auf Kriegsrente. Und mittendrin, so stellte Otto sich das vor, dieser Bestattungspapst Balkau, der seine Kundschaft betrachtete. Vielleicht kam der alte Balkau in erster Linie wegen der Vorfreude her.

Die Luft war dick, der Raum war dünn besetzt. Ein Kellner mit fleckigem Hemd musterte Otto mit unverhohlener Abscheu. An einem Fenstertisch saß ein Paar, das aussah, als wäre es sich uneinig darüber, wer von ihnen gerade mit wem Schluss machte. Drei ältere Damen widmeten sich mit hingebungsvollem Ernst ihren Tortenstücken. An einem schwer erreichbaren Mitteltisch saß ein Greis. Otto ging auf seinen runden grauen Rücken zu, über den kaum der Halbkreis seines glatten Hinterkopfs zu sehen war.

»Herr Balkau?«

Der Alte sah ihn aus ganz hellen Augen an, als würde er Otto durchschauen.

»Junger Mann«, sagte er. »Ich habe Sie erwartet.«

»Sie wussten, dass ich komme?« Tatsächlich war der Tisch eingedeckt für zwei, im rechten Winkel zum Alten ein Tellerchen und eine Kaffeetasse aus dickem Ausflugslokalporzellan, nagelabschnittfarben.

Der Alte lächelte weise. »Ich bin wie die Erdgöttin Hertha. Ich weiß alles.«

Otto wollte nicht gleich mitschreiben, aber er würde sich alles merken. Das war ja Gold. Vielleicht eine längere Reportage: diese ganzen Figuren aus der Vergangenheit, die in die Kegel-Angelegenheit verstrickt waren.

»Dann wissen Sie sicher auch, warum ich hier bin«, sagte Otto und setzte sich, weil der Alte nicht aufhörte, auf den leeren Platz zu zeigen.

»Weil Sie sich was notieren wollen.« Der Alte hatte eine leise zischelnde Stimme, wie wenn man eine kleine Flasche Herva mit Mosel öffnete.

Otto nickte und nahm seinen Block. »Haben Sie ein antikes Buch über Geisterwesen der Mark Brandenburg an die Amerika-Gedenkbibliothek verkauft?«

Der Alte hob einen großen Zeigefinger und wies auf Ottos Block. »Notieren Sie«, sagte er. »Ein Viertelpfund Teewurst.

Roggenbrot, geschnitten. Von gestern, wenn sie haben. Schlesische Gurkenhappen. Rollmops, den frischen, von der Bedientheke. Mit dem Paprikastückchen in der Mitte. Corned Beef aus der Senatsreserve, wenn da ist. Erfrischungsstäbchen, aber nur Zitrone. Erdbeeren im Glas.«

»Was machen Sie hier?« Otto merkte, während er das hörte, wie ihn jemand am Arm hochzog. Ein junger Mann, ein Halstuch mit Pferdemuster im offenen Hemdkragen, der über die kurze, enge Jacke eines hellgelben Freizeitanzugs ragte. Nach unten ausgestellte Trompetenhosen, weinrote Lederstiefel. Der Griff routiniert aggressiv.

»Kommen Sie mal mit raus.« Gern. Otto folgte ihm wortlos.

»Wir machen jetzt einen kleinen Spaziergang.«

Erst auf dem Parkplatz ließ er Otto wieder los und stieß ihn von sich. Er lehnte sich gegen einen hellblauen Opel Monza, als wollte er Otto in Ruhe betrachten. Der Wagen hatte das Kennzeichen B-AL 666, da hatte jemand der Zulassungsstelle einen Fuffziger rübergeschoben.

»Momentchen mal«, sagte Otto und rieb sich den Arm.

»Jetzt mal nicht so zimperlich.«

Otto wollte so was sagen wie, Was fällt Ihnen ein?, aber der andere kam ihm zuvor.

»Was fällt Ihnen ein, sich hier an alte Leute ranzumachen?«

»Ich hatte um einen Interviewtermin gebeten. Ich bin Otto Bretz vom Spandauer Volksblatt.«

Der andere nickte. »Ach. Das würde ich nicht an die große Glocke hängen, wenn ich Sie wäre.«

»Weshalb?«

»Eine Menge Leute sind sauer auf Sie.« Er trat nah an Otto heran.

»Und Sie?«

Otto spürte jetzt dessen Hand im Rücken, sanfter Druck, runter vom Parkplatz, als wollte der ihn rausschmeißen, aber wie es aussah, fingen sie tatsächlich gerade einen Spaziergang an.

»Ulf Balkau«, sagte er und reichte Otto von der Seite die schmale, feste Hand. »Ich bin der Enkel. Und Geschäftsführer. Entschuldigen Sie, dass mein Großvater etwas unkonzentriert ist heute.« Ulf Balkau tastete seinen Anzug ab, wobei Otto ein elektrisches Knistern zu vernehmen meinte. Balkau brachte ein Feuerzeug und eine braune, trichterförmige Selbstgedrehte zum Vorschein.

»Einverstanden mit einem Spaziergang?«, sagte er schmallippig über das sanfte Ausbellen des Qualms. Dann hielt er Otto den Spliff vor die Nase.

Na endlich, dachte Otto. Harald hatte davon immer nur geredet, und auf dem Schulportal war ihm nie einer angeboten worden. Otto war gut im Nachmachen. Daher musste er nicht husten, er behielt den Qualm fünf, sechs Schritte in den Lungen, wie Ulf.

Ulf nahm den Spliff zurück, so ging das eine Weile hin und her, Otto freute sich wie über eine bewältigte Aufgabe: Er ging einfach mit einem anderen im Wald spazieren, rauchte Marihuana und gehörte genau hierher, zwei Männer bei der Arbeit. Nur ein bisschen flau im Magen war ihm. Seit er alleine wohnte, frühstückte er nicht mehr.

»Du musst das verstehen«, sagte Ulf und unterbrach sich gleich wieder, Otto den letzten Stummel über den sandigen Forstweg reichend, »also, ich sag jetzt mal du.«

»Klar«, sagte Otto, »du.«

»Da hängt für ziemlich viele Leute viel dran. Ruhe ist das Wichtigste im Geschäft. Das betrifft jetzt nicht nur speziell un-

sere Branche«, Brangsche, »hehehe, klar, da natürlich besonders. Aber es gibt eine Reihe von Leuten, die haben da viel Geld
investiert. In dieses Kegel-Projekt. Wir hatten gerade erst wieder einen Baustopp. Das wird langsam ein bisschen riskant.
Wenn die bis Ende '74 nicht fertig sind, gibt es keine Berlin-För-
dermittel vom Bund. Also, ich finde das mutig, dass du da dran-
bleibst. Es gibt ja womöglich einiges an Schummeleien. Na ja,
mein Name ist Hase.«

Otto kicherte. Man hätte sich was mitschreiben sollen. Berlinförderung. Hase. Übrigens war unklar, ob das Marihuana
bereits wirkte oder ob er sich selbst und Ulf gegenüber nur so
tat.

»Ja, gut, ich weiß, das ist ein bisschen lustig, dem Spandauer
Volksblatt diese Wirkung zuzutrauen, aber du siehst ja, was passiert ist: die Abendschau, und dann springen die anderen drauf
an, und jetzt ist da einfach Unruhe entstanden. Also, mich
würde mal interessieren, inwieweit du da jetzt die Firma Balkau
mit reinziehst. Das wäre womöglich nicht ganz so günstig.«

Otto wollte stehen bleiben, aber Ulf ging einfach weiter, sie
waren an einer Wegkreuzung. Überall ging es Richtung Wald.

»Wir berichten, was ist«, sagte Otto würdevoll, laut genug,
dass Ulf ihn hörte, dessen Sinne waren ja geschärft, durch den
grünen Afghanen oder wie das hieß. Schwarzer Krauser, grüner
Afghane, weiße Maus, roter Affe, was ist, was ist.

Ulf drehte sich um und machte ein paar Schritte zurück auf
Otto zu, als wollte er durch ihn hindurchgehen. »Was ist?«,
sagte er, ohne stehen zu bleiben, sodass Otto ausweichen musste.
»Wer weiß schon, was ist. Mal ist was, dann ist aber auch wieder
nichts. Und was ist, ist eben so.«

»Wir können unter drei reden«, sagte Otto und hielt jetzt sei-
nerseits Ulf am Arm fest.

»Was?«

»Unter drei.«

»Wir bleiben hier, ich hab keine Zeit für einen Ortswechsel. Ich muss meinen Großvater aus dem Blockhaus holen und dann zurück in die Zentrale.«

»Die Toten können warten«, sagte Otto wie ein Groschenroman und richtete seinen Blick auf den Düppeler Forst. Wahnsinn, wie scharf die Konturen waren, wie klar die Umrisse und wie dreidimensional das alles hier. Einen Moment überlegte er, Ulf in diese Beobachtung einzuweihen, dann sagte er: »Unter eins heißt: offizielle Mitteilung, darf mit Angabe der Quelle zitiert werden. Unter zwei heißt: darf zitiert werden, aber ohne Angabe der Quelle. Aus gewöhnlich gut unterrichteten Kreisen. Und unter drei heißt: nur für den Hintergrund. Nichts, was du mir erzählst, kommt in die Zeitung. Und ich erwähne nicht mal, dass ich mit dir gesprochen habe.«

»Und was heißt unter vier?«

»Dass wir gar nicht miteinander sprechen. Unter fünf heißt, dass ich nicht mal auf die Idee komme, dich zu fragen, ob wir miteinander sprechen können.«

»Unter sechs bedeutet, dass du gar nicht an einer Geschichte arbeitest, die irgendwas mit mir zu tun hat.«

»Unter sieben bedeutet, dass ich gar nicht Journalist geworden bin.«

»Unter acht bedeutet, dass deine Eltern nie gefickt haben.« Sie mussten so lachen, dass sie sich in den merkwürdigen Sandhafer am Wegrand setzten. Hier war alles voller alter Tannennadeln und Kiefernzapfen. Otto stützte sich auf die Ellenbogen und schaute in den Himmel.

»Mein Großvater hat eine Reihe von Kommanditisten an die Baufirma der Architektin vermittelt, dafür bekommt er Provision. Wenn der Kegel nicht gebaut wird, ist die Provision weg«, sagte Ulf sorgfältig.

Otto legte sich auf den Rücken und sah in den Himmel. »Und das ist jetzt unter drei«, sagte er.

»Das ist unter neun.«

Otto überlegte eine Weile, aber er wusste gar nicht mehr so genau, was eigentlich.

»Hast du der Amerika-Gedenkbibliothek ein wertvolles altes Buch verkauft? Vielleicht für Taschengeld?«, fragte er nach einer Weile und sah, wie sich die Kiefernwipfel interessiert über ihn beugten. Ulf antwortete nicht.

»Und was hat die Familie Balkau mit«, Otto schluckte trocken, »Sumpfhexen zu tun, und warum spuken die auf der Baustelle?«

Ulf räusperte sich und fragte, ob Otto denn die Architektin schon kennengelernt hätte.

Otto musste richtig lange überlegen. »Noch nicht so richtig«, sagte er sorgfältig. »Also, nein.«

»Ich bin gespannt, was du sagst«, sagte Ulf, als tauschten sie sich häufiger aus. »Also, wie sie auf dich wirkt.«

»Wie ist sie denn?«

Es verging eine lange Zeit. »Ich weiß es nicht genau«, sagte Ulf. »Sie versteht Dinge, über die ich noch nicht einmal nachgedacht habe. Sie schaut sich die Leute an und merkt, wer die Macht hat. Den ignoriert sie dann. Das macht Leute, die Macht haben, wahnsinnig. Die sind so richtig frustriert davon.«

»Also, du triffst die auf so Partys?«, fragte er. Ulf nickte. »Und dann redest du mit ihr über so was?«

Ulf kicherte. »Ich hab noch nie ein Wort mit der gewechselt. Außer Guten Tag und Hallo. Aber man sieht der das an. Man muss ihr nur zugucken.«

Sie schwiegen, und nach einer Weile tat Otto das Waldlicht weh, so mild es auch war. Er schloss die Augen und lächelte. »Klingt unheimlich«, sagte er. »Irgendwie.«

Er spürte, wie Ulf nickte. Es war so schön orange hinter seinen Augen. Ulf sprach weiter, wo sie schon mal beim Thema Frauen waren. Er erzählte von irgendwoher, seine Freundin wollte ihn verlassen. Ob Otto sich irgendwie eine Vorstellung davon machen würde, was das bedeutete. Wie sich das anfühlte. Otto lächelte, ein Gespräch unter Männern, nicht unter Schuljungs. Das war doch was. Aber mehr hatte er nicht beizusteuern. Die Worte rannen ihm durch den Kopf, plötzlich hatte er schreckliche Angst, sie nie wieder festhalten zu können. Ulf fragte, ob Otto ab und zu im Centrum 2000 sei. Da könnte man sich gut über so was hinwegtrösten. Es klang untröstlich, für Otto klang das wie ein Supermarkt. Ach nee, das hieße ja jetzt Sound. Ess Oh Uh Enn Dee. Mit Punkten dazwischen. S.O.U.N.D. In der Genthiner Straße. Ob Otto wüsste, wofür die Abkürzung stünde. Also S.O.U.N.D. Otto dachte nach, aber die Antwort entwischte ihm immer wieder. Sei Offen Und Nicht ... Derklemmt, nee ... Seele Oder Unterleib Nackt Denken ... So Opa Und Nun Du ... Was? Ulf sagte gar nichts mehr. Das war ja eigentlich ein wichtiger Kontakt jetzt hier für ihn, endlich jemand, mit dem er ins Gespräch gekommen war, ganz ohne Anstrengung, wie von allein, und der ihn womöglich direkt zur Architektin bringen konnte, durch seine Verbindungen. Hm. würde Augen machen.

Nach einer Weile liefen Hunde über Otto, es war eigentlich ganz schön, ruhig und lang gestreckt huschten sie über sein Gesicht, ein leicht zu überwindendes Hindernis. Otto verschränkte die Hände vor der Brust. Wie angenehm der Stoff seiner Wildlederjacke unter seinen Handflächen war, und dass es ihn gar nicht störte, wenn der sandige Boden ihm in den Hosenbund rieselte, wo die Jacke hochgerutscht war. Er hörte ein paar Vögel und den Wind in den Ästen, das fast rhythmische Fallen der Kiefernzapfen, weit entfernte Stimmen.

Nach einem halben Jahr hob Otto den Kopf. Es fing an, dunkel zu werden. Ulf war verschwunden. Als er zur nächsten Kreuzung kam, zeigte der Wegweiser Richtung »Blockhaus Nikolskoe«, die Richtung, aus der er gerade gekommen war. Um abzukürzen, ging Otto rechts in den Wald. Nach einigen Minuten wurde ihm das Gehen schwer, weil auf dem Waldboden so viel Zeug lag, man machte sich ja keine Vorstellung davon, wenn man sonst nur auf Straßen und Bürgersteigen ging. Um seinen Fehler von eben wiedergutzumachen, ging Otto nach links. Dann wurde es ihm eine Weile egal, und er setzte sich auf einen Baumstamm. Als ihm kalt wurde, stand er auf und versuchte, sich am Mond zu orientieren. Bis er ihn gefunden hatte, stand er längst auf dem Parkplatz, ohne es so richtig zu merken.

Unter zehn hieß, es hatte den Urknall nie gegeben.

»Rufst du bitte an und sagst, sie sollen das Wasser aus dem Pool ablassen?«

Ihr Mann setzte das Teeglas zurück auf den Korkuntersetzer, ohne es am Mund gehabt zu haben. Er betrachtete sie, antwortete aber nicht.

Ja, wegen neulich, telepathierte sie ihm.

Er nickte. »Und frisch nachfüllen?«

Sie schüttelte den Kopf. »Im Frühjahr. Wenn es in die Planung für den Ku'damm-Quader geht.«

Ihr Mann lehnte sich zurück und drehte sein Teeglas am Henkel in der Korkmulde. »Wir hatten noch nie einen leeren Pool.« Es war nur eine Feststellung, kein Appell. Du bist doch sonst auch immer so gern im Winter geschwommen. Glaubst du nicht, dir wird was fehlen. Es reicht doch, einen Teil des Wassers auszutauschen. Wenn überhaupt. Das Wasser ist doch noch gut.

Nichts dergleichen. Sie liebte ihren Mann.

»Mir ist gerade danach«, sagte sie.

Nachmittags meinte sie, das Abflussröcheln zu hören. Sie erschrak, aber nur kurz. Gut so, weg mit der vergifteten Plörre.

Sie erinnerte sich, wie Burose damals hier aufgetaucht war, nach Braunlage, sie beim Winterschwimmen, die köstlichste

186

Stromverschwendung, das Wasser warm wie ein Frühling, die Luft aus Eis, und Burose hatte sich im Schneidersitz an den Rand gesetzt, auf ein zusammengefaltetes Handtuch, und genickt: Die Unterschriften unter dem Finanzierungskonzept waren vollständig, das hatte er für sie erreicht. Und für die Stadt. Denn egal, was geschah, den Kegel konnte keiner mehr aus der Silhouette von Süd-Berlin nehmen.

Sie sah vor sich, wie sie hier mit ein paar zurückhaltenden Kommanditisten in spe ein Wetttauchen gemacht hatte: Wer zwei Bahnen schafft ohne Hochkommen, bestimmt die Höhe der Einlagen. Sie schaffte drei.

Sie dachte daran, wie der Bausenator einmal mit dem aufblasbaren Sessel über den Pool geschippert war, die Augen geschützt hinter der fingerdicken Breschnew-Sonnenbrille, und als er wieder angetrieben kam, das Glas mit Sonnenschirmchen fest in der Faust, aber leer. So erzählte er von den Abrissplänen am Kurfürstendamm, und wer da wohl ein Einkaufszentrum bauen könnte.

Vor allem dachte sie daran, wie gern sie hier gesessen hatte, aufs Wasser schauend, bis Leute kamen, die was wollten und die was hatten.

Und wieder sitzen würde.

Sie wendete den Zettel mit den Kontaktdaten von Otto Bretz, den der liebe Ladius ihr gegeben hatte: ein weißes Blatt in Handtellergröße, von dem noch ein Fetzen Leimung hing. Eine Privatnummer, wo niemand ranging, und eine Büronummer, wo man von einer tiefen Frauenstimme angebellt wurde. Sie würde es noch einmal versuchen, sobald der Pool leer war.

Forellen aus dem Römertopf, kalorienbewusst.

»Na, habt ihr's gemütlich da drin?«, sagte Frau Ladius, als sie mit feierlicher Geste den Deckel vom Topf hob. Burose musste lachen, weil es nun wirklich sehr behaglich aussah, wie die vier Tiere da unter ihrer Semmelbrösel- und Kräuterdecke im braunen Topf lagen, die Augen hoffnungsvoll gen Himmel gerichtet, also die schmiedeeiserne Wirtshauslampe mit dunkelgrünem Glas über dem ladiusschen Esstisch. Henne drückte seine Hand unter dem Tisch, er drückte zurück. Es lag weniger an der nun unmittelbar bevorstehenden kalorienbewussten Mahlzeit und mehr daran, dass sie zu spüren schien, dass er sich lange nicht mehr so wohlgefühlt hatte. Irgendwie gelang es diesem etwas ungehobelten Ladius, dass Burose sich nicht mehr so alleine fühlte in seiner Sorge, zu sehr mit der Architektin verstrickt zu sein. Verfilzt. Das Wort hatte der Kanzler gesagt, das galt als allerletzte Warnung: der Filz der Berliner Genossen. Dass das ja wohl nicht angehen könnte. Der Bausenator und der Finanzsenator standen auf der Abschussliste, hieß es. Die waren beide fällig, wenn der Senat die Kegel-Pleite nicht abwenden oder sich nicht wenigstens das Geld von der Baufirma der Architektin zurückholen könnte. Weil sie der Architektin zu überhöhten Preisen den Baugrund abgekauft hatten, auf dem sie dann zu überhöhten Preisen eine Büroimmobilie planen durfte, deren Finanzierungskonzept die Senatoren abgesegnet hatten, obwohl es keine Bankbürgschaften gegeben hatte und obwohl die Architektin mit ihrem Millionenhonorar nicht würde haften müssen. Der Nächste im Schützengraben war Burose. Und dann ging das womöglich rauf bis zum Regierenden Bürgermeister.

Aber wenn Ladius auftauchte, schien das alles nicht mehr so dramatisch. Da könnte man schon noch was machen, sagte Ladius. Man bräuchte einfach noch mehr Informationen. Man müsste da erst mal Ruhe reinbringen. Burose atmete tief, das Esszimmer roch nach Forelle und Weißwein. Er ahnte, dass hier heute Abend noch die eine oder andere Brüderschaft getrunken werden würde, und dann das Du.

»Möchten Sie einen extra Teller für den Salat?«, fragte Frau Ladius und streifte ihn mit einem prüfenden Blick.

»Ach nee«, sagte Burose salopp, »alles auf einen Teller, das sieht ja köstlich aus.«

»Im Magen kommt eh alles zusammen«, sagte Ladius. Seine Frau tat so, als würde sie ihm mit dem Tondeckel einen überziehen. Henne lachte entzückt. Bei ihnen zu Hause ging es doch etwas steifer zu, das musste Burose zugeben. Warum eigentlich?

»Bei mir sieht die Kruste nie so kross aus«, sagte Henne. »Wie machen Sie das?«

»Zehn Minuten vor Schluss den Deckel runter und Oberhitze ganz rauf«, sagte Frau Ladius. »Das ist zwar nicht im Sinne des Erfinders, aber ich finde, ein bisschen knuspern muss es schon.« Sie zwinkerte ihrem Mann zu, der, das registrierte Burose mit einem Anflug von Zärtlichkeit, ein wenig verlegen wurde und seine chartreusefarbene Leinenserviette noch einmal aufschüttelte, obwohl sie ausgebreitet auf seinem Schoß gelegen hatte.

Burose betrachtete, wie die heitere Frau Ladius ihm vom grünen Salat mit süßer Joghurtsauce auftat, und dachte mit einem Anflug von Rührung, wie gut es ihnen am Ende doch allen ging. Einerseits lag das sicher am Müller-Thurgau. Andererseits stimmte es ja: Wenn ihm oder dem Ladius vor nicht mal dreißig Jahren jemand gesagt hätte, dass sie eines Tages mit zwei lieben Frauen, die sich, musste man objektiv sagen, gut gehalten hatten, über einem prächtigen, aber kalorienbewussten Mahl scherzen würden, die Stube warm, große Charlottenburger Etagenwohnung, die Schuhe durfte man anbehalten, Schafwollteppiche – unfassbar, unglaublich, was für ein Schwein man gehabt hatte. Dass man nun womöglich in einen Bauskandal verwickelt war: Auch das hätte man damals aufs Herzlichste begrüßt, da hätte man doch in die Hände geklatscht vor Freude, da hätte man doch keinen Schlaf drüber verloren, im Gegenteil. Wie auf Rosen gebettet hätte man sich darauf. So schön wäre einem das vorgekommen.

»Sie strahlen ja richtig, Herr Burose«, sagte Frau Ladius und strich ihren Rock am Hintern glatt, bevor sie sich setzte. Ladius schenkte allen Müller-Thurgau nach, Burose mochte diese dicken, grün geriffelten Glasstile, heute Abend mehr denn je.

»Ich liebe einfach Forellen«, sagte er und hielt seinen Schoppen überm Tisch in die Luft, bis es ihm alle nachmachten. »Ich möchte mich ganz herzlich für die liebe Einladung bedanken«, sagte er. »Schön, dass wir hier mal so zu viert …« Eigentlich war er besser im Reden.

»Hört, hört«, sagte Ladius, den heute Abend eine leicht dunkle Aura umgab.

»Ich glaube, ich darf getrost behaupten, dass ich der Ältere bin«, Burose war in Fahrt, das merkte er selber richtig, »darum würde ich Ihnen, lieber Ladius, gern das Du anbieten.«

Ladius straffte sich, es wirkte auf Burose, als wäre er jetzt erst richtig da. Sie stießen ihre Gläser aneinander.

»Walter«, sagte Ladius.

»Heinz«, sagte Burose.

»Heinz.«

»Walter.« Lunk, lunk.

»Und was ist mit uns?« Frau Ladius haute auf den Tisch. Henne kicherte verlegen, und Burose zog sie an sich.

»Ich bin die Doris«, sagte Frau Ladius, und tatsächlich hatte sie was Goldenes mit ihrem leuchtenden Bob und den hellen Augenbrauen.

»Hannelore«, sagte Henne. »Aber ihr könnt mich Henne nennen.«

»Ich nenn dich Hanne«, entschied Doris, und sie tranken die Flasche leer.

Als die Frauen abräumten und sie über ihren Obstlern saßen, sank Walter Ladius in sich zusammen.

»Deine Frau ist ganz entzückend«, sagte Burose und schüttete sich die Mirabelle beim Trinken übers Kinn.

Ladius nickte. »Deine auch.«

Burose winkte ab. »Jaja, aber eben auch … also, meine Frau ist eher in sich gekehrt. Aber dieser Charme, also, meine Herren, Doris ist ja der Knüller, ein richtiger Kracher, also …« Er schenkte nach, das passte, wenn man sich verzettelt hatte.

»Halt die Schnauze mit Doris«, sagte Ladius.

Burose war sich nicht ganz sicher, ob er richtig verstanden hatte. »Bitte?«

»Merkst du eigentlich gar nichts?«

Burose runzelte die Stirn, es fiel ihm schwer. Ein großes Gewicht, was sich da oben angesammelt hatte über den Augenbrauen, Fleischberge. »Was merken?«

Ladius beugte sich vor. »Hast du die Zeitung gesehen? Diesmal der Abend. Gestern die Morgenpost.«

»Mottenpest«, sagte Burose und kicherte.

»Besoffenes Schwein«, sagte Ladius in so einem Frontton, der Burose gar nicht gefiel.

»Moment mal bitte.«

»Die Architektin tut nichts, gar nichts, damit da Ruhe reinkommt. Die hat da gar nicht die Mittel. Die sagt, sie kümmert sich, aber …«

»Es war so'n schöner Abend.« Aus der Küche kamen die gedämpften Stimmen der Frauen und Geschirrklappern. Burose verspürte Sehnsucht.

»Ja, apropos Doris.«

»Das ist doch alles nicht so schlimm«, sagte Burose. »Wir kommen da schon durch. Wir haben ganz andere Sachen überstanden.«

»Mein Gott«, sagte Ladius. »Du vielleicht. Das Schlimmste, was dir passieren kann: Die erfinden irgendeinen Posten für dich, damit du da die Zeit bis zum Anspruch auf volle Bezüge absitzen kannst, und dann gehst du nach Hause zu deiner Henne, und sie macht dir was, wo sie die Kruste nicht hinkriegt. Du Armer. Mir kommen die Tränen.«

»Also, lass mal Henne da raus …«

»Ja, apropos Doris«, setzte Ladius noch mal an, »weißt du, was für mich auf dem Spiel steht?«

Burose schenkte Obstler nach bis zum Überlaufen. »Es steht immer was auf dem Spiel«, sagte er philosophisch.

»Ich hab eins Komma fünf Millionen Anteile gezeichnet. Ich hab bestenfalls vierhunderttausend, da sind flüssige Mittel aus der Firma mit drin, da muss ich hin- und herschieben bis zur ...«

»Das sagt man aber nicht mehr«, sagte Burose reflexartig.

»In die anderen eins Komma eins hat mich diese Frau irgendwie reingequatscht, und weißt du, woher ich die habe?«

Burose fiel es schwer, sich zu konzentrieren, und war das wirklich so eine gute Idee gewesen mit dem Du, der ganze Abend, nun, Bilanz ziehen musste man später.

»Geliehen«, sagte Ladius. »Und weißt du auch, bei wem?«

Burose wollte nicht den Kopf schütteln, aus Angst, was dann darin passieren würde. Ladius beugte sich über den abgefressenen Tisch, bis er seine Stirn gegen Buroses erstarrtes Fleischgebirge drücken konnte, die Frauen hatten die Grätenteller vergessen. Ladius zischte ihm mit ordentlich Speichel den vielsilbigen Doppelnamen eines in ihren Kreisen bekannten Devisenhändlers aus der DDR ins Gesicht und blieb ihm danach nah, sodass sein Antlitz das gesamte Blickfeld von Burose füllte.

»Moment mal«, sagte Burose.

»Und weißt du, was der jetzt als Sicherheit hat? Ein Mietshaus in Rixdorf, das Doris von ihrer Tante geerbt hat. Das hat sie in die Ehe gebracht, das hat sie mir überschrieben, damit ich die Firma gründen konnte, '55. Die Bankkredite kann ich bedienen, aber wenn ich das Geld aus dem Kegel nicht wieder rauskriege, dann ist das Haus in Rixdorf weg, und wenn das weg ist, ist Doris weg ...«

Burose wollte fragen, warum Ladius sich da so sicher war, aber wenn er sich Doris vor Augen führte, dann erübrigte sich die Frage. Das war eine Frau, die man nicht hinterging. Er krümmte sich, als er an Henne dachte.

»Kotz mir hier nicht auf den Tisch«, sagte Ladius und lehnte sich wieder zurück.

Burose atmete flach, bis die Übelkeit sich verzog. »Woher kennst du den … Schlack… Schlock…?« Zu viel Obstler, zu viele Silben.

»Du kannst in meiner Branche nicht arbeiten ohne ein bisschen Ost-West-Handel«, sagte Ladius und rieb sich die Schläfen.

»Seid ihr schon wieder bei der Arbeit?«, sagte Doris Ladius, zwei Schälchen mit Rotwein-Zucker-Ei im Anschlag, ihr auf den Fersen Henne Burose mit zwei weiteren.

Sobald Otto sich von seinem Ausflug nach Nikolskoe erholt hatte, ließ er sich vom Polier Ehringshausen eine Telefonnummer von Jürgen geben, der als Erster und vielleicht Einziger die Sumpfhexe gesehen hatte. »Der schläft bei irgendwelchen Kommunisten auf der Küchenbank«, sagte der Polier. Ging es romantischer? Ob Jürgen mit ihm auf Gespensterjagd gehen würde, fragte Otto am Telefon. Sich auf die Lauer legen. Um der Sache auf den Grund zu gehen.

Jürgen zögerte, als stünde für ihn mehr auf dem Spiel als eine Nacht im Baustellenschlamm. Dann schien er sich einen Ruck zu geben, um kein Spielverderber zu sein. Otto war es recht, er freute sich auf Jürgen und zwei bis drei Spalten auf der zweiten Lokalseite: Meine Nacht auf der Baustelle.

Als Otto neben Jürgen im Schlamm lag, war er ganz glücklich. Journalist werden war also wie auf dem Bauspielplatz. Dann fiel ihm ein, dass die Formulierung »im Schlamm liegen« von seinem Vater stammte, als ich beim Russen im Schlamm lag, das Leben ein Schlachtfeld. Am Düppeler Forst gestern hatte es natürlich keinen Nachtbus gegeben. Und keine Telefonzelle. Die nächste war an der Potsdamer Straße, schon fast Höhe Glienicke. Das Taxi nach Tempelhof kostete vierzig Mark. Als Otto wieder runterkam, das Haushaltsgeld seiner Mutter unterm Arm, weil es in einer Danish-Butter-Cookies-Dose war, die er nur mühevoll gefunden hatte, waren es schon vierundvierzig fünfzig.

Jürgen hatte ihnen eine Plane zwischen der Rückseite des Bauzauns und einer kleinen Böschung ausgebreitet, ganz liebevoll, wie eine Picknickdecke. Darauf hatte er sich gekauert und, weil die Böschung zu niedrig war, schließlich auf den Bauch gelegt, auf die Ellenbogen gestützt, und Otto zu sich herangewunken. Otto hatte extra nicht die guten Sachen an, die neue Jacke, sondern Anorak und Gummistiefel, gelbe. Immer wieder zog er Dinge an, die ihm längst zu klein waren, es war ein Elend. Das war wohl der Vorteil, wenn man tatsächlich zu Hause auszog: dass man nur Sachen mitnahm, die einem noch passten.

»Von hier haben wir alles im Blick«, sagte Jürgen. »Ich musste den Schlüssel zum Bauwagen abgeben.« Otto legte sich neben ihn auf die Plane, in den Schlamm. Sofort entstand so ein Gefühl von Behaglichkeit, das ihn richtig überraschte. Wie Indianerspielen auf dem ausgebombten Grundstück. Zu wissen, dass es zu Hause Käsestullen gab. Wie schnell es jetzt dunkel wurde. Die Nachtbeleuchtung der Baustelle goss ihr gelbes Licht in die Grube des Fundaments, entlang der Stahlträger des Gebäudekerns, längliche Bahnen wie ein mit dem Lineal gemalter Sonnenuntergang.

Jürgen zeigte über die Böschung, die aufgeschaufelter Dreck mit Unkrautnabe war, nass vom Dauerregen namens West-Berlin. »Das ist der Balken. Also, von meiner Skizze.«

Otto schauderte.

»Hast du die Kamera?«

Otto nickte. Das war nicht ganz einfach gewesen, die dem Fotografen Hermann abzuschwatzen, dabei war das nur dessen Ersatzgerät. Otto glaubte nicht im Ernst, dass er bei der schummrigen Baustellenbeleuchtung ein Foto von der Erscheinung würde machen können, aber wenn doch, wäre das natürlich so was wie der Loch Ness von Steglitz, je unschärfer, desto besser, vielleicht.

Es ging auf Mitternacht zu, Geisterstunde. Letztes Mal, hatte Jürgen erzählt, war die Sumpfhexe um halb drei, drei aufgetaucht.

»Und?«, fragte Jürgen.

»Hm?«

»Glaubst du mir?«

Otto überlegte. »Nein.« Oder?

Jürgen nickte. »Würde ich auch nicht.« Er rutschte ein bisschen auf der Plane herum, die er Persenning nannte, um an seine Jackentasche zu kommen. Ohne den Blick vom ursprünglichen Ort der Geistererscheinung zu lassen, reichte er Otto eins von zwei Stullenpaketen, Butterbrotpapier, vielversprechend weich. Als Otto etwas sagen wollte, kam noch eine Thermoskanne hinterher, aus der anderen Jackentasche. Der Dampf schwebte gleich bis zum Mond, zunehmend.

Jürgen gab ihm den Deckel. »Ich trink aus der Flasche.« Hagebuttengeruch. »Ich hab nichts anderes gefunden im Küchenschrank.« Süß und heiß.

Otto schluckte. »Danke.«

»Sei mal stille. Sonst vertreiben wir die.«

Sie waren stille.

»Von so was hab ich in der Plötze ja geträumt«, sagte Jürgen durch sein Käsebrot. »Dick Butter auf der Bemme und draußen was erleben.« Er hustete. »Geht doch.«

Otto nickte.

»Wo hast du denn das Brot her und den Tee?«, fragte er.

»Ich lern manchmal so Männer kennen. Da penn ich dann.«

»Wie, du lernst Männer kennen und pennst dann da?« Otto wurde etwas unbehaglich.

»Ja, das ist schwer zu erklären.«

»Musst du nicht«, sagte Otto und ärgerte sich sofort darüber.

»Na gut«, sagte Jürgen und schien nicht unglücklich darüber.

Die Käsestulle schmeckte sehr gut, aber er bekam sie kaum runtergeschluckt, vielleicht deswegen, weil er gerührt davon war, versorgt zu werden. Um was dagegen zu tun, kniff er die Augen zusammen, bis sein Blick wieder scharf war, die Stahlträger entlang, rauf und runter. Er war zur richtigen Zeit am richtigen Ort. Sich verstecken und beobachten, das passte, da fühlte er sich den Zeitläuften verbunden.

Alle beobachteten einander, die Terroristen spähten ihre Zielpersonen aus, fleischige Politiker mit Wirtschaftswunderfrisuren, die Polizei beobachtete die Terroristen, Haare bis über den Kragen, die Bärte hastig gestutzt in der morgendlichen Badezimmerkälte konspirativer Wohnungen, die Stasi fotografierte durch Löcher in der Mauer, von Wachtürmen, westdeutsche Touristen, und amerikanische Präsidenten stiegen auf Holzplattformen und schauten zurück über die Mauer, auf Wachtürme. Nachbarn guckten, wer wie weit war mit dem neuen Leben, hohen Schuhen, kurzen Röcken, langen Haaren, offenen Beziehungen. Man musste genau hinsehen, um zu erkennen, wo man sich noch festhalten konnte und wohin die Reise ging.

Die Baustelle lag in majestätischer Gleichgültigkeit, die Stahlpfeiler des noch unsichtbaren Hochhauses verschwanden von Otto aus im Mondnachthimmel, so weit konnte er im Liegen den Kopf gar nicht in den Nacken legen.

Wie er das in Worte fassen würde, für, wie er dachte, seine Leser. Also, nicht im Spandauer Volksblatt. Sondern andere, eines Tages. Wie erklären, dass er sich hier weniger allein fühlte als in der Wohnung, wo von oben Mutters Schritte und Ray Conniff zu hören waren. Vielleicht lag es gerade einfach nur an den Käsebroten.

Zwei Tage nach dem ersten Artikel hatte Jürgen im Flur vor der Lokalredaktion gestanden. Otto, hinter sein Tischende gezwängt, sah ihn durch die Tür. Jürgen hatte eine Plastiktüte von Bolle dabei, darin klingelten Flaschen. Otto sah, wie sich dunkelbraune Knollenbäuche gegen das weiße Plastik abdrückten. Erst Jahre später wurde ihm klar, dass sie damals immer warmes Bier tranken und dass es kalt eigentlich besser schmeckte. Wann er denn Feierabend hätte. Na ja. Otto hatte Hm. einen Blick zugeworfen. Sie zuckte mit den Achseln, als hätte er noch nicht mal angefangen. Es war gerade sechzehn Uhr, draußen war noch Licht. Jürgen hatte Frühschicht gearbeitet. Otto folgte ihm über die Teppichfliesen im Flur, bis der Boden Linoleum wurde, und schließlich Stein. Enver rollte beiseite, erfasste mit einem Blick auf Jürgens Tüte die Situation und erklärte, an der Laderampe könnte man für so was ganz gut sitzen, womöglich wäre da sogar noch »Nachmittagssonne«, das war so ein richtiges Erwachsenenwort.

Jürgen öffnete die Bierflaschen mit jeweils einem Handschlag an der mit einer Metallleiste verstärkten Kante der Laderampe, dann ließen sie die Beine baumeln. Als sie das erste Mal die Flaschen wieder absetzten, sagte Jürgen »Aaaah« und dann lange nichts. Otto erheischte Sonne und schwieg, er wollte jetzt nicht kaputt machen, dass Jürgen extra mit Bieren nach Spandau gekommen war. Zehn Minuten später kam Enver, arretierte seinen Rollstuhl schräg hinter ihnen, ließ sich ein Bier reichen und machte das gleiche Geräusch wie Jürgen. Vielleicht doch nicht so schlimm mit München, hatte Otto da gedacht, zum allerersten Mal.

Jetzt, wo sie auf der Baustelle lagen, sagte Jürgen: »Du denkst irgendwann, du kommst da nie wieder raus. Auch wenn das nur drei Monate sind. Und das Beste ist, irgendwann ist es dir egal, und dann stehst du ganz schön belämmert da. Wenn das vorbei ist.«

Otto bewegte die Zehen in seinen gelben Gummistiefeln und kam sich sehr klein vor. Er wusste wirklich gar nichts und hatte auch nichts erlebt.

Also erzählte Jürgen von seiner Zeit in der Justizvollzugsanstalt, aber mit großen Pausen, bruchstückhaft. Während Jürgen schwieg, schweiften Ottos Gedanken ab, und wenn Jürgen weiterredete, brauchte er eine Weile, um sich wieder einzublenden in die laufende Übertragung.

Wenn nachts das große Wichskonzert begann.

Wie sie deshalb Taschentücher tauschten, vergiss Zigaretten. Und frische Bettwäsche gab es nur einmal alle zwei Wochen. Oder man hatte ein Wichstuch und stellte das dann tagsüber quasi so auf die Fensterbank, die war in ein Meter achtzig Höhe, zwanzig Zentimeter tief. Erst verstand Otto Wischtuch. Dann ging ein Schatten durch sein Blickfeld. Jemand oder etwas war auf der anderen Seite des Eingangs, nördliche Seite der Baugrube, an einem der Scheinwerfer vorbeigehuscht oder zumindest schnell gegangen, gebückt, in ihre Richtung, ein zehn, zwanzig Meter langer Schlagschatten, vierbeinig, vierarmig, unmöglich, das auf die Schnelle zu sagen.

Bis Otto den Fotoapparat vorm Auge hatte, war alles vorbei. Er hatte sogar beinahe vergessen, die Schutzklappe vom Objektiv zu nehmen.

»Okay okay okay«, sagte Jürgen, gepresst wie in einem amerikanischen Actionfilm, wenn die G.I.s von den Nazis angegriffen wurden.

»Ich seh nichts mehr«, flüsterte Otto.

»Geduld, mein Freund«, sagte Jürgen, etwas lauter, als hätte er keine Angst vor Gespenstern, obwohl das Gegenteil ja bewiesen war, durch seine Skizze.

Otto stieß ein wenig Käsebrot auf, als ihn eine Faust von hinten traf. Schwierig, das auseinanderzuhalten, aber zugleich hatte die ihn gepackt, vier Schichten Stoff, als fünfte noch seine Haut dabei. Er wurde auf die Beine gerissen und taumelte nach hinten, gehalten nur von etwas, das ihn jetzt in seiner Gewalt hatte.

Jürgen drehte sich auf den Rücken und krabbelte ungeschickt, aber hektisch ein Stück nach hinten, wie beim Spinnenfußball in der Turnhalle, bis seine Handflächen im weichen Böschungssand stecken blieben. Zumindest hatte er den Vorteil, im Blick zu haben, wer Otto am Rücken festhielt. Als er versuchte, sich umzudrehen, wurde Otto ungeduldig von hinten geschüttelt, zwei-, dreimal, wie nebenbei. Allerdings sah Jürgens Miene nicht aus, als wäre Otto in der Gewalt eines Monstrums oder einer Geistererscheinung. Er sah eher enttäuscht und genervt aus, gefrustet fast. Es passierte also hier gerade nichts Unheimliches, sondern einfach was zwischen Männern.

Jürgen stand auf, klein im Baustellenzwielicht. Otto drehte und wand sich, ein Mann hielt ihn am Schlafittchen. Dann hatte er wieder Boden unter den Füßen. Der Mann hatte ein müdes Gesicht, er war ungefähr so alt wie Ottos Vater. Müde, aber nicht von einer körperlichen Anstrengung, sondern wie durch eine Frustration, die sich nicht auflösen ließ. Otto roch das Aftershave des Mannes, ein süßes Grün auf dem Abendhauch. Augenblicklich sah er Korridore vor sich, in denen Männer glaubten, wichtige Geschäfte zu machen, aber ihre Anzüge könnten besser sitzen.

Der Mann musterte ihn, weil Otto nichts sagte. »Hab ich

euch«, sagte er, als hätte ihm das jemand aufgeschrieben, das Leben, die Zeit.

»Ich bin Bauarbeiter«, sagte Jürgen drohend. Otto hatte den deutlichen Eindruck, dass diese Auskunft womöglich nicht ausreichen würde, um ihn aus der Umklammerung des wütenden Aftershave-Trägers zu befreien.

»Lassen Sie mich los«, sagte Otto, unzufrieden mit seiner Stimme, »ich bin von der Presse.«

Der Mann stieß ihn mehr von sich, als dass er ihn losließ. »Das habe ich mir gedacht«, sagte er und studierte den Presseausweis, den Otto ihm hinhielt. Vielleicht, weil er weitsichtig war oder das Licht nicht mehr ausreichte, riss er ihn Otto schließlich aus der Hand. »Bretz, soso«, sagte er. »Und ich weiß auch, warum ihr Ganoven hier im Dreck rumkriecht.«

»Geben Sie ihm den Ausweis wieder«, sagte Jürgen und machte diesen einen Schritt, der gerade noch als Gesprächsbeitrag durchging, und noch nicht als Drohung.

»Einen Teufel werde ich«, sagte der Mann und steckte den Ausweis in seine Anzugtasche. »Das ist der Beweis, dass ihr dieses Affentheater hier selbst inszeniert. Um euch wichtigzumachen. Zwei Halbstarke wie ihr. Affen seid ihr.«

»Moment mal«, sagte Otto. »Der Presseausweis ist Eigentum des West-Berliner Journalistenverbandes, den können Sie nicht einfach ...«

»Ach ja, danke, guter Hinweis«, sagte der Mann, »beim Journalistenverband kenne ich den Vorsitzenden, dem werde ich mal erzählen, dass hier nach Dienstschluss Anfänger über die Kegel-Baustelle kriechen, um irgendeinen Geisterspuk für ihr Käseblatt zu inszenieren.«

»Uns machen Sie keine Angst«, sagte Jürgen, und was ihn betraf, glaubte Otto das sogar.

»Ich brauche meinen Presseausweis«, sagte er.

»Wenn der echt ist«, sagte der Mann. »Wie alt bist du überhaupt? Ich würde den lieber deinem Vater aushändigen, glaube ich.«

In Ottos späterer Wahrnehmung und Darstellung fand hier ein sehr viel heroischerer Austausch statt, als dies in Wahrheit der Fall war, und nun passierte etwas, was dazu führte, dass Otto die Ereignisse ganz schnell mit seiner eigenen Nacherzählung überschrieb. In seiner Nacherzählung rangelte er mit dem Mann um das Din-A-6-große Papprechteck mit dem Porträtfoto von Woolworth, das in einer frischen Plastikhülle steckte. Erfolglos zwar, aber immerhin war gerangelt worden. In Wahrheit sagte Otto, als wollte er dadurch die Vater-Sache entkräftigen: »Ich wohne bei meiner Mutter!« Komplett mit Ausrufezeichen.

Jürgen seufzte.

Der Mann, jetzt offenbar um ein Ende seines Auftritts bemüht, nickte Otto zu, klopfte auf seine Innentasche, wo der Ausweis war, und sagte: »Dann grüß schön und lass sie nicht länger mit dem Abendbrot warten, du Affe.«

Im Auto zog Ladius seine Autofahrhandschuhe wieder an, denn das Lenkrad war kalt und glatt. Man konnte eine Lederhülle herumwickeln, aber wie billig das aussah. Die Maschine gehorchte dann auch nicht mehr so gut. Er steckte den Schlüssel ins Schloss und wartete, dass die beiden Bengel das Feld räumten. Und tatsächlich: Da kamen sie durch den Bauzaun, zwei begossene Pudel, der eine, der Bauarbeiter, trug es mit Fassung, der andere, der Schüler, musste sich an diesen Zustand offenbar erst gewöhnen.

Wenn man so wollte, steckten da anderthalb Millionen von Ladius' Geld in dieser Baustelle, Geld, das er nicht hatte, und ein kleiner Junge, der sich bei der Zeitung wichtigmachen wollte, brachte das ganze Kegel-Projekt ins Gerede, seine Investition geriet in Gefahr. Als wenn die Finanzierungslücken, der Ärger mit dem Senat und mit der Opposition über die für die Stadt unvorteilhaften Verträge mit der Architektin nicht schon schlimm genug gewesen wären. Diese Aufregung, weil es hieß, das Gebäude werde leer stehen, sobald es fertig sei, und es sei kalkuliert worden mit viel höheren Mieten, als hier am unteren Ende der Stadt üblich war. Das waren alles Sachen, die konnte man kontrollieren, da gab es Sprachregelungen, Fachleute, und da reichten meistens auch einfach Geduld und ein dickes Fell, das wusste Ladius. Was aber unberechenbar war: irgendein Kind, das Geschichten erfand oder übertrieb. Und das noch bei seiner Mutter wohnte.

Wie alt mochte diese Mutter sein. Wenn der Junge achtzehn war, und das wäre hochgegriffen, fand Ladius, dann war die Mutter höchstens Ende vierzig, wahrscheinlich deutlich jünger.

Er würde sich die mal anschauen, dachte er. Wozu hatte man Wege, Auskünfte zu bekommen. Adresse und Telefonnummer, kein Problem. Und dann zweigleisig fahren: vorne den Jungen einschüchtern und sich hinten ein bisschen an die Mutter ran-machen, für den Fall, dass das Erste nicht reichte.

Einen Moment überlegte er fast, die beiden ein Stück mitzu-nehmen, weil sie mit so hochgezogenen Schultern an der Bus-haltestelle standen.

Als die Architektin in sein kleines Zwischenreich kam, merkte Vollrath gleich, dass sie etwas im Schilde führte. Die Falten, die sich von ihrer Nase die Mundwinkel hinunter entlangzogen, wurden vom indirekten Licht der Schreibtischlampen eher betont. Sie lächelte, aber es sah aus, als käme sie aus einer anderen Welt, um einen Richtspruch über ihn zu fällen.

»Was macht die Sülze, Vollrath?«, fragte sie und stützte sich auf die Lehne des Besucherstuhls vor seinem Schreibtisch, vorgebeugt, ihre Kette schwang in der Luft. »Alles unter Kontrolle?«

Vollrath wand sich ein bisschen, um seine Magenschmerzen an einen erträglicheren Ort zu verschieben. »Natürlich«, sagte er. In seinem Kopf hatte die K77-Veranstaltung auf Sylt die Gestalt einer komplizierten Geografie angenommen, ein Gelände, in dem er sich gerade noch zurechtfand. Sobald die Sprache darauf kam, hatte er das Gefühl, die Orientierung zu verlieren.

Die Architektin nickte. »Sagen Sie mal, Vollrath«, sagte sie, »Sie kennen sich doch mit Unterlagen aus.«

Um das zu bestätigen, schob Vollrath einige Papiere auf seinem Schreibtisch in neue Konstellationen und nickte dabei geschäftig.

»Kennen Sie sich auch mit problematischen Unterlagen aus?«, fragte die Architektin.

»Was meinen Sie damit?«

»Na ja, nehmen Sie unser Hochhausprojekt. Angenommen, die Stimmung kippt. Sagen wir, die Kegelbau Angelion geht in die Insolvenz. Leute verlieren ihr Geld. Und dann gäbe es Untersuchungen.«

Vollrath ließ die Papiere in Ruhe und rieb sich die Nase. Vorsorglich atmete er nur ganz sanft und flach in seinen Bauch, aber da war gar kein Schmerz mehr. Er war im Gegenteil erleichtert. Weil das nicht sein Problem war. Und weil das alles sowieso nicht passieren würde.

»Sie lächeln«, sagte die Architektin und straffte sich, dass er die Venen in ihren Armbeugen sah, die Sehnen in ihren Händen auf der Stuhllehne. »Aber man muss ja mit allem rechnen.«

»Wer soll uns denn untersuchen?«, sagte Vollrath.

»Das ist rein hypothetisch. Ein Gedankenspiel.«

»Ja.«

»Es gibt, denke ich, selbst in einer Firma wie unserer eine bestimmte Art und eine bestimmte Anzahl von Unterlagen, die besonders, sagen wir, gesucht wären.«

»Belastend.«

Die Architektin strich mit den Handflächen über die Stuhllehne und wiegte den Kopf. Vollrath wunderte sich, wie viel Geduld sie mit ihm hatte. »Missverständlich«, sagte sie.

Vollrath musste sich jetzt langsam wieder an die Arbeit machen. Er verhandelte mit einem Hersteller in Friederikenburg, der sich bereit erklärt hatte, für das K77-Fest sechs Fasssaunen für bis zu vier Personen zu liefern, leihweise, gratis und franko, aber nun ging es um Gegenleistungen, und dafür stand ein Telefonat an, auf das Vollrath sich seelisch noch ein bisschen einstellen musste.

»Haben Sie ungefähr eine Vorstellung, welche Unterlagen das bei uns wären? Also, jetzt mal auf das Kegel-Projekt bezogen.«

Vollrath spürte, dass er nicht in die Falle gelaufen war, sondern dass er darin saß, seit er sich heute Morgen hier mit einem Fencheltee an seinem Platz eingerichtet hatte.

»Beim besten Willen nicht«, sagte er.

»Hm«, sagte die Architektin. »Sie sind doch so ein Anhänger der Rank-Xerox-Maschine.«

»Sie ist schon sehr praktisch«, sagte Vollrath, der hin und wieder Unterlagen für seine Mutter oder Partyeinladungen für Freunde auf dem einbauküchengroßen Gerät xerokopierte, das in einem Extraraum stand.

»Wissen Sie, ich hab mich immer gefreut, dass Sie so ein gutes Verhältnis zu meinem Ex-Mann haben«, sagte die Architektin, und Vollrath schob sich eine Kapuze aus Gänsehaut von hinten über den Kopf. »Das hat ja auch für mich Vorteile. Da kann ich mich in meinen Kontakten mit ihm auf das Wesentliche beschränken, denn die Details kennt er ja schon von Ihnen.«

Vollrath wollte sich aufrichten, um sich zumindest in eine Verteidigungshaltung zu bringen, aber ein faseriger Schmerz im Darmbereich hinderte ihn daran.

»Das ist mir völlig egal«, sagte die Architektin. »Ich wäre misstrauisch, wenn Sie nicht an Ihre eigenen Interessen denken würden. Sie wären andernfalls kaum geeignet, in unserer Branche zu arbeiten.« Vollrath dachte an ein Bonmot der Architektin, traute sich aber noch nicht, erleichtert zu sein: Nur wenn jeder an sich selber dachte, war für alle gesorgt.

»Im Moment interessieren mich Ihre archivarischen Fähigkeiten, Vollrath. Ich weiß, dass Sie nicht anders können, als sich eine Ablage zu machen. Wenn Sie meinem Ex-Mann ein bisschen erzählen, was hier so los ist, dann haben Sie sicher gern eine Unterlage vor Augen. Und sei es in Kopie. Ich weiß nicht, wo Sie diese Kopien aufbewahren, aber die finden Sie jetzt und benutzen die wie eine Art Katalog: Von allem, was Sie interessant genug fanden, um meinem Ex-Mann davon zu berichten, suchen Sie das Originalschriftstück heraus und machen mir daraus eine Mappe, egal wie dick. Die legen Sie mir heute Nacht noch hin, das wäre gut. Und die Kopien vernichten Sie. Falls Ihnen das schwerfällt: Schaffen Sie sie wenigstens aus dem Büro.«

Vollrath nickte noch, als sie schon lange wieder in ihrem Büro war, ihre Handabdrücke sich langsam wieder ausfüllende Kuhlen in der Rückenlehne des Besucherstuhls.

Wenn nachts das Telefon klingelte, faltete die ganze Wohnung sich zusammen, die Wände auf den Boden, dann ein Zimmer aufs andere, alles wurde ganz platt und eng, mit dem Effekt, dass der wenige verbleibende flache Raum nun ganz und gar gefüllt war mit unaufhörlichem Klingeln.

Otto atmete flach. In den Intervallen lauschte er, ob er aus der Mansarde seiner Mutter die Streicher und das Ba-ba-ba-ba-ba-ba-ba-BAAA hören konnte, und schämte sich dafür. Mama, gehst du mal ran?

Er rollte sich aus dem Bett, weil für aufrecht stehen kein Platz mehr war in der dunklen Klingelwohnung. Im Kriechgang erreichte er das Telefon im Flur. Wer war nun eigentlich die Wasserleiche gewesen? Das hatte er Hm. nie gefragt.

Otto dachte daran, dass er theoretisch Inhaber eines Journalistenausweises war. Er nahm ab.

»Bretz?« Man meldete sich mit Namen, hatte er gelernt, weil alles andere als unhöflich oder irgendwie suspekt galt. Außerdem schwang in dieser Praxis mit, alle in der Stadt würden einander kennen, und von außerhalb riefen nur Leute an, mit denen man es vorher verabredet hatte.

»Hallo? Hier Bretz. Wer ist denn da?« Am anderen Ende der Leitung hörte Otto nicht mal ein Atmen. Dann eine ganz leise

Stimme. Kein Flüstern, sondern weit entfernt, als wäre die Leitung schlecht oder als stünde die anrufende Person meterweit von der Sprechmuschel entfernt.

Otto stellte sich aufrecht hin, die Wohnung hatte sich wieder entfaltet. Er hielt die Luft an, um die Stimme zu verstehen, die da in weiter Ferne zu ihm sprach.

»Pssspssspspssspspspspssspspspspppspssp.« Er hörte nur ein menschliches Stimmgeräusch, das vor allem aus Plosiven und einer Art Säuseln bestand. Otto kniff die Augen zusammen und presste sein Ohr an die Hörmuschel, bis er die harten runden Löcher im Plastik in seiner Haut spürte.

Durch die Leitung kam ein ohrenbetäubender Schrei, dessen Wirkung dadurch verstärkt wurde, dass Otto sich so sehr darauf konzentriert hatte, etwas zu hören. Der Schrei war so laut, dass er zuerst aus Ottos Wohnung zu kommen schien. Er ließ den Hörer fallen, weil er sich sofort verteidigen wollte. Tatsächlich war ihm der Hörer augenblicklich wie heiß geworden, widerlich aber auch, Auswurf am Ende des Spiralkabels.

Er wollte nicht länger allein in der Wohnung bleiben. In eine WG würde er wohl auch nicht mehr ziehen, Ann kam einfach nicht um die Ecke damit.

Im Bett wälzte Otto sich auf die Seite und spürte die Leere der Wohnung um sich wie eine Temperatur. Mit einem etwas theatralischen Ruck setzte er sich auf. Meine Güte! Wie einfach das war! Er hatte doch schon eine We, es fehlte nur noch die Ge.

Dann klingelte wieder das Telefon. Er sah auf die Uhr, die Haare rund ums Armband standen ihm zu Berge. Nicht mal 23 Uhr, das war doch auch ein Zeichen von Einsamkeit, wie früh er immer schlafen ging. Es gab doch Kneipen, Bars und Diskotheken. Angestachelt durch seinen Tempelhofer WG-Gedanken, stieg er diesmal zügig aus dem Bett und riss mit Schwung den Hörer von der Gabel.

»Was ist denn noch?«, sagte er ärgerlich.

Am anderen Ende der Leitung blies jemand Rauch aus, im Hintergrund war sanft Musik zu hören, Jazz. Vielleicht sogar das sanfte Klimpern von Eiswürfeln in einem Glas. Man wollte irgendwie gleich reinkriechen in den Hörer.

»Sie sind ja sehr schwer zu erreichen«, sagte eine recht tiefe Frauenstimme mit ganz leicht ostdeutschem Einschlag, den Otto aber auch nur zu erkennen meinte, weil er zu viel Adventssonntage mit der Großtante aus Thüringen verbracht hatte, seit die mit dem Rentnerschein kommen konnte.

Otto hatte einen schrecklichen Verdacht. »Falls Sie meinen Vater sprechen wollen«, sagte er gemessen, »er ist nicht zu Hause.«

»Ihren Vater?« Die Frau lachte. »Was soll ich mit Ihrem Vater?« Er hörte, wie sie etwas trank. »Sie sind doch Otto Bretz, nicht wahr? Und schreiben im Volksblatt Spukgeschichten?«

»Wenn man so will«, sagte Otto würdevoll. Er sah sich nach einem Stift um, vergeblich.

»Das scheint den Leuten ja zu gefallen.«

»Ich kann nicht klagen.« Ich kann nicht klagen! Otto fasste sich an den Kopf.

»Haben Sie mal überlegt, richtig über die Kegel-Baustelle zu schreiben? Über das ganze Projekt? Die Hintergründe, die Ziele, die ganze Vision, die dahintersteckt?«

»Mit wem spreche ich denn?«

»Oh.« Die Frau lachte, es klang ganz offen und frei, anziehend. »Ich dachte, das wüssten Sie. Weil Sie ja nun ständig über mein Hochhaus schreiben.«

»Ständig, na ja.«

»Also, was meinen Sie?«

»Es ist gut, dass Sie anrufen«, sagte Otto geschäftsmäßig. »Ich wollte Sie sowieso wegen eines Interviews fragen.«

»Ich glaube nicht, dass Sie das dann noch brauchen«, sagte die Architektin. »Ich rufe ja an, weil ich Ihnen einen Job anbiete. Auf Sie zugeschnitten. Was meinen Sie? Wann können Sie vorbeikommen?«

Otto spürte den kalten Flurhauch an den Knöcheln. »Vorbeikommen?«

»Damit wir die Modalitäten besprechen. Und ich würde Sie schon gern vorher mal sehen. Oder dachten Sie, ich schicke Ihnen einfach den Vertrag zu? Ich denke, das machen wir per Handschlag.«

Otto fiel ein, was Harald ihm gesagt hatte, als Otto einmal zum Konrektor gerufen worden war. Sie hatten in den Dia-Kringel mit den Ostblock-Fotos aus der Landesbildstelle, Politische Weltkunde, zwei oder drei beknackte Dias aus dem FKK-Urlaub von Haralds Familie geschmuggelt, der alljährlich auf einem Campingplatz in Jugoslawien stattfand unter dem Motto: »Die Schranke hoch, die Hose runter.« Harald hatte die Dias mitgebracht. Für einen peinlichen Moment und eine Unterrichtsunterbrechung war er gern bereit, seine Eltern buchstäblich bloßzustellen. Ottos Aufgabe war es gewesen, die Bilder in den Kranz zu sortieren. Daher war auch nur Otto ertappt worden und fand sich nun vor dem Konrektor, mit Haralds gutem Ratschlag: Man hat immer den Impuls, sofort zu antworten, wenn man mit Erwachsenen redet. Aber das Beste ist, sich richtig viel Zeit zu lassen. Dann hat man Zeit zum Nachdenken, und es macht sie wahnsinnig.

»Nun«, sagte Otto, das Wort hatte ihm Harald geraten für diese Situation, besser als Momentchen mal! oder ähhhh.

»Sie können natürlich gern noch drüber nachdenken«, sagte die Architektin. »Ich warte so lange.«

Otto mochte die Musik, die bei ihr im Hintergrund lief. Ja, das war was mit Jazz, aber da sang auch eine Französin. Es klang sehr groß und sehr weit im Vergleich zum erschöpften Knarzen der Tempelhofer Etagenwohnung.

»Wissen Sie«, sagte die Architektin, »Ihre Stellung beim Volksblatt müssten Sie natürlich aufgeben, also …«, das Klimpern der Eiswürfel, »… ich meine Ihr Praktikum. Das ist ja womöglich kein allzu großer Verlust.«

»Nun«, sagte Otto. »Ich denke, das wäre nicht seriös.«

Er hörte durchs Telefon, dass sie stutzte. »Seriös? Mein Angebot ist absolut ernst gemeint.«

»Ich denke, wir sollten uns auf das Interview beschränken«, sagte Otto.

Die Architektin lachte noch mal, freundlich, als versuchte sie, ihm etwas Kompliziertes beizubringen, und könnte absolut verstehen, dass es ihm auf Anhieb nicht leichtfiel, ja, als machte es ihr sogar Freude, es ihm wieder und wieder zu erklären. »Nein«, sagte sie, »das geht jetzt natürlich nicht mehr, insofern haben Sie recht: Das wäre nun wirklich nicht seriös, wenn Sie mich interviewen, während Sie ein Jobangebot von mir haben. Also, das müsste ich dann schon Ihrem Chef gegenüber offenlegen. Da fühle ich mich verpflichtet. Da würde ja mehr als ein, wie man in Westdeutschland sagt, Geschmäckle bleiben.«

»Süddeutschland«, sagte Otto.

»Na ja, das ist doch dasselbe«, sagte die Architektin.

Als sie die Baugrube das erste Mal sah, wandte die Architektin sich ab. Einerseits hätte sie am liebsten die ganze Stadt in eine solche Grube verwandelt, eine tabula rasa aus feuchtem, glänzendem Lehm. Andererseits erschrak sie vor der Pietätlosigkeit dessen, was sie da hatte anrichten lassen. In Berlin eine Baugrube ausheben zu lassen war, wie ein Massengrab zu exhumieren. Ohne Rücksicht auf die Toten, die überall in der Stadt unter den Trümmern geblieben waren, zerrieben, verkohlt. Ohne Rücksicht auf die Geister der Verschleppten, weil alles, was noch an sie hätte erinnern können, weggeräumt, zerrieben, zu Beton verarbeitet war, neu verbaut, zu Freizeitbergen aufgetürmt.

Sie hatte keine Antwort auf diese Grube als die, etwas zu bauen, etwas, das die Maßstäbe sprengte und Kategorien wie Sinnhaftigkeit und Brauchbarkeit hinter sich ließ.

Zu Beginn ihrer Freundschaft hatte sie zu Burose gesagt, sie wollte ein Haus bauen, das ein Zweckbau sei, bei dem der Zweck die Mittel heiligte. Da saßen sie wieder in einem Café, weil sie auf der Suche nach einem gemeinsamen Ritual waren, das sowohl Kollegialität, Freundschaft als auch auf beiden Seiten immer wieder aufflackernde Verliebtheit zuließ. Ein Café war besser als ein Restaurant, dort machte man sich gleich verdächtiger, je dunkler die Kerzen flackerten. Ein Hotel hatten sie da noch nicht ausprobiert.

»Zeichne mir dein Haus«, sagte er und gab ihr einen Druckbleistift aus Metall, in den sein Name eingraviert war, Schreibschrift, lieblich, Ehefrauengeschenk.

»Welches Haus?«, fragte die Architektin.

»Dein Traumhaus«, sagte er, und für einen Moment mochte sie ihn weniger. In Klischees fühlte sie sich nicht geborgen, unbehaust im Abgedroschenen. Er schob ihr die Zeitung hinüber, die auf dem Tisch lag, Der Abend, kleines Format, breiter Rand. Um Zeit zu gewinnen, ließ sie die nadeldünne Bleistiftspitze im Zeitungsholz abbrechen. Daraufhin gab er ihr einen Kugelschreiber. Sie seufzte und malte ihm in glänzend schwarzer Silhouette einen senkrechten Quader, einfache Perspektive. Sie hielt inne, um sich an seiner Reaktion zu erfreuen. Als nichts kam, bot sie ihm noch ein paar Schraffuren an, Fensterreihen.

»Internationaler Stil«, sagte er. »Mies van der Rohe.«

Sie setzte an die schmale Seite des Quaders einen noch flacheren, gleich hoch, und stellte dann in die entstehende Nische einen noch mal gleich hohen, dritten Quader, dessen breite Seite im rechten Winkel zu den anderen beiden stand, vom Volumen aber nicht so groß war wie der erste Quader. Das Haus ragte in die Spalten der Zeitung. Sie setzte es, weil unten noch Platz war, auf einen mehrgeschossigen, breiten Sockel.

»Raffiniert«, sagte er.

»Nein«, sagte sie. »Das ist zweckmäßig.«

»Dein Traumhaus ist ein Zweckbau«, sagte er, um sie zu necken. Dabei hatte er recht. »Ja«, sagte sie ernst. Dann grinste sie, um ihr Treffen ein bisschen aus dem Freundschaftlichen ins Konspirative zu ziehen. »Ein Bau, wo der Zweck die Mittel heiligt.«

Das war ein bequemes Bonmot gewesen. Jetzt hatte sie noch eins, ein neues, und sie wünschte sich, sie könnte mit Burose reden, es ihm anbieten wie einen erneuten Freundschafts-, vielleicht Liebesbeweis. Sie wollte einen Selbstzweckbau. Ein Gebäude, das keiner Idee und keinem Glauben diente, das sich selbst genug war und dessen Sinn sich darin erschöpfte, dass darin Menschen arbeiteten, deren Aufgabe es war, von den anderen Menschen in Sichtweite des Gebäudes Namen, Adressen, Hundesteuernummer und ein paar Details zu ihrer sozialen Lage zu notieren.

Autopudding und Fasanen, das waren die Leidenschaften ihres dritten oder vierten Mannes, je nachdem, wie man das zählen wollte. Der erste, das war noch in der Zone gewesen, den hatte sie abgehakt, die Scheidungsdokumente hatte sie bei der einen oder anderen Bürovergrößerung verlegt bis zum Verlust. Mit zwei Männern kurz nacheinander war sie in West-Berlin gestartet, aber dann hatte sie das hinterfragt und umgedacht. Das waren Wendungen, mit denen ihre Tochter sie manchmal unterhielt: Mama, hast du das mal hinterfragt? Was ihr da macht, und warum? Immer höher, immer teurer, immer größer, aber guck mal: die Grenzen des Wachstums. Es wäre Zeit, umzudenken. Du musst was machen, was authentisch zu dir passt.

An dem Punkt verlor die Tochter sie dann, oder sie waren sich einig, ohne sich einig zu sein: Denn sie war ja, wie es nun hieß, ganz authentisch sie selbst. Sie war sie selbst, solange sich das in Zahlen, Firmen, Projekten, Grundstücken und Baustellen ausdrücken ließ.

Ihr Mann behandelte die in der Einfahrt aufgereihten Familienautos mit Johnsons Autopudding, den er, mit dem Pathos einer Künstlerseele, eine Errungenschaft nannte: wie die Wagen glänzten, nachdem er, in stundenlanger Mühewaltung, die wacklige, beißende Masse aufgebracht hatte. Am schönsten war immer der Moment, wenn man zum ersten Mal mit der Plastik-handschuhhand in die beigefarbene Masse fuhr, ihre konkav glatte Oberfläche durchstieß, ihren zurückweichenden Wider-stand spürte, also etwas zerstörte, um etwas Neues zu erschaf-fen: Glanz, die flüchtigste Qualität von allen. Es rührte sie, wie er ihre Autos aufreihte, wie eine Entenfamilie oder wie ein anderer Vater das Schuhwerk der Familie auf altem Zeitungs-papier.

Die Fasanen waren auch auf seinem Mist gewachsen. Diese Landschaft braucht Fasane, hatte ihr Mann gesagt, als sie ihm das zum Halensee hin geschwungene Anwesen zum ersten Mal gezeigt hatte. Zehn Tage später schissen Fasanen auf den Rasen. Wenn man sie nicht jagte, starben sie nach ein, zwei Jahren, sonst früher. Dann wurden neue angeschafft. Sie kümmerte sich nicht darum. Der Anblick der Vögel amüsierte sie milde, wie eine hübsche, aber etwas abgenutzte Redewendung, ein Früh-lingstag, der die Erwartungen erfüllte, aber nicht übertraf.

Der Autopudding stank zum Himmel. Ihr Mann roch tage-lang danach, und er brannte sich mit der Teufelspolitur Flecken in seine Hosen und Pullover. Die Autos glänzten. Die Tochter rümpfte die Nase.

Es war seltsam gewesen, mit Tempelhof zu sprechen. Als würde man in einer anderen Zeitzone anrufen. Sie spürte durchs Telefon, dass bei diesem Otto Bretz schon Nacht war, während sie noch den ganzen Abend vor sich hatte. Gern wäre sie noch ein paar Bahnen geschwommen. Als sie auflegte, blieb er mit lauter Fragen zurück, das wusste sie: Warum nicht für sie ar-beiten? Wäre nicht alles sofort viel einfacher für ihn? Geld, ein eigenes Auto, raus aus der Wohnung der Eltern da unten. Der liebe Ladius hatte sie unangenehm genau informiert über Otto Bretz' Situation. Konnte er nicht in Wahrheit auch später noch Journalist werden? So richtig? Wenn er sich bei ihr ein kleines Polster angespart hatte? War es so schwer und so ehrenrührig, ein paar Jahre Public-Relations-Texte über Gebäude und Bauvorhaben zu schreiben? Irgendwo wohnen und einkaufen und hingehen und hinschauen musste ja jeder, dafür brauchte man Gebäude, die mussten gebaut werden, warum also nicht?

Sie wusste, dass er sich das alles fragte. Und sie wusste, dass er zu ihr kommen würde, früher oder später oder eher doch früher.

Am Morgen ihrer Hochzeit war Martha Bretz in ihrem Kinder-
zimmer aufgewacht. Sie war achtzehn und wohnte noch bei den
Eltern, in Schmargendorf, hinter der Kirche. Der ganze Hohen-
zollerndamm war eine einzige Baustelle, ihren Vater machte das
nervös, denn er war Schildermaler, aber die Aufträge waren bisher nicht bei ihm angekommen. Jedes Mal, wenn im Radio das
Wort Wiederaufbau fiel, war das wie ein Affront gegen ihn. Die
Mutter lachte, sie lachte viel, aus und weg, sie ging ins Rathaus
und bearbeitete dort Sachen, darum konnten sie sich die Wohnung und Milch in Schläuchen leisten. Die Mutter lachte und
sagte, wenn er »nicht so viele Hakenkreuze gepinselt« hätte,
wäre das schneller gegangen mit dem »Persilschein«, dann wäre
er jetzt schon viel weiter, aber er sollte sich mal »keen Kopp«
machen. Das war überhaupt die Familiendevise. Als kleines
Mädchen fasste sich Martha, damals noch Schelling, an die
Stirn, wenn sie den Spruch hörte, weil sie das Gefühl hatte,
der Kopf ihres Vaters sei womöglich deshalb viel größer, weil er
sich den Kopp entgegen der Anweisungen eben immer gemacht
hatte.

Heiraten, schönster Tag des Lebens, danach wollte Siegmar
Unter die Linden, er hatte mit Westmark einen Tisch reserviert
im Operncafé. Am Ku'damm kann man nicht feiern, das ist pie-

fig, Siegmar kam aus einer Karlshorster Offiziersfamilie, da saß jetzt der Russe, und West-Berlin war ihm die ganze Zeit zu klein. Also, Hochzeit im Standesamt Charlottenburg, dann ab durchs Brandenburger Tor, die ganze Bagage. Bei der Vorstellung wurde Martha ganz schwach, sie legte sich zurück auf ihr warmes Kissen und legte die Arme ganz gerade auf die Überdecke aus hellgelbem Waffelpiqué, als wäre sie schon tot und aufgebahrt. Die Mutter brachte ihr einen Bohnenkaffee und sagte, Püppi, es ist achte durch, mach dich man fertig.

Als sie die Zuchtperlen aus dem Samtschlitz zuppelte, dehnte sich die Zeit noch mehr, und sie fragte sich, wie das eigentlich alles gekommen war. Siegmar, elf Jahre älter, an die dreißig, ein Mann in den besten Jahren, wie war der auf sie aufmerksam geworden im Jahr zuvor, gerade achtzehn, Matinee im »Lichtspielhaus Reichshof«, das sie gerade umbenannt hatten in »Capri-Kino«. Was Biblisches oder »Ben Hur«. Von Nahem sah sie seine neunundzwanzig Jahre. Sie fragte sich, ob ein Mann in dem Alter sich besser auskannte als die Jungs, mit denen sie es bisher »zu tun bekommen« hatte, so nannte ihre Freundin Ruth das. Die kannte sie von der Frauenoberschule, mit der hatte sie nach der Ausbildung zur Fremdsprachensekretärin eigentlich wegfahren wollen, nach Persien oder bis an den Hindukusch, sie mochte Teppiche und knüpfte selbst und hatte sich angelesen, dass die schönsten und besten daher kämen. Ruth, deren Eltern ihr den Namen eher aus Versehen gegeben hatten, Ende zweiunddreißig, und bis fünfundvierzig war sie Birgit gerufen worden, der unverfängliche Zweitname zum ersten befördert, Ruth-Birgit Köster hatte Aussicht auf den NSU ihres Bruders.

Aber Siegmar wusste nicht mehr als die jüngeren Jungs, sobald sie es mit ihm zu tun bekam, und was sie besonders störte: dass sie selbst so tun musste, als hätte sie auch keine Ahnung.

Insgeheim gab sie Siegmar drei Wochen, und er wurde während dieser Zeit nicht besser, dafür sie schwanger.

Sie legte die Perlen um ihren Hals, über den kleinen Matrosenkragen, der hübsch und nach Audrey Hepburn aussah, darunter bauschte sich ein Petticoat. Über ihrer Taille saß eine breite, ebenfalls cremefarbene Schärpe mit Schleife, die ihren Bauch verbarg.

Na Prost Mahlzeit, hatte der Vater gesagt.

Die Mutter hatte gelacht.

Und als der Heiratsantrag kam, Siegmar ganz brav mit Schnapspralinen und Blumenstrauß, noch mal beide das Gleiche. Aber erst, als »der Galan«, so die Mutter, wieder weg war.

»Transistorradios importieren vom Japaner«, sagte der Vater. »Na, die alte Achse lässt grüßen.«

Martha betrachtete sich im Spiegel, und daneben den letzten Teppich, den sie geknüpft hatte. Und den ersten. Den einzigen. Er war ein bisschen krumm und schief, und dass er an die Wand gehörte, war ihr erst klar geworden, als er dort hing. Wenn man nun direkt vor ihm stand, sah es aus, als stünde man schräg daneben, weil er nicht rechteckig, sondern trapezförmig war, ihre Mutter nannte das »eine optische Enttäuschung«, aber Martha mochte sehr, dass es keine Art und Weise gab, den Teppich genau richtig zu betrachten. Weil zwischendurch die Wolle ausgegangen war, so kurz nach dem Zusammenbruch, wechselte er nach knapp zwei Dritteln von oben nach unten die Farbe von hellbraun zu einem angebrannten Orange, sie konnte stundenlang daraufstarren und darin versinken. Als sie die Wohnung einräumten, hatten sie ein bisschen zu wenig Möbel. Vor allem hatten sie keinen Wandteppich. Ob Siegmar den denn gar nicht eingepackt hätte. Sie sah noch vor sich, wie die Mutter den von der Wand genommen hatte, am Ende doch gerührt und behutsam, viel mehr, als man nach all ihren Witzen über »das krumme Ding« hätte meinen können.

Ach so, nein, der war am Straßenrand geblieben. Wir sind doch keine Lumpensammler.

Es fiel Martha Bretz leichter, die Mansarde zu verlassen, als früher die Wohnung. Vielleicht lag es daran, dass nun niemand mehr darauf achtete, ob sie noch im Sessel saß oder nicht. Im Grunde hatte sie das erste Mal im Leben das Gefühl, so schalten und walten zu können, wie es ihr entsprach, nach ihrer Façon. Sie überlegte sogar, ob sie wieder mit einem Teppich anfangen sollte. Manchmal vergaß sie sogar das Rauchen.

Sie gewöhnte sich an, hin und wieder an die frische Luft zu gehen. Es war auch eine Art Rache an Siegmar: jetzt, wo er weg war, das zu tun, wozu er sie jahrelang vergeblich aufgefordert hatte. Geh doch mal raus. Lass dich doch nicht so hängen. Beweg dich doch mal, das würde dir guttun. Geh auf die Leute zu, such dir ein Hobby.

Sie ging raus, um sich Zigaretten zu holen, und kam irgendwie in dem kleinen Park an, der direkt hinter ihrer Wohnung war. Wenn man vor der Haustür nach rechts bog statt links zum T-Damm und zum Trinkerkiosk. Sie setzte sich auf eine Bank und betrachtete ihre Hände, als gehörten sie jemand anderem, einer sehr viel älteren Frau.

Am nächsten Tag saß sie wieder auf der Bank. Die Eichhörnchen wichen ihr noch aus, aber sie hatte das Gefühl, das würde sich ändern. Sonst war der Park immer leer. Mittags kürzten Schulkinder durch ihn ab, und einmal sah sie, wie der Briefträger sich in die Büsche schlug und danach mit einem ganz erleichterten Gesichtsausdruck wieder ins Freie stolperte, das war alles.

Dann, nach einigen Tagen, tauchte ein Mann im Park auf. Er fiel ihr auf, weil er in seinen italienischen Slippern keine Socken trug. Das fand sie albern, aber es gefiel ihr auch, weil es nicht nach Tempelhof passte. Der Mann saß auf einer Bank auf der anderen Seite des Rundwegs, sie sah ihn durch herabhängende, fast kahle Birkenzweige. Es war elf Uhr vormittags, und um diese Zeit waren Männer im Park entweder arbeitslos, Rentner oder Privatiers. Arbeitslos sah der Mann nicht aus, für einen Rentner war er etwas zu jung, und Privatiers gab es nach ihrem Kenntnisstand in Tempelhof nicht. Der Mann war also geheimnisvoll.

Sie nagte mit den Vorderzähnen an ein paar Haselnüssen, mit denen sie die Eichhörnchen anlocken wollte, und merkte, dass sie über den Mann auf der Bank gegenüber nachdachte. Er schaute in ihre Richtung, und Martha Bretz stellte fest, dass es ihr gar nicht so schwerfiel, ihm einfach zuzunicken und dabei zu lächeln, sogar die angenagte Nuss ließ sie rechtzeitig in der hohlen Hand verschwinden. Der Mann lächelte zurück, und sie fand, dass er dadurch netter aussah, als sie sich vorgestellt hatte. Dann wandte er sich einer hellbraunen Ledermappe zu, die er auf dem Schoß trug, und zog eine Zeitung hervor, von nicht besonders großem Format. Martha Bretz musste grinsen, sie merkte es daran, dass ihr Gesicht sich an den Seiten seltsam anfühlte. Ihre Parkbekanntschaft schlug das Spandauer Volksblatt auf. Sie strich die Vorderseite ihres Wollkleides glatt und beschloss, auf die andere Parkseite zu gehen, um diesem Mann, der barfuß in seinen Schuhen ging, zu sagen, dass ihr Sohn bei der Zeitung arbeitete, die er gerade las.

Als Cecily Bescheer am Tempelhofer Damm aus der Erde kam, dachte sie, O mein Gott, man müsste das alles wieder abreißen, notfalls mit Bomben. Hier könnten die Pyramiden stehen oder Module hängen, Terrassenbauten, so viel Platz und nichts daraus gemacht, der Damm sah bis zum Horizont aus wie eine halb leere Kruschtelschublade. Dann bog sie in die Seitenstraße, deren Namen ihr dieser Junge von der Zeitung gesagt hatte. Gut, in den Zwanzigerjahren hatten sie nicht alles falsch gemacht. Ausgestellte Treppenhäuser, breite Fenster, am Ende der Straße ein großes Tor im Haus und dahinter ein Park, der sich graubraun in die Abenddämmerung senkte. Hinter jeder Siedlung ein Park, dann wäre man gleich ganz anders aufgestellt. Den Rest abreißen.

Sie fand die Hausnummer 14 und die Klingel. Der Türsummer war die Stimme des Hauses: hier ein freundliches Murmeln, kein ungeduldiges Schnarren wie in Friedenau bei Ulf.

Das Treppenhaus roch, als hätten Leute seit Generationen Kohl gekocht, ohne ihn zu mögen. Überall! Man müsste die Dächer abheben und den kalten Ostwind reinwehen lassen, wochenlang. Oder alles neu machen. Wie eilig dieser Otto es plötzlich mit seiner WG-Idee gehabt hatte, der hatte sich quasi überschlagen am Telefon. Als müsste er sich damit gegen irgendwas absichern. Ihr sollte es recht sein. Sie brauchte Platz, viel mehr Platz.

Sie ließ das Treppenlicht aus, weil man die Dinge im Halbdunkel besser wahrnahm, ohne sich von Details ablenken zu lassen. Angenehme Rundungen der Handläufe.

Ein von hinten beleuchteter Umriss in der hellen Türöffnung, Otto.

»Ach wie schön«, sagte er und machte ihr Platz.

»Na«, sagte sie im Abwickeln ihres Schals. Ihre Haare knisterten.

»Wir dachten, du kommst nicht mehr«, sagte Otto und machte ihr Platz.

»Ach so. Nee.« Das Konzept Pünktlichkeit. Sie hatte das eher für ein informelles Treffen gehalten. Das fing ja an wie bei der K-Gruppe hier. Andererseits, um ein Haar wäre sie wirklich nicht gekommen. Wenn Ulf nicht wieder mit diesem Blick durch seine mit modernem Trödel eingerichtete Wohnung geschlichen wäre. Dass er doch auch nicht wüsste. Wie das jetzt alles. Und dass er einfach. Also, Freiheit. Ob sie darunter nicht doch was Verschiedenes verstanden. Unterschiedliche Konzepte, sagte Ulf. Ich hab da einfach ein anderes Konzept als du. Ich hätte halt nicht gedacht, dass das so wehtut, sagte Ulf. Wenn du mit anderen.

Cecily sagte: Aber du hast das doch vorgeschlagen. Uns nicht einengen. Umschauen. Frei sein. Spontan sein. Und was hast du eigentlich noch für ein Konzept, außer auf dein Erbe zu warten und Haschisch zu rauchen?

Ulf guckte auf so eine aggressive Art und Weise traurig, enttäuscht. So hatte er sich das nicht vorgestellt, das sah man ihm an. Und ihm das anzusehen, darauf hatte sie dann keine Lust mehr. Ganz spontan.

Wahrscheinlich hörte er jetzt gerade »We Were All Wounded At Wounded Knee«, das wollte sie auch nicht mehr hören müssen. Warum also keine WG.

Wenn sie ehrlich war, sah die Wohnung hier aus, als wäre eine Mutter kurz einholen gegangen, und ein Vater säße im Wohnzimmer und würde vom Farbfernsehen träumen. Andererseits gefiel ihr das besser als diese klassische WG-Energie: Sisal im Flur, Zappa auf dem Klo, Lebensmittelmotten in der Küche. Hier konnte man doch was draus machen.

Am Ende des Flurs war rechts das Wohnzimmer, links das Esszimmer, die Verbindungstür offen, am Esstisch saßen eine Frau mit kurzen Haaren und verschränkten Armen und ein Typ, der sich eine Zigarette drehte, als hätte er lange Zeit nichts anderes gemacht: mit Hingabe, Routine und als wäre er innerlich woanders.

»Ich stell euch mal vor«, sagte Otto. Sie machte ihm Platz, er kam mit kurzen Bierflaschen, die er trug wie Brause.

»Cecily«, sagte sie.

»Jürgen.«

»Ann.«

»So«, sagte Otto. »Dann wären wir ja vollzählig.« Er verzog kurz das Gesicht und zog die Nase hoch, als wollte er die Wörter nachträglich wieder einziehen.

»Na ja, wie läuft denn das jetzt?«, sagte Ann.

Cecily setzte sich auf einen der dänischen Flechtstühle, da hatte man sich etwas geleistet, sie freute sich schon auf die Abdrücke hinten an den Oberschenkeln, für sie war noch lange kein Strumpfhosenwetter.

Otto setzte sich und sagte: »Also, es gibt auf alle Fälle genug Zimmer. Wenn wir das hier quasi abtrennen. Also, das Wohnzimmer erhalten und die Verbindungstür zum Esszimmer schließen.«

»Nee«, sagte Ann. »Ich meine, was sind denn so unsere Vorstellungen. Also, die sind ja individuell unterschiedlich. Was sind eure Erwartungen an dieses ganze WG-Ding?«

Ein kurzes Schweigen, leicht betreten, als hätten sie alle vergessen, ihre Hausaufgaben zu machen.

»Ich such eigentlich nur was zum Pennen«, sagte Jürgen mit Javaanse-Jongens-Qualm vorm Mund.

»Also, pennen kann man hier«, sagte Otto.

»Ich weiß nicht, ob mir das im Endeffekt nicht alles etwas zu konventionell ist«, sagte Ann. »Also, jetzt so vom Ansatz her.«

»Nee, klar«, sagte Otto. »Es wäre auch unter dem Vorbehalt, dass wir ein Zimmer wieder leer machen müssen, für den Fall, wenn meine Mutter wiederkommt.«

»Deine Mutter?«, sagte Cecily.

»Die ist ausgezogen«, sagte Otto.

»Nach Westdeutschland?«, fragte Ann voller Mitgefühl.

»Nee«, sagte Otto verlegen. »In die Mansarde über uns.«

»Ist das denn dann befristet, oder wie sehe ich die Sache?« Jürgen runzelte die Stirn.

»Kann ich so direkt nicht sagen«, sagte Otto.

»Aber jetzt nicht nur eine Woche oder so, oder?«, sagte Jürgen.

»Nee.«

»Na ja, dann ist das von mir aus geritzt.«

Ann wiegte den Kopf, nicht so schnell mit den jungen Pferden. »Otto und ich reden ja schon länger über 'ne WG«, sagte sie, und Otto wurde ein wenig verlegen, anscheinend vor Freude. Cecily lächelte. Sie mochte ihn. »Aber ich finde, da braucht es schon auch ein Konzept, also so eine Vision. Was ist das, was wir hier machen, und warum machen wir das?«

»Pennen«, sagte Jürgen. »Also, weil ich müde bin.«

»Witzig«, sagte Ann.

Cecily war das Bier zu warm, sie setzte die Flasche wieder ab. »Was ist mit deinen Eltern?«, fragte sie und machte eine Schulterbewegung durch die ganze Wohnung. »Das sieht hier aus, als kämen die jeden Augenblick wieder.«

»Mein Vater ist in Stuttgart«, sagte Otto.

»Also der schon mal nicht.« Sie wartete.

»Meine Mutter ist ausgezogen«, sagte Otto. »Das ist jetzt meine Wude hier.« Er schloss das Loch, aus dem Wohnung und Bude gleichzeitig gekommen waren, mit der Bierflasche.

»Also, wir können hier machen, was wir wollen?«, fragte Ann.

»Na ja.«

»Ich meine, die Möbel können raus und so?«

»Du hast Möbel?«, fragte Jürgen und hob die Augenbraue. Er war leider mindestens zehn Jahre jünger als sie. Sie mochte ihn noch mehr. Oder anders. Als Otto.

»Schon«, sagte Ann. »Du nicht?«

»Nee.«

»Wir können mit den Möbeln machen, was wir wollen«, sagte Otto, der sich darüber offenbar noch keine Gedanken gemacht hatte.

Ann nickte triumphierend, als hätte sie einen diskursiven Sieg errungen.

»Vielleicht erzählen wir mal jeder ein bisschen von sich«, sagte sie, Oberwasser. »Damit wir ein bisschen abklopfen können, was so möglich wäre. Also auch als Kollektiv.«

Niemand sagte was.

»Ich hab auch Erdnussflips«, sagte Otto.

»Hol mal«, sagte Jürgen.

»Also«, sagte Cecily, während Otto die Flips in eine Holzschale rieseln ließ und eine Hand schützend davor hielt, als könnte der Wind sie wegtragen, »mein Freund geht mir auf die Nerven.«

Ann nickte verständnisvoll. »Politisch gesehen? Sexuell?«

»Mehr so, wie er guckt.«

»Also politisch und sexuell.«

Cecily lachte. »Ja.«

»Das finde ich stark«, sagte Ann, als könnte sie damit arbeiten. Sie wandte sich Jürgen zu, schon so ein bisschen die Chefin, aber das störte Cecily nicht. »Und du?«

»Ich war im Knast«, sagte Jürgen. »Und die letzten zwei Wochen hab ich auf der Baustelle geschlafen. Aber da spukt's.«

Alle nickten. Es klingelte. Otto runzelte die Stirn.

»Und weshalb?«, fragte Ann. Otto war schon auf dem Weg in den Flur, aber Cecily hörte, wie sich ein Wohnungsschlüssel im Schloss bewegte, dieses ganz routinierte Reinklappern. Sie drehte sich auf dem Stuhl um, damit sie nichts verpasste, und Otto sagte, stark betont auf der ersten Silbe, »Mama!«.

Eine zierliche Frau um die vierzig, mit brauner Strickjacke und darunter einem Wollkleid, blickdichte Strumpfhosen in dieser klassischen Strumpfhosenfarbe, die Cecily hasste.

»Ach, du hast Freunde da. Lasst euch mal nicht stören.«

Otto rieb sich die Stirn. »Was?«

»Meine Ray-Conniff-Platten. Mir fehlen mindestens noch zwei.«

»Ja, aber ...« Etwas schien aus ihm zu entweichen, und er setzte sich wieder hin, als wäre es jetzt auch egal.

Cecily lehnte sich zurück und hatte zum ersten Mal das Gefühl, sie könnte hier womöglich tatsächlich einziehen.

»Hast du hier umgeräumt? Ach, da sind sie ja.«

Otto nahm sein Bier und schaute in den Hals, als rechnete er in der Wohnung mit Wespen, im Oktober. Er schien sich in der Oberflächenlandschaft der Flüssigkeit zu verlieren.

»Ich bin schon wieder weg«, sagte seine Mutter und fing an, in der Küche verschiedene Geräusche zu verursachen wie jemand, der nach Utensilien suchte. Cecily sah, wie sie im Zimmer gegenüber der Küche verschwand und kurz darauf mit ein paar Knüpfhaken wieder herauskam. Dann fiel die Wohnungstür hinter ihr ins Schloss.

»Wegen Schwarzfahren«, sagte Jürgen. »In der Plötze.«

»Wir können hier auch Gefangenenarbeit machen oder so was«, sagte Ann.

»Nee«, sagte Jürgen, »nicht so Lunte, ehrlich gesagt.«

Sie schwiegen.

»Können wir das noch mal eingrenzen«, sagte Cecily. »Also, das mit deiner Mutter. Und wie hier so die Verhältnisse sind.«

»Sie ist ausgezogen«, wiederholte Otto.

»Ins Treppenhaus?«, fragte Jürgen.

»Nee, in die Mansarde.«

»Und manchmal kommt sie in die Wohnung und hat noch was vergessen«, sagte Cecily.

»Das ist sicher nur eine Übergangsphase«, sagte Otto.

Von schräg über ihnen hörten sie gedämpft, ganz dicht über der Wahrnehmungsschwelle, die schwungvollen Chöre, mit denen Ray Conniff seine klassischen Melodien arrangiert hatte.

Ann wippte mit dem Fuß, hörte dann aber wieder auf. Jürgen rauchte. Otto sah aus, als wäre etwas in ihm gestorben, und er hätte nicht einmal die Energie, die Leiche zu verstecken. Cecily dachte an Ulf und seine Stereoanlage, er sagte Heifei.

»Was würde das denn kosten hier?«, fragte sie.

Otto blickte auf. »Ich weiß es nicht«, sagte er. »Das müsste ich erst mal klären.«

»Sag mal 'ne Hausnummer«, sagte Ann, und Otto guckte, als hätte er beinahe Theodor-Francke-Straße 14 gesagt. Jürgen sah aus, als wäre ihm eigentlich ganz recht, wenn noch nicht oder nie über Geld geredet würde.

»Erst mal zahlt das eh alles noch mein Vater«, sagte Otto. »Ich such mir das mal raus.«

»Gut«, sagte Cecily. Sie kannte diese stark gedämpfte Melodie, das war womöglich Tschaikowskys »Schwanensee« in der Ray-Conniff-Version, von Frauen- und Männerchören im Wechselgesang wiedergegeben auf »Ba-ba-ba-ba«, getragen von breiten Streichern, und es erinnerte sie an Besuche bei den Eltern in der Lüneburger Heide, Weihnachten, wieder nur so kurz, Zäzilia, schläfst du genug, isst du denn auch.

»Dann lasst uns mal über die Zimmerverteilung reden«, sagte Ann.

Von den Bauphasen mochte der Polier Ehringshausen die Baustopps am liebsten. Auch wenn ihm die anderen leidtaten. Die Griechen, Italiener, Spanier und Türken, in alphabetischer Reihenfolge, und mittendrin die Jürgens. Die bekamen jetzt kein Geld und warteten, dass es weiterging. Er bekam Anrufe von der Verwandtschaft aus Reinickendorf, weil das in den Nachrichten kam, wenn wieder Baustopp war, Abendschau. Wegen Geldmangel. Finanzierungslücken und Streit darüber, wer die jetzt füllte. Der Senat, fand die Architektin. Die Architektin, fand der Senat, denn die Architektin hatte schon genug Geld bekommen. Tja, die Verträge, sagte die Architektin.

Der Polier freute sich über die Anteilnahme aus Reinickendorf. Ja, klar, eine schwierige Situation, das lag einem ja nicht, als Mann, so untätig auf seinen Händen zu sitzen. Die Wahrheit war, dass es dem Polier eigentlich ganz gut lag. Er war dafür zuständig, tagsüber die Baustellensicherheit zu gewährleisten und abends den Sicherheitsdienst einzuweisen, Frontstadt Wach und Schließ. Die kamen mit Schäferhunden, vor denen hatte Polier Ehringshausen Angst und verwandte viel Kraft darauf, sich das nicht anmerken zu lassen. Die Frontstadt-Leute grinsten, weil es ihm nicht gelang. Und sobald er weg war, verschwanden sie in der Kneipe, das ahnte er.

Zu Hause sah er im Fernsehen, wie die Architektin sagte: Das Geld war eben weg, bezahlt, sollte sie sich das aus den Rippen schneiden. Das imponierte ihm. Nicht immer kuschen und sagen: Ja, nee, ist klar, da kümmern wir uns drum.

Denn das war sein Job: das immer wieder zu sagen, den ganzen Tag. Und wenn Baustopp war, brauchte er das in kein Baustellentelefon und in kein Bauleitergesicht und keinen Planerrücken zu sagen, denn dann war endlich Ruhe im Karton. Und wem hatte er das zu verdanken? Der Architektin.

Vielleicht mochte er auch einfach krumme Hunde, schiefe Reifen. Wenn er solche nicht in seinem Flakhelfer-Zug gehabt hätte, wäre er noch Ende April, Anfang Mai im Krieg geblieben, wie das dann hieß. Als ginge der für immer weiter, hinter den Kulissen, manche waren immer noch dabei.

Er machte sich an der Kaffeemaschine zu schaffen, die hatte der Bauleiter aufgestellt, die einzige Art, die der kannte, um sich zu entschuldigen für den Ton, den er anschlug: Geräte hinstellen, die eigentlich keiner brauchte. Das dauerte ewig, bis die Brühe da durchlief. Andererseits, Zeit hatte der Polier Ehringshausen.

Er blickte durch das kleine Fenster des Bauwagens, bedeckter Himmel bis fast auf den Baustellenboden, lilafarbene Grundwasserabpumprohre in kindlichen Formen, die aus dem Nebel kamen und wieder darin verschwanden. Zwischen ihnen eine Erscheinung.

Der Polier schluckte. Es war elf Uhr vormittags, und er hatte bereits die Baustellensicherheit vernachlässigt. Eine Frauengestalt, nicht groß, nicht zielstrebig, aber auch nicht unsicher. Daran, dass sie zum steifen gelben Friesennerz und zu den blauen Gummistiefeln, Nordsee-Look, einen roten Bauhelm trug, sah er, dass es sich bei ihr um keinen gewöhnlichen Eindringling handelte. Die Frau trug eine große, metallene Milchkanne in der einen Hand, die sie auf dieser Seite deutlich nach unten zog.

Er rieb sich die Hände an der Hose trocken und ordnete seine Haare, danach waren die Hände noch mal fällig. Das war eindeutig die Architektin. Einen zu langen Moment glaubte er, sie würde ihm nun frisch abgemolkene Milch in der Kanne bringen, etwas Besonderes, aus Lübars, es gab ja nur noch einen Milchbetrieb in der Stadt. Als Geste, wie der Bauleiter mit dem Aromaster: hier, was ganz Besonderes. Und immer dieser Verdacht, dass man das am Ende gar nicht zu schätzen wusste. Weil man einfach irgendein Trampel war, ein Bauerndepp. Er schob das braune Aldi-Glas mit dem Kaffeeweißerpulver beiseite und fragte sich, ob er frische Kuhmilch überhaupt runterkriegen würde, er hatte sich gewöhnt an pasteurisiert und homogenisiert. Dann verschwand die Architektin aus seinem Blickfeld, und einige Augenblicke später, während derer ihm klar wurde, dass das Unfug war mit der Frischmilch, klopfte es an die Bauwagentür.

Er schob sich am krümeligen Tisch vorbei und öffnete die Tür. Die Architektin, deren roter Helm auf ihren Haaren zu sitzen schien wie auf einer dafür vorgesehenen Präsentationshalterung, nickte ihm zu.

»Mahlzeit«, sagte sie. »Wo ist denn der Bauleiter?«

Der Polier erinnerte sich daran, was ihm eingeschärft worden war: bei den Gewerken, zurück um vierzehn Uhr. Oder, nach vierzehn Uhr: bei den Gewerken, morgen wieder vor Ort.

»Keine Ahnung«, sagte er und streckte ihr die Hand hin. »Ehringshausen, ich bin hier der Polier.«

»Danke, dass Sie hier die Stellung halten«, sagte sie und kam die zwei Schritte die Treppenleiter herauf, wobei mit jedem Schritt Platz für sie entstand.

»Darf ich Ihnen das abnehmen?«

»Ja, danke. Stellen Sie das gute Stück einfach auf den Tisch.«

Die Kanne, die sich von Nahem nicht nach oben verjüngte, sondern zylinderförmig war, mit einer deutlich erkennbaren Gewindenaht und einem eingelassenen Griff am oberen Ende, war schwer, unhandlich. Gebürsteter Edelstahl.

Die Architektin nahm den Helm ab und öffnete die Druckknöpfe ihres Friesennerzes, kleine Knallgeräusche zum Sprotzen des Aromasters.

»Kaffee«, sagte sie, erleichtert.

»Weiß oder schwarz?«

»Wie Sie haben. Ohne Zucker.«

Ehringshausen stellte ihr einen hin. Sie lächelte und schob ihre Hände um den Becher, als müsste sie die wärmen. Ihr Parfum roch nach Orangen, die an Seen wuchsen.

»Können Sie Beton mischen? Und gießen?«, fragte sie interessiert. Ihr Gesichtsausdruck veränderte sich nicht nach dem ersten Kaffeeschluck, das fand er bemerkenswert, denn der Kaffee schmeckte furchtbar.

»Ehrlich gesagt«, sagte er, »ich kann hier alles. Darum bin ich der Polier.« Er machte nichts und konnte alles, es war faszinierend, wie sich so was entwickelte.

»Dann sind Sie mein Mann«, sagte die Architektin.

»Das freut mich.« Ehringshausen war da ganz offen. Man merkte, dass man das bei ihr sein konnte.

Sie nickte. »Ich möchte, dass Sie für mich diese Zeitkapsel hier versenken. Im Fundament.« Sie klonkte ihren Kaffeebecher gegen den Zylinder, Steingut gegen Edelstahl.

Ehringshausen wünschte sich das Frischmilch-Szenario zurück. Vor so was musste man sich immer fürchten: dass die Chefs plötzlich was von einem wollten, was eigentlich unmöglich war. Oder verboten. Nimm mal die Jungs hier noch mit auf die Schicht, aber merk dir nicht, dass die hier waren, die sprechen kein Deutsch und tauchen auch nicht in den Büchern auf. Wunder dich mal nicht, dass von den T-Trägern ein Drittel fehlt, da mussten wir was abzweigen, seht mal, dass ihr klarkommt.

Immer dass, nicht wie.

»Also«, sagte Ehringshausen und merkte, dass er mit diesem Wort ein bisschen in ihrem Ansehen sank. »Das mit dem Beton ist an und für sich nicht das Problem. Die Fundamente sind zwar fertig, aber ich kann Ihnen da schon einen Vertikalschnitt öffnen und den anschließend wieder zumachen. Aber ...«, er wiegte den Kopf, »... eine Zeitkapsel, also ...«

Die Architektin nickte und trank noch mal vom Kaffee, den Blick auf die Tischplatte gerichtet.

»Sie meinen, weil die verboten sind.«

»Genau.«

»Wissen Sie, warum?«

»Na ja«, jetzt zahlte sich sein Nachrichtenwissen aus. »Weil man bei Stichproben zu viel Nazi-Zubehör in denen gefunden hat. Irgendjemand erlaubt sich immer einen Scherz und schmuggelt was mit Hakenkreuz rein. Darum ... Also, das ist ja an und für sich ein schöner Brauch. Darum dürfen wir das nicht machen. Weil immer Leute Hakenkreuze mit reinschmuggeln.«

»Und Sie meinen, das ist der Grund?«

»Also, das Verfassungsgericht ... das kam in der Tagesschau, ja. Der Generalbundesanwalt.«

»Aber glauben Sie das?«

Ehringshausen setzte sich zu ihr an den Tisch, so unglücklich, dass er jetzt den Kopf schief stellen musste, um an der Zeitkapsel vorbeizuschauen, damit er die Architektin sah. »Was glauben Sie denn?«, fragte er.

»Ich glaube, dass man einfach nichts mehr verstecken darf«, sagte die Architektin. »Ich glaube, dass wir in einer Gesellschaft leben, in der niemand mehr Geheimnisse haben darf. Finden Sie das gut?«

Ehringshausen überlegte.

»Sie haben ja zum Beispiel auch Geheimnisse«, sagte die Architektin. Einen Moment fragte er sich, ob das eine Drohung war. Aber es fühlte sich kein bisschen so an.

»Das stimmt«, sagte er, fast stolz, dass sie etwas gemeinsam hatten.

»Sie verstecken gern Jungs auf der Baustelle«, sagte die Architektin. Der Polier Ehringshausen nahm einen Schluck Kaffee und bekam ihn nicht runter. Der schwappte ihm jetzt so im Mund herum.

»Also, Sie helfen Mitarbeitern, die auf Wohnungssuche sind, hier vorübergehend unterzukommen, damit sie uns weiter zur Verfügung stehen.«

Ehringshausen schluckte. »Genau. So kann man es sagen.«

»Ja«, sagte die Architektin und betrachtete ihren roten Helm, der auf dem Tisch lag und glänzte, als würde er heute zum ersten Mal getragen. »Das ist halt so mit Geheimnissen: dass man die immer so oder so sehen kann. Je nachdem, wer die in die Finger kriegt. Und das ist ja nicht nur mit Ihren Geheimnissen so. Also, das ist mit allen so. Verstehen Sie?«

Ehringshausen stellte seinen Kaffeebecher ab. Er nickte. »Wollen Sie dabei sein?«

»Brauchen Sie Hilfe?«

»Also, es ist schon einfacher, wenn man einen zweiten Mann hat bei der Nachschachtung.«

»Dann gerne.«

»Gefällt es Ihnen hier?«

»Ihnen nicht?«

»Doch, sicher. Sonst würde ich Sie hierhin ja nicht ausführen.«

»Ach, Sie führen mich aus?«

»Also, wir haben uns verabredet. Aber Sie haben recht, so altmodisch wollte ich das eigentlich gar nicht ausdrücken. Man will ja mit der Zeit gehen.«

»Was ausdrücken?«

»Bitte?«

»Also, was wollten Sie so nicht ausdrücken. Was passiert hier eigentlich?« Die Kupferlampen hingen tief. Ihr Licht lief über die Tischkanten wie verschüttete Flüssigkeit.

»Ich führe ... wir sind bei einem wirklich guten Jugoslawen und machen uns einen schönen Abend.«

»Und weiß Ihre Frau davon?«

»Meine Frau mag keine jugoslawischen Restaurants.«

Das gefiel Martha Bretz, sie lehnte sich ganz behaglich zurück in das grüne Samtpolster mit den schwarzen Nieten am Rand: dass er gar nicht erst so tat, als gäbe es seine Frau nicht.

»Aber weiß sie von dem schönen Abend. Und sagen Sie nicht: Was sie nicht weiß, macht sie nicht heiß. Dann gehe ich.«

»Wollen Sie nicht erst etwas essen?«

»Sehe ich so aus?«

»Wie eine Frau, die eine gute Mahlzeit vertragen könnte? Ja.«

»Wie eine Frau, die sich mit verheirateten Männern einen schönen Abend macht.«

Ladius spielte mit dem Bierdeckel. Er hatte gepflegte Hände und schön geformte Fingernägel. Für die Form konnte er nichts, aber sie gefiel Martha Bretz gut. Siegmar hatte so schmale Schaufeln gehabt, wie, um ganz winzige Blumenzwiebeln zu setzen.

»Sie sehen einfach aus wie eine Frau, mit der man sich einen Abend oder zwei anregend unterhalten kann. Ist das nicht eine der neuen Errungenschaften? Dass man auch das einfach mal so machen kann? Oder geht es immer nur darum, gleich miteinander ...« Sie merkte, dass er sich verkalkuliert hatte und dass er nicht damit gerechnet hatte, wie schwer es ihm fallen würde, ins Bett gehen zu sagen oder so was. Sie nahm seine Hand, als wollte sie sie tätscheln, aber sie drückte sie ganz fest und schob ihre Finger in seine.

»Das finde ich nett«, sagte sie. Schließlich war sie selbst verheiratet. »Ich unterhalte mich auch ganz gern.«

»Wollen wir bestellen?«

»Was empfehlen Sie?«

»Den Feuertopf oder die kleine Puszta-Platte.«

»Warum nicht die große?«

»Ich glaube nicht, dass Sie die schaffen.«

»Sie würden staunen.« Aber er hatte sicher recht. Essen war sie gar nicht mehr so richtig gewöhnt. »Was ist eigentlich Djuvec-Reis?«, fragte sie.

»Ich glaube«, sagte Ladius, »das ist einfach ein interessanteres Wort für Reis.«

»Ach so.«

»Mit so was kennt sich Ihr Sohn doch sicher gut aus, oder?«

»Mit Reis? Nein. Nur mit Buletten. Und Schmorgurken.«

»Nein, ich meine mit interessanten Wörtern.«

»Ach so.« Sie fand es nett, wie aufmerksam er reagiert hatte, als sie ihm im Park erzählte, dass ihr Sohn beim Spandauer Volksblatt war, seiner Lieblingszeitung. »Die kommen immer schnell auf den Punkt, und man muss nicht ewig blättern«, hatte er gesagt. In der Zeitung stand wirklich nicht viel drin. »Ja, stimmt«, sagte sie.

»Also«, Ladius verschwand ein bisschen hinter den großen, feierlich klebrigen Seiten der Speisekarte, »wenn da jemand auf einer Baustelle einen Albtraum hat, und er schreibt: Spuk, dann ist das ja einfach ein interessanteres Wort. Und das schreibt er dann hin.«

»Ja, das stimmt«, sagte sie und klappte die Karte zu, sie hatte sich entschieden. Ladius bestellte Krautsalat, das Cevapcici-Potpourri, extra scharfe Zwiebeln und für sie den Grillteller Autoput, das machte ihr angenehm Fernweh. Einen halben Liter Amselfelder, erst mal.

»Erzählt er davon manchmal zu Hause?«, fragte Ladius.

»Von seiner Arbeit?«

»Ja, und überhaupt. Also, wie er so auf Themen kommt. Und wie das mit dem Kegel und diesem Spuk gekommen ist. Das hat ja ganz schöne Kreise gezogen.«

Das stimmte. »Ehrlich gesagt nicht«, sagte sie, weil dieser Ladius mit den schönen Fingernägeln auch ehrlich gewesen war zu ihr. »Wir reden sowieso wenig. So gut wie nie.«

»Weil er so viel arbeitet und spät nach Hause kommt?«

»Ach nein, wir wohnen nicht mehr zusammen.« Und dann berichtete sie ihm von Ottos WG, wer da so wohnte und wie schön es war, dass Otto da endlich so was wie Anschluss gefunden hatte.

Es war schön und eine richtige Abwechslung zu Siegmar, was Ladius für ein interessierter und aufmerksamer Zuhörer war.

Die Abende gingen so weiter. Zweimal die Woche, über den Daumen. Sie sprach viel über Otto, und dieser Mann hier interessierte sich mehr für Otto, als dessen Vater es womöglich getan hatte.

Vom Schlachtensee erzählte sie auch, aber sie ließ aus, wie seltsam es sich anfühlte, wenn einem das Wasser in die Schuhe lief, die guten Schuhe, obwohl man ja beschlossen hatte, die nie wieder zu brauchen. Sie erzählte vom Schlachtensee, vom vorigen Herbst, um zu illustrieren, wie viel besser es ihr jetzt ging.

Dieser Ladius nickte und sagte nichts und winkte nach noch einer Runde Sliwowitz. Sie tranken, das Scharfe, vage Marmeladige, als stiege man in den Einmachkeller der eigenen Seele.

»Ich kann das verstehen«, sagte er, »manchmal ist mir auch alles zu viel.«

Ladius winkte, noch eine Runde.

Otto wurde die Wohnung unvertrauter mit jeder neuen Zahn-
bürste, die im Bad auftauchte, mit jedem altenglischen Jagd-
szenen-Kupferstich, der von der Korridor-Wand verschwand
und durch Plakate ersetzt wurde, die Cecily und Ann auf-
hängten: einfache, aber aufbrausende grafische Muster, die für
den SFB »Musik der Gegenwart« bewarben (Cecily), dazwischen Poster aus der Bravo von Suzi Quatro (Ann, mit iro-
nischer Geste, die Otto aber sofort durchschaute). Mit jedem Küchenutensil und jedem Sofakissen, das Ottos Mutter
in die Mansarde holte. Mit jedem frischen Milchschlauch, mal
schlaff, mal prall, je nachdem, wie man den hielt, während
man ihn in die hellblaue Plastikhalterung drückte, die in Ottos
Familie Ausgießer geheißen hatte. Die anderen drei sagten
Milch-Dings dazu, das Inventar der Wohnung bekam neue
Namen.

Wenn nachts das Telefon klingelte, fuhren alle hoch. Otto,
weil er schon wusste, was jetzt kam. Und wie sich dieser Schrei
angehört hatte. Jürgen, weil er dachte, sie hätten ihn gefunden.
Ann, weil sie sich fragte, ob sie ihre Familie nicht vielleicht doch
vermisste und warum sie sich die Haare abgeschnitten hatte.
Nur Cecily war eh wach und überlegte, wie sie ihre Modelle in
die neue Wohnung bekommen sollte. Als das Telefon klingelte,

ging sie ran, hörte kurz zu, sagte »jämmerliches Schwein«, als sie nichts hörte, und legte wieder auf.

Dann beschloss sie, einen Pritschenwagen zu mieten und dass Jürgen ihr helfen würde. Sie seufzte einschlafbereit und stellte sich vor, wie Ulf in seiner Wohnung saß und ihre Telefonnummer nicht wusste. Das freute sie so, dass sie nicht einschlafen konnte.

Etwas später dachten sie alle an den Eisschrank, sein magisches Türauflicht: ein kühles Lagerfeuer in der Nacht. Als Otto in die Küche kam, hockte Jürgens Silhouette schon vor dem Kühlschrank.

»Den Gedanken hatte ich auch gerade«, sagte Otto und setzte sich auf einen der drei verbliebenen Bauernstühle.

Jürgen schüttelte den Kopf. »Es hat keiner von uns eingekauft.« Richtig. Und einen Putzplan mussten sie auch noch machen. Ann war der Meinung, die ersten zwei Jahre wären »die Männer« dran, wegen Patriarchat, danach könnte man »mal weitersehen«. Cecily fand das »unpragmatisch«, »du musst mit Realpolitik rangehen an die Sache«. Darum hatten sie das vertagt. Otto und Jürgen hatten geahnt, dass es ihnen nicht schaden würde, erst mal gar nichts zu tun.

Aber einkaufen? Daran hätten sie mal denken können.

»Ich könnte uns'n Tee kochen«, sagte Otto, ohne Enthusiasmus. Jürgen öffnete den Kühlschrank. Ein hüfthohes Modell, auf dem früher die Küchenrolle gestanden hatte, darüber eine Leiste mit Bechern, festgehalten an ihren Henkeln. Ein Eiswürfelfach, wer wusste denn, was darin los war, wahrscheinlich nichts. In der Tür eine Klappe für Eier, leer, und eine für Butter, der Deckel abgebrochen, leer. In der Tür ein schlaffer Milchschlauch im blassblauen Milch-Dings. Jürgen ließ die Tür wieder zufallen, dabei scheppterte sie voller, als sie war. Es war angenehm für die Augen, wenn das Kühlschranklicht wieder aus war. Dann wurde es noch etwas dunkler im Raum, Cecily füllte den Türrahmen.

»Ich hab mich nur gewundert, wo du bist«, sagte sie zu Jürgen, und Otto hatte dringend das Bedürfnis, so zu tun, als fände er das ganz normal. Heraus kam, dass er hustete. Wenn er sich nicht in einem Notizblock verstecken konnte, war wirklich nichts mit ihm anzufangen.

»Ich hab nachts immer Hunger«, sagte Jürgen.

»Ich auch«, sagte Cecily und fuhr ihm mit der Hand durchs Haar, sie hatte keine zwei Schritte gebraucht durch die Küche.

»Der Kühlschrank ist leer«, sagte Jürgen.

»Guck noch mal nach«, sagte Cecily. Na gut, zuckte Jürgen mit den Achseln. Cecily beugte sich über Jürgens Schulter und zog eine Flasche Sekt mit silbernem Hals aus der Tiefe des relativ kleinen Geräts, Kellergeister.

»Habt ihr Gläser?«

Otto zeigte auf den Hängeschrank. Dann ging das Deckenlicht an, und sie protestierten alle drei. Ann machte es etwas lauter als nötig wieder aus und fragte, warum sie ihr nicht Bescheid sagten, wenn sie nachts in der Küche »noch einen heben« würden. Sie bekam auch ein Glas. Jürgen blieb auf dem Boden sitzen, die Frauen kamen an den Tisch. Jürgen wirkte gar nicht unglücklich, dass er ein bisschen Abstand zu Cecily halten konnte.

»Also«, sagte Ann, »auf die Revolution.« Sie stießen die Gläser aneinander.

»Na ja«, sagte Cecily. »Ich weiß nicht, ob die Revolution in Tempelhof losgeht.«

»Irgendwo muss sie ja.«

»Welche Revolution?«, fragte Jürgen. Danke, dachte Otto.

»Auf die Zukunft«, sagte Cecily.

»Das ist mir zu vage«, sagte Ann. »Eine Zukunft unter dem Patriarchat ist auch eine Zukunft.«

»Auf Veränderung«, sagte Cecily und schenkte nach.

»Ich habe echt Hunger«, sagte Jürgen.

»Schau noch mal in den Kühlschrank«, sagte Otto. Selbst im Halbdunkel sah er Jürgens Stirnrunzeln. Dann ein knisternder orangefarbener Komet, Ann hatte sich eine Zigarette angemacht. Selbst gedreht, weil sie in der zweiten Monatshälfte kein Geld mehr für Schachteln hatte. Jürgen machte den Kühlschrank auf und fand einen halben Käsekuchen. Otto legte ein Messer dazu. Sie zogen das Wachspapier ab und schnitten Stücke.

»Ich hätte gern was Herzhaftes«, sagte Ann, und Otto dachte erst, sie wären immer noch bei der Zukunft. Er auch. Jürgen zog ein kaltes Brathähnchen aus dem Kühlschrank, und zwei gerade richtig feste, aber nicht holzige Kohlrabiknollen. In der Sektflasche war noch genug, aber falls nicht, tauchte im hinteren Bereich des Kühlschranks womöglich gerade eine zweite auf. Der Käsekuchen schmiegte sich einem kalt an den Gaumen. Ann bekam noch saure Gurken, zum nachtfarbenen Huhn.

»Auf die …«, sagte Otto und hob sein frisch eingeschenktes Glas, die anderen hörten ihm sofort zu, und er wusste nicht mehr, ob er Familie oder Freunde hatte sagen wollen. »Auf uns«, sagte er.

»Mehr erwartest du nicht?«, fragte Cecily. »Von der Zukunft?«

Er überlegte. »Eigentlich nicht«, sagte er. Der Sekt schmeckte nach kostbarem Staub, von Sternen oder Diamanten, es zog sich alles genau richtig zusammen bei ihm im Mund, während er trank.

»Das ist ja schon viel«, sagte sie. »Ein paar Leute, die in der Küche sitzen, und es ist einigermaßen warm, es gibt zu essen, und …«

»Mir fehlt da die gesellschaftliche Komponente«, sagte Ann.

»Das hängt doch alles zusammen«, sagte Jürgen.

»Du meinst, das Private ist politisch?«

Jürgen guckte noch mal in den Kühlschrank, vielleicht aus Langeweile. »Möchte jemand Wackelpudding?«

»Rot oder grün?«, fragte Cecily.

»Was erwartest du von der Zukunft?«, sagte Ann zu Jürgen. »Was ist deine Utopie?«

»Ich war im Knast«, sagte Jürgen. »Ich will jetzt erst mal meine Ruhe haben.«

»Das ist reaktionär«, sagte Ann. »Der Laubenpieper mit dem Wackeldackel auf der Hutablage, der will auch nur seine Ruhe haben, also …«

»Wir müssen ein lebenswertes Leben für alle schaffen«, sagte Cecily kauend. »Dann kann auch jeder seine Ruhe haben.«

»Und jede«, sagte Ann.

»Jedenfalls ist das ein Prozess«, sagte Cecily. »Es geht um Gleichheit, um …«

»Nicht mal im Knast sind alle gleich«, sagte Jürgen.

»Hast du eigentlich mal überlegt, dich in einer Häftlingsinitiative oder so was zu engagieren?«, fragte Ann.

»Nee«, sagte Jürgen. »Kannst du eine empfehlen?«

»Was ist denn deine Utopie, also, was wünschst du dir von der Zukunft?«, fragte Cecily, und nach einem weiteren Bissen vom Mitternachtshuhn merkte Otto, dass sie ihn meinte. Die anderen schwiegen, und einen Moment fragte er sich, ob es daran lag, dass sie gespannt auf seine Antwort warteten, oder daran, dass sie besonders viel Rücksicht auf ihn nahmen, weil sie kein bisschen gespannt auf seine Antwort waren, sich das aber nicht anmerken lassen wollten.

»Dass es irgendwann richtig losgeht«, sagte er schließlich.

Die anderen kauten und nickten im Dunkeln, als könnten sie sich darauf im Moment alle einigen.

Jedenfalls erinnerte sich Otto später so an diesen Abend, an den sagenhaften Kühlschrank, der immer wieder hergab, was jemals darin gewesen war. So, wie ihm später die Sommer lang erschienen und die Weihnachten weiß, wenn sie nur schon lange genug her waren. Im Nachhinein war alles unerschöpflich.

»Die Grenzen des Wachstums«, sagte Ann, als der Kühlschrank am Ende dann doch leer war.

»Das ergibt gar keinen Sinn«, sagte Cecily.

Ann überlegte, konnte aber nicht widersprechen.

»Die Grenzen des Wichstums«, sagte Jürgen. »Wir hatten in der Plötze so Wettbewerbe, wer am meisten schafft, hintereinander. Ohne Pause.«

Sie schwiegen.

»Und?«, fragte Otto nach einer Weile.

»Der Rekord war angeblich viermal. Aber das hab ich nie gesehen.«

Am Ende waren nur noch Cecily und Ann in der Küche, satt und zufrieden.

»Bist du gar nicht müde?«, fragte Cecily. Jetzt, wo mit dem letzten Schließen der Kühlschranktür das Gurkenlicht verloschen war und Weißes vom Mond auf den Küchentisch fiel, sehnte sich Cecily umso mehr nach einem Körper.

»Nee«, sagte Ann. »Ich bin immer wachsam.«

Cecily seufzte. Ann mit der selbst geschnittenen Frisur und dieser dauernden Härte, wurde der das nicht langweilig?

»Noch mal wegen dem Putzplan jetzt«, sagte Ann. »Wir müssen uns die Macker da echt ein bisschen erziehen.« Sie trommelte mit den stumpfen Fingernägeln auf den krümeligen Küchentisch. Cecily nahm die Hand aus dem Schoß und legte sie auf Anns. Ann klopfte weiter, aber ihre Hand war gar nicht groß, es fühlte sich eigentlich an für Cecily, als hätte sie vorsichtig ein Vögelchen geborgen. Sie drückte zu und erschauerte.

»Warte mal«, sagte Ann. »Was soll'n das werden, wenn's fertig ist?«

»Nix Konkretes«, sagte Cecily. Ann zog ihre Hand weg.

»Was ist denn eigentlich dein Ding?«, fragte Cecily.

»Die Verhältnisse zum Tanzen bringen. Also, insgesamt die Situation von ...«

»Nein, ich meine, worauf stehst du?«

»Ach so.«

»Tut mir leid, wenn ich dich missverstanden habe.«

»Wegen der kurzen Haare oder was? Und weil ich im Blaumann arbeite?«

»Ja. Zum Beispiel.«

»Du denkst, ich steh auf Frauen?«

»Ich konnte es mir vorstellen. Um diese Uhrzeit. Es wär einfach praktisch. Wo wir beide noch wach sind.« Manchmal hatte Cecily wirklich das Gefühl, man musste den Leuten alles von vorne erklären, wenn es um Sexualität ging. Jeder war in der Lage, auf einem vollen Bürgersteig von A nach B zu navigieren, ohne ständig mit anderen zusammenzustoßen, aber die wenigsten konnten von A nach B ein Einverständnis über Sex herstellen, ohne ständig irgendwo gegen zu rennen und sich sonst wie zu verknoten. Cecily verstand es nicht ganz, aber sie war sehr geduldig.

»Na ja«, sagte Ann und verzog das Gesicht, sodass das Mondlicht auf ihren Wangenknochen hin- und herwanderte, und es waren ganz ausgezeichnete Wangenknochen.

»Ach so«, sagte Cecily, »entschuldige, du bist eine von … also, warte, ich will dir nicht zu nahetreten … es ist ja deine Sache, andererseits, das Private ist politisch, da sind wir uns ja wohl einig, also, du meinst, ohne Liebe geht es nicht? Ohne Liebe kann man nicht miteinander ins Bett gehen?«

»Nein«, sagte Ann. »Im Gegenteil. Liebe ist ein bürgerliches Konstrukt. Geilheit aber auch.«

»Na ja«, sagte Cecily. »Das sieht mein Kitzler aber anders.« Sie hatte sich eigentlich vorgenommen, Klitoris zu sagen.

Cecily hatte Ann niemals seufzen gehört. Es klang eigentlich ganz schön.

»Ich hab mir das abgewöhnt«, sagte Ann.

»Wie soll das gehen?«

»Einfach an was anderes denken.«

»Das funktioniert bei mir nicht. Ich wüsste allerdings auch gar nicht, warum ich das ausprobieren sollte.«

»Weil du dich dadurch unabhängig machst.«

»Du rauchst doch auch mal eine.«

»Das ist was anderes«, sagte Ann, und ihre Finger suchten ihren Tabakbeutel. »Der Tabakkonzern, von dem ich mein Zeug kaufe, bestimmt nicht, wie die ganze Welt lebt. Aber Sex, das bildet so viele Machtstrukturen ab und bestimmt sie zugleich. Also, wer von wem Sex bekommt, wer sich das nimmt und wer es geben muss, und dann diese Schwächung, wenn man das unbedingt will, aber …«

»Also«, sagte Cecily, »du drehst dir doch diese Javaanse Jongens, da hast du doch schon im Namen die ganze holländische Kolonialgeschichte. Du kannst dich doch gar nicht außerhalb von Machtstrukturen stellen.«

»Keine Macht für niemand«, sagte Ann, weil es schon so spät oder früh war.

»Genau«, sagte Cecily, »selbst die Spontis schaffen das nur mit Wortspielen.«

»Das ist einfach ein feministischer Akt, sich den Sex abzugewöhnen. Das hab ich mir ja nicht ausgedacht. Das gibt dir Klarheit und Kapazitäten für wichtigere Dinge.«

»Wichtigere Dinge«, sagte Cecily. »Rumsitzen und rauchen, oder was?«

»Ja. Zum Beispiel. Dabei kann ich nachdenken. Oder diskutieren. Das kann ich beim Bumsen nicht.«

Aber wie unterschiedlich die Menschen doch waren, dachte Cecily.

»Na gut«, sagte sie nach einer Weile. »Hast du genug nach-gedacht?«

»Kann man nie«, sagte Ann.

»Und wie wäre es zumindest mit Knutschen?«

Ann schüttelte respektvoll den Kopf, die Leistung anerken-nend von einer, die dranblieb. »Nicht, dass ich wüsste«, sagte sie.

Mit einem sanften Schmatzen hob sich die Stadt im Morgen-
grauen aus dem Sumpf des Urstromtales, in den sie jede Nacht
aufs Neue versank. Vom Bikini-Haus am Breitscheidplatz tauchte
zuerst das Wort BERLIN auf, dann darunter SPIELT, und
schließlich LOTTO; und wie jeden Morgen war nicht klar, ob
es sich dabei um eine werbende Aufforderung oder eine mah-
nende Feststellung handelte. Oder um beides: den Appell, bloß
nicht zu verpassen, was alle anderen taten, denn dabei sein war
alles, und die Warnung, dass all das hier nicht mehr lange gut
gehen konnte. Die Selbstzufriedenheit bei gleichzeitiger Abhän-
gigkeit von anderen, die Tatenlosigkeit im Rahmen hektischster
Betriebsamkeit.

Autos in Primärfarben fuhren auf schmalen Reifen über den
Asphalt, mit dem man alles zugegossen hatte, das Kopfsteinpflaster, den Strand darunter, die Zerstörung. Die Autos waren
blau, rot und gelb, und wenn sie zusammenstießen, entstanden
orangefarbene oder grüne.

Otto rieb sich die Stirn und schob Jürgen ein Stück beiseite,
zurück auf die andere Bettseite. Wenn er nicht schlafen und
wenn er nicht aufwachen konnte, dachte er in Textenden oder
Textanfängen, und nicht nur in guten.

Es war einer dieser Herbstvormittage, an denen man das

Gefühl hatte, das Leben fände womöglich ohne einen statt, wenn man jetzt nicht sofort aufbrach und etwas in Bewegung setzte.

»Was hampelst du hier rum?«, sagte Hm., weil Otto mit dem Knie die Tischplatte in Bewegung setzte, die sie miteinander teilten. »Hau ab nach Halensee.«

»Halensee.«

»Rede mit der Architektin.«

»Ich krieg da keinen Termin.« Schlechtes Gewissen, das sich anfühlte, wie wenn er als Kind den ganzen Sommer nicht das Schulbrot aus dem Ranzen geholt hatte. Er hatte niemandem in der Redaktion vom Angebot der Architektin erzählt.

»Da geht man einfach hin. Da steht man vor der Tür.«

»Ja. Stimmt eigentlich.«

»Pass auf, dass du hier am Ende nicht noch was lernst.«

Otto nickte, aber eine Sache verstand er noch nicht ganz: »Müsste das nicht jemand von euch machen? Also ...« Er zögerte. »Geht das, einen Praktikanten da hinschicken?«

Hm. musste lachen. »Gerade deshalb. Mich und alle anderen kennt die doch seit Jahren, die weiß genau, dass wir als Erstes nach den Finanzierungslücken und so weiter fragen. Bei dir ist sie vielleicht nicht so auf dem Quivive.«

»Also, weil sie mich nicht ernst nimmt.«

»Geh einfach«, sagte Hm.


Da die Architektin auch über einige Mietwohnungen und eine Hausverwaltung verfügte, waren auf dem Gelände ihres Anwesens auch deren Verwaltungsgebäude, doppelstöckig aufgerichtet im rechten Winkel zum Flachbau mit dem eigentlichen Architekturbüro. Es fehlte, dachte Otto, eigentlich nur noch ein Möbelhaus, dann hätte man hier an Ort und Stelle wirklich alles auf einmal, was man brauchte, um zu wohnen. Sofern man einen Umschlag mit Bargeld mitbrachte für die Damen und Herren, die in der Hausverwaltung für die Ausgabe von Mietverträgen zuständig waren. Das wusste er von Hm.

»Das ist die Welt der zwei Umschläge«, hatte Hm. gesagt. »Im einen bringst du die Kaution mit, die geht bei denen in die Buchhaltung, und das Gleiche noch mal in einem zweiten Umschlag, der wandert in die Schublade. Das meinen die, wenn die sagen: Bringen Sie bitte zwei Umschläge mit. Nur, falls du da mal eine Wohnung mieten willst. Was ich dir nicht empfehlen würde. Jedenfalls haben die eine hohe Fluktuation. Wo wohnst du eigentlich?«

Bei meinen Eltern, hätte Otto beinahe gesagt.

Das Privathaus der Architektin war von den Geschäftsgebäuden aus nicht zu sehen. Otto hatte sich ausgerechnet, dass er zu den Geschäftsgebäuden einfacher würde vordringen können, aber mit den dichten Hecken vor dem Privathaus hatte er nicht gerechnet. Sein Plan war, bei der Architektin direkt an die Haustür zu klopfen, von einem prächtigen Bungalow war die Rede, vielleicht hatte er Reporterglück. Wenn es brenzlig wurde, hatte er sich einfach verlaufen. Er wollte jetzt auch mal die Oberhand haben, das Überraschungsmoment, darum ließ er sich keinen Termin geben, als Rache für ihren nächtlichen Anruf. Wenn er sich bei ihr gemeldet hätte, um eine Verabredung zu machen, hätte sie ja doch nur über den Job gesprochen und ihn eingewickelt.

Falls er abgefangen würde, konnte er sich immer noch auf ihre Bekanntschaft berufen. Jetzt setzte er voll darauf, dass er aussah wie ein Vierzehnjähriger, der auf die Pubertät wartete.

Die Herbstsonne hatte sich von den gemischten Kronen der märkischen Kiefern und der Rotbuchen gelöst und war, nach einem kurzen Transit durchs Offene, nach oben unter dem Wolkendeckel verschwunden, der die Stadt unter sich begrub. Es war unklar, ob es 11 oder 17 Uhr war, der Grundzustand von West-Berlin.

Erst mal aber steckte Otto in der Hecke fest. Von zufällig verlaufen konnte keine Rede mehr sein. Das konnte man vielleicht behaupten, wenn man mit ein, zwei Schritten durch ein schmales Buchsbaumband trat, oder durch eine früh verkahlte Hainbuchenreihe. Aber diese Lebensbäume hier standen fünf, sechs, sieben Reihen tief und mindestens acht Meter hoch. Otto kam sich vor, als wäre er darin stehend beerdigt. Nach einer Weile des Kratzens und Schabens sah er Tageslicht vor sich, zwischen den kleinen, kompliziert zweidimensionalen Presszweigen der Lebensbäume. Er tastete sich hindurch wie ein Mensch, der versucht, durch einen Theatervorgang die Bühne zu betreten: immer hektischer werdend und mit dem sicheren Gefühl, beobachtet zu werden.

Als er mit einem satten Stapfen erst des einen, dann des anderen Fußes auf den Kiesweg trat, fand er sich nicht nur dem Bungalow der Architektin, sondern auch einer jungen Frau gegenüber.

Sie stand in einem kurzen braunen Cordrock, den sie über einer orangefarbenen Wollstrumpfhose und halb verdeckt von einem gerippten Strickrollkragen trug, auf Lederclogs vor der Schwelle zur Eingangstür. Das dunkelbraune Clogsleder hatte über dem Fußrücken eine hochstehende Naht in der Mitte und war rund um den unteren Rand mit dunklen Messingköpfen ans Holz der Clogssohle genagelt. Irgendwie fielen Otto diese Messingnagelköpfe als Erstes auf, er hatte auf die Entfernung, vier bis fünf Meter, einen scharfen Blick, und sein Blick ging nach unten, weil er Tritt fassen musste.

Otto hob den Blick, die junge Frau, dunkelbrauner Mittelscheitel, schulterlanges Haare, lutschte ein Eis. Miami Flip, eine Mark zwanzig. Otto schluckte.

Sie musterte ihn und biss, des Lutschvorgangs überdrüssig, ein großes Stück Eis ab. Otto wusste genau, wie das schmeckte. In der anderen Hand hatte sie einen Autoschlüssel, rechts von ihr stand ein Mini Cooper. Sie wartete.

»Morgen«, sagte Otto. »Ich glaube, ich habe mich verlaufen.«

»Kommt drauf an …«, sagte sie und löste ein großes Stück Eis vom Stiel, »… wo Sie hinwollen.«

»Erst mal nur raus aus der Hecke.«

»Das wäre geschafft.«

»Ja.«

»Und jetzt?«

Es erleichterte ihn, dass sie ihn offenbar kein bisschen bedrohlich fand, und es überraschte ihn nicht.

»Mein Name ist Otto Bretz«, sagte er, entschlossen, bei den Tatsachen zu bleiben.

»Das tut mir leid«, sagte sie. »Ich kann mir keine Namen merken. Aber ich vermute, Sie sind nicht meinetwegen hier.«

»Das kommt drauf an«, sagte Otto.

»Versuchen Sie, mit mir zu flirten?«

»Natürlich nicht.« Bei der Wahrheit bleiben.

»Dann sind Sie wohl nicht der neue Abitutor.«

»Nein«, sagte Otto. »Wo hapert's denn?«

»Deutsch und Geschichte«, sagte sie und betrachtete etwas ratlos den erschöpften Eisstiel.

»Meine Leistungskurse«, sagte Otto.

»Suchen Sie einen Job?«

»Im Moment nicht, nein.«

»Kennen Sie ›Die Sumpfhexe‹ von E. T. A. Hoffmann?«

»Nein. Nur den ›Goldenen Topf‹.«

»Das ist doch alles dasselbe.«

»Sind Sie sicher, mit der ›Sumpfhexe‹?«

»Wollen Sie sagen, mein voriger Tutor hat mich veräppelt?«

Einer Eingebung folgend, sagte Otto: »War das der Sohn vom alten Balkau?«

Sie runzelte die Stirn und zeigte mit dem Eisstiel auf ihn. »Und ich hätte schwören können, Sie sind von der Presse.«

»Weshalb?«, weiter auf Zeit.

»Ihnen guckt ein Notizblock aus der Brusttasche. Allein, dass Ihr Hemd eine Brusttasche hat.«

»Sie haben eine sehr gute Beobachtungsgabe«, sagte Otto und wurde rot. Sie war auf keinen Fall älter als er. Aber irgendwie steckten sie in diesem Sie fest. Es lag jetzt aber an ihr. Oder an ihm, weil er schon Abi hatte? Wahrscheinlich war sie kleben geblieben. »Die müssen Sie jetzt nur noch auf Texte anwenden. Dann haben Sie das. Mit dem Abi.«

»O mein Gott«, sagte sie abweisend. »Halten Sie mal kurz?« Sie machte einen Schritt auf ihn zu und reichte ihm den Eisstiel mit dem Eispapier. Otto nahm ihn entgegen und berührte dabei ihre klebrigen Finger, unklar, was sie jetzt mit den freien Händen machen wollte. Sie steckte sie in die seitlichen Taschen ihres Cordrocks.

»Das heißt, Sie sind hier, um über meine Mutter zu schreiben«, sagte sie. »Ich bin übrigens die Tochter.«

Er streckte ihr die Hand hin, aber sie behielt ihre in den Taschen, na klar, jetzt ging es darum, dass der klebrige Eisstiel mit seiner Papierschürze ein Wanderpokal war.

»Ja«, sagte er und bemühte sich, nicht schuldbewusst zu klingen. Die freie Presse und ihre Wächterfunktion! Für die Demokratie. Und die Anzeigenkunden. Um den Platz zwischen der

Werbung zu füllen. Das unterschied ja zum Beispiel den Journalismus von der PR, Public Relations.

»Sie erwartet Sie wahrscheinlich schon«, sagte sie. »Die Tür ist offen, rufen Sie einfach, dass Sie da sind.«

Otto sah sich nach einem Ort für den Eisstiel um, fand keinen und verbarg das Debakel in seiner linken Hand. Mit der rechten drückte er die schwere, schwarz lasierte, fensterlose Tür auf. Sie schwang, Fahrt aufnehmend, in eine weite Diele, die vage nach Leder und Haarspray roch. Seine Augen hatten Mühe, sich an die Dunkelheit zu gewöhnen.

»Hallo«, rief Otto. »Ich bin da.«

Rechts neben ihm erkannte er die hellgrauen Umrisse einer Kellertür, vor ihm öffnete sich das hochstehende Rechteck einer weiteren Tür, ein Lichtblitz Richtung Wohnbereich, dort fiel wohl viel Licht ein.

»Herr, äh, Dings?«, kam es von da.

»Ja, genau!«, rief Otto und ertappte sich dabei, wie er kurz versucht war, seine Schuhe auszuziehen, als besuchte er Tante Ida. Dann schritt er fürbass, die linke Hand zusammengeleimt vom Eis der Tochter. Draußen keckerte ein Mini-Motor, Kies spritzte bis gegen die Eingangstür in seinem Rücken.

Aus dem Licht trat eine Frau mit goldenem Haarkranz, kleiner als er, und streckte ihm beide Hände entgegen.

Otto konnte nicht anders, als ihrer Bewegung entgegenzukommen.

»Ich habe Sie erwartet«, bestätigte sie die Worte ihrer Tochter, jetzt berührten sich ihre Hände. Otto wusste nun endgültig nicht mehr, wohin mit dem Eisstiel. Vielleicht würde sie ihm den abnehmen?

Sie runzelte die Stirn, das sah er im weichen Vormittagslicht durch das große Panoramafenster zum leeren Pool.

»Was ...« Sie zog ihre Hand zurück und wischte sie umstandslos am Rock ab. »Meine Tochter haben Sie ja offenbar bereits kennengelernt«, sagte sie.

»Verzeihung«, sagte Otto, weil Leute dieses Wort oft im Fernsehen sagten, wenn ihnen Schicksalhaftes widerfuhr.

»Ich habe Sie mir älter vorgestellt«, sagte sie und hielt ihre Hand, mit der sie die Eisruine berührt hatte, von sich, als wäre sie verletzt. »Aber offenbar sind Sie ein Wunderkind.«

Otto ließ sich von ihr mit der anderen Hand in Richtung einer im Boden eingelassenen Sitzlandschaft führen: nicht zu den Sofas, die vorm Panoramafenster standen, sondern in einen dunkleren Bereich des Wohnzimmers, abgewandt vom Herbstvormittag, wo keine Fenster in der Wand waren. Otto stieg die zwei Stufen hinab in den Flokati, wo drei Seiten der Einlassung so mit Polstern gesäumt waren, dass die Rückbänke mit dem Fußboden des übrigen Wohnzimmers abschlossen. Einen Meter unter dem, was das alles hier sowieso unter dem Meeresspiegel lag, Sumpfhexenzone. Um nicht herumzustehen wie Piksieben auf Bahnsteig acht, ließ Otto sich auf eins der Polster sinken. Die Architektin ragte jetzt noch höher über ihm. Sie hatte die Arme vor der Brust verschränkt, ihre Ellenbogen wirkten von hier unten wie gut geölte Waffen.

»Es geht um den Kegel«, sagte Otto und versuchte, sich aufzurichten.

»Das heißt, Sie nehmen mein Angebot an?«

Er schlug ein Bein übers andere, um Zeit zu gewinnen, schwungvoll. In der Mitte der Sitzsenke stand ein beigefarbener, quadratischer Couchtisch, den Otto im Halbdunkel der Wohnlandschaft übersah, die aus fast metallisch hartem Holz gefertigte Tischplatte direkt auf Höhe seines Spielbein-Schienbeins. Es tat ihm sehr weh.

»Kommen Sie, ich zeige Ihnen was.«

Otto war nicht glücklich über ihren Handgriff an seinem Unterarm, aber auch nicht unglücklich. Die Berührung hatte eine Festigkeit, die ihm Halt und Richtung gab, ein Wohlgefühl, gegen das er sich nicht wehren konnte. Gleichzeitig fühlte er sich abgeführt. Offenbar hatte sie es sich anders überlegt, rein in die Sitzgruppe, raus aus der Sitzgruppe.

Sie öffnete eine Schiebetür, die so breit zu sein schien, dass sie in Regionen außerhalb seines Gesichtsfeldes verschwand. Zusammen traten sie auf eine Terrasse, deren Waschbetonfliesen mit glänzenden Kieseln gefüllt waren. Links ahnte Otto den leeren Swimmingpool, eine leichte Veränderung der Atmosphäre durch einen großen Hohlraum. Und von rechts der vornehme Geruch einer Fasanerie, dieses Wort fügte Otto Jahre später ein, im Moment war es ein großer Vogelkäfig für ihn, mit beleidigten Vögeln.

»Sehen Sie das?«, fragte die Architektin und zeigte den Rasen hinab zum Horizont. Der war immer recht nah in der Stadt, und hier bestand er aus einem See.

»Das ist der Halensee«, sagte sie. So, wie Otto es von Erwachsenen gewöhnt war: Immer zeigten sie einem etwas, das einen eigentlich nicht interessierte, Sehenswürdigkeiten, Bekannte, Dinge in der Natur. Als hätte das was mit einem zu tun, als ginge einen das an, einfach, weil es zum Inventar gehörte, mit dem die Welt bestückt war. Und man sollte erraten, warum man das jetzt wissen musste: dass dies das Jagdschloss Grunewald war und jenes Buschwindröschen und dies die Tochter vom alten Soundso. Der Halensee also.

»Kommen Sie«, sagte die Architektin und zog ihn weiter, hinaus auf den Rasen. Möglicherweise gingen sie nur ein paar wenige Schritte, aber es waren gerade so viele, dass es Otto wie ein recht weiter Weg vorkam, den sie gemeinsam zurücklegten. Die Architektin beschleunigte ihren Schritt dabei derartig, dass es sich für Otto anfühlte, als liefe sie mit ihm nicht nur über den Rasen, sondern eine ganze Wiese, eine geschwungene Landschaft, bei der es nach unten ging, Richtung eines unerreichbaren Seeufers, nie wurde das Gelände steil, aber es war gerade abschüssig genug, dass einem die Schritte immer schneller wurden, bis man nicht mehr anhalten konnte, es gab nur zwei Möglichkeiten: weiterrennen, weiter ein Bein vors andere werfen, weiter Geschwindigkeit aufnehmen, oder hinfallen.

Und Otto überlegte später, ob die Architektin ihn wirklich am Unterarm genommen oder seine Hand gegriffen hatte, sicher nicht seine Hand, aber sobald der Gedanke einmal in der Welt war, wurde er unwiderstehlich. Deshalb erinnerte sich Otto später, wie er mit der Architektin in diese Landschaft hinablief, ein Barfußgefühl unter den Sohlen seiner vernünftigen Halbschuhe, eine Weite, die auf ihn einstürmte. Die Hand der Architektin war rau, warm und feucht, als wäre ihre Besitzerin viel jünger und würde in Bäumen spielen. Wenn überhaupt, dann verliebte Otto sich in diesem Moment ein wenig in diese Berührung.

Die Architektin ließ ihn los und zeigte noch einmal Richtung Halensee. »Schön, oder?«

Otto bemühte sich um Neutralität und nickte nicht.

»Glauben Sie, ich zeige Ihnen das, weil ich Sie mit Geld beeindrucken will?«

»Ich weiß nicht. Wollen Sie?«

»Ich habe keinem Interview zugestimmt.«

»Und ich keinem Vorstellungsgespräch.«

»Einstellungsgespräch.«

»Auch nicht.«

»Was wollen Sie dann hier?«

Otto sah in die Welt, die sich vor ihm ausrollte, und atmete die sanfte, kühle Luft. »Mal schauen«, sagte er.

Sie nickte. »Sie müssen nicht immer nur schauen, Otto Bretz. Sie können dabei sein. Darum geht es nämlich: nicht irgendwo am Rand für sich rumfriemeln, sondern dabei sein. Mittendrin. Ich will gar nicht so tun, als würde ich beide Seiten kennen. Also die, wo man so rumfriemelt, und abends isst man ein Käsebrot und fragt sich: War's das jetzt? Das können Sie natürlich auch mit neunzehn, zwanzig schon haben, man kommt dann da aber später schwer wieder raus. Oder Sie machen alles nach Spielanleitung, und in zehn Jahren sind Sie verheiratet, haben zwei Kinder und eine Festanstellung auf irgendeiner mittleren Ebene und sind ganz nett zu irgendeinem Praktikanten. Sie können auch anfangen, Drogen zu nehmen. Das scheint im Moment ja eine sehr beliebte Alternative zu sein. Oder Terrorist werden. Aber ich sehe Sie weder am Bahnhof Zoo noch in einem Schulungscamp in Palästina, Otto Bretz.«

Er hatte das Gefühl, Opfer einer funktionierenden Verwirrungstaktik zu werden. Tatsächlich schien es mit einem Mal so leicht: hier den Fuß reinzusetzen und plötzlich erwachsen zu sein, und in Sicherheit.

Er roch das Orangen-Parfum der Architektin und hörte, wie der Stoff ihrer Bluse knisterte. Er merkte, dass er die Augen geschlossen hatte.

»Zur Ausfahrt gehen Sie da links am Pool vorbei.« Sie tätschelte ihm ein bisschen den Oberarm, ratlos, womöglich, und die Berührung kam ihm grausam und wertlos vor. Dann wandte sie sich ab und rief in Richtung Terrassentür: »Vollrath!« Mit den Gedanken schon wieder woanders. Als hätte sie Otto längst vergessen. Beim Gehen spürte er, dass ihm das wehtat. Den Eisstiel hatte er immer noch in der linken Faust.

Was für ein seltsamer Junge, dachte die Architektin und fuhr mit den Fingern über den Aktendeckel, den Vollrath ihr hingelegt und den Ladius von der Auskunftei durch Eilboten hatte schicken lassen. Otto Bretz. Aber bevor sie sich über die Kommanditistenlisten beugte, erst mal dieses kleine Dossier. Der Aktendeckel hatte außer seiner in die Oberseite gestanzten Löcher kaum Inhalt.

Spandauer Volksblatt, Praktikant seit diesem Herbst. Die immer größer werdenden Artikel über den Kegel-Spuk. Da baute jemand groß, mit wenig Material, das zudem schadhaft war oder falsch eingesetzt, das gefiel ihr, darin erkannte sie sich wieder. Bricolage. Bric-à-Brac. Marke Eigenbau.

Sein Abiturzeugnis, glanzlos, nicht schlecht genug, um interessant zu sein. Eine Seite aus der Vereinszeitung des Journalistenverbandes: die Angenommenen des 11. Jahrgangs der Deutschen Journalistenschule in München. Darunter an zweiter alphabetischer Stelle Bretz, Otto, aber nun war er ja hier, in Spandau.

Sie sah zum Rasen und rief sich sein schmales Gesicht mit den ernsten Augenbrauen in Erinnerung, Jacke und Hose wie von einem Erwachsenen im Fernsehen. Neunzehn Jahre alt. Sie überlegte, warum er sie interessierte, dieser Bretzotto.

Bretzotto wirkte richtungslos. Das interessierte sie aus zwei Gründen: Erstens war jede Richtung eine Festlegung, eine Entscheidung gegen ganz viele andere Dinge, die man tun oder sein konnte, ein Mangel an Freiheit, an Fantasie. Zweitens hieß das, man konnte ihm vielleicht ganz gut eine Richtung geben.

Das letzte Blatt im Aktenordner war überschrieben mit »Weitere Angaben«, dann eine Auflistung hinter Spiegelstrichen.

- Vater: Siegmar Bretz, Handelsvertreter der Tokyoter Subarashi in Stuttgart; Wehrmachtsoffizier;
- Mutter: Martha Bretz, Hausfrau, psychisch labil, Selbstmordversuch vorigen Herbst, enge Bindung zum Sohn, wohnt in der Mansarde über der Familienwohnung, Adresse siehe Deckblatt.

»Quelle:«, stand ganz unten auf der Seite, initialisiert vom lieben Ladius, »pers. Recherche«. Hier auskunfteite der Chef noch selbst. Es war ihr ein bisschen unappetitlich, was ging sie die Familie dieses jungen Mannes an. Sie streckte die Hand aus in der Gewissheit, dort auf einen Stift zu treffen. Sie umkringelte den Namen Siegmar Bretz.

Ach ja, und noch was:

Vollrath, wann ist denn die nächste Soirée? Machen Sie mal noch eine Einladung fertig, Bretzotto vom Spandauer Volksblatt.

Während Otto sich über den Kies in seinen Schuhen ärgerte und darüber, dass sein Auto, also Envers, auf dem verdrucksten Besucherparkplatz am anderen Ende des Grundstücks stand, tauchte das Tor vor seinen Augen auf, horizontale Gitterstäbe in geschwungener Linie, zu schmal für einen Kopf, breit genug, um hindurchzusehen. Dahinter lungerten zwei Gestalten. Otto bekam schon wieder Lust, sich ins Gebüsch zu schlagen.

Sie winkten ihn heran, und als er näher kam, erkannte Otto an ihren ausgebeulten Jacken und ihren Tabakgesichtern, dass das wohl Kollegen waren. Zwei Männer, beide eher auf der großen Seite, nah beieinander aufgestellt, als würden sie viel Zeit miteinander verbringen, aber nicht unbedingt freiwillig.

»Ach nee«, sagte der eine, hellgelbe Lederjacke im Sakkoschnitt, glänzend, mit breitem Revers. Für Otto sah das aus, als hätte sich da jemand vom Weihnachtsgeld richtig was gegönnt. »Wen haben wir denn da?«

Der andere schüttelte den Kopf, als könnte er es gar nicht fassen. Otto hatte keine Ahnung, was los war, fühlte sich also wie immer. Dann stellte er fest, dass das Tor geschlossen war. Er blieb drei, vier Meter davon entfernt stehen, um sich erst mal nichts anmerken zu lassen.

»Tach auch«, sagte der zweite, fast keine Haare, aber die dafür lang. Beide im Vateralter.

»Und nu?«, sagte der erste.

Otto musterte das Tor. Auf den Stäben oben abgerundete, aber immer noch unangenehme Spitzen, wie auf Pickelhauben, merkwürdig altmodisch, das passte nicht in die im Boden versenkbare Welt hier.

»Lass uns mal rein«, sagte der erste.

Otto räusperte sich. »Kennen wir uns?«

Der zweite zuckte die Achseln. »Also ich kenn dich aus dem Fernsehen.« Und, zum ersten gewandt: »Das ist dieser Typ vom Spandauer Volksblatt.«

»Ach du Kacke«, sagte der erste und schob die Hände in seine Jackentasche. »So'n kleiner Scheißer ist das.«

»Guckst du keine Abendschau?«

»Wir müssen arbeiten um die Zeit. Und in Spandau gibt's also noch Kinderarbeit.«

»Praktikant«, sagte der zweite. »Hab ich doch erzählt.«

»Du mit deinen Kontakten.«

»Mit dir redet ja keiner.«

Otto überlegte, was jetzt zu sagen wäre: Und mit wem habe ich die Ehre? Aber ironisch betont. Na ja. Und selber? Sie wären? Offenbar waren sie ja aber alle beim Du, dem Kampfnamen der neuen Zeit und dem Ehrentitel schlecht bezahlter Berufe.

»Und ihr seid?« Es klang genervt, weil Otto verlegen war. Umso besser.

»Höchste Zeit, dass du das lernst«, sagte der erste. »Ich bin Marty Scheller vom Tagesspiegel, und dieses Arschloch hier ist Jürgen Fehlhauer von der BZ. Und du gehst uns ganz schön auf die Nüsse, du Dreckspatz.«

»Moment mal«, sagte Otto.

»Jetzt mach mal das Tor auf und lass uns rein«, sagte der Mann von der BZ, der es offenbar gewohnt und dem es egal war, von seinem Kollegen beschimpft zu werden.

Otto sah sich um. Wie ging so was?

»Da, neben dir, du Zangengeburt. Zum Scheißen zu dämlich«, sagte Scheller.

Otto sah, zwischen zwei großen Rhododendren, einen kleinen Pfahl, dunkelgrün, mit einer Taste, die man vom Fahrerfenster betätigen konnte, um das Tor von innen zu öffnen. Er atmete durch, und ein Schulhofwissen erschloss sich ihm.

»Was kriege ich dafür?«, fragte er.

»Spinnst du, du durchfallsüchtige Abwasserkröte?«, sagte Scheller. »Du musst doch selber raus.« Fehlhauer rieb sich die Stirn, als hätte er den Beruf verfehlt.

»Ich hab Zeit«, befand Otto.

»Hör mal zu«, sagte Scheller und trat noch ein bisschen näher an das Tor heran. »Du baumelst da als Klabusterbeere am krustigen Anus meines Missvergnügens, du bist wirklich das, was mir, und ich spreche hier mal für die Kollegen der anderen Medien, also was uns gerade noch gefehlt hat. Deinetwegen müssen wir hier im Gebüsch darauf lauern, dass die Architektin vielleicht mal rausfährt und uns zwei, drei Zitate gibt, und überhaupt hat keiner von uns Lust, irgendwelchen Gespenstergeschichten hinterherzurennen, nur weil irgendein Sackpinscher aus dem Vorort sich was aus den Fingern gesogen hat. Und jetzt lass uns rein, damit wir uns wenigstens endlich unsere Abfuhr abholen können.«

Otto streichelte ein bisschen über den Taster. Er meinte, dass der sich klebrig anfühlte, vielleicht nach Miami-Eis.

»Ist doch eh sinnlos«, sagte Fehlhauer.

»Ja, weil du dir irgendwas ausdenkst«, sagte Scheller. »Die Freiheit haben wir leider nicht alle.«

»Warum schweigt die Architektin?«, sagte Fehlhauer müde, aber ansatzweise noch im Duktus eines Zeitungsjungen. »Das ist ja nicht ausgedacht. Das muss man nur noch ein bisschen ausschmücken.«

»Ja, das reicht nicht für unsere Leser«, sagte Scheller. »Die wollen ordentlich Augenpulver, bevor Piefke der Wellensittich draufkackt. Und jetzt mach das Tor auf, du buckliger Hartgeld-stricher.«

Otto wunderte sich über das düstere Menschenbild, das aus diesen Worten sprach, und gleich hatte er keine Lust mehr, die Tor-Taste zu betätigen.

»Wie wär's, wenn wir für heute zusammenschmeißen?«, sagte er und holte seinen Block raus. »Also, ich erzähl euch, was ich habe, und ihr gebt mir, was ihr habt. Aber ihr fangt an. Weil ich auf der Seite mit dem Toröffner stehe.«

»Wenn ich dich zu fassen kriege«, sagte Scheller. »Freundchen, ich mach Hackepeter aus dir, ich schütt dich ins Klo und setz einen dampfenden Kringel drauf, wo die Dosenerbsen noch rausgucken.«

»Ist doch egal jetzt«, sagte Fehlhauer. »Dann können wir alle in die Redaktion, knattern das runter, und dann ist Feierabend.«

»Klingt gut«, sagte Otto.

»Meinetwegen«, sagte Scheller, hinter dessen barocker Schimpflust sich offenbar ein schnell zu weckender Pragmatiker verbarg. Er haute Fehlhauer auf den Rücken. »Schieß los, alter Schmierant.«

»Nee, Moment mal«, sagte Fehlhauer.

»Na, ich fang bestimmt nicht an«, sagte Scheller. »Das versteht doch eh keiner von euch beiden. Katasteramt, Scheinfirmen, Verlustabschreibung, Bundesförderung, Kommanditisten, K77, das begreifen doch eure Leser gar nicht, ich meine, nimm's mir nicht quer, Jürgen, aber deine Leser fragen sich da doch, wer hat wen gefickt und warum muss ich das bezahlen, und, O.B., du alter Lokaltampon, deine Leser, die schauen sich das an, die kriegen ganz glasige Augen, die sagen doch nur: Wat'nn, wat'nn, wat hat'n dit mit da Zitadelle zu tun?«, wobei er Zitadelle mit Vergnügen als Ssitadelle aussprach.

»Was ist K77?«, fragte Otto.

»Nee, Frischling, jetzt bist du dran.«

Otto überlegte und fand, dass er durchaus was hätte erzählen können. Aber interessanter fand er, wie er von hier wieder durch die Lebensbaumhecken und dann zum Besucherparkplatz kommen würde, torlos, und wie er dann abhauen konnte, ohne den beiden Kollegen was erzählt zu haben. Mochte ja sein, dass die Lokaljournalisten am Ende so was wie eine große Familie waren, aber lieber war es ihm erst mal, wenn er Hm. erzählen konnte, dass er denen nichts erzählt hatte.

»Also was ist«, sagte Scheller, »was hast du anzubieten, du Auswurf?«

Mit den Augen suchte Otto eine Lücke in den Lebensbäumen.

»Moment mal«, sagte Scheller. »Du hast was zu verbergen. Guck dir an, was der für 'ne Bombe kriegt.«

Otto warf sich in die Hecke und kämpfte sich wie durch eine raue Flut, das ging so langsam, dass er dabei Scheller hören konnte, als stünde der neben ihm: »Das kriegen wir raus. Und dann reden wir noch mal, du zahnloser Kuppenkäsefresser!«

Jürgen wachte auf im Elternbett. Er hasste es, allein zu schlafen, er musste das ändern. Man musste in Bewegung bleiben. Dann passierte so was nicht. Dass man sich daran gewöhnte, nicht mehr allein zu schlafen. Wenn man in Bewegung blieb, war man nie allein, weil man immer unterwegs war, auch wenn man gar nicht wusste, wohin: Womöglich wartete dort jemand auf einen. Und wenn man kein Geld hatte, um in Bewegung zu bleiben, fuhr man eben schwarz. Und wenn man erwischt wurde, fuhr man weiter schwarz. Und immer weiter. Bezahlt wird nicht, das war eine anarchistische Parole, auf die konnte man immer zurückgreifen.

Es klopfte an die Zimmertür. Ratlos betrachtete er den Elternkleiderschrank. Man musste hier was machen. Das ging so nicht weiter. Der Zustand war nicht haltbar. Man musste dem Ganzen eine eigene Note verleihen.

Cecily steckte ihren Kopf durch den Türspalt, lange Haare bis zur Klinke. Ob er schon wach sei. Was er heute vorhätte. Ob er mal kommen könnte.

Gut, man hatte nichts vor. Auf der Baustelle hatte der Polier ihm gesagt, er sollte erst mal wegbleiben, bis auf Weiteres, da hätte ihn jemand angeschwärzt, also, dass da Knackis schwarz arbeiten würden. Vermutlich der Pelzkragenkerl, der Otto und ihn angegriffen hatte. Man hatte nun also zwar kein Geld mehr, aber man konnte ausschlafen. Also. Sofern einen nicht …

Was denn nun sei.

Er stand auf und merkte eigentlich nur am kalten Zug und daran, dass Cecily versuchte, so zu tun, als interessierte es sie nicht, dass er nackt war. Er stieg in seine Jeans und fand die Socken mit den Füßen unterm Bettrand.

Ob er keine Unterhose trage.

Er sah sie an und überlegte, was er darauf sagen sollte, und das reichte ihr offenbar als Antwort.


Vor dem Haus stand ein lindgrüner VW, den sie sich von einer Freundin geliehen hatte. Nach Friedenau!, sagte sie, aber Jürgen hatte keinen Führerschein. Sie seufzte. In der Schwalbacher Straße konnte sie direkt vorm Haus parken, Donnerstagvormittag. Cecily fummelte einen Schlüssel aus ihrem flauschigen Mantel und dann ins Türschloss. Im Treppenhaus lag Teppich, so ein Läufer mit einem Rand, der am Absatz der jeweiligen Stufe mit einer schmalen Messingstange in Form gehalten wurde, die links und rechts in einer Metallöse steckte, festgehalten jeweils mit einem kleinen Knauf, der aussah wie der Zwiebelturm einer russischen Kirche. Wo war er denn nun hier hingeraten? Cecily hatte ihm auf der Fahrt keine weiteren Informationen gegeben, jetzt drehte sie sich zu ihm um, als hätte er ihr auf die Beine gestarrt. Warum er die Taschen nicht mitgebracht hätte?

Na ja, woher hätte er wissen sollen, dass das seine Aufgabe war. Ob sie vielleicht mal langsam erklären wollte …

Gut, man könnte auch oben in der Wohnung schauen, Ulf hätte bestimmt welche in der Wohnung. Ulf, erklärte Cecily, als sie vor der Wohnungstür standen, Ulf hätte immer so leere

Plastiktüten unter der Spüle, eine ganze Plastiktüte voll, und da wären sicher auch ein paar feste dabei, mit Henkeln.

Ulf.

Ihr Ex-Freund.

Jürgen nickte. Der Name kam ihm bekannt vor. Aber hießen nicht alle irgendwie Ulf. Und wohnten irgendwo.

Also, das wüsste der noch nicht. Mit dem Ex. Aber das würde der dann schon merken. Cecily redete weiter.

Jürgen nickte, ihm wurde unbehaglich.

Ob ihr klar sei, dass er gerade erst aus der JVA ...

Gut, aber das sei ja nur eine Ersatzhaft gewesen, er hätte ja jetzt in dem Sinne keine Bewährungsauflagen, oder?

Nein. Aber in eine fremde Wohnung eindringen ...

Wer redete von eindringen? Cecily klimperte mit dem Schlüssel. Er sei ihr Gast.


Dann wollte sie doch wieder von Eindringen reden. Jürgen war das gar nicht recht, dass sie im entscheidenden Moment immer so zotig wurde. Diesen Wandteppich da, den sollte er sich mal angucken. Den hätte Ulf aus Afghanistan, aus Kabul, ein Kelim, da hätte eine ganze Familie ein halbes Jahr dran geknüpft, und der hatte den für umgerechnet fünfzig Mark gekauft und in den Kofferraum von seinem Opel Monza gefaltet, drei Wochen durch vier Gebirge. Kelims und Kiff und ein paar Hocker, das ganze Auto voll davon, und dann nagelte der den hier an die Wand, als wäre das Leben dadurch leichter zu ertragen.

Nachdem sie Jürgen erklärt hatte, was sie alles mitnehmen wollte und was sie später mit dem Pritschenwagen abholen würde, wenn sie auch ihre Modelle aus der Uni holte, drückte sie ihn gegen den Teppich, hart wie eine Bürste an seinem Rücken. Sie küsste ihn, und Jürgen schloss die Augen, bis er das Gefühl hatte, auf dem Boden zu liegen, den Teppich unter, nicht hinter sich, die Schwerkraft viel höher als sonst, das Gegenteil von dem, was sie neulich im Sommer im Fernseher gesehen hatten vom Mond, wo alles so leicht war: Cecily drückte ihn auf diesen Teppich, und jeder Muskel tat ihm weh, bis ihm wieder klar wurde, dass er nicht auf dem Fußboden lag und sie auf ihm, sondern dass er an einem Wandteppich lehnte und sie sich an ihn klammerte, seine Hose nur bis halb über die Oberschenkel hinuntergerollt, denn die Hosenbeine waren zu eng, als dass die Hose ganz auf den Boden hatte fallen können. Cecily bearbeitete ihn richtig, und eigentlich fand er das gut, zumindest, das wusste er noch, hatte er genau von so etwas wochenlang geträumt in der Plötze.

Als sie fertig war, half sie ihm, die Hose wieder hochzuziehen, als müsste sie ihn wieder herrichten.

Dann zog sie den Teppich von der Wand, die Nägel ploppten so richtig aus dem weichen Altbau, da war quasi nur Sand hinter der Tapete. Sie rollte den Teppich zusammen und drückte ihm den in den Arm, er würde ihn sicher noch im Auto unterkriegen. Ach ja, und er dürfte sich gern was aussuchen hier. Ulf hätte ja so viel Kram, der würde das gar nicht merken. Außerdem sei er stinkend reich.

Der Kram war größtenteils sehr hässlich. Ulf hatte seine Bücher und seine Rauchutensilien in antike Arztschränke aus beige gestrichenem Metall verstaut. Über einer unbequem, aber teuer aussehenden Liege hingen zum Lesen eine ausgemusterte Zahnarztleuchte und daneben, als Abstellfläche für Getränke, eine zum Tischchen umfunktionierte Fliegerbombe. Malerisch verrostet, die Spitze durch eine horizontal verschraubte Metallplatte ersetzt.

Reiche Leute hätten wirklich gar keinen Geschmack, sagte Cecily, von denen müsste man sich um jeden Preis fernhalten, und sie würde heute damit anfangen.

»Das ist eine große Gelegenheit«, sagte Hm. »Natürlich gehst du dahin. Das ist eine persönliche Einladung. Mit deinem Namen.«

»Ich werde mich da schrecklich unwohl fühlen«, sagte Otto. Die Einladung zur ... er wendete die Karte, um das Wort noch einmal zu lesen: »Soirée« war dann doch überraschend gekommen, cremefarben und handgeschöpft hatte sie in seinem Eingangskorb gelegen, den Margot an die Kante der Aktenablage gestellt hatte. Um einen Ort für all die von Lesern eingereichten Geistersichtungen zu haben, mit denen Otto sich nun aber nicht Vollzeit beschäftigen wollte. Er spürte ein Ziehen im Bauch.

»Also, Reporter sein«, sagte Hm., »bedeutet, sich an allerhand Orten unwohl zu fühlen.«

»Verlockend.«

»Wenn dein Praktikum vorbei ist, kannst du dir immer noch einen anderen Beruf suchen.«

Otto runzelte die Stirn und fühlte sich ertappt. In der PR. »Das will ich gar nicht.«

»Bis zwanzig bist du ein Kind, bis dreißig ist es egal, was du machst, bis vierzig musst du den Arsch an der Wand haben«, sagte Hm.

»Ich bin neunzehn«, sagte Otto.

»Das ist eine Art Gesprächsangebot«, sagte Hm. und deutete mit dem Kinn auf die Karte in Ottos Hand, »mal sehen, was sich daraus ergibt. Geh hin, um Kontakte zu knüpfen.«

Otto ließ sich eigentlich nicht so gern anmerken, wenn er etwas nicht verstanden hatte, aber an dieser Stelle beschloss er, doch mal ganz direkt nachzuhaken. »Kontakte knüpfen, wie geht das eigentlich?«

Hm. nickte, als würde er endlich die richtigen Fragen stellen, und deutete auf ihre zweite Schublade von unten. »Du nimmst das erste, zweite und dritte Getränk, das dir angeboten wird, dann stellt sich dir die Frage nicht mehr.«

»Aha. Okay.« Je älter er wurde, desto mehr fragte er sich, ob das Geheimnis einfach war, das richtige Betäubungsmittel für sich zu finden.

»Hast du einen Stift? Sobald du mit dem Kontakteknüpfen angefangen hast, stellst du ein paar Fragen, bevorzugt der Architektin. Schreib mal auf.«

Woher hatte die Architektin vor fünf Jahren gewusst, dass die Grundstücke, auf denen das Kegel-Hochhaus und seine Verkehrszubringer gebaut werden sollten, günstig zum Verkauf standen?

Mit wem bei der Stadt hatte sie den Kaufvertrag geschlossen?

Woher hatte sie gewusst, dass an dieser Stelle ein wichtiger Verkehrsknotenpunkt geplant war?

Mit wem hatte sie den Rückverkauf ihrer Grundstücke zu einem viel höheren Preis an die Stadt verhandelt, und wie war der Preis zustande gekommen?

Wie war der Geschäftsplan für das Kegel-Hochhaus kalkuliert worden, und warum waren viel höhere Mieten veranschlagt, als da unten in Steglitz normalerweise gezahlt wurden?

Gab es bereits Mieter oder Interessenten, und falls nicht, warum war die Kalkulation nicht angepasst worden?

Wie erklärte sie die Kostenexplosion beim Bau des Kegel-Hochhauses?

Wie hoch genau war ihr Honorar als Architektin, und haftete sie damit für möglicherweise zu befürchtende Verluste durch weitere Baustopps, Leerstand oder eventuell sogar ein Scheitern des Bauvorhabens?

»Geisterstunde ist vorbei«, sagte Hm.

»Was bedeutet R.S.V.P.?«, fragte Otto, der noch mal die Karte wendete. Vollrath und eine Telefonnummer standen hinter der Abkürzung.

»Reiche Schnösel verdienen Prügel«, sagte Enver, der ihn zur Kantine abholen wollte.


Otto fuhr mit dem Bus nach Halensee und legte den letzten halben Kilometer in die Seitenstraßen und über den Kiesweg zu Fuß zurück. Ein paarmal musste er ausweichen, als ihn Taxis und Privatautos auf der Auffahrt passierten, die bremsten gar nicht, ein Fußgänger war hier nicht vorgesehen.

An der Tür stand ein Mann, der sich ein bisschen über seinen Magen zu beugen schien, und kontrollierte diskret, aber mit ernster Miene Ottos Einladung. Das Paar vor ihm hatte er mit Namen und Handschlag begrüßt, die Frau dabei sanft im Bereich der Taille berührend, es sah aus wie ein Abstempeln.

»Ah, ein neues Gesicht«, sagte er zu Otto. »Erfrischend. Die Garderobe ist gleich links.«

Vor drei Kleiderstangen auf Rädern stand die Tochter, als wäre sie dazu verdonnert worden. Otto war ohne Mantel gekommen. Auf den Kleiderbügeln hing Übergangskleidung, er markierte keine Übergänge. Er ertappte sich dabei, wie er an seinem neuen Sakko herumfummelte. Um das zu beenden, klopfte er sich auf die Brusttasche, als hätte er womöglich was vergessen. Die Fragen knisterten. Die Tochter lächelte ironisch, als wollte sie was sagen, aber er schaute schon woanders hin. Seine Füße bewegten sich schwerfällig, aber unaufhaltsam. Außerdem, wie gut kannte er die Tochter jetzt, und sie ihn? Wo hätte er anknüpfen können?

Die Zwischenwelt hinterm Eingang und vor den Wohnzimmern sah ganz anders aus als neulich bei Tageslicht, honigfarben, gedämpft, als befände man sich im Inneren eines vergilbten alten Lampenschirms. Behaglich, warm. Otto schwitzte. Aus was für einem Material war dieses Sakko eigentlich? Der Verkäufer hatte etwas von »modernem Mischgewebe« gesagt, »zeitgemäßer Stoffmix in harmonischer Kombination«, war das nicht einfach ein anderes Wort für Plastik. Ottos Angst, hier womöglich niemanden zum Reden zu finden, keinen Kontakt knüpfen zu können, wich der noch größeren Angst, jemand könnte ihn ansprechen, während der Schweißfilm auf seiner Stirn den Halt verlor.

Die Erwachsenen waren vollzählig erschienen. Sie hatten sich rausgeputzt, sodass man nicht merkte, wie rausgeputzt sie waren. Sie hatten sich nach einem bestimmten Plan im Raum angeordnet, sodass der Raum nur noch aus ihnen zu bestehen schien. Sie standen in Blumen und Kränzen, in Kreisen, Dreiecken und Kreuzen, neben-, durch- und miteinander. Immer, wenn Otto ein Muster zu erkennen glaubte, entstand ein neues. Sofas, Beistelltische, Sessel, Bilder, Fotos, Anrichten, Phono-Möbel, String-Regale, alles verschwand im zweidimensionalen Hintergrund einer flachen Kulisse, verdeckt von allen Erwachsenen der Welt. Große und kleine, kahle und behaarte, mit Brillen, auf Schuhen, in Kleidern, in Hosen, in Hemden, in Aufzügen und Anzügen.

»Eine Erfrischung?« Otto nickte und nahm dem Personal zwei Gläser vom runden Tablett, als wäre er auf dem Weg zu einer weiteren Person, die seine Anwesenheit durch Verbundenheit real und berechtigt machen würde. Dann wandte er sich in eine etwas dunklere Ecke, die hinter zwei Männern entstanden war, die konkurrierende Kreise dominierten, und trank erst das eine Glas, dann das andere. Dann suchte er eine Abstellfläche für zumindest eines der leeren Gläser, denn man konnte ein leeres Glas in der Hand haben, aber doch wohl kaum zwei. Er steckte hier zwischen den Rücken nun womöglich fest. Einerseits war dies keine schlechte Position, denn da er zu keinem der beiden Gesprächskreise gehörte, mochten die Teilnehmer des jeweils einen denken, er wäre Teil des jeweils anderen, einer, der sich nur gerade kurz etwas gelöst hatte aus der Gruppe, um in Ruhe aufzustoßen oder etwas Ähnliches. Womöglich konnte er diese Fiktion lange genug aufrechterhalten, um a) ein weiteres Getränk zu bekommen und b) sich zu sammeln, also endlich Mut zu fassen, sich hier einzugruppieren.

Aber wie ging das? Ging man einfach auf eine Gruppe zu und sagte, Guten Abend, darf ich mich vorstellen, ich bin XY von Z, und was machen Sie so?, und dann wurde daraus ein Gespräch? Dies kam ihm unwahrscheinlich vor, denn erstens konnte er sich selbst nicht vorstellen, wie er diese Worte sagte, also allein, wie sich das anhörte, das klang nach Heinz oder Ludwig Erhardt, aber doch nicht nach der Gegenwart. Zweitens sah er niemanden, der auf diese Weise an eine Gruppe herantrat, und wie lange drückte er sich hier schon herum? Hätte in dieser Zeit nicht etwas Vergleichbares in seinem Sichtfeld passieren müssen, wenn es denn so normal und einfach war? Otto beobachtete, wie die leeren Sektflöten in seinen Händen durch seine Fingerabdrücke immer trüber wurden, nun hatte er auch keine

Hand mehr frei, um sich mit dem Daumenrücken diskret über die Augenbrauen zu fahren, aber er hatte, je länger er hier mit vollen Händen stand, eine unwahrscheinliche Sehnsucht nach dieser Handlung.

Hm. hatte ihm vier oder fünf Fotos von Leuten gezeigt, die für den Bausenator arbeiteten und von denen sie sich vorstellen konnte, dass sie Verbindungen zur Architektin hatten. Er sollte Ausschau halten, aber er hatte sich keins der Gesichter merken können, sie verschwammen ihm zu einem einzigen: Brille, Stirnglatze, leicht beleidigt, gut gefrühstückt. Otto schaute sich alle im Raum möglichst unauffällig an, in der Hoffnung, einen Zufallstreffer zu landen, merkte aber, dass dabei etwas anderes geschah: Er stellte fest, dass er neuerdings Gedanken lesen konnte. Es war verblüffend und schockierend, so, als hätte er unvermittelt entdeckt, dass er die Schwerkraft ausheben und schweben konnte. Ganz deutlich las oder hörte er die Gedanken einer jeden einzelnen Person im Raum, deren Blick er traf.

Frau, Ende dreißig, braune Locken, hellbeiges Kleid, das überm Knie zu Ende war: »O mein Gott, wie unangenehm ist der Anblick dieses einsamen Menschen, hoffentlich kommt er nicht gleich in meine Richtung.«

Frau, Mitte fünfzig, Bolero über einer Latzhose, hochhackige Lederstiefel, rot gefärbte Haare: »Dieser Mensch steht dort auf außerordentlich unbequeme Weise und hat keine Ahnung, was er mit diesen leeren Gläsern in seiner Hand machen soll, er tut mir leid, aber ich möchte auch wirklich nichts mit ihm zu tun haben.«

Mann, Mitte zwanzig, schulterlange Haare, Vollbart, enger weißer Rollkragenpullover: »Wenn der Typ denkt, er kann bei mir andocken, weil ich hier zu den Jüngeren gehöre, dann hat er sich aber mächtig geschnitten. Ich bin übrigens Künstler oder Musiker, ich möchte mich da nicht festlegen.«

Mann, Ende sechzig, hellbrauner Dreiteiler, goldene Brille: »Warum steht dieses Kind dort so verloren in der Ecke? Warum kümmert sich niemand darum? Wo ist denn die Mutter? Und das um diese Uhrzeit.«

Frau, um die dreißig, orangefarbene Bluse ohne BH, breiter gelber Plastikgürtel mit runder Schnalle: »Oh, ein durchsichtiger Mensch.«

Reiß dich zusammen, las Otto seine eigenen Gedanken.

Sobald er anfing, durch den Raum zu laufen, wurde ihm leichter, denn er bildete sich ein, nun würden alle denken, er wäre auf dem Weg zu jemandem. Otto ließ sich noch zwei Sektgläser geben und fing an, eine gewisse Freude an der Schauspielerei zu entwickeln. Suchend schaute er umher und setzte dabei, sobald er wieder erfolglos um eine Ecke gelinst hatte, immer wieder einen etwas zu dick aufgetragenen enttäuschten Gesichtsausdruck auf. Einmal machte er sogar ts-ts-ts, als könnte er nun langsam wirklich nicht mehr begreifen, warum er die Person, für die er den Sekt geholt hatte, nun nicht mehr wiederfand. Sein Mund war knochentrocken, ihm schien, alle Feuchtigkeit wäre daraus direkt nach draußen an seine Gesichtsoberfläche gedrungen. Nach einer Weile, ts-ts-ts, fing Otto an, an beiden Gläsern abwechselnd zu nippen, um ein, zwei Schritte weiter zumindest wieder den Anschein zu erwecken, mit zwei gleichvollen Gläsern auf dem Weg irgendwohin zu sein.

Kurz nachdem die beiden Sektgläser durch eine Art Diffusion komplett leer waren und Otto wieder nicht wusste, wohin mit ihnen – die Tabletts verschwanden dann immer, nach welchen Regeln wurde hier eigentlich gespielt? –, sah er den Mann, der ihn und Jürgen auf der Baustelle angegriffen hatte. Ein tiefes

Glücksgefühl erfasste Otto, eine Erleichterung, vergleichbar mit einem erwiderten Liebesbrief, willst du mit mir gehen, (x) Ja. Er hatte einen Grund, hier zu sein, eine Anlaufstelle.

Otto hielt die beiden leeren Sektgläser in den Fäusten wie Steuerknüppel und bahnte sich einen Weg zum Baustellen-Grobian. Der, groß, recht braun gebrannt, teuer und grau gekleidet, hellgrüne Krawatte, sprach mit zwei anderen Männern, deren weißes Haar gewellt und voll war wie die Mähnen zweier Löwen auf den Portalsäulen einer mediterranen Villa. Ein Gesprächsdreieck, und erst mal fand Otto keinen Zugang. Immer, wenn sich eine Seite zu öffnen schien, schloss einer von den dreien ihr Dreieck wieder durch ein vertrauliches Vorbeugen, einen ausgreifenden Arm um die Schulter.

Otto räusperte sich. »Guten Abend«, sagte er.

Die beiden grauhaarigen Männer, sichtlich nicht einmal Brüder, sahen ihn an, als hätte er bereits das Falsche gesagt. Otto schluckte und wandte sich an den Mann von der Baustelle.

»Wir sind uns doch neulich begegnet«, sagte er.

Der Mann sah ihn an, und Otto fand eine gewisse Tiefe in dessen Blick, etwas, das man vielleicht hätte ausloten können. Der Mann interessierte ihn, und der Mann hatte noch seinen Presseausweis.

»Nicht, dass ich wüsste«, sagte der Mann. »Nein.«

Das nachgeschobene Nein war wie ein Sargdeckel, der sich über Ottos soziale Aufbruchstimmung legte. Es war unnachgiebig und undurchdringlich, vorgetragen mit einer organischen Festigkeit und Härte, die auch den anderen beiden als Signal diente.

»Wenn Sie entschuldigen«, sagte einer von ihnen, das weinrote Einstecktuch passend zur Krawatte. Dann war das Dreieck wieder geschlossen.

Die Sektgläser wurden sehr schwer in Ottos Händen. Wenn Sie entschuldigen – dann was? Die Machtdemonstration lag darin, dass man die Sätze, in denen sie erfolgte, nicht einmal beenden musste.

Otto ging in die Knie und setzte die beiden Sektgläser auf dem Fischgrätparkett ab, Richtung Fußleiste. Vor seinen Augen hatte er Kniekehlen in Hosen und Strumpfhosen. Als er sich aufrichtete, fiel sein Blick auf eine Frau mit blondem Haar, die allein auf einem von vier zusammengeschobenen hellen Ledersofas saß und ihn völlig ausdruckslos betrachtete.

Otto spürte, wie durch eine Art Zeittunnel ein Gefühl aus der siebten, achten Klasse in ihn fuhr, direkt in die Blutgefäße unter seiner Gesichtshaut. Das honigfarbene Licht im ausufernden Raum veränderte sich eine Nuance Richtung rötlich. Er war ja nun Reporter, und die Architektin saß allein auf einem Sofa, nicht in einem Gespräch, und er hatte die Tasche voller Fragen. Es war alles bereit. Nur, dass sie ihn beim unfachmännischen Abstellen leerer Gläser beobachtet hatte. Was ihm völlig egal sein konnte. Er bewegte sich in der Welt, wie es ihm passte, und wenn ihm etwas peinlich war, dann doch wohl nur so lange, bis er beschloss, dass es ihm nicht mehr peinlich war! Und dieser Moment war jetzt. Oder gleich. Moment, er war praktisch so weit.

Als er erneut aufsah, war die Architektin schon wieder nicht mehr allein. In der Region eines kreisrunden Glascouchtisches mit verchromtem Untergestell stand ein weiteres Grüppchen, die Gesichter wurden durch den Widerschein der sehr großen Couchtischlampe von unten beleuchtet wie in einem Gruselfilm von vor zwanzig Jahren. Otto erkannte die beiden Kollegen von neulich, Fehlhauer und Scheller. Sie unterhielten sich mit der Architektin und ihrer Tochter sowie einem Mann mit längeren dunklen Haaren in einem hellgrauen, weit ausgestellten Anzug, offenbar der Ehemann der Architektin. Otto blieb stehen. Waren sie ihm nun einfach zuvorgekommen, und man musste das neidlos anerkennen, oder war das alles eine einzige Komödie, mit fest verteilten Rollen, und seine sah einfach nicht vor, dass er darin vorkam?

Die Architektin legte Fehlhauer eine Hand auf den Unterarm und beugte sich ein wenig vor in dessen Richtung, und obwohl Otto nicht Lippenlesen konnte, sah er, dass sie etwas zu Fehlhauer sagte wie: hier doch nicht, mein Lieber. Oder: Das besprechen wir morgen. Dienst ist Dienst, und Schnaps ist Schnaps. Was die Leute eben so sagten, wenn sie unter ihresgleichen waren.

Wieder und immer noch fühlte er sich über die Maßen sichtbar, heiß und pulsierend, eine Entzündung am Rande des Abends. Als die Architektin über Fehlhauers Schulter seinen Blick traf, bewahrte ihn nur eine augenblickliche Erstarrung davor, wegzurennen wie ein Kind. Ihr Gesicht hellte sich auf, als freute sie sich, ihn zu sehen, und sie winkte ihm, als hätte sie den ganzen Abend auf ihn gewartet.

»Sie kennen sich ja«, sagte sie, als Otto auf schweren Oberschenkeln den Kreis erreicht hatte.

»Leider«, sagte Marty Scheller vom Tagesspiegel.

»Jetzt seien Sie nett«, sagte die Architektin. »Heute Abend wollen wir doch die Arbeit mal draußen lassen.«

»Welche Arbeit?«, sagte Scheller und leerte sein Glas. »Dieser syphilitische Sackpinscher hat in seinem Leben noch keine drei Minuten gearbeitet.«

Otto wollte etwas sagen, aber die Architektin kam ihm zuvor, während sie ihm ein frisches Sektglas in die Hand drückte.

»Otto Bretz ist ein guter alter Bekannter«, sagte sie, »streng beruflich, versteht sich.« Sie stieß mit Otto an, der genau das Richtige machte, nämlich: leicht ironisch lächelte. »Und Sie, Marty, legen jetzt mal eine andere Platte auf«, sagte sie. »Otto Bretz und ich sind neulich erst am Halensee spazieren gegangen und haben ein bisschen philosophiert.«

»Hallo«, sagte Fehlhauer von der BZ, der sehr betrunken war. Er wollte auch noch mal mit Otto anstoßen, verpasste aber zwei- oder dreimal den Stoßpunkt der Gläser. Dann sagte er, »Wild ist der Westen, schwer ist der Beruf«, und stürzte seinen Sekt hinunter.

Otto dachte an den Zettel mit den Fragen in seiner Tasche, aber er fühlte sich auf eine Art erlöst und erleichtert, die es ihm unmöglich machte, sich an eine einzige Frage zu erinnern.

Hm. würde am Montag mit ihm schimpfen, aber, dachte Otto, was machte das, wenn er heute Abend hier dazugehörte.

Als Otto nach Hause kam, hatte er Redebedarf. Weil sein Bett leer war, ging er in Jürgens Zimmer. So richtig gern legte er sich nicht in sein Elternbett, aber Jürgen war noch wach und klopfte einladend auf die freie Bettseite. Dann drehte er sich zur Seite und machte sich an dem schrecklich hässlichen Nachttisch zu schaffen, den er aus der Wohnung von Cecilys Ex-Freund mitgebracht hatte, eine entschärfte Fliegerbombe, in der Jürgen seine Vorräte versteckte. Er fand zwei Hanuta und gab Otto eins.

»Das ist eine fremde Welt«, sagte Otto, nachdem er Jürgen das Ausmaß seiner Schüchternheit beschrieben hatte.

Jürgen sagte: »Stimmt. Das ist 'ne fremde Welt.«

»Ich bin einfach zu schüchtern für so was«, sagte Otto. Von der Erlösung, die er empfunden hatte, als die Architektin ihn zu sich gewunken hatte, wie einen, der dazugehörte – die erzählte er nicht. Vielleicht schämte er sich dafür, wie gut ihm das getan hatte.

Jürgen schien zu überlegen und drehte sich.

»Oder das ist zu lästig für dich«, sagte er.

Otto musste lachen, so in Bettlautstärke, das war vielleicht noch der mehrfache Doppelsekt. Es war sehr in Ordnung von Jürgen, dass der ihm anbot, die Schuld nicht bei sich selbst zu suchen. Das wollte er noch würdigen. Otto knusperte seine Haselnusstafel und überlegte, wie er das in Worte fassen konnte. Aber Jürgen war schon eingeschlafen und atmete sanft und lautlos gegen Ottos Schulter.

Die Architektin ging durchs Wohnzimmer und durchs Esszimmer, den Salon und den anderen Bereich, die Blickachse entlang, durch die Nachbilder der Gäste vom vorigen Abend, deren Spuren die guten Geister heute morgen beseitigt hatten. Es war für sie wie den Abend zurückspulen, dann wieder vor, genau an die Stellen, die sie interessierten. Es war schon nicht von der Hand zu weisen: Von der Senatsverwaltung zeigte sich bei ihr gerade niemand, die zogen alle die Köpfe ein, die fürchteten sich vor Baustellengeistern, nachklappernden Geschichten und allzu hartnäckigen Nachfragen. Ein paar Schritte lang erwog sie, es als Affront zu nehmen, aber bei ihrer zweiten Runde nannte sie es Selbsterhaltungstrieb. Und der gehörte zu den Parametern, mit denen sie selbst auch arbeitete, das respektierte sie.

Sie sah zu, wie ihre Finger ohne Aufforderung und anstrengungslos die Pappklappe der Zigarettenschachtel öffneten und sich die Aufgabe teilten, die Klappe offen zu halten und gleichzeitig eine Zigarette herauszuziehen. Es war so still im Wohnzimmer, dass sie das leichte Knistern des Tabaks und des Filters hörte, als sie die Zigarette zwischen den Fingern bewegte. Ihre Schritte waren so leise, als würde sie sockfuß huschen, quer durch die Räume, zum Tischfeuerzeug und zurück, durch die unsichtbaren Gäste. Sie erinnerte sich an ihre Gespräche.

Mein lieber Ladius, Sie kommen doch auch nach Sylt? K77, die Einladung haben Sie?

O ja, der liebe Ladius kam auch nach Sylt. Wo dachte sie hin, das konnte sich seiner einer (er sagte tatsächlich »meiner einer«) doch nicht entgehen lassen.

Fasssauna und ein Winterbad in der Nordsee, zur Abhärtung.

Brauchen wir denn Abhärtung? Ladius war besorgt.

Nun. Sie konzentrierte sich ganz aufs Rauchen, es war ihre Hauptbeschäftigung in diesem Moment, die Unterhaltung mit Ladius war nur ein Begleitumstand. Nun, wenn es immer nur gute Nachrichten gäbe, wäre es doch langweilig.

Sie merkte, dass Ladius sich nicht traute zu sagen, dass ihm langweilig womöglich lieber wäre.

Der Baustopp geht also weiter?

Ein bisschen noch, sagte sie. Wir haben noch nicht alles geklärt.

Brauchen wir noch Geld?, fragte Ladius, erstaunlich tapfer, aber geschickt auch, wie er sich hier mit ihr ins Boot setzte. Liebenswert, fast.

Wie konnte man diese Frage je mit Nein beantworten, sagte sie und lachte. Ladius atmete schwer, und sie fragte sich, ob er keine Geduld mehr hatte, oder kein Geld. Dann Otto Bretz, alle Hände voller Gläser.

Dieser Junge wurde immer merkwürdiger, fand die Architektin. Wie er da gestern durch die Soirée gegeistert war, man bekam ihn nicht zu fassen. Er interessierte sie mehr als Leute wie Scheller oder Fehlhauer, aber es war eben alles relativ, und dass Otto Bretz im Vergleich zu diesen beiden Nulpen einen gewissen Glanz verströmte, lag vielleicht allein an seiner Jugend.

Womöglich war dieser Otto Bretz gar nicht so geisterhaft ungreifbar, sondern in Gesellschaft einfach unbezwingbar schüchtern. Und zumindest schien er, wenn sie den gestrigen Abend zugrunde legte, kein ausgesprochenes Talent dafür zu haben, hartnäckige Nachfragen zu stellen. Ein Mann fürs Wolkige, womöglich. Fürs Vage. Allerdings traf, wer durch den Nebel taperte, im ungünstigen Fall womöglich aus Versehen die richtige Tür.

Vollrath, holen Sie mir eine Edelfeder. Ich hatte den Plan, diesen Jungen vom Volksblatt bei uns in die Öffentlichkeitsarbeit zu holen, weg von den Gespenstern, aber das ist vielleicht eine Nummer zu groß für ihn. Vollrath, wen empfehlen Sie denn?

Wie Vollrath immer atmete am Telefon, so schwer und endgültig, aber wahrscheinlich klemmte er nur den Hörer zwischen Schulter und Mund, während er in einem seiner schlauen Bücher blätterte. Trotzdem würde sie ihm das bei Gelegenheit mal sagen, es irritierte sie.

Vollrath, was schnaufen Sie denn so.

Chic Miller, der eigentlich Dirk Müller hieß und hohe, oben sehr schmale Schlaghosen, ein beigefarbenes Hemd und eine hellgraue Lederjacke zu seiner getönten Brille und den etwas zu hohen Schuhen trug, stutzte. Weil er die Haare lang trug, war sein Gesichtsfeld von einer Art braunem, faserigem Rahmen umgeben, und hierdurch nahm er wahr, dass der Wohnraum der Architektin deutlich geschmackvoller eingerichtet war, als er es erwartet hatte. Immer, wenn er sich von Hamburg nach West-Berlin begab, war ihm, als steige er aus der klaren Hamburger Weltluft in einen schlecht gelüfteten Hobbykeller hinab. Abgehängte Decken, getäfelte Wände, Stilmöbel, Fliegerbomben. Wobei, die hatten sie in Hamburg auch. Aber Berlin sah aus, als könnten die alten Bomben jederzeit durch den Asphalt brechen, wie Champignons im Spätsommer.

An jeder größeren Kreuzung gab es in West-Berlin ein Stilmöbelhaus, in dem die Bewohner dieser traurigen, glücklicherweise aber eben hauptsächlich in privaten Innenräumen stattfindenden Stadt sich mit neu gefertigten Möbeln in den Stilen aller möglicher Epochen eindecken konnten. Chic Miller stellte sich das so vor, dass die Leute dann da reinkamen, geblendet vom goldenen Rahmenwerk der Imitatstühle, und Dinge sagten wie, »Wo hamse denn den Luis Katorze, Meesta«. Chic Miller hatte insgesamt kein gutes Bild von den West-Berlinern (von den Ost-Berlinern gar keins). Die Bundesrepublik fand in Hamburg statt, vielleicht noch in München, die hatten auch diese gewisse Lebensart, die man sonst nur in Pöseldorf und Eppendorf fand, vielleicht noch auf Sylt, wobei, da waren auch zu viele West-Berliner.

»Herr Müller?« Die Stimme kam von links hinter ihm, er hatte nicht bemerkt, dass jemand sich ihm genähert hatte.

»Miller«, korrigierte er und riss den Blick von den Eames Chairs, den Corbusier-Liegen, den Artifort-Sofas wie im Amsterdamer Flughafen, der wunderbaren Blickachse in die geschwungene Gartenlandschaft hinter der Panoramaglasscheibe los. Da würde der Fotograf was zu futtern haben.

Die Frau, die jetzt an ihm vorbeiging, war einen Kopf kleiner als er, und für einen Moment bereute er seine hohen Absätze. Aber es war nun wirklich seine Sache, wie er sich selbst verwirklichte, hohe Absätze, neuer Name. Er hatte es nicht vom Kreisblatt Heide, Dithmarschen, zum größten Zeitschriftenverlag des Landes geschafft, um sich dann kleiner zu machen, als er war. Edelfeder. Zwei Jahre bei Twen: Das moderne Mädchen und wie man von ihm bekommt, was man will. Wie die Mädchen ticken, und so kann man sie … kennenlernen. Solche Sachen. Dann Chefautor beim Stern. Ärger wegen einer Geschichte über den Palästina-Style in den Terror-Ausbildungslagern. Henri Nannen persönlich hatte ihn als »hohlköpfigen Tintenpisser«, als »Schande für die deutsche Wehrmacht« bezeichnet. Das zweite hatte Dirk Müller sich ausgedacht, kurz bevor er sich als Chic Miller neu erfand. Aber von solchen alten Nazis ließ er sich gar nichts sagen. Jedenfalls nicht mehr, wenn sie ihn kaltgestellt hatten.

»Man hört ja gute Dinge über Sie«, sagte die Architektin und zeigte auf die im Boden eingelassene Sitzgruppe.

Chic Miller setzte sich und machte erst mal die Arme breit auf der Lehne.

»Schade«, sagte er. Er registrierte, dass sie stehen geblieben war, um auf ihn herabzublicken. Das waren ja ganz billige Tricks, waren sie hier in der Erwachsenenbildung, oder was? Genießerisch blickte er von unten an ihr hinauf, klare, gute Linien, die Zigarette in der linken Hand wie ein elfter Finger. Er guckte, bis sie sich setzte.

»Sie möchten, dass man schlechte Dinge über Sie hört?«

»Nun«, sagte Chic Miller, »als Reporter ist es einem natürlich lieber, wenn die Leute vor einem gewarnt werden. Zumal ...«, er wies mit dem Kinn in die Runde, ihre Wohnzimmerlandschaft umschließend, »... die oberen Zehntausend.«

Die Architektin zog nachdenklich an ihrer Zigarette. »Reporter«, sagte sie neutral.

Chic Miller hob die Arme ein Stück vom Sofarücken. »Man tut, was man kann.«

»Also, Herr Müller ...«

»Miller.«

»Müller.«

»Chic Miller.«

»Also, Herr Schickmüller, Sie sind mir als eine Art Kommunikationsberater empfohlen worden. Public Relations.« Ihre englische Aussprache war auf arrogante Weise nicht vorhanden.

Einen Moment überlegte Dirk Müller, ob er jetzt gehen sollte. Eine Weile war er kurz davor. Dann sagte die Architektin: »Was ist denn Ihr Aufschlag?«

»Hundert Prozent, für Public Relations«, sagte er, wie aus der Tennisballkanone geschossen.

»Einverstanden. Regeln Sie das Geschäftliche mit meinem

Büro. Ich würde mich gern aufs Inhaltliche konzentrieren, wenn Sie einverstanden sind.«

»Sicher«, sagte er und freute sich darauf, ein paar West-Berliner Sesselfurzer an einem Resopaltisch mit seinen Rechnungen zuzuschütten. »Was brauchen Sie denn?«

»Ich brauche Ruhe, Herr Schickmüller«, sagte die Architektin.

Er zog eine ovale Gitanes heraus und schob die breite, flache Schachtel wieder zurück in seine Brusttasche. Die Architektin gab ihm Feuer, wobei sie die Hand schützend über die Flamme hielt, als wehte hier im Wohnbereich ein eisiger Wind. Wo ihr Handballen sein Gelenk berührte, war ihre Haut ganz warm.

»Ich bin eigentlich nicht für Ruhe bekannt«, sagte er. »Eher für einen bestimmten Sound.«

Sie nickte, als hätte er nicht gerade etwas ziemlich Peinliches gesagt, an dem Spruch musste er noch arbeiten.

»Genau«, sagte sie. »Und mit diesem Sound sollen Sie ein paar Nebengeräusche übertönen, die mich und meine Anleger irritieren. Damit ich meine Ruhe habe.«

»Ich höre«, sagte er.

»Es gibt hier in der Lokalpresse alberne Spukgeschichten über eine meiner Baustellen, den Steglitzer Kegel. Das interessiert die Leute mehr, als es sollte. Solange das hier in West-Berlin bleibt, hab ich nichts dagegen, aber ich brauche ein, zwei größere Geschichten überregional, Stern, Quick, vielleicht Brigitte. Bunte nicht. Die einfach größer und interessanter sind als das, was hier die Stadtrandpresse schreibt.«

»Spukgeschichten?« Er merkte, dass der Architektin nicht passte, wie er bei diesem Stichwort aufhorchte.

Sie fixierte ihn. »Wir haben nächsten Monat eine große Kommanditisten-Versammlung auf Sylt, da möchte ich einfach nicht die üblichen Sachen lesen. Also, nicht nur. Diesen ganzen Unsinn über Niedertracht, Intrigen und Verruchtheit. Ihre Botschaft ist: Das ist das moderne Berlin, es wird hier in Halensee und auf Sylt gemacht, hier entstehen die zeitgemäßen Visionen für die Zukunft. Krabbencocktails und Konzepte.«

Chic Miller bekam eine ganz unmittelbare Attacke von Selbstachtung. »Das moderne Berlin.«

»Nun.«

»Veuve Clicquot und Visionen.«

»In dem Sinne, ja.«

»Was, hatte ich gesagt, ist mein Aufschlag für Public Relations gegenüber normalen Reportagen? Zweihundert Prozent?«

Sie lächelte, und zum ersten Mal hatte er das Gefühl, dass sie ihn mit einem Anflug von Respekt betrachtete.

»Ich habe gelernt, dass es nicht immer gut ist, sich unbedingt an alles zu erinnern, Herr Miller«, sagte sie. »Insofern denke ich, ja, das hatten Sie gesagt. Und es klingt vernünftig in meinen Ohren.«

»Also, die Sylt-Geschichte kann ich definitiv in der Quick unterbringen«, sagte Chic Miller. »Sofern da Leute aus München mit dabei sind. Die sind da unten leider etwas engstirnig.«

»Einige«, sagte die Architektin. »Und dann als Zweites ein großes Porträt hier über das Leben mit meinem Mann und meiner Tochter, die Fasanerie, meine Einrichtung, die Architektin öffnet ihren Kleiderschrank, das richtige Gleichgewicht zwischen Heimeligkeit und Glamour«, Glamuhr, »Sie können sich darunter schon was vorstellen.«

»Sicher«, sagte Chic Miller. »Wollen Sie gar nicht wissen, ob ich mir nicht Notizen machen will?«

Sie hatte perfekt geschwungene Augenbrauen, etwas breiter, als modern war, aber gerade deshalb absolut vollkommen, das drang sogar zu ihm durch, obwohl die Architektin etwa zwanzig Jahre zu alt für ihn war. Eine dieser Augenbrauen hob sie jetzt. Sie tippte sich mit dem Zigarettenfinger dreimal an die Schläfe und versaute ihm damit die Pointe.

»Das ist sicher was für den Stern, ich kenn da auch den passenden Fotografen, der hat zuletzt Beckenbauer und Breitner unter der Dusche fotografiert, der hat ein Auge für genau diese Mischung. Aber ...«, er beschloss, sich zu rächen, »für Brigitte ist das womöglich ein bisschen zu behäbig, die erfolgreiche Frau im Kreise der Familie.«

Sie nickte. »Verstehe ich. Dann denken Sie sich irgendeine Aktion für die aus. Frauen, baut Städte für Frauen!, Frauen, baut familiengerechte Städte!, mehr Frauen in die Stadtplanung. So in dem Genre.« Dschanger. »Und ich übernehme dann die Schirmherrschaft. Das müsste nur recht schnell gehen. Und schieben Sie da eine Mitarbeiterin vor.« Sie musterte ihn von unten bis oben, sodass er unwillkürlich seine Arme wieder einklappte und vor der Brust verschränkte. »Damit Sie da bei Brigitte nicht persönlich auftauchen müssen.«

Manchmal wachten sie nachts auf und merkten, dass der andere auch gerade wach war. Es gab Otto ein Zuhausegefühl, von dem er bisher nicht gewusst hatte, dass er es vermisst hatte. Im Wolkenkratzer der Nacht ging in einem Fenster das Licht an, es entstand ein flüchtiger Raum in der Dunkelheit. Meist zwischen halb drei und halb vier, und vom geöffneten Doppelfenster zog ein kühles Lüftchen über Ottos Bettdecke. Jürgen brachte die Wolldecke aus dem Wohnzimmer mit, wenn er abends zum Quatschen kam, er meinte, er schliefe lieber kratzig, dann spürte man das mehr und wurde sich der Momente bewusst, in denen man im Bett lag, und war das nicht das Beste im Leben.

»Wo hast du eigentlich gepennt, bevor der Polier dich in den Bauwagen gelassen hat?«

»In der Gruppe.«

Otto nickte. Er stellte sich eine Musikgruppe vor, Gitarren, lange Haare, Fellwesten, vielleicht auch was Experimentelles mit Tonbändern oder einfach das klagende Fiepen eines Fender Rhodes. Es jagte ihm großen Respekt ein.

»Und die haben sich dann aufgelöst?« So viel wusste er: Gruppen rockten entweder hart, oder sie lösten sich auf. Weil einer starb, oder weil alle Zoff hatten oder beides. Drogen, Frauen, auch so Trennungsgründe.

»Ja, nee, im Gegenteil«, sagte Jürgen. »Das hat sich immer mehr verfestigt.«

Otto verstand nicht ganz. »Die sind immer ideologischer geworden«, sagte Jürgen. »Am Anfang war ich für die noch der Vorzeigeproletarier, aber dann war ich nicht lernwillig genug.«

»Hm«, Otto wunderte sich. »Was war denn das für eine Gruppe?«

»K-Gruppe«, sagte Jürgen und fing an zu erzählen. Wie die bei ihnen an der Baustelle die »Rote Fahne« verkauft hatten, na ja, versucht, von den echten Arbeitern interessierte sich keiner dafür, aber Jürgen fragte, ob sie denn auch 'ne Zigarette hätten. Und 'ne Mark für'n Bier nach der Schicht. Am Ende gaben sie ihm beides, und die »Rote Freiheit« obendrauf, Jürgen hatte ja seinen Charme. Das war zwei Monate, bevor er zum dritten Mal beim Schwarzfahren erwischt wurde und vom Richter in die Plötze geschickt wurde. Ob er denn nicht mal vorbeikommen wollte, bei ihnen im Gesprächskreis, also, da wäre seine Perspektive natürlich hochwillkommen.

Die seien, erzählte Jürgen, »richtig fickrig« gewesen, »endlich 'n echter Arbeiter«.

»Nur, wenn man bei euch pennen kann«, hatte Jürgen dann gesagt, und die warfen sich wohl so Blicke zu und signalisierten einander, das würde man schon hinkriegen, und sagten dann zu ihm: Na klar, das sei doch Ehrensache, abgemacht.

Und dass Otto sich nicht vorstellen könnte, wie langweilig das gewesen sei. Ob er mal Marx-Engels gelesen hätte. Nee. Ob Otto wüsste, dass die da jeden Abend über die revolutionäre Praxis diskutierten, und zwar nach ganz strengen Regeln, und wer da nicht mitkam oder gar wegblieb, der musste sich dann dem strengen Ritual der Selbstkritik unterziehen. Schüler hatten drei Wochen frei im Jahr, damit sie keine Privilegien gegenüber der Arbeiterklasse hatten, ansonsten hieß es, jeden Tag morgens um halb sechs am Werktor mit der »Roten Fahne«, und den Rest des Tages Marx-Engels lesen und verstehen und BEWEISEN, dass man sie verstanden hatte. Erst dann war die Arbeiterklasse aufgeklärt, also Jürgen.

»Das klingt anstrengend«, sagte Otto.

»Das war anstrengend«, sagte Jürgen. »Erst dachte ich, die Revolution muss so sein. Arbeiten ist ja auch anstrengend. Aber nach den ersten beiden Runden Selbstkritik dachte ich: Vielleicht muss die Revo auch nicht sein. Oder jedenfalls nicht so.«

Revo klang wie eine Zigarettenmarke. Revo 73. Mit dem Genussfilter. Fand Otto.


Als er am Morgen allein in seinem Zimmer stand, wusste er nicht mehr, was er gerade vorgehabt hatte. Sich fertig machen, für die Arbeit. Also, sein Praktikum. Sich mit Hm. über die Zahlen des Kegel-Projektes beugen, Durchschläge, dünn wie Zwiebelhaut, Hm. hatte ihre Quellen, war aber sparsam damit, sie preiszugeben. Man sah die zahlreichen Tippfehler größer als alles, was stimmte. Wenn Hm. die Zahlen nicht mehr verstand, griff sie in die Schreibtischschublade. Wenn sie in die Schreibtischschublade gegriffen hatte, verstand sie die Zahlen zwar wieder, konnte sie aber nicht so erklären, dass Otto mit im Boot war. Projizierte Mieteinnahmen, veranschlagte Quadratmeterpreise, tatsächliche Quadratmeterpreise vor Ort, seltsame Formulierungen, die davon handelten, dass die Quadratmeterpreise vor Ort sich allein durch die Fertigstellung des Kegel-Projektes an die projizierten anpassen würden. Wie packte man das in einen Zwei-, geschweige denn Dreispalter?

»Vielleicht doch wieder Gespenster«, sagte Hm. zwischendurch, und das waren Otto die fürchterlichsten Momente: wenn

er das Gefühl hatte, dass er mit ihr auch nicht schneller voran-
kam als ohne sie.

»Wir müssen die Person im Senat finden, die hier die Hand
drüberhält«, sagte Hm.

»Ist das nicht der Bausenator?«

Hm. wiegte den Kopf. »Die Leute, die die Entscheidungen fällen, die sie dann den Senatoren als ihre eigenen verkaufen, sitzen
ein, zwei Ebenen darunter. Die machen das geschickter. Ich kenn
da einige von den Referatsleitern, der Senatsbaudirektor ist auch
'ne Nummer, klar, aber du sagst ja, du hast keinen von denen gesehen, als du da in Halensee bei dem Ringelrein warst?«

Otto guckte fest auf die Durchschläge, Maschinenschrift in
einem Dunkelblau, das in der Natur nicht vorkam. »Ich habe
keinen von denen gesehen«, sagte er. Weil ich nur ganz kurz da
war, mit so gut wie niemandem geredet habe und bei der erst-
besten Gelegenheit abgehauen bin.

»Die verstecken sich«, sagte Hm. Er nickte, weil er sich sicher
war, dass er einfach nur versagt hatte und dass er womöglich für
diesen Beruf völlig ungeeignet war. Er hatte einmal gut über ein
Hängebauchschwein geschrieben. Vielleicht war es das.

Ratlos raschelte er mit den Durchschlägen, die sich Hm. von
einer Quelle geliehen hatte.

»Wer ist denn diese Quelle?«, hatte Otto gefragt.

»Quellenschutz«, sagte Hm. »Zeugnisverweigerungsrecht.
Wenn dich mal jemand fragt von der Polizei oder so. Du musst
gar nichts sagen. Im Gegenteil: Du darfst nicht.«

»Also wenn mich die Polizei fragt, woher ich meine Geister-
bilder habe oder die Information darüber, wer beim Kanin-
chenzüchten gewonnen hat?«

Hm. lehnte sich zurück und fuhr sich mit der Hand durch die
rausgewachsene Dauerwelle. Dann setzte sie die Brille wieder

auf und fixierte ihn durch die verschmierten Gläser. »Als der Ex-Mann der Architektin noch Bezirksbürgermeister war, hab ich für den Telegraf aus seinem Rathaus berichtet.« Sie sprach in einem getragenen Ton, als erzählte sie aus dem 19. Jahrhundert. »Da kommt man sich schon mal näher.«

»Man kommt sich näher?«

Hm. seufzte. »Wir hatten mehrfach Geschlechtsverkehr.«

»Was?«

Hm., würdevoll: »Ich dachte, ich formuliere es lieber gleich so deutlich, um dir und mir weitere Nachfragen zu ersparen.«

»Ich begreife das alles irgendwie nicht.«

»Keine Sorge, da kommst du auch noch hin.«

Otto war sich da nicht so sicher. Baukosten, Baunebenkosten. Kostenvoranschläge, Abschläge. Abzahlungen, Anzahlungen. Zahlungsfristen, Fristverstöße, Geschlechtsverkehr.

»Was ich nicht sehe«, sagte Hm. und nahm ihm die Durchschläge wieder aus der Hand, »ist, dass die Architektin mit ihrem Honorar irgendwie dafür bürgt, falls es zu einem Konkurs des Bauvorhabens kommt oder zu einer dramatischen Überschreitung der kalkulierten Kosten.« Sie stieß dicht neben Ottos Gesicht auf, und ihn flatterte ein leichter Hauch von süßlicher Schärfe an. Nachdenklich blätterte sie weiter.

»Das ist bemerkenswert«, sagte sie. »Also, egal, wie groß am Ende der finanzielle Schaden ist: Es bürgen nur die Kommanditisten und der Senat. Nicht die Frau.« Hm. nickte nachdenklich, fast anerkennend.

»Das ist doch ein Knüller«, sagte Otto.

»Einerseits«, sagte Hm. »Andererseits haben die Leute sich im Laufe der Zeit daran gewöhnt, dass bei diesen Geschäften Millionen verschwinden.« Abschreibungsobjekte nannte man Gebäude, die nur gebaut wurden, damit Privatleute mit ihren

Verlusten Steuern sparen konnten. Die Stadtsilhouette wäre voll davon, sagte Hm., mit dem Thema lockte man keinen hinterm Ofen vor. Und wenn eine Baufirma pleiteging wie jetzt womöglich die Kegelbau Angelion, und das Geld aus der Senatskasse, das in den Bau geflossen war, löste sich in Luft auf und regnete auf private Konten herab, dann sagte der Senat: Zwangsversteigerung als Chance, neue Perspektiven mit neuem Investor, am Ende ein gutes Geschäft für die Allgemeinheit.

»Wer will das durchrechnen, da schlafen einem ja die Augen ein«, sagte Hm. »Darum war das mit dem Spuk auf Anhieb erst mal interessanter.«

Otto hörte sich das an und wollte loswerden, dass ihn etwas daran störte.

»Aber die Kindergärten«, sagte er, weil ihm auf Anhieb nichts Besseres einfiel.

»Welche Kindergärten?«, fragte Hm.

»Was man alles hätte machen können mit dem Geld. Für die Allgemeinheit.«

»Ach, Otto«, sagte Hm. und seufzte, erschöpft oder fast ein bisschen zärtlich. »Nimm die ganzen Sachen mal mit.« Sie reichte Otto den knisternden Stapel über den Tisch. »Und schau dir das noch mal in Ruhe an.«

Am nächsten Morgen wachte Jürgen davon auf, dass es an Ottos Zimmertür klopfte. Otto hatte sich in seine Decke eingewickelt und kriegte nichts davon mit. Bei dem fing die Arbeit immer erst um neun an, zehn war auch noch in Ordnung.

»Ach, hier bist du«, sagte Cecily, Haare wieder bis zur Türklinke. »Verstehe ich das falsch oder richtig?«

Ganz bestimmt falsch, fand Jürgen.

Ob er ihr noch mal helfen könnte.

Was wohl passieren würde, fragte er sich, wenn er jetzt einfach Nein sagte. Sie konnte ja nicht sehen, dass er nichts zu tun hatte. Womöglich hatte er in einer Dreiviertelstunde einen Termin auf dem Arbeitsamt.

Jürgen bekam mit einem Mal große Lust auf Schwarzfahren.

Sie hatte sich wieder den grünen VW geliehen, aber diesmal mit einem Dachgepäckträger, den jemand etwas zu weit hinten montiert hatte, sodass er abschüssig wurde. Cecily seufzte und jagte den Käfer mit gekräuselter Oberlippe gegen Ende ihrer Strecke durch den Kreisverkehr am Ernst-Reuter-Platz, quasi auf einer geraden Linie. Vor dem Neubau der Technischen Universität kamen sie zum Stehen, untermalt vom Ratschen der Handbremse. Keine Sorge, es gäbe auch einen Fahrstuhl. Und es sei alles schon verpackt.

Was natürlich eine Lüge war, aber man hatte bei genügend Umzügen geholfen, um derlei einschätzen zu können. Menschenskinder.

Jedenfalls wurde es eine einzige Schufterei. Die Kartons waren zwar leicht, aber ihr Inhalt hatte keinerlei Kartonformat, Streben und Formen ragten aus offenen Oberseiten und unter verbogenen Kartonzungen hervor. Cecily warnte mit wachsender Verzweiflung, wie leicht das Transportgut zu beschädigen wäre. Es erwies sich als fast unmögliches Puzzle, diese durch Auswüchse und Ausstülpungen verkomplizierten Kartons im halbrunden Innenraum des Käfers zu verstauen, der Kofferraum schied ohnehin aus, und vieles war zu filigran für den Dachgepäckträger. Dann fing es an zu regnen, man hatte gerade die Kartons auf dem Bordstein aufgereiht, um sich ein Bild zu machen und einen Plan. Die Natur freute sich, aber nicht Cecily Bescheer. Bisher hatte man ihr alles zugetraut, jetzt verlor sie den Überblick. Innerhalb kürzester Zeit war der Käfer bis auf den Fahrersitz voll. Es täte ihr leid, dass sie ihn hier buchstäblich im Regen stehen lassen müsste. Ob er nach Hause fände.

Jürgen fuhr U-Bahn, er kaufte einen Fahrschein und hatte trotzdem Schiss. Leider keine Kontrollettis, die hätte er gern ein bisschen hingehalten, minutenlang die Taschen durchsuchen, damit andere währenddessen die Biege machen konnten. Und dann doch noch die kleine Pappe triumphierend vorzeigen.

Als er die Kohltreppe raufkam und die Tür aufschloss, sah er durch den Flur schon Cecilys Rücken. Sie packte aus. Sie war guter Dinge. Sie winkte ihn zu sich heran.

Richtig toll würde das werden. Und ob er jetzt noch was vorhabe. Sie nämlich schon. Mit ihm.

Es war unklar, ob eine Belohnung ausgegeben wurde für die Schufterei, oder ob man ihr hiermit sozusagen zum zweiten Mal am heutigen Tage zur Hand ging. Ob man eigene Pläne über den Haufen warf, um Teil von ihren zu werden, oder ob hier einvernehmlich etwas Gemeinsames, Neues entstand.

Es war verwirrend. Es war eine Gefühlsmischung, die unübersichtlich und unauflöslich blieb, aber ungenießbar war sie nicht. Vertraut schon fast.

Nach und nach füllte sich der Türrahmen, während Cecily ihre Modelle dort aufbaute, wo mal das Esszimmer von Ottos Familie gewesen war. Jürgen stand da, weil er irgendwie nicht von ihr loskam, auch wenn er das gerade wirklich gern gekonnt hätte. Ann sah von Weitem, dass dort in Cecilys Zimmer mit großen Gegenständen hantiert wurde, das zog sie magisch an.

Cecily hatte sechs splitterige Tischlerböcke aufgebaut, und nach einer Weile half ihr Jürgen, der nicht mitansehen konnte, wie sie das alleine versuchte, auf zwei jeweils eine Platte zu legen. So entstand ein zur Tür hin geschlossenes U, Jürgen tauchte darunter hindurch, um sich wieder in den Türrahmen zu stellen. Cecilys Matratze stand an die Wand gelehnt, und Otto fragte sich, wo sie künftig schlafen wollte. Und vermutete: im offenen Raum des Us, umgeben von ihren Modellen, darunter, wie eine Erdgöttin unter der erfundenen Stadt. Es gefiel ihm sehr.

»So«, sagte Cecily, als hätte sie nur darauf gewartet, dass sich ihr Publikum versammelte. Sie rieb sich sogar die Hände. Dann zeigte sie auf Ann.

»Ich mach euch jetzt euer Architektur-Horoskop. Also, euer Betonkreiszeichen. Wenn ihr so wollt. Ann, du bist das hier.«

Aus einem der Kartons holte Cecily mit energischer Behutsamkeit mehrere Modelle ineinander verschränkter, flacher Ge-

bäude, von denen Fäden oder Drähte hingen. Sobald die Haus-
modelle standen, vier, fünf Stockwerke hoch, spannte Cecily die
Drähte über Straßen, die erst dadurch entstanden und erkennbar wurden. Dann hängte sie halb ovale, segelartige, aber lie-
gende Formen in die Drähte ein, und hohle, kleinere Quader,
Wohnkartons.

»L'architecture mobile«, sagte Cecily in hübschem Franzö-
sisch, besser als Ottos aus der Schule. »Von Yona Friedmann.
Das bist du.«

Ann runzelte die Stirn. »Weil ich mich überall ranhänge.«

Cecily lächelte. »Du darfst das nicht so wörtlich nehmen.«

»Ich beschreibe nur, was ich sehe.«

»Also, ich würde sagen, du bist in Bewegung, aber du kannst
dich auch niederlassen. Einlassen. Du musst nur den richtigen
Ort und die richtigen Leute finden. Und das hast du vielleicht
noch nicht.«

»Hm.«

»Du bist, wenn man so will, auch hilfsbereit, aber ohne dich
selbst zu verlieren. So wie das, was Friedmann hier bei seinem
Groundscraper vorschwebte. Also, diese mobile Architektur
kann überall bestehende Strukturen ergänzen oder ersetzen,
aber sie ist dabei immer klar erkennbar, sie behält ihren Cha-
rakter. So wie du.«

Ann betrachtete das Modell und machte sich eine unsichtbare, abgeschnittene Strähne hinters Ohr. »Schleimerin.«

Otto hatte das Gefühl, Jürgen neben ihm finge an zu vibrie-
ren, in gespannter Erwartung. Aber als er ihn von der Seite studierte, war Jürgens Antlitz völlig unbewegt. Also vibrierte er
womöglich selbst?

Cecily bückte sich in die nächste Kiste und kam mit Pyramiden wieder hoch.

»Sehr stabil«, sagte Cecily und verteilte die ersten Pyramiden in ihrer neuen Stadt, aus Streben wie ein Klettergerüst, mit transparenten Quadern innerhalb der Struktur aus Dreiecken. »Praktisch unzerstörbar. Keine geometrische Form ist belastbarer als das Dreieck.«

Die nächsten Pyramiden hatten eine ähnliche Oberfläche, waren aber, wenn man sie von vorne und hinten sah, im Grunde wie Tore, in deren nach oben strebenden Flügeln die Wohneinheiten waren.

»Shimizu TRY, von Dante Bini«, sagte Cecily und zeigte auf die erste Variante. Und dann auf die zweite: »Instant City, von Stanley Tigerman. Das Tolle daran ist, dass diese Strukturen sich überall einfügen und, wie gesagt, sehr stabil sind. Sie stehen breit auf dem Boden, haben aber durch diese Transparenz auch eine Leichtigkeit: die Glasfassaden bei Tigerman und die Streben bei Bini. Sexy und bodenständig, würde ich sagen.« Sie betrachtete ihr Werk, die Pyramiden und die mobile Architektur ergänzten einander gut. »Wie du, Jürgen«, sagte sie und warf ihm einen Blick zu. Jürgen atmete tief ein, als hätte er viel dazu zu sagen, und wieder aus, als wären dies nicht die Zeit und der Ort.

Otto war ein bisschen enttäuscht, weil das Modell nicht für ihn war. Sexy und bodenständig. Das klang eigentlich gar nicht schlecht, oder?

»Otto.« Er nickte, wie man nickte, wenn man an die Reihe kam. »Gib mir mal bitte den Karton da, bei deinen Füßen.«

Er war etwas kleiner und unscheinbarer als die anderen, ziemlich leicht.

»Darf ich vorstellen«, sagte Cecily und fing an, leere Flächen auf ihren Platten auszufüllen mit kleinen Pfahlbauten, die sie so miteinander verband, dass sie zwischen den Pyramiden und

hängenden Gebäuden winkelige, komplizierte Bänder bildeten.
Otto gefiel, dass sie sich bei diesen Modellen offensichtlich am
meisten Mühe gegeben hatte: Ihre winzigen Fassaden waren alle
unterschiedlich, die Formen zwar rechtwinklig, aber ohne er-
kennbares Wiederholungsprinzip, kleinteilig, endlos.

»New Babylon, von Constant«, sagte Cecily. »Das bin ich.
Mich kannst du überall hinstellen, und ich nehme trotzdem
nicht viel Platz weg. Ich sauge alles an, was irgendwie brauchbar
ist, Gefundenes, Weggeworfenes. So wie hier bei New Babylon:
weil die Stadt nach und nach entsteht, am Ende eine Zufalls-
struktur, die trotzdem Sinn ergibt. So stelle ich mir das Leben
vor.« Sie hielt einen Moment inne und betrachtete ihr Werk.
»Also, so erhoffe ich es mir.«

Otto sah mit leichter Verbitterung, dass nun auf den Platten
eigentlich kein Platz mehr war. Was jetzt noch frei war, würde
sie, das hatte er in ihrem Büro gesehen, mit Modelleisenbahn-
Bäumen und Spielzeugautos füllen, mit Straßen aus grauen
Klebebändern und Fahrbahnmarkierungen, die sie mit Tipp-Ex
nachzog, wenn sie zu verbleichen drohten. Dann ärgerte er sich,
überhaupt erwartet zu haben, sie würde ihn auch berücksich-
tigen.

»Otto fehlt noch«, sagte Ann, ihr Gerechtigkeitssinn immer
griffbereit.

»Ich krieg bestimmt den Kegel«, sagte Otto.

»Nee«, sagte Ann nachdenklich. »So ein Hochhaus ist zu phallisch für dich.« Und zu Jürgen gewandt, der schon vorausschauend die Augen verdrehte: »Das heißt pimmelförmig. Latte.«

»Okay«, sagte Cecily. »Jetzt das Opus magnum. Das pièce de
résistance.« Sie nickte in Richtung einer etwa einen Meter langen Posterrolle, die in der Ecke neben der Tür stand. Ann
reichte sie ihr über die Stadt. Cecily öffnete den Deckel, drehte

die Rolle um und nahm eine Reihe kunstvoll gebogener Stäbe heraus. Auf den zweiten Blick waren sie von unten nummeriert. Cecily betrachtete sie wie ein Puzzle und nickte dabei. Dann fing sie an, die Stäbe, an denen kleine und große Quader klebten wie Abzeichen an einem Wanderstock, über die freie Stelle des Us zu legen, kreuz und quer, aber nach dem von ihr vorher an der Unterseite notierten System. Nach und nach wurde eine frei schwebende Struktur erkennbar, ein Straßennetz, das die Tischplatten miteinander verband und zugleich seine eigenen Gebäude trug.

»Tenzo Kanji«, sagte Cecily, die ins Schwitzen geraten war. »Sein Konzept für die Überbauung der Bucht von Tokyo: eine Bandstadt, die die anderen Teile der Stadt über die Bucht hin miteinander verbindet und die doch zugleich ihr eigener Ort ist. Das ist so was wie mein Liebling. Also, das hier sind alles meine Lieblinge, ist ja klar. Aber ... eine Stadt über dem Wasser. Dieses Verbindende. Das Schwebende, vielleicht Ortlose, ach, das fasziniert mich. Otto, ich denke, damit bist du gut bedient.«

Otto betrachtete die Bandstadt und fragte sich, wie Cecily überhaupt wieder rauskommen wollte aus dem U. Er war mehr als zufrieden. Sie nickten alle und guckten unternehmungslustig.

Vielleicht genau die richtige Stimmung, um sich endlich mal an die Durchschläge der Kegel-Unterlagen zu setzen, die er sich längst in seinem Zimmer bereitgelegt hatte. Aber immer, wenn er sich an den Tisch setzte, fühlte es sich nach Schulaufgaben an, er wurde müde, oder es kam was dazwischen.

»Nächster Punkt«, sagte Ann. »Wir müssen über das Klo reden. Das ganze Badezimmer. Die Situation ist untragbar.«

Ladius schaute sich die Mansarde an, es tat ihm leid, im Grunde war das eine schöne Welt hier.

Sie saßen auf dem Bett, den Blick in die Dachschräge, die Welt hinterm Fenster dunkel, und fragten sich, was nun zu tun war. Also, Ladius fragte sich das nicht, tat aber so, als ob. Sie hatten sich im Park unterhalten, sie hatten zusammen gegessen. Sie hatten sich im Park getroffen und sich weiter unterhalten. Ihre Gespräche drehten sich im Kreis, aber in einem, der dieser Martha Bretz zu gefallen schien: dass sie beide nicht wussten, was sie eigentlich voneinander wollten. Sie hatten große Geduld darin und großes Vergnügen daran, die Tiefen ihrer Unkenntnis auszuloten. Was sie hier taten, hatte ja alles keinen Sinn, und das schien sehr viel Sinn zu ergeben: für ihn, weil er sich dann keinen ausdenken musste, keine Zukunft, keine Versprechen. Für sie, weil es in das Bild passte, das sie sich bis hierhin von der Welt gemacht hatte.

Wo wohnst du eigentlich?

Gleich hier um die Ecke, da, man kann die Häuser fast sehen vom Park aus.

Von unserer Bank.

Na ja. Wenn man so will.

Willst du so?

Was?

Dass das unsere Bank ist.

Noch gehört sie ja dem Gartenbauamt Tempelhof.

Die haben sie nur von uns geliehen.

Ladius fand, dass er ganz charmant sein konnte, daher gefiel ihm dieser Satz. Martha Bretz lächelte milde, als würde sie ihm das gerne zugestehen. Schmerzlich, als wäre sie derlei Zugeständnisse allzu sehr gewöhnt.

Nächstes Mal wurde es kalt auf der Bank, und nach einer Weile zirkelten sie wieder zurück zur Frage, wo wer von ihnen denn nun eigentlich wohnte.

Raus Richtung Lübars, sagte Ladius. Als müsste er sich einen Ort überlegen, der möglichst weit entfernt von einer Tempelhofer Parkbank war. Sie lächelte nachsichtig.

Schön grün.

Ach, nicht so schön grün wie hier.

Die Bäume werden kahl.

Grün ist die Hoffnung.

Die Hoffnung worauf?

Wenn man das immer so genau wüsste.

Warum sitzen wir hier?

Du hast recht, es wird kalt. Wir sollten reingehen.

Wie leicht das Du zwischen ihnen entstanden war. Ein erstes gelungenes gemeinsames Projekt.

Reingehen?

Du wohnst doch hier in der Nähe.

In einer winzigen Mansarde.

Ich dachte, mit deinem Sohn?

Schräg über meinem Sohn.

Umso besser. Eine kleine Mansarde. Das war schon immer mein Traum.

Wenig Geld und wenig Platz haben?

Mich unterm Dach verstecken.

Sie hatte genickt, vielleicht sah sie ihm das an, und womöglich stimmte es sogar.

Einmal waren sie in eine Sackgasse geraten, bei ihrem zweiten Besuch im »Mostar Grill 2000«: als Ladius sagte, ob sie ihren Sohn nicht ermutigen wollte, sich anderen Themen zuzuwenden als dieser Spökenkiekerei. Sie war über das Wort amüsiert, aber sie musste auch eine Irritation überspielen.

Warum?

Na ja. Ich denke, also, so, wie du von ihm erzählst ... Er will ja vielleicht doch noch mal einen Anlauf nehmen Richtung München. Eines Tages. Das ist doch ein begabtes Kerlchen, das fällt mir richtig auf. Also, schreiben kann er. Ich denke nur, man sollte sich da vielleicht nicht verzetteln, in solchen Geschichten. Ich stell mir vor, das bleibt dann womöglich an ihm hängen. Also, dass er immer der mit den Gespenstern bleibt.

Martha Bretz schob ihren Djuvec-Reis mit der Messerspitze zurecht, und Ladius sah, dass sie überlegte. Er mochte sie sehr in diesem Moment. Aber er mochte auch seine anderthalb Millionen sehr in diesem Moment. Er war sich nicht sicher, ob sie überlegte, dass er recht haben könnte. Oder ob sie überlegte, wie sie ihm sagen sollte, dass ihn das nichts anginge, was Otto machte.

Hm.

Du hast recht, das geht mich nichts an. Wir sollten vielleicht nicht über unsere Familien reden.

Sie nickte und musterte ihren Reis.

Ich möchte mich einfach nicht in Ottos Leben einmischen, sagte sie.

Das zumindest unterschied sie voneinander, fand Ladius.

Und dann die Mansarde: Mein Reich, sagte Martha Bretz mit einem ironischen Unterton, nachdem sie durch das dunkle Treppenhaus bis unters Dach gestiegen waren. Vielleicht zog es hier oben sogar ein wenig, das Bett sah behaglich aus. Handarbeitsutensilien auf einem kleinen Tisch, der unterhalb eines Hängeregals an die Wand geschoben war, es sah aus, als knüpfte sie hier etwas. Aus dem Regal, das nicht tief genug war, ragten ein einfacher Plattenspieler und ein paar LPs mit schöner Musik.

Mach doch mal an.

»Schwanensee«. Dann: Ich weiß nicht, was soll es bedeuten … Ein Motiv aus Schuberts Unvollendeter. Ein bisschen Moldau-Thema. Ba-ba-ba-ba. Musik von gestern, vielleicht beschlossen sie deshalb, was von heute zu tun.

Egal, was daraus werden sollte: Für eine halbe Stunde oder etwas mehr verstanden sie sich gut. Martha Bretz fand es eine schöne Abwechslung, und ein bisschen radierte es ihr den Siegmar aus. Ladius dachte später oft daran zurück. Je länger es zurücklag, desto besser gefiel es ihm. Mit Martha Bretz, in ihrem Bett in der Mansarde unterm Dach.

Als sie schlief, zog er sich leise an, der Holzfußboden knarrte behaglich, sie schien das Geräusch aufzunehmen mit dem Rhythmus ihrer Atmung. Nur seine Schuhe behielt er in der Hand. In der anderen den Schlüssel zu Ottos Wohnung, den er mit manikürten Fingernägeln von ihrem Bund gelöst hatte.

Als Cecily nach Hause kam, hatte sich die Atmosphäre der Wohnung ins Tragische gewendet. Das merkte sie gleich daran, dass die anderen drei rechts vom Eingang in der Küche saßen und sie schweigend ansahen, als sie ihren Schal an die Garderobe hängte.

»Also«, sagte Otto. Jürgen wich ihrem Blick aus. Ann hatte angefangen zu kochen, sie rührte eine Art Suppe in einem großen Topf. Es musste wirklich etwas Besonderes vorgefallen sein. Das Feierabendlicht war tief grau hinterm Küchenfenster. Im Hintergrund, durch die Flurdecke, ganz leise Streicher.

»Ist was mit Oma?«, fragte Cecily.

Otto drehte seinen Kopf und guckte gegen die Küchenwand, als könnte er durch die Wände und den Flur bis in ihr Zimmer schauen. Cecily machte einen Schritt zurück und sah durch den Flur, dass ihre Zimmertür geschlossen war. Eigentlich ließ sie die morgens immer offen, weil sie sich freute, direkt nach ihrer Rückkehr schon vom Garderobenständer aus ihre Stadt zu sehen.

»Ist deine Mutter zurück?«, fragte sie und befürchtete eine Unbequemlichkeit, mehr nicht.

»Im Gegenteil«, sagte Otto. Was sollte das jetzt wieder bedeuten. »Also, nein. Es ist … Also, jemand war in der Wohnung.«

»Jemand?«

»Während wir weg waren. Jürgen war auf Jobsuche. Und Ann und ich beim Volksblatt.«

»Moment. Und mein Zimmer …«

Aber sie wusste es schon. Es war immer eine Angst von ihr gewesen. Bei allem, was an der Uni los war. Dass Studenten aus Protest gegen die Stadt, den Staat, die Gesellschaft, die Uni, den Lehrstuhl verwüsten und sich dabei ausgerechnet in ihrem Büro austoben könnten: ihre Modelle zerstören, ihre Stadt, ihre Welt.

Sie ging gemessenen Schrittes durch den Flur, der dabei immer länger wurde. Die anderen waren ihr auf den Fersen, respektvoll zwei, drei Schritte hinter ihr, vielleicht ein Sicherheitsabstand. Sie wäre lieber allein gewesen, sie kam sich vor, als müsste sie sich jetzt zu allem Überfluss auch noch um Kinder kümmern.

Ihre Tür hatte in Augenhöhe eine alte, geriffelte Scheibe, durch die man nichts erkennen konnte außer Licht und Formen. Sie sah, bevor sie die Hand an der Klinke hatte, dass sich hinter diesem Fenster etwas verändert hatte.

Sie öffnete die Tür, und alle ihre Modelle waren kaputt. Gar nicht umgeworfen und durcheinandergeschmissen, sondern fast planmäßig plattgemacht, wie abgerissen: so, als würde man in einer bestimmten Reihenfolge eine Stadt zerstören. Jemand hatte sich in die Öffnung des Us gestellt und jedes Gebäude zerschlagen. Die Pyramiden waren zu den Seiten gespreizt, flach gehauen, die hängenden Behausungen lagen auf den Straßen, weil ihre tragenden Gebäude nicht mehr standen. Die Bänder der Bandstadt waren in die Tiefe gefallen, jemand war dann noch auf sie getreten, wohl gar nicht mehr in böser Absicht, sie lagen da einfach schon. Alles war hin.

Cecily dachte einen ganz kurzen Moment an die Arbeitsstunden. Dann, länger, daran, wie viele Stunden sie eigentlich noch hatte verbringen wollen mit ihrer Stadt. Und was alles noch dazugekommen wäre. Sobald sie mehr Platz gehabt hätte. Eigentlich hatte sie Otto fragen wollen, ob sie nicht das Wohnzimmer noch übernehmen könnte. Die Flügeltür wieder öffnen. Sie saßen doch eh immer in der Küche, das Wohnzimmer starb doch gerade ab.

Ihr Gesicht wurde kalt. Dann merkte sie, dass sie weinte, man konnte es sogar hören. Jemand legte ihr von hinten einen Arm um die Schulter, und an der Griffhöhe merkte sie, dass das Otto war. Wie ein kleiner Bruder.

»Das war ein Angriff auf uns alle«, sagte Ann.

»Ich helf dir aufräumen«, sagte Jürgen, und es hörte sich an, als hätte er den Satz am liebsten mittendrin abbrechen wollen.

»Hier gibt's nichts mehr aufzuräumen«, sagte sie und bückte sich. Inmitten der kaputten Stadtbänder lag ein etwa unterarmgroßer Gegenstand, weggeworfen oder liegen gelassen. Mit schwerem Holzgriff, dunkel vom Benutzen, und einem in einem Haken auslaufenden Metallstab am anderen Ende.

»Knüpft deine Mutter nicht Teppiche?«, fragte sie und hielt Otto die Knüpfnadel hin. Mit der Hand, die er vorsichtig auf ihrer Schulter gehabt hatte, nahm er das Gerät.

»An sich schon«, sagte er. »Aber, ganz ehrlich …«

»Vielleicht eine … ich weiß nicht, psychotische Episode oder so was? Findest du nicht, dass deine Mutter ganz schön seltsam ist?« Sie wunderte sich, wie hart ihre Stimme war.

»Ich weiß nicht, ob meine Mutter seltsam ist«, sagte Otto. »Jedenfalls hat sie noch nie was kaputt geschlagen.« Mit einer verlegenen Fußspitze schob er Bandteile auseinander.

»Hörst du mal auf, weiter in meinen Sachen rumzufuhrwerken?«

Otto hielt inne. Weil sie ihn angepfiffen hatte, und weil er zwischen den Trümmern einen Ausweis mit seinem Foto freigelegt hatte. Er bückte sich und zeigte ihr seinen Presseausweis.

»Das ist der Mann, der das hier kaputt gemacht hat«, sagte er.

»Du?«, fragte Cecily.

»Nein, der Typ, der mir den Presseausweis weggenommen hat«, sagte Otto.

Jürgen nickte. »Der war gefährlich. Also, in der JVA hieß das gewaltaffin.«

»Warum sollte irgendjemand, den ich nicht kenne, meine Modelle kaputt machen, nur, weil er dir schon mal den Presseausweis weggenommen hat? Und woher kennst du den, Jürgen?«

»Lass uns das mal in der Küche besprechen«, sagte Jürgen.

»Ich habe uns was gekocht«, sagte Ann.

»Trotzdem«, sagte Jürgen.

»Wer ist dieser Kerl, von dem ihr redet?«, fragte Cecily.

»Jemand, der uns beschuldigt hat, wir hätten diesen Spuk auf der Kegel-Baustelle für die Zeitung inszeniert«, sagte Otto.

»Was?«

»Dieses Gespenst, das Jürgen auf der Baustelle beobachtet hat, als er da gepennt hat, und worüber ich für die Zeitung berichtet habe.«

»Und der ... was wollte der?«

»Der hat uns bedroht und wollte, dass ich aufhöre, über den Kegel zu schreiben. Und er hat mir meinen Presseausweis weggenommen. Der hat ein Interesse daran, dass es keinen Skandal um den Kegel gibt«, sagte Otto. »Ein Investor, ein Kommanditist. Das ging nicht gegen uns alle, das ging gegen mich. Es hat nur deine Modelle getroffen, weil sie das einzig Wertvolle sind, was wir hier in der Wohnung haben.«

»Wie?«, sagte Cecily. »Und das erzählt ihr mir nicht? Dass wir hier die ganze Zeit bedroht sind?«

Jürgen und Otto warfen sich einen Blick zu, und das regte sie noch mehr auf. Wo war sie hier reingeraten. An einem Ende des Us hatte jemand angefangen, die Trümmer ein wenig zu ordnen, aufzuheben, zu schichten, wie Aufräumarbeiten nach einer Katastrophe aus der Vogelperspektive. Cecily wusste, wie ungerecht das war, aber jetzt wurde sie erst richtig wütend: wie hilflos jemand hier rumgefummelt hatte, als ließe sich alles, aber auch wirklich alles im Leben wiedergutmachen. Die Ungerechtigkeit stieg ihr zu Kopf wie ein köstliches Gift.

»Wer war das?«, schrie sie.

»Na, dieser Typ«, sagte Otto, »ich find den Namen raus, also, ich recherchier …«

»Nein, wer war in meinem Zimmer und hat hier rumhantiert an den Sachen, nachdem der Typ hier drin war?«

»Spinnst du?«, sagte Ann. »Ich wollte dir nur helfen, ey.«

Cecily lief die Wut durch den Körper und über die Haut, ein wunderbarer Schauer. »Du kannst mir nicht helfen. Bitte hilf mir nie wieder. Ich brauch deine Hilfe nicht.«

Sie sah, dass Ann sich zumachte, es befriedigte sie, als hätte sie was kaputt gemacht. »Kein Problem«, sagte Ann. »Verlass dich drauf.«

»Willst du die Polizei holen, oder was?«, fragte Jürgen. »So mit Spurensicherung und allem Pipapo.«

»Ja, jetzt nicht mehr, du Schlauberger«, schrie Cecily, »weil Ann ja eh alles versaut hat.«

»Ey, du tickst ja nicht richtig«, sagte Ann.

»Leute«, sagte Otto, und Cecily hätte ihm am liebsten eine geknallt, er hatte sogar die Handflächen so beschwichtigend nach außen gedreht. »Jetzt lasst uns alle mal cool bleiben.«

Cecily baute sich vor ihm auf. So musste es sich anfühlen, wenn man seinem kleinen Bruder das Nasenbein brechen wollte, unwiderstehlich. Sie krampfte die Hand um die Knüpfnadel und zeigte dann mit dem hakenförmigen Ende auf Otto.

»Wie ist der hier reingekommen?«, fragte sie und betrachtete die drei Kapeiken der Reihe nach. Sie standen da wie die Kinder im Walde, hungrig und verloren.

Otto nahm ihr die Knüpfnadel aus der Hand und betrachtete sie. Er sah aus, als fragte er sich, ob das Gerät wirklich von seiner Mutter war und was seine Mutter mit dem Mann zu tun hatte, der hier ihre Stadt zerstört hatte. Sie konnte Otto ansehen, dass er sich mit dem Gedanken nicht zu lange beschäftigen wollte. Er legte die große Knüpfnadel vorsichtig auf eine Platte und wischte dann resigniert über die Plastikhülle seines Presseausweises, als käme der ihm nun beschmutzt und wertlos vor. Es war ihr scheißegal. Sie wiederholte ihre Frage.

Otto sah sie an, mit einem schmerzlichen Ausdruck, der ihr den Rest gab. »Durch die Tür«, sagte er, »mit einem Schlüssel.«

»Woher soll er den haben? Hat sich einer von euch den Schlüssel wegnehmen lassen?«

Otto verzog das Gesicht. »Von meiner Mutter, wahrscheinlich. Was anderes fällt mir nicht ein.«

Cecily drehte sich um, ihre Umhängetasche an der Flurwand eine Wegmarke in ihrem Blickfeld. Sie steuerte darauf zu und spürte mit Befriedigung das Gewicht auf der Schulter, als sie sich die Tasche überwarf. Nie aufgeräumt, immer alles drin, was sie brauchte.

»Jetzt warte doch mal«, sagte Jürgen und stellte sich ihr in den Weg. Hatte ihr nicht eben schon irgendwas den Rest gegeben? Dieser Scheißschmerz in Ottos Gesicht, was ging sie das an. Aber die Wahrheit war: Das war jetzt hier der endgültig letzte Rest vom Schützenfest. Dieses Beschwichtigende, als wäre sie einfach eine hysterische Kuh. Und ihr dann im Weg stehen, darauf konnte sie gar nicht.

Sie machte einen Schritt, und Jürgen fasste sie an der Schulter. Sie erstarrte.

»Fass mich nicht an«, zischte sie.

»Ach, jetzt plötzlich«, sagte Jürgen, der, das registrierte sie noch mit einer gewissen Begeisterung, offenbar auch eine recht kurze Zündschnur hatte. Sie machte sich frei und knallte ihm eine, dass ihr die Handfläche noch brannte, als sie den Tempelhofer Damm erreichte.


Als Otto ihr hinterhersah, fiel sein Blick auf die offene Tür zu seinem Zimmer, am anderen Ende des Flures.

O nein.

O doch. Daran hatte er vorhin in der ersten Aufregung nicht gedacht: zu schauen, ob bei ihm was fehlte. Er hatte ja nichts. Außer Sachen von Hm. Der Tisch in seinem Zimmer war leer bis auf den Notizblock, den er sich bereitgelegt hatte, für den Moment, in dem er endlich anfangen würde, die Kegel-Unterlagen von Hm. zu studieren. Die Unterlagen waren weg. Scham überflutete ihn. Er hatte Ladius geradezu eingeladen, die mitzunehmen.

Otto polterte die Treppe hoch und wummerte gegen die Tür seiner Mutter. Sein erster Besuch hier oben. Es kam ihm vor wie eine Grenzüberschreitung, und es fühlte sich herrlich an.

Seine Mutter öffnete die Tür, und daran, wie verwirrt sie aussah, merkte er, dass sie dabei war, sich etwas zu denken.

»Na?«, sagte er, seine Stimme flach vor Wut, eine richtige Schulhofstimme. »Vermisst du deinen Wohnungsschlüssel?«

Seine Mutter sah ihn an und nickte, eine Ahnung zu groß für ihr relativ kleines Gesicht.

»Den hat sich jemand genommen, der bei uns in die Wegohnung gekommen ist und …«, erst versprach er sich bei WG und Wohnung, jetzt endete er nicht besser als mit: »… ganz viele von unseren Sachen kaputt gemacht und weggenommen hat.«

»Ladius«, sagte sie, wie unter Schock, vielleicht, weil Otto sich so unbeholfen ausgedrückt hatte.

»Danke«, schrie Otto, »mehr wollte ich nicht wissen.«

Das Licht in Portugal war ganz anders als damals in Braunlage. Nicht so gedämpft, nicht so trüb, selbst um diese Jahreszeit ungebrochen. An der Costa Azul lag noch im Hinterland Salz in der Luft. Eine Schildkröte, die gerade die Landstraße überquert hatte, reckte den Kopf und den schlanken Hals gegen den tiefblauen Abendhimmel, bevor sie im Straßengraben verschwand.

»Es muss hier irgendwo sein«, sagte Burose, der kein Portugiesisch konnte und sich von einem Gastwirt im vorigen Ort hatte erklären lassen, in welcher Garage in der Gegend Schnaps gebrannt würde, Aguardente, Beißwasser. Er stieg aus dem gemieteten Seat 850 und ging, die Ärmel hochgekrempelt, ein wenig auf der sandigen Kreuzung hin und her, als könnte er Schnapsbrennereien durch geschlossene Garagentore riechen.

Die Architektin ließ die Hand mit der Zigarette aus dem Fenster baumeln und drehte den Kopf ein wenig gen Himmel. Manchmal wurde man geduldig, indem man sich Mühe gab, geduldig auszusehen. Einerseits gefielen ihr die angehängten Tage hier auf dem Land, andererseits verschwendete sie, was Burose betraf, ihre Zeit.

Lissabon: eine Stadtentwicklungskonferenz, Verkehrsknotenpunkte, Anschluss ländlicher Gebiete an ausbaufähige Infrastruktur. Nichts, was sie interessierte. Was sie dagegen sehr wohl interessierte: frei fließendes Geld und relativ unabhängig agierende Regierungsvertreter, davon gab es in instabilen Machtstrukturen wie in Portugal reichlich. Als sie von Ladius erfuhr, dass Burose da sein würde, ließ sie Vollrath den Flug buchen. Und eine Suite in einem Hotel an der Atlantikküste, anderthalb Autostunden südlich von Lissabon, im Anschluss an die Konferenz. Mal schauen, wie flexibel Burose war. Und wie nostalgisch.

Nachdem sie im Hotel aufeinandergetroffen waren und sich wie Eheleute begrüßt hatten, damit das Personal sie so behandelte, wurde der Architektin ein Missverständnis klar: Sie hatte dieses Spielchen angefangen mit Blick auf die Zukunft, aber Burose hatte sich darauf eingelassen mit Blick auf die Vergangenheit. Sie wollte sichergehen, dass er ihr auch beim nächsten Projekt noch gewogen war. Er wollte sichergehen, dass niemals darüber geredet werden würde, dass er ihr beim jetzigen Projekt gewogen gewesen war.

Und darüber hinaus hatte er sich offenbar vorgenommen, diesmal nichts anbrennen zu lassen. Schon beim Begrüßungsschlückchen beugte er sich weiter als sonst in ihren Raum, über das Rattantischchen und die Tapenade, als hätte er nicht mehr viel Zeit, und als müsste es diesmal ernster werden als vor einigen Jahren in Braunlage.

Noch ernster?

Beim Abendessen suchte er ihren Fuß unterm Tisch, und zum ersten Mal seit Langem wurde die Architektin von einer tiefen Melancholie befallen. Je mehr sich alles änderte, desto mehr blieb es das Gleiche. Sie dachte an ihren bevorstehenden Großbau am Ku'damm und daran, wie viele Fußduelle sie bis dahin noch zu bestehen haben würde, und nach dem zweiten Glas Rotwein entschied sie, dass jedes weitere eins zu viel war.

Als Burose sie zu einem Absacker an die Bar schieben wollte, wich sie aus Richtung Parkplatz: das dringende Bedürfnis, in Bewegung zu sein. Tatsächlich hatten sie ihr an der Rezeption erzählt, im nächsten Ort gäbe es hervorragenden hausgebrannten Schnaps. Vielleicht, um die Versorgungsengpässe der heimischen Industrie zu überspielen. Jedenfalls schlug sie eine Spritztour vor. Burose fuhr sie in die Dämmerung, der Schotter unter dem Seat so laut, dass man nicht zu reden brauchte.

Eine einzelne, über der Kreuzung hängende Laterne sprang mit einem verhaltenen Knistern und Ploppen an, und im gelblichen Licht sah sie, dass Burose wahllos an Garagentore wummerte. Sie musste sich zusammenreißen, um ihn nicht buchstäblich zurückzupfeifen. Sie stieg aus und lehnte sich ans Auto, Nadelbaumaromen in der Abendluft, ätherisch kühl auf ihren nackten Unterschenkeln. Sie rauchte und wartete mit geschlossenen Augen. Sie hörte, wie er zurückkam, und dass er ihr so nahe kam, als wollte er sie küssen.

Als sie die Augen aufschlug, war sein Gesicht einen halben Meter vor ihrem erstarrt, gelblich und glänzend wie ein Zitronenpudding.

»Weißt du, was die mit mir machen wollen?«, fragte er.

»Wer ist die?«, fragte sie, weil sie die Dramatik aus dem Satz lassen wollte und weil sie gern präzise Informationen hatte.

Burose richtete sich auf, ein Stück von ihr weg, und eigentlich sah das nicht schlecht aus, wie er da hemdsärmelig im staubigen Abend stand. Offenbar hatte sein Versagen bei der Schnapssuche die Schleusentore für das Eingeständnis weiterer Niederlagen geöffnet. »Der Senat. Die Partei.«

»Nein«, sagte sie. »Weiß ich nicht.«

»Beurlauben«, sagte er. »Oder vielleicht sogar suspendieren.«

Sie rauchte. »Hm.« Sie rauchte weiter. »Ein bisschen Urlaub

würde dir guttun, meinst du nicht? Raus aus der Schusslinie, warten, bis der Qualm sich verzogen hat, und dann mit frischer Kraft …«

Er nahm sie bei den Schultern, und es gefiel ihr gar nicht. Sie machte sich aspikartig, damit er sie losließ. »Weißt du, wie hoch die Verluste sind, die auf die Stadt zukommen, wenn du mit der Angelion pleitegehst und die Stadt dein Hochhaus nicht vermietet kriegt?«

Weil sie ihm nichts zum Anfassen bieten wollte, konnte sie nicht mit den Schultern zucken. »Über die Jahre ist das vernachlässigbar«, sagte sie, »und weißt du«, sie kostete die vertrauliche Anrede aus mit einer Kunstpause, »ich baue ja nicht für den Augenblick. Außerdem ist es normal, wenn Baufirmen gegen Abschluss des Projektes in die Liquidation gehen.«

»Das Projekt ist aber nicht abgeschlossen.«

»Ja, weil ihr einen Baustopp nach dem anderen verursacht, indem ihr kein Geld nachschießt.«

»Hunderte Millionen sind das womöglich am Ende, die da verloren gehen, wenn du bei deiner K77-Veranstaltung nicht noch mal richtig viel Geld einsammelst.«

Sie verzog das Gesicht. Sie mochte nicht, wie sich das anhörte. Als würde sie mit dem Hut rumgehen, nachdem sie mehr schlecht als recht ein Chanson gesungen hatte.

»Und weißt du, wer das durchrechnen muss und wer den Bausenator damals gebeten hat, das Wirtschaftlichkeitsgutachten zu unterschreiben?«, fragte Burose.

»Lass uns bitte nicht mit rhetorischen Fragen anfangen«, sagte sie und machte sich endgültig frei. »Das ist doch würdelos.«

»Darum suspendieren die mich. Weil die glauben, du hast mir da einen Floh ins Ohr gesetzt.« Er ging ein paar Schritte

Richtung Gebüsch, fuhr sich theatralisch mit der breiten Hand über den Schädel und drehte sich dann ruckartig wieder zu ihr um. »Oder in die Hose.«

»Also, weißt du …«

»Ich versteh deine Gelassenheit nicht«, sagte Burose. Das hörte sie nicht zum ersten Mal. »Am Ende kriegen sie dich auch dran.«

»Die Partei?«, fragte sie. »Ich bin in keiner Partei. Und meine Verträge mit der Stadt sind eindeutig.«

»Die werden dich trotzdem vor einen Untersuchungsausschuss zerren, und vielleicht vor Gericht.«

Sie löste sich vom Autodach und kam auf ihn zu, bis sie genau vor ihm stand und genau einen Kopf kleiner war als er. Sie beugte sich zu ihm hinauf und sagte: »Wieso zerren? Ich geh da gerne hin. Ich sag gern, was alles war und was alles ist.«

»Ist das eine Drohung?« Er wirkte fast erleichtert: endlich Klarheit, endlich die reine, unverstellte Offenheit.

»Nein«, sagte sie. »Meine Güte. Das bedeutet einfach nur, dass ich meine Angelegenheiten geordnet habe und dass ich mit mir im Reinen bin.«

Burose sah sie an, und sie fragte sich, wie sie in diesem Licht aussah, in diesem Wind, in diesem Land. Er lachte. »Du bist unglaublich.«

Sie zuckte die Achseln und sagte mit aller Boshaftigkeit, zu der sie fähig war: »Vielleicht kann dein Freund Ladius dir helfen.«

Cecily meldete sich nicht, an der Uni hieß es, sie habe sich krankgemeldet. Otto fand es eine Spur melodramatisch, vielleicht, weil er nicht wollte, dass es ihn traurig machte. Er schaute im Telefonbuch nach Bescheer mit alten Vornamen, um ihre Eltern anzurufen, aber dann kam es ihm übertrieben vor.

Hm. fragte ihn, ob er mit den Unterlagen weitergekommen wäre. Er überlegte, was er ihr sagen sollte, ohne seine Mutter da reinzuziehen. Sie deutete sein Schweigen ganz richtig als Ausflucht und sagte begütigend: Na, vor Weihnachten würden sie eh nichts mehr bringen. »Das sind ja nicht die Pentagon Papers«, vielleicht mit einem Anflug von Bedauern.

An Heiligabend kam Jürgen gegen Mittag mit einem etwa drei Meter hohen, völlig zerfetzten Baum durch die Tür. Er sah aus, als hätte er ihn in der S-Bahn transportiert.

»Ich dachte, wir hätten uns auf keinen Baum geeinigt«, sagte Ann, die sich was Schönes angezogen und Lidschatten aufgetragen hatte, um zu ihrer Familie zu fahren. Sie wandte den Kopf ein wenig zur Seite, als wäre das dadurch unsichtbar.

»Der ist geklaut«, sagte Jürgen. »Von der Kegel-Baustelle.«

»Musstest du erst die Sumpfhexen abschütteln?«, fragte Otto und freute sich. Jürgen guckte seltsam und baute den Baum im

Wohnzimmer auf. Der Schmuck aus dem Keller reichte für eine Seite. Aus der Küche roch es wie immer, wenn Otto dran war. Abends saß er mit Jürgen vor dem teilgeschmückten Baum, Buletten im Bauch. Sie warteten darauf, dass irgendein Witzfilm im Fernsehen anfing. »Die tollkühnen Männer in ihren fliegenden Kisten«, »Das große Rennen rund um die Welt«, »Das Mädchen Irma La Douce«. Jetzt sang Peter Alexander. Es klingelte an der Wohnungstür.

»Du hast die Schlösser ausgetauscht«, stellte seine Mutter fest.

»Ja. Vor drei Wochen.« Der Hausmeister hatte sich kaum eingekriegt vor Neugier.

»Ich hab Geschenke dabei.«

Otto machte seiner Mutter Platz, Jürgen wischte sich die rechte Hand am Oberschenkel ab und reichte sie ihr.

»Schön habt ihr's hier«, sagte Ottos Mutter und setzte sich in den Sessel, der nicht mehr ihrer war.

»Du hast Nerven«, sagte Otto.

»Ich wollte meine Knüpfhaken abholen.«

»Wie gesagt. Nerven hast du.«

Seine Mutter zuckte die Schultern. »Was soll ich denn machen, Otters?«

Jürgen stand auf und bewegte sich in einer Art Krebsgang Richtung Wohnzimmertür.

Otto zuckte die Achseln. »Dich nicht mit Leuten einlassen, die mich wegen meiner Arbeit bedrohen.«

Seine Mutter verzog das Gesicht. Unklar, ob es wegen des Wortes »einlassen« war oder weil Otto bedroht wurde.

»Kommen deshalb keine Berichte mehr von dir über den Kegel?« Jürgen blieb in der Tür stehen und hörte zu.

»Ich wette, der Name Ladius steht auf den Kommanditisten-

Listen«, sagte Otto und ärgerte sich über seine unfreiwillige Reimkunst. Und darüber, dass er die Listen jetzt nicht mehr prüfen konnte, weil sie bei den Unterlagen waren, die Ladius mitgenommen hatte. »Die Baufirma der Kegel-Architektin steht kurz vor der Pleite, dann verlieren die Kommanditisten ihr Geld. Das ist nicht gut für Leute wie deinen Freund Ladius, die sich womöglich Geld geliehen haben, um Gewinn zu machen. Weil die Steuerersparnis niemals den Wert ihrer Kredite aufwiegt.«

»Deshalb hat er dich bedroht?«, sagte seine Mutter.

»Der hat uns schon auf der Baustelle Schläge angeboten«, sagte Jürgen von der Tür.

»Warum erzählst du mir so was nicht?«

Otto lachte. »Mama.«

»Und jetzt lassen die dich nicht mehr über den Kegel schreiben?«

»Die warten darauf, dass die Baufirma pleitegeht, und dann berichten sie über die Untersuchungsausschüsse und so weiter. Streng nach Termin.«

»Und das lässt du dir bieten?«, fragte seine Mutter.

Otto rieb sich die Stirn. Was er nicht erzählte: dass Margot ihn zum Chef gerufen hatte. An sich schon ungewöhnlich, aber es bedeutete, dass der Chef gern wichtig hinterm Schreibtisch sitzen wollte, wenn Otto reinkam. Der Chef hätte gehört, dass Otto ein Stellenangebot von der Kegelbau Angelion vorliegen habe. Darüber hätte ihn die Architektin informiert, der guten Ordnung halber. Otto hatte nicht geschluckt, sondern einfach gesagt: Ich habe das Angebot abgelehnt. Was womöglich gelogen war. Hatte er das so deutlich gesagt? Der Chef hatte die Lippen verzogen und gesagt, ganz egal, Otto sei nicht mehr unbefangen, er müsste ihn vom Kegel abziehen.

»Von den Sumpfhexen gibt es nichts Neues«, sagte Otto zu seiner Mutter. »Seit Jürgen da nicht mehr schläft, ist keine mehr aufgetaucht.«

Seine Mutter aß eine Bulette, die sie nachdenklich mit der Gabel zerdrückte. Jürgen und Otto sahen ihr dabei zu, schweigend. Hin und wieder schüttelte sie den Kopf.

»Du hattest was von Geschenk gesagt?«, fragte Otto.

»Ich hab gehört, du vermisst Cecily?«

Zwischen den Jahren kam Ann in Ottos Zimmer und setzte sich auf sein Bett, als hätte er sie hereingebeten. Otto hörte auf, sein Hemd zuzuknöpfen. »Das spricht sich ja schnell rum«, sagte er, denn tatsächlich hatte er das Jürgen unterm Baum erzählt, Bulette noch im Mund.

»Nur die interessanten Sachen«, sagte Ann. Sie war sockfuß und hatte etwa Schuhgröße 42. Weil sie Ottos Blick gefolgt war, streckte sie die Beine aus und wackelte mit den Zehen. »Was glotzt du«, sagte sie.

»Was interessiert dich, wen ich vermisse«, sagte Otto und ärgerte sich.

Ann warf sich nach hinten auf sein Kopfkissen und verschränkte die Arme unter dem Kopf. »So Psychosachen faszinieren mich«, sagte sie. »Außerdem bin ich selber urisch verklemmt. Also nicht speziell sexuell, sondern insgesamt, von der sozialen Interaktion her. Also, wenn es darum geht, über Gefühle zu reden.«

»Davon merkt man aber nichts«, sagte Otto. »Leider.«

Sie lachte gutmütig. »Ich kämpf dagegen an.«

Otto knöpfte weiter und stopfte sich das Hemd in die Hose. Ann schnellte vor und versuchte, es ihm wieder rauszuziehen,

330

aber er kannte bereits ihre Abneigung gegen seinen Kleidungs-
stil und wehrte sich mühelos.

»Wir machen heute Abend Ablenkungstherapie«, sagte sie.
»Wir gehen in die Disko.«

»Wer ist wir?«, fragte Otto.

»Du und ich. Und Jürgen.«


Als sie aus der U-Bahn stiegen, lag schon so richtig Krautrock
in der Luft. Die Leute stapften auf hohen Absätzen unter langen
Ponys an ihnen vorbei. Otto und Ann taten, als müssten sie sich
nicht orientieren, Jürgen kannte sich offenbar wirklich aus. Er
winkte sie in die richtige Richtung, einen weiß gekachelten U-
Bahngang hinauf, Kurfürstenstraße, dann ein Stück weiter
rechts in die Genthiner, vorbei an einer Litfaßsäule, an der Re-
klame für ein Festival mit Krautrockbands hing, drei Tage, alles
für zwanzig Mark, im Hintergrund ein Atompilz in Lilatönen:

RUNZELSCHORF   ZITTERLING
HÜTCHENTRÄGER   FLEISCHKORALLE
GALLERTBECHER   JUDASOHR
GRUBENLORCHEL   HERKULESKEULE
PARASOL   SCHWEFELKOPF
special guest: ZUNDERSCHWAMM & LACKPILZ


An der Kurfürstenstraße standen in fast regelmäßigen Abständen Prostituierte, die dünn bekleidet waren für die Jahreszeit,
und auf sehr jung geschminkt. Oder gar nicht geschminkt?

»Babystrich«, sagte Ann.

Otto mochte nicht starren, es war ihm unheimlich, wie die
Stadt ihre Kinder verschlang. Jedes Jahr ertranken Kinder in der
Spree, weil keiner aus dem Osten und keiner aus dem Westen

sich zuständig fühlte für Rettungsmaßnahmen an der Sektorengrenze. Die verkehrstoten Kinder, unzulänglich geschützt durch orangefarbene Pudelmützen. Dieses ganze Kindermördertum der letzten Jahre, ständiges Raunen über Kinderquäler und Kinderklauer. Es kam ihm schauerlich vor, als wäre das Land ein märchenhaftes Ungeheuer, das seine Opfergaben forderte. Und alles, was man als Gegenleistung bekam, war, dass man irgendwann kein Kind mehr sein musste.

»Otto?« Er merkte, dass er trödelte. Ann war ungeduldig, Jürgen schaute sich wachsam um. Seine Bullenphobie. Im S.O.U.N.D. wimmele es nur so von Zivilpolizei, hatte Jürgen sie wissen lassen. Da müsste man wachsam sein. Ob er zu feige wäre, hatte Ann ihn gefragt.

Das Portal war ein breites, niedrig gezogenes Betonloch, hinter dem ein paar Stufen hinabführten. Darüber orange erleuchtet der unverschämt runde Schriftzug, der in der ganzen Stadt plakatiert war. Trauben von Leuten in Lammfelljacken und superengen Jeans mit weiten Aufschlägen. Otto waren seine vernünftig geschnittene Hose und die Wildlederjacke peinlich, aber Ann hatte ihm ein amerikanisches T-Shirt von ihrer Schwester geliehen, es war so eng, dass er sich ein bisschen rockstarig fühlte, vorne drauf stand:

LIFE IS WHAT HAPPENS TO YOU
WHILE YOU'RE BUSY
MAKING OTHER PLANS
- JOHN LENNON

Aber nur, wenn er die Jacke aufmachte.

Hier vorne, informierte Jürgen sie, müssten sie ihre Kohle abdrücken, aber Otto winkte ab und zahlte für sie alle. Ann rief, die erste Runde ginge auf sie, und Otto ließ sich mitziehen, er fragte sich, wie sie das jetzt eigentlich mit der Miete geregelt hatten.

Den Gang zur Disko musste man durch ein Spalier von Menschen hindurch zurücklegen, die alle ein paar entscheidende Jahre älter als Otto waren. Sie verhandelten untereinander oder jeder für sich über Dinge, die ihn nichts angingen, Jeans- und Lederjacken, kurze Röcke, lange Wimpern, Seitenblicke, und zu seinem eigenen schneller werdenden Herzschlag hörte er das vertraute Auftakträuspern, dann ein vielstimmiges Summen, aus dem sich Wörter schälten ...

*Hello little boy,*
*bist du hier neu?*
*Weißt du Bescheid,*
*oder tut's dir schon leid,*
*dass du mitgekommen bist?*
*Hätt'st dich lieber verpisst!*
*Machst du so oder so,* [pantomimisch übertriebene Spritz- bzw. Schnupf-Bewegungen]
*warst du schon auf dem Klo?*
*Kennst du dich aus,*
*oder willst du nach Haus?*
  *Du passt nicht hier rein,*
  *du bist noch zu klein.*
  *Du gehörst nicht dazu,*
  *du bist einfach zu du,*
  *du bist einfach zu duuuuuu*

Ist ja gut, dachte Otto und bahnte sich seinen Weg. Der Song verschwand aus seinem Kopf, und niemand kümmerte sich um

Otto außer ein, zwei Leuten, die ein bisschen zurückrempelten, weil es dazugehörte, oder weil sie ihre Motorik nicht mehr so gut im Griff hatten.

Sie setzten sich im Halbdunkel auf ein paar hässliche grüne Bürostühle, die Otto an den Konferenzraum beim Volksblatt erinnerten. Worüber sollte er jetzt eigentlich schreiben? Ann ging zur Bar und kam nach einer längeren Zeit, während der Otto und Jürgen sich nicht unterhalten konnten, mit drei Bluna zurück.

»Die haben nur eine Milchbarkonzession«, schrie sie.

»Dann muss man vorglühen!«, schrie Jürgen.

»Wegen der vielen Minderjährigen und den Drogen!«, schrie Ann.

»Es ist ja nie was im Kühlschrank!«, schrie Otto.

»Was?«, schrie Ann. Sie schwiegen. Die Musik war zu laut, um Ann zuzuhören. Otto machte seine Jacke auf, sodass da »WHAT YOU'RE OTHER LENNON« stand. Er dachte, dass die Musik sicher besser zu begreifen war, wenn man sich direkt hineinbegab. Er winkte Ann zu, weil er Jürgens Blick nicht fand. Der war dabei, den ganzen Raum mit den Augen abzusuchen, vielleicht so ein Knastinstinkt. Aber der Raum mit all seinen Ecken und Flächen, in der Mitte die Musik und ihre Menschen, war undurchschaubar. Ann stürzte die Bluna mit abgewinkeltem Ellenbogen hinunter und folgte Otto auf die Tanzfläche. Dort hatte er eine Art synästhetische Erfahrung wie ein expressionistischer Dichter im Senfgasnebel, Deutschunterricht, zehnte Klasse: Nicht so sehr, dass er die Farben der Lichtorgel hörte, aber für einige Momente konnte er nicht unterscheiden zwischen dem Geruch der Körper um ihn und der urischen Wucht der Bässe, wie Ann gesagt hätte. Einmal sah er blonde Haare fliegen und fragte sich, ob das Cecily war, aber das Gesicht, das ihm dann entgegenrotierte, hatte nichts von ihrer aufgebrachten Ernsthaftigkeit. Er fühlte sich sehr allein im Getümmel und suchte zuckend und pulsierend Ann, bis sie ihn von hinten mit dem Hüftknochen anrempelte, dann noch mal, die Arme in der Luft, handtellergroße Achselschweißflecken wie alle hier. Wenn ihre Blicke sich trafen, erinnerte ihn das an etwas, vertraut und gar nicht lange her, aber dann war sie wieder weggedrängt, abgetaucht. Als sie das nächste Mal vor ihm auftauchte, wieder die Hüftknochen, wusste er, was es war: Sie strengten sich hier zusammen an, sie kämpften vielleicht auch gegen was, aber gemeinsam. Als sie wieder wegzudriften drohte, fasste Otto sie an der Schulter. Der Plattenleger war gut, es war bekannt, dass im S.O.U.N.D. als letztes Lied immer »The End« von den The Doors gespielt wurde, und jetzt zog er davon die ersten Takte hoch, wütendes, ausgelassenes Gebrüll im Publikum, es war doch noch keine Zwölfe durch, und dann blendete er das ganz geschickt wieder aus und über in »Light My Fire«, er hatte sie gefoppt! Der Abend war noch gar nicht zu Ende. Das konnte man so oder so tanzen, zumal, das merkte Otto, als Anns schwitzige Stirn schon an seiner sicherlich nicht weniger schwitzigen Schulter lag: Es handelte sich um die deutlich langsamere Version von Shirley Bassey.

Er sah von oben auf Anns selbst geschnittenes Haar, und sie trat ihm dabei auf die Füße, vielleicht aus Spaß. Dann lehnte sie sich gegen ihn, als wollte sie sich ausruhen. Er legte sein Kinn auf ihr Haar und registrierte erleichtert, dass Shirley Bassey die Gepflogenheit der The Doors übernommen hatte, Refrains schier endlos zu wiederholen.

»Ich schau mal nach Jürgen«, schrie Ann, als »Light My Fire« vorbei war und etwas ohne Text lief. Otto spürte, wie der rote Scheinwerfer der Lichtorgel über sein Gesicht lief. Die Zeit verging langsamer ohne Ann. Für einen Moment bekam er den schrecklichen Verdacht, sie könnte jeden Augenblick mit jemand anderem durch sein Gesichtsfeld tanzen. Oder in einer dunklen Ecke sitzen. Das Wort knutschen fiel ihm ein. Wobei meist ein Geräusch entsteht, als würde die Kuh in Matsche gehen ... Poesiealbum, was man sich alles merkte. Wo war Ann? Es gab einen Rhythmuswechsel, Otto schlackerte mit den Armen, und plötzlich überfiel ihn eine große Erleichterung: Moment mal, das war Ann, über die wir hier redeten. Ann! Er grinste. Wie und wo man sich so reinsteigerte, wenn die Musik laut war? Und da kam sie auch schon wieder. Sie schwenkte den Kopf nach links und rechts, als hätte sie viel längere Haare, rempelte dann auf ihn zu und schrie ihm ins Ohr: »Jürgen quatscht gerade mit einem Typen!«

Otto nickte auf diese übertriebene Weise, die man an den Tag legte, wenn man sein eigenes Wort nicht verstand. »Einer aus dem Knast vielleicht?«, schrie er. »Nee«, schrie Ann, »der ist wie aus dem Ei gepellt. Der sieht aus wie ein Papagei. Weinrote Stiefel, gelber Anzug. Augenkrebs.« Die Beschreibung kam ihm bekannt vor. Aber bevor er sich vor seinem inneren Auge ein Bild machen konnte, ging das Licht an und die Musik aus, beides in derselben Sekunde.

»Scheiße, die Helmis«, sagte Ann, die natürlich wieder alles wusste. »Also, die Behelmten.« Sie zeigte auf ihren Kopf und verdrehte den Hals.

»Ich weiß, dass Schutzpolizisten Helme tragen«, sagte Otto und klopfte unwillkürlich seine feuchte Jacke ab. Sein entehrter Presseausweis war das einzig halbwegs Interessante, das er bei sich trug.

»So, die Herrschaften«, eine für Ottos Begriffe typische Uniformträgerstimme, Busfahrer, Sportlehrer, Einsatzleiter, es hörte sich immer gleich an, leicht überdreht, abgedroschen, erschöpft von sich selbst. »Schön die Nerven behalten, jeder bleibt, wo er ist, und unsere Sachbearbeiter sind dann gleich bei Ihnen. Keine Sorge, jeder kommt dran, einer nach dem anderen.« Und, nachdem aus der Masse der Ex-Tanzenden der eine oder andere Einwand kam: »Nur nicht frech werden, wenn ich bitten darf.«

»Das passiert hier jede zweite Woche«, sagte Ann. »Hätte nur nicht gedacht, dass die da zwischen den Jahren Lunte haben.«

»Gibt sicher Zulage«, sagte einer ihrer ehemaligen Mittänzer, während Otto von dem schier unbezwingbaren Wunsch befallen wurde, sich wichtig zu machen.

»Was soll'n das werden, wenn's fertig ist?«, fragte Ann, ansatzweise alarmiert. »Wo willst du hin?«

»Arbeiten«, sagte Otto und knisterte mit seinem Presseausweis.

»Meine Güte«, sagte Ann, »krieg dich mal wieder ein, das dauert vielleicht 'ne halbe Stunde, dann tanzen wir noch mal Stehblues.«

»Lass mich«, sagte Otto und hielt den Ausweis hoch, bis er an der Peripherie der Tanzfläche auf die ersten Polizisten traf.

»Sie wollen uns schon verlassen?«, sagte der Polizist, nachdem er einen kurzen Blick auf Ottos Presseausweis und dann einen längeren auf seine dann doch eher undrogige Gestalt geworfen hatte.

»Nee«, sagte Otto, »ich würde mir gern Ihre polizeiliche Maßnahme anschauen.«

»Manfred«, rief der Polizist, »Kundschaft für dich.« Dann presste er Otto etwas zu fest die Schulter. »Wir haben immer 'n Pressesprecher dabei, wegen der ganzen Studenten und solchen Klugscheißern wie dir.«

Der Polizist, der Manfred hieß, gab jemandem die Jeansjacke

zurück und hielt Otto eine Hand im schwarzen Lederhandschuh hin. »Kolossa, Polizeiobermeister, Öffentlichkeitsarbeit«, sagte er, aber Otto war mit seiner Aufmerksamkeit woanders.

»Was machen Sie denn mit dem Mann?«, fragte er und ärgerte sich darüber, wie aufgeregt er klang.

Kolossa drehte sich um. Zwei seiner Kollegen hatten Jürgen mit dem Gesicht auf eine der klebrigen Tischplatten am Rand der Tanzfläche gedrückt. Otto sah Jürgens Gesicht schräg und verzerrt, aber ganz still. Sie legten ihm Handschellen an und rissen ihn hoch. Jürgen stolperte und stieß den Tisch um. Einer der Polizisten versetzte ihm einen Schwinger in den Magen.

»Schutzhandlung«, sagte Kolossa, »da fehlt uns jetzt natürlich die Vorgeschichte. Also, der ganze Zusammenhang.«

»Lassen Sie den los!«, schrie Otto, mit einem Mal hellsichtig vor Wut, alles hatte scharfe, klare Konturen.

»Sie haben sich bei mir hier gerade als Beobachter von der Presse ausgewiesen«, sagte Kolossa und zog Otto zurück, »vielleicht sollten wir hier noch mal die Rollen klären. Ich nehme Ihre Dokumente mal an mich, zur weiteren Prüfung, Sie können die dann auf der Wache ...«

Otto machte sich frei und war in ein paar Schritten bei Jürgen. Im nächsten Moment war Ann neben ihm und hielt ihn am Arm, schon wollte er sich wieder frei machen, weil er dachte, es wäre Kolossa. Aber zusammen wirkten sie größer, Ann und er, das war gut. Jürgen guckte weg.

»Was haben Sie bei dem Mann gefunden?«, fragte Ann.

»Nüscht«, sagte einer der Polizisten. »Wir vollstrecken hier auch offene Haftbefehle.«

»Moment mal«, sagte Otto.

»Gibt manchmal so Beifang bei der Personalienfeststellung«, sagte Kolossa und steckte Ottos Presseausweis ein. »Aber das geht Sie gar nichts an. Wenn Sie die polizeiliche Maßnahme weiter stören wollen, übernachten Sie heute bei uns.«

»Jürgen? Wen sollen wir anrufen?«

Zum ersten Mal sah Jürgen auf. »Ich weiß nicht«, sagte er.

»Wir holen dich da raus!«, rief Otto, und von den Umstehenden, Durchgeschüttelten gab es zustimmendes Gemurmel.

»Und wie genau willst du das machen?«, fragte Ann. Otto zog sich den Reißverschluss zu und folgte Jürgen und den Polizisten nach draußen. Sie setzten Jürgen in einen Mannschaftswagen, in dem gerade noch ein Platz frei war. Dann hauten sie aufs Seitenblech, und der Wagen fuhr ab. Es regnete, und Otto stellte sich unters Vordach, um auf Ann zu warten. Auf einem Schild über dem Kassenfenster stand

!KEINE AUSLAENDER!

und Otto fragte sich, ob er das vorhin schon gesehen hatte. Es dauerte, bis Ann kam, und er hasste alles.

Chic Miller saß in seinem Büro im Redaktionsgebäude, Blick auf die Straße statt auf die Alster, irgendwie ließen sie ihn das immer noch benutzen. Hauptsache, zurück in der Zivilisation. Wenn man aus West-Berlin kam, stank man immer nach Zone. Selbst die 1. Klasse der Reichsbahn hatte dieses unbegreifliche ostdeutsche Putzaroma, und die Schlaglöcher auf der B5 konnte er seinem Spider nicht zumuten.

Auf der von Tassenrändern geprägten Tischplatte lagen seine Notizen, das Blatt in der Kugelkopfmaschine war leer bis auf die vorgedruckten Zeilennummern, die resigniert an ihm vorbeischauten. Er rieb sich das Gesicht, aber nicht mal sein Bart tröstete ihn.

»... schuf für sich selbst am Halensee ein repräsentatives Herrscherreich ...«, stand in seinen Notizen, er formulierte immer sofort in Satzteilen, dann brauchte er die später nur noch aneinanderzuhängen, cut-up-mäßig. Aber nichts von dem, was er sich nach dem Besuch bei der Architektin notiert hatte, klang irgendwie frisch und echt, das passte auch alles nicht zusammen, er bekam sie einfach nicht zu greifen.

Dabei hatte er sein Bestes gegeben, es waren schöne Formulierungen dabei. »Sie steht auf schlanken Beinen fest im Geschäftsleben, setzt ihren (mit blonden Herrenwinkern herausgeputzten) Kopf gegen von Männern gemanagte Verbände und Behörden durch und macht Bankiers und Bauherren schöne blaugraue Augen«, das war ja eigentlich nicht schlecht. Aber es fehlte irgendwie die Essenz. Vielleicht hatte Henri Nannen doch recht gehabt, als er über ihn gesagt hatte: »Wenn Müller auftaucht, taucht das Niveau ab.« Woher sonst kamen solche Formulierungen, wenn nicht aus seiner Unfähigkeit, einem Menschen im tiefsten Inneren gerecht zu werden: »Mit nichts als einem Diplom der Technischen Hochschule Dresden war die tüchtige Blondine 1951 nach Berlin gekommen.« Tüchtige Blondine. Plusquamperfekt. Und das war noch nicht das Schlimmste. »Wie Soraya«, hatte er sich da hingekritzelt, und dann, noch mal die Beine, was hatte er mit denen, er war doch ein Busenmann: »wohlgeformte Beine«, und dann: »die mit Sex und Energie West-Berlins Bauwirtschaft regiert«. Die »listenreiche Managerin« habe es verstanden, entzifferte Chic Miller, »sich die öffentliche Hand um die schlanke Taille zu legen«. Wobei, daraus konnte man vielleicht was machen. Aber was?

In solchen Momenten bedauerte er es, dass er seit dem Eklat in Henri Nannens Reitstall auf Sylt nicht mehr trank. Man kotzte nur einmal auf den Schweif eines ungeduldigen Araberhengstes. Mit Rotwein, seiner ehemaligen Schreibhilfe, hatte er immer noch so einen Zustand zwischen den Unfähigkeiten erreichen können: zwischen der, nicht kritisch genug, und der, zu kritisch zu sein, um was zu Papier zu bringen. Aber seit Sylt gab es nur noch Sprudelndes und nur noch in Gesellschaft, for show.

Chic Miller war ein Anhänger der journalistischen Philosophie, für möglichst viel Geld möglichst wenig zu arbeiten, und mit einer Mischung aus Zuneigung und schlechtem Gewissen dachte er an die Anzahlung von zehntausend D-Mark, die bereits auf seinem Girokonto eingegangen war. Das Geld und die zweite Hälfte wären noch schöner gewesen, wenn er das Porträt über die Architektin heute auf einen Sitz hätte runterknattern können, um es dann auf Sylt schon mal vorzulegen. Aber da hatte sein Vergangenheits-Ich ihm schön vor den Koffer geschissen.

Er seufzte und richtete sich plötzlich auf, denn ihm fiel ein, dass er natürlich auch einfach mit Fakten anfangen könnte. Man war ja Profi, es gab das alles auch in Zahlen. Nur wo. Ah, hier. »200 Kleider, 140 Schuhe, 70 Hüte, 65 Handtaschen, 65 Pullover, 400 Kostüme, 25 Negligés sowie 20 Pelzmäntel.«

Er starrte auf die Liste, bis er nicht mehr wusste, wo, wer und warum er war, und vor allem nicht, über wen er hier schreiben sollte, und was.

Sylt, der Pferdestall, er zu spät am Morgen nach dem Kamingespräch, die ganzen leitenden Redakteure, die Reporter und Autoren, Nannen zeigte seine Pferde, und wie der Araberhengst die Kotze abgeschüttelt hatte wie Fliegen und Bremsen, und wie die sich verteilte über alle.

»Liebes Tagebuch«. So hieß dieses unruhige Pferd.

Chic Müller hasste Sylt, aber seine Finger waren klüger als er. Sie fanden die in dickes Papier tief geprägte Einladung zu dieser Kommanditisten-Bespaßung, mit der die Architektin unmittelbar nach Neujahr noch mal richtig angreifen wollte. K77. Da musste er hin. Und wenn es bedeutete, dass er am Ende für die Geschichte drei Tage brauchte statt einem.

Chic Miller stöhnte. Es wurde einem nichts geschenkt.

Ann nahm Otto an der Hand und zog ihn hinter sich her, weil Otto noch das AUSLAENDER-Schild anstarrte, war das nicht eigentlich auch eine Geschichte? Also, wie man hier mit den Gästen umging?

Ann zerrte ihn hinter sich her, ihre Hand war fest und knochig, und Otto wurde den Eindruck nicht los, dass sie ihre Wut an ihm ausließ.

»Wo sind die mit Jürgen hin?«, fragte sie im Gehen.

»Keine Ahnung«, sagte Otto.

»Wie, keine Ahnung, du bist doch der rasende Reporter hier.«

»In der Pohlstraße ist eine Wache«, sagte Otto.

»Na dann«, sagte Ann und riss ihn in die andere Richtung. Für einen Moment fühlte es sich leidenschaftlich an, und Otto hatte plötzlich Angst, etwas zu verpassen. Ann drängte an ihm vorbei, seine Hand noch in ihrer, und plötzlich war sie ihm ganz nah, und er hatte den Eindruck, sie würde ihn nun womöglich umarmen wollen. Um nicht einfach nur dumm dazustehen, breitete er den anderen Arm, dessen Hand sie nicht festhielt, so weit aus, dass er ihn ihr um die Schulter legen konnte, es wurde eine komplizierte kleine Karambolage.

»Spinnst du?«, sagte Ann. »Lässt du mich mal durch?«

»Tut mir leid«, sagte Otto und holte sich seine Hand wieder zurück.

Mit hochgezogenen Schultern liefen sie nebeneinander durch den Nieselregen, der sich nach einer Weile in Eispfeile verwandelte. Ann hatte viel zu wenig an, aber Otto traute sich nicht, ihr seine Jacke anzubieten.

»Gib mal deine Jacke.«

Jetzt merkte er erst, wie durchgeschwitzt sein T-Shirt mit der Lennon-Weisheit war.

»Wir können uns ja abwechseln«, sagte Ann.

Hinterm Tresen der Wache saß ein einzelner Polizist, der nicht den Eindruck machte, als hätte er vor einer Dreiviertelstunde an einer Razzia oder an irgendwas teilgenommen. Nachdem sie ihr Anliegen formuliert hatten, kniff er die Augen zusammen und zeigte mit dem Kinn auf Ottos T-Shirt.

»Wat soll'n dit bedeuten, Meesta?«

Otto rieb sich die Stirn. »Dass man irgendwie das Beste draus machen soll. Also, jeden Tag leben.«

»Na ja, jut. Bisschen spät dafür heute, nehm ick an.«

»Was ist denn jetzt«, sagte Ann, »sind irgendwelche Gefangenen ...«

»Festgenommene. Oder zur Feststellung der Personalien.«

»... hier angekommen?«

Der Wachtmeister studierte weiter Ottos T-Shirt, schluckte wohl den einen oder anderen Gedanken hinunter und hob die Augen schließlich müde in Anns Richtung: »Nee, keene Fuhre hier heute Nacht. Bedaure. Aber wenn es um Vollstreckung bestehender Haftbefehle geht, dann müssense nach Moabit. Haftrichter, Untersuchungshaft, dit is allet in Moabit. Wennse keene Anwälte sind, kommense da eh nicht rein. Um die Zeit schon gar nicht.« Er machte eine Kunstpause. »Sind Sie Anwälte?«

Otto wollte was von Journalist erzählen, Ann sagte einfach »Noch nicht!« und zog ihn wieder raus, ihre Hand noch fester, noch knochiger.

»Vielleicht ist Jürgen schon wieder in der Plötze«, sagte sie, als sie draußen standen. Es schien Otto unlogisch, so allein von seinem Rechtsverständnis her, aber andererseits, warum nicht. Bitter, als wäre Jürgen in seine natürliche Umgebung zurückgekehrt. Wie wenig menschliches und politisches Bewusstsein er entwickelt hatte, trotz all der Wochen in der WG, dachte Otto mit einem Anflug Selbstironie. Sie setzten sich auf die Stufen vor der Wache. Ann gab ihm die Jacke zurück. Aber nur halb. Sie nahmen jeweils einen Ärmel und zwängten sich zusammen, sodass ihnen wenigstens beiden kalt war, vor allem um die Nieren, und dann saßen sie auch noch auf kaltem Stein.

»Dieser Typ, mit dem Jürgen im S.O.U.N.D. geredet hat«, sagte Otto. »Als wir getanzt haben. Wie sah der genau aus?«

Ann zuckte die Schultern und brachte damit ihre ganze Wildlederzeltkonstruktion in Gefahr. »Wie ein Typ halt. So ein richtiger Aufschneider. Mit so einem Freizeitanzug mit kurzer Jacke, aprikosenfarben oder gelb. Stiefel in Weinrot. Breiter Gürtel. Schreckliches Halstuch. Mehr so Ku'damm als Schöneberg. Einer, der ins S.O.U.N.D. kommt, um Vierzehnjährige aufzureißen. Gar nicht Jürgens Kragenweite. Vielleicht hat der ihn nur vollgelabert.«

»Wirklich? Oder sah das aus, als würden die sich kennen?«

»Hm. Schwer zu sagen. Jürgen hat ihn angeschrien, aber das muss man da ja schon, wenn man sagen will, danke, gut! oder ich möchte kein Hasch, ich hab noch. Von daher, keine Ahnung.«

Balkau, dachte Otto. Der rausgeputzte, haschaffine Bestatter-Enkel. Er stand wieder auf und schlüpfte in der Bewegung aus seinem Ärmel, um Ann die Jacke zu lassen. Gelber Anzug und rote Stiefel, das war ganz schön bunt für die Krautrocker im S.O.U.N.D., in Nikolskoe war ihm die Kombination vorm Blockhüttenbraun der Umgebung auch schon aufgefallen.

»Warum gehst du wieder rein?«, rief sie ihm hinterher.

»Darf ich mal telefonieren?«, fragte Otto den Wachtmeister, der inzwischen dazu übergegangen war, das Terroristenplakat gegen eine neuere Version auszutauschen, ein paar von denen hatten sie vorigen Monat geschnappt.

»Das ist hier keene Telefonzelle.«

»Ich weiß. Aber ich hab keine Groschen mehr. Und …«, Otto zeigte demonstrativ auf den Spruch vorn auf seinem T-Shirt.

»Wenn du mir versprichst, dass du danach nach Hause gehst und deine Eltern nicht aufweckst«, sagte der Wachtmeister und schob ihm einen klebrigen grauen Apparat rüber.

»Und ein Telefonbuch?«

»Jungchen, du strapazierst meene Jeduld.« An der Wand knarrte der Sekundenzeiger einer elektrischen Uhr. »Band eins oder zwei?«

Otto blätterte im ersten Band nach BAL wie Balkau, und hinter drei Seiten Anzeigen für den Bestatterprofi, *Wenn die Glocke für dich läute, niemand Balkau je bereute!*, fand Otto drei oder vier Zeilen mit Eigennamen-Balkaus, darunter einen mit U. Er wählte die sechsstellige Nummer, Friedenau.

Es klingelte ewig. Dann, eine verträumte, Otto aus dem Düppeler Forst vertraute Stimme: »Hui, da haben Sie aber Glück, Vollrath, ich bin gerade zur Tür rein. Auf Sie ist wirklich Verlass. Ich hatte sehr stark gehofft, dass Sie mich doch noch zurückrufen.«

»Na so was«, sagte Otto. Vollrath?

»Jedenfalls nett, dass Sie zurückrufen, kommt Zeit, kommt Rat, kommt Vollrath. Sie meinen das ernst, das finde ich gut.

Egal wann, immer zur Stelle. Aber gleich zur Sache.« Ein kurzes, stoßartiges Ausatmen. »Ich komm nach Hause, und mein Brief-kasten ist immer noch leer. Immer noch keine Einladung zur K77. Was sagen Sie dazu, Herr Vollrath?«

»Hier ist Otto«, sagte Otto. »Wir kennen uns von neulich in Nikolskoe. Ich wollte fragen, ob du weißt, wo mein Freund Jür-gen ist?«

Der Wachtmeister goss sich einen löslichen Kaffee mit Was-ser direkt aus dem Durchlauferhitzer auf, dabei sah er ganz kurz aus, als überlegte er, Otto auch einen anzubieten.

»Jürgen«, sagte Ulf Balkau und rauchte hörbar weiter. »Das ist jetzt aber wirklich unter elf.« Dann legte er auf.

Am ersten Tag zwischen den Jahren saß Hm. in der Redaktion, als hätte sie sich seit dem vierten Advent nicht vom Fleck gerührt.

»Guten Morgen«, sagte Otto und hängte seine Jacke über die Stuhllehne. »Weißt du, was K77 ist und wie man dahinkommt?«

»Wie kommst du darauf?«

»Ein Kollege vom Tagesspiegel hat das vor Wochen mal erwähnt. In der Hoffnung, ich würde dafür eine Gegenleistung erbringen. Also, im Zusammenhang mit dem Kegel.«

»Zum Thema Kegel-Hochhaus machen wir jetzt gar nichts im Moment. Zwischen den Jahren schon mal sowieso nicht.«

»Ich frag ja nur.«

»Wer war denn der Kollege?«

Otto setzte sich an die schmale Seite ihres Schreibtisches und überlegte. »Marty Scheller. Ich weiß nicht mehr, ob er mich vollgekotzte Kackwurst genannt hat oder ob das das Einzige war, was er mich nicht …«

»Ja, er hat's nicht so mit Wörtern. Aber er meint es nicht böse.«

»Bist du sicher?«, sagte Otto.

»Das ist eigentlich ein ganz Lieber«, sagte Hm. »Also, war er jedenfalls immer, wenn ich …«

»Nein«, sagte Otto, die Zeit zwischen den Jahren schien rück-
wärtszulaufen, und er verlor langsam die Geduld, »der nicht
auch noch. Erst der Bezirksbürgermeister und dann …«

»Ach«, sagte Hm. gutmütig, »lass mich doch.«

»Ich begreife das einfach nicht«, antwortete Otto. »Wie geht
das? Wie fängt man mit so jemandem etwas an? Oder überhaupt? Hat hier jeder was mit jedem? Passiert das irgendwann
von allein? Wie viel Zeit habe ich noch?«

»Du bist mir eine Terz zu gesprächig heute«, sagte Hm. und
spannte ein Blatt Papier in ihre Maschine.

»Wie lange ist das her? Mit Marty Scheller?«

Hm. verdrehte die Augen und riss das Blatt wieder raus, das
Ratschen wie ein Schlusswort.

»Wohin gehst du?«, rief Otto ihr hinterher, etwas besorgt
darüber, wie mühsam sie sich aus ihrem Stuhl hochgekämpft
hatte.

»In Ruhe telefonieren«, sagte Hm. über die Schulter. »Hier
versteht man ja seine eigenen Gedanken nicht.«

Hm. und ihre Abenteuer. Ihm gaben Frauen bestenfalls mal die
Hand.

Die Hand der Architektin war rau, warm und feucht gewesen, als wäre ihre Besitzerin viel jünger und würde in Bäumen
spielen. Ganz anders als die Hand von Ann, als sie ihn wütend
hinter sich hergezerrt hatte, nur weg vom S.O.U.N.D., irgendwie
Jürgen hinterher. Er dachte daran, wie er diese Hand missverstanden hatte, als Suche nach Nähe, dabei war das in dem Moment einfach nur ein Bewegungsbeschleuniger gewesen. Bei
der Architektin war das anders, ihre Berührung war unklarer,
offener, verheißungsvoller.

Otto saß mit den Knien gegen Hm.s Schreibtisch und dachte

an diese Herbst-Berührung der Architektin, damals bei ihr im Garten, von der er nicht einmal mehr genau wusste, ob sie überhaupt stattgefunden hatte.

Was hatte ihn daran so beeindruckt, dass ihm diese Berührung in den seltsamsten Momenten in der Handfläche präsent war? Er fragte sich, wie die Hand der Architektin aussah. Hatte er sie bei der Soirée gesehen? Sicher, wie sie die Zigarette damit hielt, aber er konnte sich nicht einmal daran erinnern, ob ihre Nägel lackiert waren. Nur diese Berührung, dieses Ziehen: eine Mischung aus Ungeduld und Großzügigkeit. Sie hatte so viel vom Leben, dass sie ihm was anbieten und abgeben konnte. Natürlich wollte sie dafür etwas retour, das war ja keine Einbahnstraße, aber ihm schien, dass das, was er zu geben hatte, so vernachlässigbar war, dass eigentlich gar kein Geschäft im eigentlichen Sinne zustande kommen konnte, kein Pakt mit der Teufelin. Selbst wenn er doch noch ihr Angebot akzeptierte, PR für ihre Firma zu machen.

Cecily wäre dann erst recht sauer. Andererseits, wo war Cecily? Er dachte an den Moment in ihrem Büro in der TU, als sie ihn mit einer fiebrigen, aber vielleicht doch zu ziellosen Leidenschaft angesteckt hatte. Leidenschaft konnte man für alles empfinden, warum nicht dafür, an einem größeren, freieren, komfortableren Leben teilzunehmen, das jenseits von untervermieteten Zimmern, Praktikantenstellen und Restfamilien in Randbezirken stattfand?

Oder konnte er Cecily gerade dadurch, er erschrak vor dem Wort, zurückholen, indem er eine Allianz mit der Architektin schmiedete? Wie Ladius sich aufführte, konnte ja nicht im Interesse der Architektin sein. Wenn jemand Ladius Einhalt gebieten und ihn bestrafen konnte, dann womöglich die Architektin.

Am Anfang hatte Otto ein Artikel vorgeschwebt, etwas Spektakuläres, mit der Durchschlagskraft eines Costa-Gavras-Filmes: Überfall auf Journalisten, Einschüchterung, Einbruch, im Grunde so eine Art Watergate von Tempelhof. Hm. hatte nur zugehört, der Chef hatte gefragt: »Einbruch? Aber die Person hatte einen Schlüssel? Und da sind, was: Bastelarbeiten kaputtgegangen?« Was Otto sich als Überschrift vorstellte, nur mal so gesponnen: »So zerstörte die Kegel-Mafia unser Pappmodell«? Der Chef beugte sich vor und legte nach: »Sie kamen mit dem Schlüssel und gingen mit leeren Händen: Der perfide Einbruch der Kegel-Gangster.« Jetzt hatte er angefangen, richtig Spaß daran zu finden: »Sie brachen nicht ein und gaben mir mein Eigentum zurück: Das Opfer des Kegel-Phantoms packt aus.« Otto kannte den Chef gar nicht so sarkastisch, es war ermüdend. Das mit den Unterlagen verschwieg er.

Die Hand, die ihn einen Baum hinaufzog. Von hier oben konnte man die ganze Landschaft sehen, wie ein Wimmelbuch, es war alles an seinem Platz, zugleich war alles in Bewegung, jedes Problem war lösbar, jedes Ziel erreichbar, und alle wussten, wo sie hingehörten. Wer hinfiel, bekam ein Pflaster, wer Hunger hatte, ein Käsebrot, Appetit: ein Miami Flip. Es sah so einfach aus, warum machte er es sich so schwer.

Die Hand, die ihn einen Baum hinaufzog. Unter ein Blätterdach, geschützt, verborgen, und wenn sie ein Hochhaus bauen konnte, dann sicher auch ein Baumhaus. Sie konnte darin kaum stehen, er auch nicht, aber sie beugte sich mit Zigarette im Mundwinkel über etwas auf dem Herd, vielleicht einen Kakao, mit echter Schokolade, und weil das kein Kindertraum war, machte die Architektin ihm einen kräftigen Schuss Whiskey mit rein.

Diese Hand also. Vielleicht auch einfach ein schier endloser Spaziergang, eine rollende Landschaft wie eine Rückprojektion bei Filmaufnahmen, miteinander gehen, ohne jemals anzukommen. Am Anfang war immer diese Hand. Mit der sie Hochhäuser zeichnete und ihn hinter sich herzog.

»So«, sagte Hm. und knallte mit der Schreibtischschublade, zwei, drei Schluck. »Schöne Grüße von Marty Scheller. Warum habe ich das jetzt wieder gemacht. Was schuldest du mir jetzt? Hm. Keine Ahnung. Na, mir fällt schon was ein. Du kannst eines Tages meinen Nachruf schreiben.« Sie schob Otto einen Zettel rüber, die gleiche Handschrift, mit der sie vor zehn Wochen Baustelle, Gespenster und Fragezeichen geschrieben hatte:

K77, Sylt, Ekke Nekkepenn, ab 2. Januar bis???

»Da sind die ganzen Kommanditisten«, sagte Hm. »Neue und alte Geldgeber. Das ist die letzte Chance. Wenn die Architektin da nicht noch mal ordentlich kassiert, ist die Angelion pleite, und der Kegel wird zwangsversteigert.«

Otto studierte den Zettel und dachte, dass er Envers Auto brauchte. Auf dem Weg in die Setzerei kam ihm Ann entgegen, einen Schwall kalter Luft hinter sich herziehend, Winter in ihrer dicken Cordjacke. »Ich war noch mal in Plötzensee«, sagte sie. »Ich bin bis zum Pförtner gekommen. Sie hätten sogar meinen Besuchsantrag angenommen. Aber sie haben Jürgen nicht da.«

»Ich weiß, wo alle Antworten zu finden sind«, sagte Otto.

»Das ist lächerlich«, sagte Ann. Er erzählte ihr von der großen Sause namens K77 auf Sylt, und dass er davon ausging, dort Ulf Balkau zu treffen, der womöglich was über Jürgen wusste. Ann erkundigte sich mit roter Nase, ob dieser Ladius, der Ottos

Mutter ausgenutzt und Cecilys Modelle zerschlagen habe, auch dort sein würde. Otto hielt es für wahrscheinlich.

»Na dann, nichts wie los«, sagte Ann.

»Ja, ich leih mir Envers Auto.«

»Wir.«

Otto spürte einen Widerstand in sich, haushoch. Er wollte alleine fahren. Ja, er wollte dort Ulf nach Jürgen fragen und Ladius wegen seiner Mutter konfrontieren, aber er wollte auch, und hierfür fehlten ihm die Worte, oder er nahm sich die falschen, die Architektin noch mal sehen? Um Ladius bei ihr zu verpetzen? Um doch noch an sein Interview zu kommen, mit all den Fragen, die Hm. ihm vor Wochen aufgeschrieben hatte? Oder einfach, damit sie noch einmal die Hand nach ihm ausstreckte und ihn irgendwohin zog, weg von ziellosem Stehblues, verschwindenden Freunden, Müttern im Mansarden-Orbit? Jedenfalls brauchte er dabei keine Zeugin mit selbst geschnittenen Haaren.

»Du willst nicht, dass ich mitkomme.«

»Musst du nicht arbeiten?«

»Also du meinst, mein Platz ist hier in der Klebebude, wo ich darauf warte, dass du mit den großen Sätzen aus der großen weiten Welt kommst, und dann kleb ich die zusammen und darf nach Hause gehen?«

»Nein, aber … Ich dachte, du hast … Also, dass du hier gebraucht wirst. Ihr habt doch so Dienstpläne.«

»Ich kann jederzeit kündigen«, sagte Ann und rieb sich die Nase mit dem Handballen. »Im Gegensatz zu dir brauche ich meine Arbeit nicht zur Selbstverwirklichung.«

Otto merkte, dass er womöglich viel zu wenig geschlafen hatte die letzten Tage, Wochen oder Monate. Es kostete ihn mehr Kraft, hier zu stehen und mit Ann zu streiten, als er hatte.

Womöglich wäre ihm unter anderen Umständen etwas Versöhnliches eingefallen, aber jetzt hatte er zur Abkürzung nur noch die Eskalation parat.

»Das sagt sich so leicht«, sagte er so leicht, »wenn man nicht mal Miete zahlt.«

Ann riss die Augenbrauen bis an die Haarkante hoch. »Du hast gesagt, du wolltest das durchrechnen. Soll ich dich da jeden Tag dran erinnern? Bist du jetzt mein Vermieter, oder was? Du bist genauso ein arroganter Macker wie alle anderen, ein richtiger Ausbeuter, ein …«

»Ich hatte zufällig anderes zu tun die letzten Wochen«, sagte Otto und berauschte sich daran, wie scharf und erwachsen seine Stimme klang, »in meine Wohnung wurde eingebrochen, und mein Freund ist verschwunden.«

»Unsere Wohnung!«, schrie Ann. »Unser Freund!« Dann standen sie einander atmend gegenüber. In einer späteren Version dieser Geschichte knallte Ann ihm eine, aber das lag daran, dass man manchmal, wenn man die Geschichte eines Streites erzählte, nicht um die Formulierung »eine knallen« herumkam, und aus »dachte, sie knallt mir eine« wurde dann »knallte mir eine«.

In dem Moment dachte ich, jetzt knallst du mir eine.

Margot lehnte mit ihrem Bürostuhl rückwärts aus der Tür ihres Vorzimmers und rief durch den Gang: »Das ist eine Redaktion und kein Bauspielplatz für eure Beziehungskiste.«

Enver warf ihm den Simca-Schlüssel über zwei Tische zu.

»Danke. Ich weiß leider noch nicht, wie lange …«

»Über Nacht?«

»Zwei oder drei Tage? Nach Neujahr.«

»Ich bin ja nicht neugierig«, sagte Enver, »Informationen sind Objektivismus. Aber, wo soll's denn hingehen?«

»Nach Sylt.« Otto rieb sich die Stirn. »Mit Ann.«

Enver zog die Schlüssel-Hand wieder zurück. »Nee, also so eine bourgeoise Pärchenscheiße? Dafür wurde dieser elsässische Stahl nicht von gewerkschaftlich organisierten Arbeitern zu einer Karosse geformt.«

Ann, zwei Schrägtische weiter, schnaubte verächtlich.

»Zur Klärung eines Sachverhalts«, sagte Otto.

Am Silvesterabend stieg Martha Bretz zur Wohnung hinab, um die Atmosphäre zu prüfen. Vielleicht gab es eine Fete, vielleicht die Möglichkeit einer Versöhnung mit Otto. Hinter der Wohnungstür war es so still, dass sie beschloss, vorsichtig zu klopfen. Totenruhe. Alle ausgeflogen?

Nach einer Weile hörte sie Strumpfschritte, dann das Gesicht von dem Mädchen mit der roten Nase und dem gehackten Pony im Türspalt.

»Ich wollte euch einen guten Rutsch wünschen«, sagte Martha Bretz.

»Ja, danke. Guten Rutsch.« Nicht schroff, aber mit den Gedanken völlig woanders. Und dann, als wäre sie doch eine Erklärung schuldig: »Mir ist nicht nach feiern oder so was. Jürgen ist im Knast, und ich weiß nicht wo, Cecily ist abgehauen, und ich weiß nicht wohin, und Otto spinnt rum, und ich weiß nicht wieso.« Ann lächelte.

Martha Bretz nickte. »Habt ihr keine Pläne für heute Abend?«

»Keine Ahnung«, sagte Ann. »Ist ›Jeder hockt in seinem Zimmer‹ ein Plan?«

Zurück in der Mansarde tat Martha Bretz etwas, wozu sie sich zwingen musste: Sie dachte an Siegmar. An dessen furchtbar langweilige Abendbrottisch-Geschichten über andere Männer, die in etwa so aussahen wie er, und die er irgendwo traf, und dann sprach er mit denen, sie verabredeten und bewerteten und beschlossen Dinge, und darum sah die Welt so aus, wie sie aussah.

Manchmal hatte Siegmar so eine unangenehme Ehrfurcht dabei, zum Beispiel, wenn er jemanden vom Senat getroffen hatte. Die Bewag baute ein Schulungszentrum für Kochen am Elektroherd, die West-Berliner Hausfrau war immer noch auf Gas abonniert, und Siegmar war bei der Deutsch-Amerikanischen-Gesellschaft zum Empfang, und da war der Bausenator, und sie sprachen über den Bundesligaskandal und wie die Palästinenser Olympia in München versaut hatten, und am Ende sagte der Bausenator, wenn Sie hundert E-Herde loswerden wollen, Siemens, made in Berlin, also, mich kostet das nur einen Anruf bei der Bewag, Ehrensache, Herr Bretz.

Sie setzte sich an ihren kleinen Allzwecktisch und ärgerte sich, dass sie sich von Ann nicht die Schreibmaschine aus der Wohnung hatte geben lassen. Nun, handschriftlich würde reichen.

Auch, und hier musste sie sich noch mehr zwingen, die Gedanken wollten wirklich gar nicht, sie waren scheu und flutschig wie Aale: Auch Walter Ladius hatte ja gern von sich und seiner Welt erzählt, am Tisch beim Jugoslawen, später dann hier oben unterm Dach, vorher, nachher. Vor allem das zweite Mal, da wurde er richtig gesprächig. Wie riskant das alles war beim Kegel, wie sie alle ihr Geld vielleicht nie wiedersehen würden, und wie nur diese Architektin ihre Schäfchen im Trockenen hatte, weil die einfach »zu clever« war, aber die hatte eben auch einfach beste Verbindungen bis in die ganzen Senatsverwaltungen, und am Ende guckte der kleine Sparer wieder in die Röhre, und der große Sparer guckte in eine Röhre, die noch bedeutend größer war, da machte sich jemand wie Martha Bretz ja kein Bild von.

Sie zog ihren Füller auf und schrieb alles auf, was ihr einfiel. Vieles war Hörensagen, vieles klang unglaublich: Angeblich schlief diese Architektin mit dem Präsidenten der Oberfinanzdirektion, damit die Informationen flossen, und damit der sich für ihre windigen Finanzierungskonzepte einsetzte.

Als sie fertig war, hatte Martha Bretz zweieinhalb Seiten mit ihrer schrägen, aber gleichmäßigen Handschrift gefüllt. Einen Moment überlegte sie, die Zettel in ihrem Umschlag unten durch den Briefschlitz in der Wohnungstür klappern zu lassen, vorne drauf »Otto«, damit er darüber was in seiner Zeitung schrieb. Aber dann dachte sie: Vielleicht ist das alles zu dünn dafür, und er ist ja im Grunde noch ein Kind.

Sie wendete den Umschlag und klebte ihn zu, der schartige Leimrand der Lasche ein riskantes Vergnügen an ihrer Zunge. Auf die Lasche schrieb sie ihren Namen und ihre Adresse, wobei sie Bretz unterstrich. Sie wedelte mit dem Umschlag, um die Tinte trocknen zu lassen. Draußen piffte und paffte es schon seit Stunden, Pfennigschwärmer von den Hofkindern, aber inzwischen kamen immer mehr Böller dazu, und wenn sie die Augen schloss, auf dem Gesicht den sanften Fächelwind der Tintentrocknung, hörte es sich an wie ein ferner Krieg.

Sie legte den Umschlag vorsichtig wieder auf den Tisch und schrieb auf die Vorderseite: »An den Herrn Senator für Bau- und Wohnungswesen persönlich«, den Namen hatte sie nicht parat, und die Adresse würde sie am Neujahrstag in aller Ruhe in einer Telefonzelle nachschlagen und dann einen schönen, gemächlichen Winterspaziergang machen, durch die ausgefransten roten Böllersterne im Schneematsch, um den Schrieb in der Behörde beim Pförtner abzugeben, mit einem Lächeln.

Prost Neujahr, Walter Ladius.

Die Heerstraße hoch und über Staaken raus. Ihre wegen des Vier-Mächte-Abkommens nur behelfsmäßigen West-Berliner Ausweise fuhren auf dem Fließband in dicken dunkelroten Plastikhüllen vom ersten Kontrolleur zum zweiten in seiner Bude. Fahrzeugpapiere. Machense mal das linke Ohr frei. Der fast unwiderstehliche Wunsch, beim Anrollen einer Erleichterung Ausdruck zu verleihen. Achtzig Stundenkilometer auf der B5. Wenn irgendwo Vopos in ihren grau-grünen Wartburgs saßen, warnten die entgegenkommenden Autofahrer einen, indem sie kurz ein weißes Papier oder eine Zeitung in die Windschutzscheibe hielten. Bei ihnen übernahm Ann diesen Job, wortlos, aber gewissenhaft, das Volksblatt von heute Morgen, Brandt sichert Fortbestand der Berlinförderung zu.

Die Eisenbahnschranke bei Karstädt. Ein D-Zug mit Dampflok aus Richtung Hamburg, auf dem Weg nach Berlin, dunkelgrüne Reichsbahnwaggons, vielleicht sogar zum Bahnhof Zoo. Dann ging die Schranke nicht auf, das lohnte sich wohl nicht, denn eine halbe Stunde später kam ein Güterzug mit Viehwaggons. Aus Kindergewohnheit zählte Otto mit, aber bei vierzig hörte er auf, weil er an den grauenvollen Eisenbahnkeller des Spirituosenvertreters Hörsch denken musste. Wann würden diese Männer endlich von der Bildfläche verschwinden? Vielleicht noch zehn Jahre oder so. Dann würde das eine ganz andere Welt werden.

Grenzübergang Zarrentin, Transit BRD, fahrbare Spiegel unter die Karosserie, machense mal den Kofferraum auf, einmal aussteigen bitte, die Polster, und dann die gleiche Bundesstraße weiter nach Hamburg, nur durfte er jetzt hundert fahren. Durch Hamburg, ein seltsam schummriges Loch in der norddeutschen Tiefebene, aus rotem Klinker und Möwenscheiße. Tankstellenwurst. Dann eine Winterlandschaft wie ein Sehtest, können Sie hier noch Farben erkennen? Sehen Sie irgendwas? Zwischen graugrünen Feldern graugrüne Baum- und Sträuchergeflechte, Wandteppiche des Horizonts, die Knicks hießen, das wusste Otto von einmal Sommerferien in Scharbeutz, er hätte es gern Ann erzählt.

Aber seit der Abfahrt in Tempelhof hatten sie sich in eine Stille gesetzt, aus der sie beide nicht mehr rauskamen, und mit jedem Wort, das keiner von ihnen sagte, wurde es unmöglicher, als Erster wieder mit dem Reden anzufangen. Das Schweigen wurde zu einer Anwesenheit, zu einer dritten Person im Auto, unsichtbar, aber voller Persönlichkeit. Geduldig, hingebungsvoll, hartnäckig, unbezwingbar.

Hinter Staaken zog es sich, das war ja doch ein Hieb, und natürlich waren sie zu spät losgekommen, und Otto hatte keine Möglichkeit, Ann zu fragen, ob sie eigentlich auch einen Führerschein hätte, und falls ja, Entschuldigung, dass ich frage, ob sie dann vielleicht auch mal fahren könnte oder ob es ihrer Meinung nach reichte, die ganze Zeit unverwandt auf ihrer Seite aus dem Fenster zu starren.

Als sie in Niebüll zur Verladestation des Autoreisezuges kamen, war es dreiundzwanzig Uhr durch, die nächste Fahrt über den Hindenburgdamm erst wieder morgens um fünf. Um ein

Haar hätte Ann was gesagt, und Otto auch, aber das ließ sich ganz schnell wieder verdrängen, das Schweigen war wieder der Boss im Auto.

Sie pinkelten nacheinander an den Rand vom Warteraum und rückten so weit wie möglich voneinander ab, während es im Auto immer kälter wurde.

Früh am Morgen, es war stockdunkel, und das Meer hatte sich ausgetobt, wachte Vollrath auf und stellte zu seiner Verblüffung fest, dass ihm nichts mehr wehtat. Unfähig, seinem eigenen Zustand zu vertrauen, reckte er sich probeweise im Bett, er streckte seinen Bauch und seinen Unterleib und musste lachen vor Rührung: schmerzfrei! Weil er alles erledigt hatte, alles vorbereitet, es stand alles bereit, es war alles organisiert, er konnte nichts mehr tun und nichts mehr falsch machen.

Während die Gäste in fußläufiger Entfernung von den Heiß- und Kaltwasserbottichen und den Fasssaunen in den reetgedeckten Einzelhäusern zwischen den Dünen untergebracht wurden, war Vollraths Zimmer an der Rückseite des Haupthauses, in unmittelbarer Nähe der Büfettscheune.

Vorsichtig, und dann immer mutiger, stand er auf. Kurz vor sechs.

Das Eintreffen der Gäste ab 11 Uhr vormittags koordinierte ein Hostessenservice, in der umgebauten Scheune des Ekke Nekepenn (zweihundert Quadratmeter, Fußbodenheizung, drei Schmuckkamine, Velourslederfauteuils, farblich dazu passende Stehtischhussen) hatte der Lukullus-Lieferdienst des KaDeWes über Nacht das kalte Büfett aufgebaut, mitsamt der Aspik- und Sülze-Variationen von Rogacki in Charlottenburg, und dass das

Banner über dem Scheunentor hing, davon hatte Vollrath sich noch vor dem Schlafengehen überzeugt:

Die Zukunft beginnt auf Sylt!
Kegelbau Angelion
und
Kegel-Kommanditgesellschaft
begrüßen Sie herzlich zur
K77:
Wo sich alles um Sie dreht.

Vollrath zog sich einen dicken weißen Frotteebademantel über den Schlafanzug und schlüpfte in die bereitstehenden Puschen, um einen letzten Blick in die Scheune zu werfen. Vier Monate Vorbereitungszeit. Wenn jetzt das Büfett stand, hatte er alles hinter sich. Zwar hatte er die Lukullus-Wagen gestern Nacht mit eigenen Augen gesehen, frisch vom Hindenburgdamm, aber er freute sich darauf, sich nun zur Krönung noch vom Abschluss seines großen Werkes zu überzeugen. Und dann hatte er für drei Tage nichts anderes zu tun, als sich unauffällig hinter den Kulissen herumzudrücken und nur ab und zu eine Hostess, einen Fahrer oder einen Kellner zurechtzuweisen.

Vollrath huschte über den Hof, die Suite der Architektin im Dachgeschoss noch unbeleuchtet, unbelebt, Blick auf die Nordsee, aber die Chefin reiste erst später an, wenn alle versammelt waren, großer Auftritt. Mit dem Universalschlüssel, den er sich vom Hoteldirektor hatte aushändigen lassen, öffnete er die Hintertür der Scheune. Durch das nachträglich verglaste zweiflügelige Haupttor fiel eine Mischung aus Mond- und Hoflaternenlicht in den großen Raum. Mit einer Erleichterung, die er kaum von Erregung unterscheiden konnte, registrierte Vollrath, dass

auf tiefen, mit weißen Damastdecken geschmückten Büfett-
tischen Platten und Berge aus der kalten Küche standen, das
Zwielicht zeichnete Reflexe auf die Berge und Täler ihrer Zello-
phan-Oberflächen. Er schritt durch den Raum, zwischen den
Tischen hindurch, und ermaß, dass alles gut war: hier die Paste-
ten, da die Freiheitseier; in regelmäßigen Abständen die
Schmucksülze, wie angeordnet im Wechsel mit Roastbeef-Plat-
ten und Krabbensalaten. Mayonnaisesalate abwechselnd mit Ei,
Geflügel, Kartoffeln und Rote-Bete-Hering, Mixed Pickles in
Form von Muscheln und Seesternen. Holsteiner Katenschinken
unter sorgsam gefalteten Leinentüchern. Auskühlende Land-
brote, die in mobilen Backstationen unter Aushebelung des
Nachtbackverbots gerade erst gebacken worden waren und die
nun noch vier, fünf Stunden Zeit zum Abdampfen hatten. Ihr
Duft unter dem Scheunendach die Verheißung, dass man nie
wieder Hunger leiden musste und dass man nie wieder Bauch-
krämpfe haben würde. Die Schmucksülze war, dem nautischen
Thema angemessen, in Kupferformen zu Fisch-, Oktopus- und
Seejungfrauen-Formen geronnen, erkaltet und dann gestürzt
worden.

Vollrath blieb stehen und berührte mit dem Zeigefinger die
dynamisch geschwungene Rückenflosse eines Aspikfisches, in
dessen transparentem Leib man selbst im wenigen Licht Erbsen, hart gekochte Eierhälften, Blumenkohlröschen und in Blö-
cke geschnittene Fischstücke erkennen konnte. Der Fisch war
kühl, fest und doch nachgiebig, und die Platte stand genau in
Höhe von Vollraths Körpermitte, direkt an der Tischkante. Indem er sich an diese Kante lehnte, spürte er, dass er eine Erek-
tion hatte, die erste seit, ach, seit Menschengedenken. Man kam
ja zu nichts. Er hörte seinen flachen Atem unterm hohen Dach-
gewölbe und erschrak, bevor ihm klar wurde, dass er hier nun

wirklich ganz allein war und dass er all das hier nun wirklich ganz allein organisiert hatte und dass dieser Moment nur ihm gehörte, ihm allein und niemandem sonst.

Mit etwas ungeübten Fingern holte Vollrath sein Glied aus der Pyjama-Hose und dem Bademantel wie ein Thermometer, mit dem er die Raumtemperatur prüfen wollte. Er fand sie erfrischend. Dann drückte er sich gegen den Fisch, empfand aber schon nach wenigen Atemzügen die Klarsichtfolie als störend. Mit ungeduldigen Fingern zog er sie ab und knüllte sie neben der Platte mit der nun entblößten Fischsülze zusammen. Er beugte sich vor und spürte, wie die Sülze ihn empfing und umschloss. Mit den Händen stützte er sich neben einem Heringstopf und einer größeren Rosette mit Remoulade gefüllter Tomatenhälften ab. Er schloss die Augen, merkte aber, dass er näher bei sich und mehr in Stimmung war, sobald er sie wieder öffnete, sein Gesichtsfeld mit den von ihm veranlassten kalten Platten erfüllt.

Wie perfekt der Widerstand war und das Nachgiebige, dieses Stückige, und, das hätte er nun wirklich gemerkt, keine Gräten in den sauer eingelegten Fischteilen.

Kommt Zeit, kommt Rat, kommt Vollrath.

Dann atmete er tief durch, verpackte sich wieder und warf die Fischsülze mitsamt der Porzellanplatte in einen der im Servicebereich aufgebauten Großmülleimer. Anschließend arrangierte er den betreffenden Tisch auf eine Weise um, die das Fehlen der Fischsülze höchstens auf den zweiten Blick würde erahnen lassen.

Als er einen Schritt zurücktrat, um sein Werk zu begutachten, klopfte es am Tor. Erst sachte, dann, noch bevor Vollrath seinen Frotteegürtel gerichtet hatte, mit aggressivem Nachdruck. Augenblicklich zog es tief und schneidend in seinem

Leib, er nickte den Schmerzen zu wie alten Bekannten. Es war doch immer was zu tun. Nun gleich die Flucht nach vorn antreten, falls jemand hier was gesehen haben sollte. Vollrath war der Retter in der Not, der Geräusche gehört hatte und herbeigeeilt war, als sich jemand vor der Zeit am Büfett zu schaffen machte, so war doch die Sachlage.

Vor dem Tor stand ein junger Mann mit Pudelmütze und zu dünner Wildlederjacke, daneben eine junge Frau im Anorak, die sich die bloßen Hände unter die Achselhöhlen geklemmt hatte. Vollrath guckte fragend, weil er merkte, dass er noch gar keine Stimme hatte.

»Guten Morgen«, sagte der Junge, der ihm bekannt vorkam, »an der Rezeption ist noch niemand, wir sind für die …«, er gestikulierte in Richtung des Banners, »… Feier hier.«

Vollrath spürte, wie die Schmerzen ihm halfen, die Kontrolle zu behalten. »Wir beginnen um elf«, sagte er kurzatmig.

»Das ist richtig«, sagte der Junge, Bretzotto, der einmal bei der Architektin aufgetaucht war, den sie hatte anheuern wollen, was war ihm da jetzt wieder durchgegangen, was hatte Vollrath übersehen, er beugte sich vor, um besser zu verstehen und weniger zu fühlen, »aber wir sind etwas früher angereist.«

Vollrath ratterte im Kopf durch Listen, man hatte also doch wieder was vergessen, niemand war vollkommen, aber irgendwie war auch niemand so unvollkommen wie er, Vollrath, und er hätte es sich gleich denken können.

»Meine Einladung …«, sagte der junge Bretz, »also …«

»Schon gut«, sagte Vollrath, der sich nicht noch vorwerfen lassen wollte, dass er die irgendwie vergessen hatte, »wir freuen uns natürlich, dass Sie hier sind, und Ihre, äh …«

»Kollegin«, sagte die junge Frau. Nun gut, er hatte natürlich ein Notfallkontingent, irgendjemand kam doch immer noch, obwohl er längst abgesagt hatte, Sylt zog einfach, vor allem im Winter, wenn einem in Berlin der sibirische Himmel auf den Kopf fiel.

»Ich hab jetzt Ihr RSVP nicht mehr vor Augen«, sagte Vollrath und gestikulierte mit wehendem Bademantel in Richtung der Reetquartiere, und bevor der junge Bretz was sagen konnte, unterbrach er ihn, »aber ich denke, Sie werden sich in einem Mini-Château im nordfriesischen Katen-Stil, Doppelbett, Ankleidezimmer, wohlfühlen und noch ein wenig ausruhen können, bevor das bunte Treiben beginnt.«

Er fummelte den entsprechenden Schlüssel vom Bund und wollte ihn dem jungen Bretz überreichen, aber da hatte dessen Begleitung schon zugeschnappt. Vollrath verbeugte sich ein wenig, als die zweigeteilte Katentür hinter den beiden zuschlug, und er fragte sich, was ihm noch alles an Katastrophen bevorstand.

Ann zeigte im Vorbeigehen auf das Ankleidezimmer, einen etwa kinderzimmergroßen Raum gegenüber dem Badezimmer, getrennt durch einen kurzen, mit hohem Teppich ausgelegten Flur vom Hauptraum dieser seltsamen Kate. Mit einem undeutlichen Glücksempfinden stellte Otto fest, dass jemand vorgeheizt hatte. Er wusste genau, was Ann meinte, nämlich, dass er in der Kammer schlafen sollte. Aber er war die ganze Zeit gefahren, und überhaupt. Dieses »und überhaupt« wurde mit einem Mal sehr groß und sehr neblig, es spielte offenbar eine wichtige Rolle. Er ging hinter Ann her und ließ sich auf die Türseite des Doppelbettes fallen, mit Schuhen an und alles.

Er hörte fast, wie Ann die Augen verdrehte. Dann sank das Bett neben ihm ein. Er guckte nicht zu ihr, aber er wusste, dass sie so weit weg wie möglich neben ihm mit verschränkten Armen lag.

Wie kam er eigentlich darauf, dass sie so was wie Freunde waren? Durch das mit Wolkenstores verhängte, viel zu kleine Fenster fielen Ansätze von Morgen, und in diesem schwachen, kalten Tageslicht fragte sich Otto, was er hier sollte. Pläne, die beim Aufbruch dringend und unausweichlich erschienen waren, auch das eine Erfahrung, kamen ihm jetzt bei der Ankunft seltsam undringend und unnötig vor. Was schuldete er Jürgen, was schuldete Jürgen ihm? Was konnte die Architektin dafür, wie Ladius sich aufführte?

Beim Gedanken an die Architektin wurde Otto wohler, ohne, dass er ganz genau wissen wollte, weshalb. Zumindest versprach die Architektin Klarheit: kein Rumgewurstel mehr, sondern am großen Bild mitpinseln. Und sie hatte sich aktiv für ihn interessiert. Was er von seinen anderen neuen Freunden nicht so richtig sagen konnte. Die waren ihm in den Schoß gefallen und er ihnen, und dann waren sie einfach abgehauen, wie auch immer. Die Architektin aber hatte noch kein Versprechen, das sie ihm gemacht hatte, jemals gebrochen. Er hätte nicht mit letzter Sicherheit sagen können, was das für Versprechen waren und ob sie überhaupt welche gemacht hatte, aber der Zugriff ihrer Hand hatte ihm das Gefühl vermittelt, sie hätte was mit ihm vor, und jetzt wollte er wissen, was. Rauf auf den Baum, endlich den Überblick.

Es wummerte gegen die Tür. Im ersten Moment dachte Otto, Ann wäre aufgestanden und würde, warum auch immer, im Nebenzimmer randalieren. Wie lange hatte er geschlafen? Ann lag neben ihm, das Gesicht Richtung Fenster, den Anorak nur halb geöffnet, die Babyhaare unterm Pony mit Schweiß an die Stirn geklebt, tief in einer Traumphase, jedenfalls zuckte es unter ihren Augenlidern. Das Wummern ging weiter.

Otto stand auf, ohne Licht anzumachen. Es war eine unbehagliche Morgenstunde, vielleicht neun, vielleicht zehn, Niemandsland des Vormittages.

»Herr Bretz, ich weiß, dass Sie da drin sind.« Die Stimme von diesem Vollrath. »Ich habe noch mal in meine Listen geschaut. Ich habe von Ihnen nicht nur kein RSVP, Sie waren tatsächlich gar nicht eingeladen. Herr Bretz!«

Otto lehnte sich von innen gegen die Tür und sagte nichts.

»Herr Bretz, ich fordere Sie auf, das Mini-Château umgehend zu räumen, bevor die regulären Gäste eintreffen. Das ist Hausfriedensbruch, was Sie hier machen. Sie können hier nicht einfach reinschneien und rumspuken. Mit Ihrer … Bekannten.«

Otto rieb sich die Augen und sah sich um, die Räume hinter und neben ihm verwischt und tanzend. Da, ein schöner, beigegrün gepolsterter Stuhl mit hoher Lehne.

»Herr Bretz, ich höre Sie doch da drinnen. Ich habe einen Schlüssel, und ich komme jetzt rein, bitte zwingen Sie mich nicht, eine Szene zu machen.«

Wieder das Wummern, wie eine letzte Warnung. Otto ging ins Ankleidezimmer und trug den Stuhl, wie er es in der Tanzschule gelernt hatte, für die Dame: beide Hände an der Lehne, Sitzfläche voraus. Er winkelte den Stuhl an und klemmte ihn unter die Klinke der Mini-Château-Tür. Keine Sekunde zu früh, denn im nächsten Moment fummelte dieser Vollrath einen Schlüssel ins Schloss und drückte die Klinke.

»Herr Bretz!« Vollrath klang, als hätte er Schmerzen.

»Stellen Sie das Frühstück einfach neben die Tür«, rief Otto. »Zwei Kaffee, zwei Eier, frisch gepresster Orangensaft. Ein Mohnbrötchen, eine Schrippe. Marmelade, kein Sauerkirsch, und Honig. Butter, keine Margarine.«

»Herr Bretz!«

Otto ging zurück ins Schlafzimmer, wo Ann auf der Bettkante saß.

»Was ist denn jetzt schon wieder?«, sagte sie.

»Keine Ahnung«, sagte Otto und legte sich wieder hin. »Ich will einfach nur schlafen.«

## I.

»Wer ist hier?«

»Dieser Bretz. Otto Bretz. Vom Spandauer Volksblatt. Mit einer ... Begleiterin.«

Wie unglaublich verklemmt Vollrath immer war. Sie roch an ihrem Handgelenk und sah ihn fragend an. »Ja, und?«

»Er ist nicht eingeladen.«

Sie hob rechts und links ihres Gesichts die Hände in ihre Frisur und überprüfte deren Statik. Dann zog sie ihren Lippenstift nach, lippenfarben, Rosenholz, und stellte ihn, nachdem sie die Kappe wieder aufgesetzt hatte, mit einem klackenden Geräusch auf den gläsernen Schminktisch.

»Wir schätzen doch junge Menschen, die Initiative zeigen. Und ich weiß nicht, ob Sie mal gelesen haben, woran dieser Schickmüller gerade arbeitet.« Herrenwinker. Hand um die schlanke Taille. Es war nicht zu fassen, was dieser Schickmüller sich da aus den Fingern gesaugt hatte.

»Er hat sich in seinem Mini-Château verschanzt.«

Die Architektin musterte Vollrath durch den Spiegel. »Er wird schon wieder rauskommen, und dann wird er sich schon bemerkbar machen, und dann kümmere ich mich um ihn.«

Sie stand auf. »Tun Sie jemals irgendwas für Ihre Entspannung, Vollrath? Sie müssen sich mit dem Thema Stress beschäftigen. Ich würde ja jemanden bitten, Ihnen dazu was rauszusuchen, aber mir fällt niemand ein, der das machen könnte, außer Ihnen.«

## II.

Ann wachte von einem schrecklichen Geräusch auf, knallende Autotüren, peitschende Gesprächsfetzen.

Sie rüttelte an Ottos Schulter. »Was ist das?«

Otto drehte sich auf den Rücken, rote Kissenlinien im Gesicht, einen Arm über den Augen. Er stöhnte. »Das sind Männer im Alter meines Vaters, die Spaß haben.«

»Das ist ja furchtbar.«

»Lass mich.«

Ann stand auf, zog den Stuhl unter der Klinke hervor und lugte ins Freie. Kein Frühstück. Sie zog den Reisetaschenreißverschluss auf und fand ihr einziges Kleid, das zum Glück dick und knielang war, aus einem praktischen Drillich, wenn auch in modernem Aprikose, »was für ein schöner Kompromiss«: ihre Mutter. Ärmellos. Sie stellte sich vor den Spiegel und überzeugte sich, dass man ihre Achselhaare nur sah, wenn sie die Arme hob. Sie fand eine weiße Wollstrumpfhose und geschlossene weiße Absatzschuhe. Dann ging sie ins Freie, die gedrückte Mittagssonne kratzte an den Reetdächern. Ein Menschensog Richtung Scheune, den Weg kannte sie ja. Die mitgebrachten Frauen waren Gattinnen, da lief sie optisch, bis auf die Haare und ihr Alter, einigermaßen mit. Sie konzentrierte sich, als sie den Raum mit seinem säuerlichen Aroma frisch enthüllter kalter

Platten betrat, denn ihre Mission war: den Mann aus dem S.O.U.N.D. finden, den Mann aus dem S.O.U.N.D. nach Jürgen fragen. Was Otto vorhatte, war ihr egal.

Unwillkürlich hielt sie einen weißen Teller in der Hand und stand in einer Büfettschlange, gut, essen musste man. Vor ihr ein Getümmel und Gedränge, das hatte was Gutmütiges, Pflichtbewusstes, Menschenskinder, endlich was zu beißen. Zwei Schlangen weiter, dort gab es Zwiebelsuppe mit Käsehaube, eine blonde Frau mit langen Haaren neben einem untersetzten Brillenträger, und augenblicklich erinnerte sie sich an den charakteristischen Geruch, wenn Cecily sich in ihrem Zimmer die Haare bügelte.

Ann scherte aus und steuerte mit ihrem leeren Teller durch die K77-Gäste. »Cecily?« Der Raum und die Fresslustgeräusche schluckten ihre Stimme.

»Cecily?«

Cecily Bescheer drehte sich um und ließ den Arm des Mannes neben sich los, als könnte sie Ann entkommen, ihr erschrockener Blick ein einziges: Darüber reden wir später!

Na warte, dachte Ann.

## III.

Ann hatte das Gepäck aus dem Auto geholt, immerhin etwas. Otto fand sein einigermaßen neues Sakko und ein Hemd, das so zerknittert aussah, als wäre es ein modisches Konzept. Es war gerade Mittag, der Architektin würde er sich vermutlich erst gegen Abend oder in der Nacht nähern können, wenn der Andrang nicht mehr so groß war. Jetzt erst mal Ulf Balkau. Otto suchte seinen Notizblock und huschte, den Schlüssel in der

Tasche, auf den Parkplatz, um nach Balkaus Wagen zu suchen. B-AL 666, der hellblaue Monza. Vor diesem Vollrath hatte er keine Angst, der hatte mit Sicherheit anderes zu tun, seit die Veranstaltung im Gange war.

Einen Moment später bekam Otto große Angst vor der Schüchternheit, die ihn abends auf der Soirée überfallen hatte. Was, wenn die auch hier wieder lauerte? Zum Glück war Ann da. Bei der hatte er wenigstens einen Grund, nicht mit ihr zu reden, auch wenn er nicht mehr genau wusste, welchen.

Die Tochter der Architektin: Warum hatte er mit der eigentlich nicht gesprochen, auf dieser Soirée? Die kannte er doch schon, bei der hätte er doch andocken können, die war doch in seinem Alter. Vielleicht war sie hier, und wenn sie ihm über den Weg lief, konnte er sagen: Lange nicht gesehen.

Nun ja, Balkau. Tatsächlich leuchtete es auf dem Dünenparkplatz hier und da in Hellblau, die einzelnen Stellplätze waren mit Tauen voneinander getrennt. Da hinten, ein flaches Fahrgastzellendach, vielleicht war das der ...

Otto ließ sich mit den Händen zuerst in den Sand fallen. Reizklima, die Luft roch nach Salz, Sand und der modernen Mischfaser seines Jacketts. Vorsichtig hob er den Kopf über die Motorhaubenlinie der geparkten Wagen.

Kein Zweifel, der Nachzügler, der hier gerade an seinem Kofferraum und am Arm einer rothaarigen Frau im Veloursmantel hantierte, war sein eigener Vater.

## IV.

Die Tochter der Architektin hatte in Halensee sturmfreie Bude, weil ihr Vater auf einer Vernissage und danach keine Ahnung wo war. Sie nutzte dies aus bis in die Morgenstunden des nächsten Tages und dachte nie wieder in ihrem Leben an Otto Bretz.

## V.

In der halbrunden Auffahrt des Château-Hotels Ekke Nekepenn stieg Heinz Burose, beurlaubter, aber noch amtierender Präsident der Oberfinanzdirektion von Berlin (West), aus dem Fond irgendeines lächerlichen Nazi-Autos, Horch 850 Sport, Baujahr 1939, den Vortrag der Chauffeurin hatte er sich auch noch anhören müssen. Zwar hatte es von Berlin Tempelhof mit der Vickers Viking von BEA nur vier Stunden nach Sylt gedauert statt zehn über die Transitstrecke oder zwölf mit dem Zug, aber den Oldtimer-Shuttle vom Flughafen Westerland hatte Burose nicht mit einberechnet. Seine Nerven lagen blank. Er hatte nichts Partymäßiges und nichts Sportliches dabei, nur das, was er am Leibe trug, seinen dunkelblauen Lodenmantel, den grauen Schurwollanzug und die Budapester Schuhe. Und in der Innentasche eine photostatische Kopie des handschriftlichen Anschreibens dieser Frau Martha Bretz, das der Bausenator gestern vom Pförtner überreicht bekommen hatte. Es gab einfach Familienväter, die zog es sogar am Neujahrstag ins Büro, und die quatschten leutselig mit dem Pförtner, und wenn der ihnen scherzhaft das sicher unterhaltsame Schreiben »von so einer Verrückten, die heute Vormittag hier war« überreichte, dann lasen die sich das auch durch. So ein Familienvater war der Senator, und nach der Lektüre rief er alarmiert seinen alten Freund Burose an: Heinz, wir müssen das alles stoppen. Sonst sind wir alle weg vom Fenster. Kein Geld mehr in den Kegel, geordnete Insolvenz, Versteigerung, Gras drüber wachsen lassen, ganz viel Gras, so unendlich viel Gras, hundertzwanzig Meter hoch.

Burose zögerte, gab der Chauffeurin viel zu viel Trinkgeld, das war ein Zehnmarkschein!, und rutschte auf glatten Ledersohlen in die Diele des Hotels. Dieser läppische Vollrath stand vor dem Tresen und hielt sich die Seite, als wollte er gleich anfangen, eine Arie zu singen.

»Wo ist sie?«, fragte Burose. »Ich muss sie unbedingt sprechen.«

## VI.

Das Büfett ging nahtlos in ein Kaffeetrinken mit Verdauungsschnäpsen über. Kellner mit hellgrauen Handschuhen und weißen Jacken schoben Barwagen mit Flüsterreifen durch die Aspik-Scheune und verteilten Klare, Braune, Süße und Saure. Der Golfplatz war gar nicht weit, einen Shuttle-Service gäbe es auch. So was sprach sich rum. Vielleicht der eine oder andere Saunagang in einem der Strandfässer und dann auf Matratzenhorchdienst, bis es heute Abend weiterging. Was machen Sie denn, mein Lieber? Na, wir finden schon einen Weg, uns das ungemütlich zu machen, nicht wahr? Ja, hahaha! Nach dem Essen sollst du rauchen oder eine Frau gebrauchen; hast du beides nicht zur Hand, nimm das Astloch in der Wand. Karl, ich hatte dich gebeten ... Sie nun wieder! Was für eine Marke. Also wirklich, unerhört, mein Lieber, unerhört. Na, wir werden uns mal die Beine vertreten, meine bessere Hälfte und ich.

Niemand schreckte vor irgendwas zurück, man redete, was einem einfiel.

Die Architektin traf als Letzte ein und maß befriedigt die von ihr angestrebte ausgelassene, aber noch nicht völlig unkontrollierte Raumtemperatur. Ungefähr achtzig Prozent der eingeladenen Kommanditisten und anderen Beteiligten hatten zugesagt, von denen waren mehr als zwei Drittel gekommen, das war gar keine schlechte Quote angesichts der Lage. Sie sah, wie das zerfurchte Burose-Haupt sich hier und da bojenartig über die Anwesenden und ihre Verdauungsschnäpse hob, Limoncello, Grüne Wiese, Campari A, denn sie hatten ja nicht nur altmodisches Zeug. Burose konnte es offenbar gar nicht erwarten, zu ihr durchzukommen, wahrscheinlich hatte er eine Flasche Aguardente dabei, um sich dafür zu entschuldigen, wie er in Portugal die Nerven verloren hatte.

Sie winkte einem netten jungen Mann aus dem Bauunternehmen Guths zu, dessen Firma sie noch einen niedrigen siebenstelligen Betrag schuldete, und sobald er ihre Gesten verstanden hatte, stellte er ihr einen etwas wacklig aussehenden, filigranen Korbstuhl bereit. Sie hielt ihm die Hand hin, bis er ihr hinaufhalf. Das reichte, damit es ruhig wurde im Scheunensaal. Sie wusste, dass jeder hier im Raum in diesem Moment dachte: Oha, auf den Stuhl würde ich es jetzt nicht mehr schaffen, oder: Der Stuhl würde mich nicht mehr aushalten, oder: Ich krieg ja keinen geraden Satz mehr zustande. Die Botschaft war: Sie stand überall sicher, sie hatte alles unter Kontrolle, sie traute sich was.

»Liebe Zukunftsfreunde«, sagte sie in normaler Lautstärke, und wer jetzt noch nicht die Klappe gehalten hatte, fing ganz schnell damit an. »Ich freue mich, dass wir hier und heute ein Zeichen setzen. Es wird ja viel geredet über Demonstrationen und Proteste in dieser Zeit. Und wogegen es da alles geht. Wovor die Leute alles Angst haben. Krieg, Vietnam, Notstand, Diktatur. Wissen Sie und …«, hier machte sie eine winzige Kunstpause, »… wisst ihr, wogegen wir hier heute demonstrieren? Und morgen? Bis übermorgen früh, bis zum letzten Rollmops beim Katerfrühstück?« Erwartungsvolles Gelächter, eher ein laut gewordenes Schmunzeln, das sie mit Genugtuung registrierte. »Wir demonstrieren gegen die Angst. Jeder, der hier ist, hat das bereits getan. Wir demonstrieren gegen die Lebensangst, gegen das Zaudern, gegen die feine Zurückhaltung. Wir greifen zu, wir greifen an, wir wollen hoch hinaus.« Diese Passage hatte Vollrath geschrieben, das merkte man natürlich sofort, immer etwas zu dick aufgetragen. Sie zögerte einen Moment. »Hundertzwanzig Meter hoch, um genau zu sein. Dreißig Stockwerke. Wir …«

»Wo ist unser Geld?« Es war ein bisschen peinlich, wie laut diese Stimme aus dem Publikum war, das war ihr erster Gedanke. Man brauchte nie zu schreien. Ihr zweiter Gedanke war: der liebe Ladius. Er stand, mit rotem Kopf und glänzenden Lippen, ein wenig am Rand, da, wo die Kellner schon die Platten abräumten.

Im Raum jetzt eine leichte Unruhe, eigentlich kein schlechtes Zeichen: Die Leute waren involviert, die Leute wollten wissen, wie es weiterging. Sie lächelte, vielleicht eine Spur mokant.

»Wo ist mein Geld?«, schrie Ladius.


VII.


Hallo, Papa. Du auch hier?

Hallo, Papa. Lange nicht gesehen.

Hallo, Vater. Und Sie sind …?

Otto duckte sich gegen die Beifahrertür eines umbrafarbenen Fiat und konnte sich einfach nicht vorstellen, seinem Vater gegenüberzutreten. Am besten, sie liefen einander einfach nicht über den Weg. Wie lange war der Vater jetzt weg, ein Vierteljahr? In der Zeit zwei Briefe, die Otto beiseitegelegt hatte, für später. Ein dritter zu Weihnachten, den er aufgerissen hatte, weil es ihm an Barschaft fehlte. Zwei Fünfzigmarkscheine, Jürgen hatte ihm gezeigt, wie man die vertikalen Linien durch beide Augen des abgebildeten Gesichts faltete, sodass einem der Mann mit der Mütze mit dem Blick folgte, wenn man den Schein bewegte. Also, auf einen Tag oder eine Woche mehr oder weniger kam es, was den Vater betraf, auch nicht an.

Als Otto hinterm Radkasten hervorlugte, war der Vater bereits auf dem Weg durch die Tür in die Scheune, da war gerade irgendein Tohuwabohu im Gange.

Jetzt kam ein Mann aus der Scheune, den Otto aus dem Straßenlaternenzwielicht am Rande der Kegel-Baustelle und der Soirée kannte. Dieser Ladius. Halb drängelte er sich durch das kleine Grüppchen am Eingang, halb wurde er durchgereicht, rausgeworfen. Etwas theatralisch richtete Ladius sich das Mantelrevers und kam auf Otto zu. Ladius blieb vor ihm stehen und blickte auf ihn herab. Otto sah gleich, dass Ladius anfangen wollte, ihn zu beschimpfen. Er beschloss, ihm zuvorzukommen.

»Wo sind meine Unterlagen?«, fragte Otto.

Ladius hielt inne, beugte sich zu Otto nach unten, legte ihm die Hand auf die Schulter und sagte: »Müllheizkraftwerk Ruhleben.« Dann versetzte er Otto einen Stoß und ging weiter.

Geschieht mir recht, dachte Otto und ärgerte sich darüber. Er richtete sich auf und sah drei Parkreihen weiter den hellblauen Monza mit der 666. Auf dem Fahrersitz, weit zurückgeklappt, lag Ulf Balkau, die Augen geschlossen, den Pelzkragen bis zu den Ohren, Qualm kam durch einen kleinen Fensterschlitz, raus ins Sylter Reizklima, Kampen, oder wo das hier war.

Otto duckte sich ein wenig und schlich in sicherer Entfernung um den Monza herum. Auf dem Beifahrersitz saß Jürgen, die Lippen zusammengekniffen und den Blick unbewegt nach vorn gerichtet, die rechte Hand am Haltegriff über der Tür, als wäre das Auto noch in Bewegung.

## VIII.

Wenn Ann eins wusste, dann, wie man Verstecken und Fangen und Cowboy und Indianer spielte. Cecily hatte keine Ahnung davon. Sie dachte offenbar, wenn man durch eine Hintertür entwich, war man danach unsichtbar oder für immer in Sicherheit. Cecily hatte ihren Begleiter stehen gelassen, als müsste sie nur kurz auf die Toilette, und Ann entschied sich für die alte Igel-Taktik: einfach abwarten. Sie stellte sich zu dem älteren, wichtig und kunstvoll aussehenden Mann, rundes schwarzes Brillengestell, weißer Rollkragenpullover unterm Sakko. Cecily würde schon zurückkommen, das merkte sie an dessen suchendem Blick.

»Meine Güte, was für eine Aufregung«, sagte Ann, die sich mehr auf die Cecily-Verfolgung als auf die Rede der Architektin und die Zwischenrufe konzentriert hatte, aber die Dynamik hatte sie mitbekommen.

»Unschön«, sagte der Cecily-Begleiter, offenbar dankbar, ein Publikum gefunden zu haben. Er hielt ihr die Hand hin und sagte: »Professor Riederer, Technische Universität.«

Ann griff zu und stellte sich als Lichtsetzerin vor, es klang richtig glamourös, fand sie.

»Bauen Sie auch Hochhäuser?«, fragte sie, weil sie keine Lust hatte, von sich selbst zu erzählen.

»Ich begutachte Hochhäuser«, sagte der Professor, als müsste man sofort begreifen, dass das besser war, als sie zu bauen.

»Und was sagen Sie zu dem hier?« Ann gestikulierte in Richtung der dreißigstöckigen, hochhausförmigen Torte, die zum Ende der Architektinnen-Rede hereingeschoben worden war und die etwa die Größe eines Vorschulkindes hatte.

»Ich habe noch nicht probiert«, sagte Professor Riederer, »strikte Anweisung von meinem Arzt.«

Ann spürte einen resignierten Griff am Arm, Cecily war wieder da. »Wir gehen mal für kleine Mädchen«, sagte Cecily in einem Ton, dass Ann nicht widersprechen und der Professor nicht nachfragen konnte. Dann zerrte sie Ann durch die Hintertür auf den windigen Hof, augenblicklich hatte man Sand in den Augen.

»Gehen Sie lieber wieder rein, wir haben eine Sturmwarnung«, sagte ein gebeugter Mann, der den Zwischenrufer von vorhin untergehakt hatte, als wollte er ihn eher abführen als stabilisieren. Cecily ignorierte ihn und fand einen Mauervorsprung für Ann und sich. Ann fror an den Schultern. Die nächste Bö wehte Cecily so die Haare um den Kopf, dass sie für einen Moment Teil der strandhaferblonden Dünenlandschaft zu werden schien. Cecily zeigte auf eine Reihe von fassförmigen Häuschen, die etwa fünfzig Meter von ihnen entfernt in den Dünen standen, Richtung Meer. Ann zog ihre Schuhe aus und lief strumpffuß durch den Sand hinter Cecily her. Als sie hinter ihr in das Fass schlüpfte, roch sie Holz und Eukalyptus, an den Wänden waren Saunabänke.

»So, jetzt reden wir«, sagte Cecily.

# IX.

Chic Miller hatte sich vorgenommen, alles in sich aufzusaugen, die Atmosphäre, die ganzen Vibrations, Schwenkfutter fürs Kopfkino, aber nach einer Weile sah er nur noch sorgsam über die Schultern geworfene Pullover, deren Ärmel im Gesprächs-wind flatterten. Überhaupt, der Wind. Es war nicht zu überse-hen, dass die Einheimischen unterm Personal langsam anfin-gen, sich aus dem Staub zu machen, und mit Staub meinte er Sandsturm. Von der Lobby aus rief er in Westerland an, ja, ei-nen Zug würden sie noch rüberlassen, dann wäre der Hinden-burgdamm erst mal zu bis auf Weiteres, sehen Sie ja selbst. Er begann einen endlosen Kampf mit seinem Cabrioverdeck, das der Sturm aus seiner Halterung gerissen hatte. Am Ende hatte er es komplett zerstört und den letzten Zug verpasst.

# X.

Otto richtete sich auf und machte den obersten Knopf seines Sakkos zu, als würde das gegen den Wind helfen. Er wollte die Hände in die Taschen stecken, aber die waren noch zugenäht. Er ging durch diese Niederlage hindurch, mit schlenkernden Armen, aber festen Schrittes, auf den Opel Monza zu, um an die Fahrerscheibe zu klopfen. Jürgen?

»Otters? Menschenskinder!« Sein Vater stand in der Tür der Scheune, offenbar, um seine Begleiterin daran zu hindern, noch mal zum Auto zu gehen, tatsächlich war es nun so windig, dass man kaum noch geradeaus gucken konnte. Er winkte Otto, und wie an einem unsichtbaren Faden gezogen, musste Otto dieser Einladung folgen, er ließ den Opel hinter sich und ging, schräg vom Sturm, auf seinen Vater zu, der die Hand ausstreckte, als wollte er ihm Hilfe anbieten. Als Otto ihn erreicht hatte, wurde ein fester, männlicher Händedruck aus dieser Geste. »Wie schön, mein Sohn, was machst du denn hier? Darf ich dir meine Mitarbeiterin vorstellen?« Der Vater zog ihn in die Scheune, wo mittlerweile der Kegel-Kuchen angeschnitten war, jedes Stockwerk vom anderen abgesetzt durch abwechselnd helle und dunkle Teigschichten unter der Buttercremefassade.

Otto rieb sich die Augen, der verdammte Sand.

»Na, na«, sagte sein Vater. »Das ist Frau Klostermann.«

»Was machst du denn hier?«, fragte Otto.

»Tja, das Geld vermehrt sich nicht von selbst«, sagte sein Vater, eine seltsam überdimensionale und zugleich unscharfe Erscheinung, »ich muss ja auch an deine Mutter und dich denken. An die Zukunft, weißt du.«

Otto fuhr es durchs Hirn wie ein Kopfschmerz, auf den man nur gewartet hatte: Na, das war ja klar, dass sein Vater Kegel-Anteile gezeichnet hatte, womöglich im Namen und auf Rechnung der Stuttgarter Subarashi. Wie hatte er überrascht sein können, dass sein Vater Teil dieser Welt hier war?

»Wie geht's deiner Mutter, Otters? Ich habe deine Adresse in München gar nicht. Wie ist es denn da? Und was machst du überhaupt hier? Du berichtest, nehme ich an. Berichte mal von deiner Mutter.« Otto starrte ihn an. »Und wie ist es in München?«, fragte sein Vater, als hätte Otto die anderen Antworten schon gegeben. »Hauptstadt der Bewe-«

»Dürfen wir den jungen Mann mal entführen?« Mit vollem Mund, von schräg hinter ihm. Otto drehte sich um und stand zwischen dem Wunderkammergestalter Baltasano und dessen Mäzen oder zumindest Bewunderer, also: Spießgesellen Hörsch, Spirituosen. Sie trugen schon wieder Bademäntel, weiße, womöglich waren sie auf dem Weg in die Fasssauna oder davon abgekommen. Sie schoben ihn ein paar Meter beiseite, ohne ihn anzufassen, einfach durch ihre Masse und indem sie ihm keinen Ausweg ließen.

»Also Folgendes«, sagte Hörsch, »man hört, Sie würden nun für die Architektin arbeiten, und wir wollten Sie ganz dringend einladen, ein gutes Wort für uns einzulegen. Also, das ist eigentlich das Mindeste, was Sie tun können. Man lädt Sie ein, man lässt Sie ins Haus, man bewirtet Sie, und jetzt verlässt man sich darauf, dass Sie sich vielleicht mal ein bisschen revanchieren, also: Wie kommen wir wieder raus aus der Nummer?« Hörsch fixierte ihn, als fände er ihn irgendwie widerlich, dabei, das wusste Otto ganz sicher, war es doch nun wirklich umgekehrt.

»Wissen Sie, wo ick meene dreihunderttausend finde?«, sagte Baltasano und schob sein Gesicht in Ottos wie den Daumen in eine Wunde. »Also, außer als uff'm Papier.«

Einen Moment dachte Otto an Heinz Sielmann und das nordamerikanische Opossum, das sich in derlei Situationen tot stellte, und für einen Moment schien es ihm eine realistische Option, zwischen diesen beiden Männerbergen auf den Boden zu gleiten und sich in eine vorgetäuschte Totenstarre zu retten.

»Vielleicht kommen Sie mit uns aufs Zimmer«, sagte Hörsch, »ich habe feinste Schnäpse dabei und ordentlich Backenfutter, dann können wir in Ruhe reden.«

Baltasano legte noch einen drauf und bot an, Otto »bei allernächster Gelegenheit die Eier zu zerquetschen«.

»Was wollen Sie denn von dem Jungen?«, fragte Ottos Vater über Hörschs Schulter, der war vom gleichen Schlag, jetzt bahnte sich hier eine artgerechte Kommunikation unter echten Männern an.

»Misch dich mal nicht ein, du Fatzke«, sagte Baltasano unüberhörbar, aber so, dass die Worte ihren kleinen Fleischkreis nicht verlassen konnten, selbst die Frau Klostermann lächelte noch mit ihrem Kuchen.

»Das ist mein Sohn«, sagte Siegmar Bretz, und Otto merkte, dass er sich erst jetzt so richtig verloren fühlte. »Lassen Sie mal das Kind los, was bilden Sie sich ein?«

Das war alles, was das Kind brauchte, um sich loszureißen und zwischen den Beinen der Großen hindurch ins Freie zu rennen, wo es von einer Windbö erfasst und hinaus aufs Meer getragen wurde.

Beziehungsweise: Otto lehnte sich in einen Mauervorsprung und rannte dann Richtung Meer, wo er eine unverkennbar jürgenförmige Figur im Wind den Fasssaunen zustreben sah.

## XI.

»Was redest du für eine Scheiße von wegen Realismus und die Dinge nüchtern betrachten?«

Cecily studierte Anns Gesicht, diese faltenlose, ahnungslose Empörung, und dann ihre eigenen Hände, mit denen sie lange nichts mehr geklebt hatte. Der Sturm heulte um ihr Fass, und sie saßen einander gegenüber auf Holzbänken im schummrigen skandinavischen Stimmungslicht, die Rücken entlang der runden Wand gekrümmt.

»Du verstehst das nicht«, sagte sie, und es war gar kein Vorwurf. »Das war wie eine Befreiung mit den Modellen. So ein Ballast, den ich endlich los bin. Ich bin fast dreißig, ich muss sehen, dass ich mal fertig werde, und Professor Riederer sagt, er gibt mir noch eine Chance. Ich unterstütze ihn ein bisschen bei seinen gesellschaftlichen Verpflichtungen, und er ermöglicht mir dafür ein etwas verschlanktes Promotionsverfahren. Weil ich schon so viel Zeit verloren habe. Mit diesen Modellen. Den Utopien.«

»Du kommst also nicht zurück.«

»Was?«

»Zu uns. In die Wohnung. Die WG. Wo wohnst du jetzt?«

»Nein. Ich weiß nicht.«

»O mein Gott, bei diesem Riederer mit seinem Rollkragenpullover, Cäcilia, das ist ja furcht-«

»Bei meinen Eltern.« Es war auf die Schnelle entweder das gewesen oder zurück zu Ulf. Die Wahl war ihr nicht schwergefallen. Trotzdem hörte es sich furchtbar an. Das fand offenbar auch Ann.

»Ich wollte zwar nicht mit dir pennen«, sagte sie, »aber irgendwie fand ich dich toll. Wie du uns deine Modelle erklärt hast. Deine ganze Leidenschaft. Ich hab schon wieder vergessen, was ich war, von diesen Gebäuden, aber das war so ein schöner Moment.«

Cecily zögerte, weil sie im bernsteinfarbenen Licht nicht erkennen konnte, ob Ann traurig oder wütend war. Dann sagte sie das Ehrlichste, was sie sich traute. »Es hat mich so angreifbar gemacht«, sagte sie.

Ann nickte. »Ich mochte dich, als du angreifbar warst.« Dann nichts mehr, die Stille sprach für sich. Cecily schluckte. Jemand zog die Saunatür auf, und der Wind riss nach draußen, was zu sagen ihr vielleicht noch eingefallen wäre.

# XII.

Otto holte Jürgen genau in dem Moment ein, als der sich in dieses alberne Fichtenholzfass flüchten wollte, das auf zwei halbrund ausgesägten Bohlen stand, mit den anderen Fässern und dem Haupthaus über Kabel verbunden, die sich schwarz und gischtglänzend durch den hin und her wehenden Sand schlängelten. Gemeinsam stürzten sie ins Fassinnere, von der nächsten Bö gedrückt, ablandiger Wind.

»Frauentag«, sagte Ann, »raus, ihr Wichser.«

Jürgen rappelte sich auf und glotzte, als hätte er seit ewigen Zeiten keine Menschen außer Ulf Balkau gesehen. Oder gesprochen: Er brachte kein Wort heraus. Otto hatte eher das Gefühl, als hätten Ann und er ganz schön abgearbeitet, was sie sich vorgenommen hatten, jeder eine Hälfte: die WG wieder zusammenzubringen. »Cecily«, sagte er. Sie lächelte, als könnte sie nicht anders.

»Ja, Cecily ist heute sozusagen Beifang«, sagte Ann. »Irre, wer und was hier alles angeschwemmt wird. Cecily arbeitet jetzt mit voller Kraft und ohne Utopien oder Ideen für Professor Doktor Doktor von und zu Riederer, weil das für sie eine realistischere Perspektive ist, als sich über irgendwas zu freuen. So weit die Kurzfassung.«

Ann war schon anstrengend. Otto setzte sich neben sie und stand dann noch mal auf, um Jürgen neben Cecily auf die Bank zu drücken. Nicht, dass der jetzt wieder ausbüxte.

»Ich hab da eine wirklich gute Chance, das alles ...«

»Also, du machst nichts mehr mit diesen Modellen, du gibst deine Doktorarbeit auf«, sagte Otto.

»Wir reden mir ein bisschen zu viel über diese Akademikerscheiße und ein bisschen zu wenig über den Verrat an der WG, an der gemeinsamen Vision«, sagte Ann.

»Ich schreib eine andere Doktorarbeit«, sagte Cecily.

»Worüber? Was für eine?« Es interessierte ihn eigentlich nicht wirklich, er wollte bloß seine Gedanken ordnen. Wie schön sie immer in der Küche gesessen hatten. Aber an Cecilys Reaktion merkte er, dass er etwas berührt hatte.

»Was ganz Pragmatisches«, sagte sie. »Eine Bauausführungsstudie. Für ein Genehmigungsverfahren. Also, das ist nicht ganz unkompliziert.« Ein Gespenst von Leidenschaft huschte über ihr Gesicht und durch ihre Stimme. »Das ist nicht ganz trivial. Weil die Architektin mit der genauen Bauausführung immer lange hinterm Berg hält, also, da muss man viel deduzieren, das ist natürlich irgendwie auch …« Cecily rieb sich die Stirn. »Faszinierend.«

»Die Architektin«, sagte Otto.

»Der Ku'damm-Quader. Ihr nächstes großes Ding. Das größte Einkaufszentrum der Stadt. Das ist eine riesige Fläche. Also, die ganzen Parameter …«

»Uff«, sagte Ann.

Jürgen räusperte sich. »Ihr tut echt so, als könnte man sich das alles immer aussuchen«, sagte er zu Otto. »Also, du und Ann.«

»Ich dachte, du bist im Knast«, sagte Otto.

»War ich auch. Aber nur eine Nacht.«

»Wieso?«

»Dieser Ladius von der Baustelle, mit seiner Scheißauskunftei. Hat rausgefunden, dass es nicht nur einen Strafbefehl wegen Erschleichung von Beförderungsleistungen gegen mich gibt, sondern zwei. Und dass ich nur einen abgesessen habe.«

»Das tut mir leid«, sagte Otto. Ladius war sein Fluch, den hatte er über sie alle gebracht.

»Das ist meine eigene Schuld«, sagte Jürgen. »Ich hab damit angefangen.«

»Was?«, fragte Ann. »Wie kommst du denn darauf? Du darfst nie dir selbst die Schuld geben, wenn du dem System …«

Jürgen sah sie an. »Was glaubst du, wer mich aus dem Knast geholt hat?«

»Ulf Balkau«, sagte Otto. »Für den du jetzt offenbar als Kindermädchen jobbst. Aber …« Er hörte auf zu sprechen, und im Hohlraum des Fasses breitete sich eine Stille aus, sodass viel besser zu hören war, wie selbstmitleidig der Wind draußen rumheulte.

»Moment mal«, sagte Otto. »Balkau hat dich aus der JVA geholt, weil ihr schon länger zusammenarbeitet. Balkau hat ein Buch mit Sumpfhexen an die Bibliothek verkauft, Balkau war mit diesem ganzen Sumpfhexen-Thema vertraut, Balkau ist«, er kam sich vor, als stünde er in spiritueller Verbindung mit Hm., sie glitt im Geiste durch seine Synapsen und schenkte ihm Kombinationsfähigkeit, »Balkau ist überhaupt erst auf die Idee gekommen mit der Sumpfhexe. Balkau hat dich beauftragt zu behaupten, es würde auf der Kegel-Baustelle spuken.«

Cecily wollte etwas sagen, aber Ann schnitt ihr mit der Handkante das Wort ab. »Wie bitte?«, sagte Ann.

»Ulf und ich kennen uns aus dem S.O.U.N.D.«, sagte Jürgen und betrachtete seine Hände. »Da hab ich ihm von der Erscheinung erzählt. Ich bin in der Nacht, als ich die gesehen habe, direkt ins S.O.U.N.D.«

»Ach komm«, sagte Otto.

»Balkau hat mir dann erklärt, was ich gesehen habe. Weil sein Opa ihm immer von diesem Buch erzählt hat. Er hat das verscherbelt, aber dadurch wusste er von den Sumpfhexen.«

»Ihr spinnt doch«, sagte Ann.

Otto dachte daran, wie Jürgen immer zu ihm ins Bett gekommen war, und wie sie nachts gequatscht hatten, und in diesem Moment vermisste er nichts mehr als das.

»Aber – wieso?«, fragte er und meinte eigentlich so was wie: ... hast du nichts gesagt?

»Ulf wollte, das genau das passiert: Unruhe und Chaos stiften, damit der Kegel und die Kegelbau Angelion in Schwierigkeiten geraten. Damit sein seniler Großvater die ganzen Provisionen verliert und alle Kommanditisten, die der angeworben hat, wütend auf den Alten sind. Und damit dem Großvater endlich die Geschäftsfähigkeit aberkannt wird und Ulf die Firma übernehmen kann. Und sie dann verkaufen und sich mit einer Tonne Hasch für immer zurückziehen. Oder so was.«

Otto rieb sich die Stirn.

»Dieses Bestatterding ist wohl ein richtig gutes Geschäft«, sagte Jürgen.

»Bevor du in die Kiste sinkst, den Auftrag du zu Balkau bringst«, sagte Ann nachdenklich. »Was machst du überhaupt hier, Jürgen?«

»Ulf hat einfach gern jemanden dabei, mit dem er reden kann«, sagte Jürgen.

»Was für ein Scheißplan«, sagte Otto, der sich innerlich irgendwie auflöste. Er merkte jetzt erst, wie groß der Platz war, den er da in sich für Jürgen frei gemacht hatte.

»Na ja, Ulf ist echt ein Kiffer«, sagte Jürgen, als würde das irgendwas erklären.

Cecily räusperte sich. »Ulf ist mein Ex-Freund.«

Jürgen nickte. »Ich weiß«, sagte er.

Otto stand auf, riss die Tür auf und stürzte sich in den Wind. Die steckten doch alle unter einer Decke hier, alle außer ihm. Jetzt blieb ihm wirklich nur noch die Architektin.

# XIV.

Otto stützte die Unterarme auf die Knie und presste seine Handballen in die Augen. Nicht, um Tränen zurückzuhalten. Er war innerlich knochentrocken vor Ratlosigkeit. Er wollte einfach nichts mehr sehen, er wollte allein sein in einem dunklen Raum. Eigentlich wollte er auch nichts mehr hören, aber sich die Ohren zuzuhalten wäre ihm kindisch vorgekommen.

»Sie können sich das ganz in Ruhe überlegen«, sagte die Architektin. Er hatte ihre Silhouette durch die Dünen im ersten Stock des Haupthauses hinter dem Fenster gesehen, zum Glück, denn ihm war klar geworden, dass es keinen anderen Ort mehr für ihn gab, als zu ihr zu gehen.

Er hörte ihre Stimme aus einem anderen Bereich des Raumes, sie hatte sich lautlos über den schweren Teppich bewegt, barfuß. Er stellte sich die ruhigen Falten um ihren Mund vor, und den festen Blick unter der geraden Stirn.

»Aber ich brauche Ihre Antwort jetzt.«

Otto presste die Handballen fester in seine Augen, bis er die orange- und ockerfarbenen Rechtecke und Ellipsen durcheinanderschwimmen sah, eine innere Tapete, die in Bewegung war, Lavalampen in seinem Kopf.

»Wie soll ich mir das in Ruhe überlegen, wenn Sie jetzt meine Antwort brauchen?«, fragte er. Eiswürfel klingelten in einem Glas. Die Architektin sprach über ein Schlucken.

»Na ja«, sagte sie, »Sie müssen sich jetzt entscheiden, und dann können Sie noch ganz in Ruhe darüber nachdenken, ob Sie sich richtig entschieden haben oder wie sehr Sie die Entscheidung bereuen, wirklich, dafür haben Sie Jahre Zeit, Jahrzehnte, Ihr ganzes Erwachsenenleben.«

Otto sagte nichts.

»Mit den Sachen von diesem Schickmüller kann ich nichts anfangen, das ist dummes Zeug, das ist mir peinlich. Aber Sie haben da einen anderen Zugang.«

Er merkte am Orangengeruch, dass sie ihm wieder näher gekommen war, nicht daran, dass ihre Stimme lauter geworden wäre, denn sie blieb in der gleichen Lautstärke.

»Ladius hat mir sogar Ihren Text über dieses Nilpferd besorgt, oder diesen Tapir. Ein an und für sich unromantisches Tier, dem Sie etwas abgewinnen, ohne dass Sie allzu dick auftragen. So haben Sie das bei diesen Geistergeschichten auch gemacht.«

War das nicht ein Hängebauchschwein gewesen?, fragte sich Otto. Er drückte fester in seine Augenhöhlen, seine innere Mustertapete geriet wieder in Aufruhr, durchzogen von verblassenden Nachbildern der Tischbeleuchtung, verlöschende Kometen.

»Sie wollen mich kaufen«, sagte Otto.

»Nur Ihre Arbeitskraft«, sagte die Architektin. »Für meine Firma.«

»Für welche?«

»Wir finden eine.«

»Trotzdem kaufen Sie mich.« Er nahm die Handballen von den Augen und sah, dass ihm das Zimmer schwindelerregend geworden war. »Sie wollen mich mundtot machen. Die Geschichten, die ich schreibe.«

»Sie haben eine sehr dramatische Vorstellung sowohl vom Austausch von Dienstleistungen in der Warenwirtschaft als auch von Ihrer eigenen Bedeutung«, sagte die Architektin im Ton einer nüchternen Feststellung, aber nicht unfreundlich.

Weil er den Anblick des instabilen Zimmers nicht ertrug, presste Otto sich wieder die Handballen in die Augenhöhlen.

Warum hatte er nicht längst gesagt, Nein, danke für Ihr Interesse, aber das ist nichts für mich, ich möchte mein Praktikum beenden und dann mal schauen, vielleicht bieten die mir in Spandau ein Volontariat an oder eine feste freie Mitarbeit, oder ich gehe an die FU und studiere Politikwissenschaft oder Soziologie oder ... Aber wie klein das klang, kümmerlich. Und zugleich so größenwahnsinnig, eine ganz ungute Mischung: kümmerlicher Größenwahn. Was waren das für Ziele, mickrig und größenwahnsinnig zugleich, und wie sehr überschätzte er womöglich den Wert seiner eigenen Integrität?

Aber alle verließen ihn ja, und wie einfach wäre es, jetzt hier anzuheuern. Mit Cecily am Ku'damm-Quader zu arbeiten. Alle hatten sich doch irgendwie in Sicherheit gebracht, alle spielten ihr eigenes Spiel. Und auch sein Vater würde ihn nie wieder vor irgendwelchen versoffenen Nazis als Kind behandeln, weil Otto dann in der gleichen Welt wäre, selbstständig, unabhängig.

»Was Sie da mit den Fäusten machen, hab ich auch immer gemacht«, sagte die Architektin. »Noch im Studium, wenn ich nicht schlafen konnte. Ich hatte so ein zugiges Zimmer. Bei einer Kriegerwitwe. Sterne machen, habe ich das genannt.«

Er merkte an einer Veränderung der Atmosphäre, vielleicht bis rauf an die Grenze zum Weltall, von wo man den Flughafen Tempelhof sehen konnte, dass sie sich neben ihn gesetzt hatte. Er spürte ihre Hand auf seiner, und eine Wärme durchströmte ihn, in der er eine Ewigkeit hätte leben können. Er wartete darauf, dass die Architektin noch etwas sagte wie: Lassen Sie uns zusammen Sterne machen, oder so was. Aber dafür hatte sie zu viel Geschmack.

In diesem Moment räusperte sich Vollrath aus Richtung der Tür, es dauerte nicht lange, und man erkannte den Mann an seinen Geräuschen, ohne ihn zu sehen.

»Es ist mir leider nicht gelungen«, sagte Vollrath, »die junge Dame …«, und dann öffnete Otto die Augen, und vor ihm stand verschwommen Ann.

»Übrigens haben wir wohl eine Sturmflut«, sagte Vollrath, »aber das ist eine reine Information, kein Grund zur Beunruhigung. Wir sollten die Saunen schließen und den Kaminabend vorziehen.«

Die Architektin ignorierte Vollrath und betrachtete Otto von der Seite.

»Otto«, sagte Ann. »Kommst du?«

## XV.

»Ich hab mit all dem nicht so richtig was zu tun«, sagte die Architektin und schaute unauffällig auf die Uhr. Ewig durfte man auch nicht zu spät kommen, und wenn es nur ein Kamingespräch war.

»Das betrifft dich genauso wie mich«, sagte Burose, dem sie die Erleichterung ansah, dass er endlich bis zu ihr vorgedrungen war. Jetzt fehlte wirklich nur noch der liebe Ladius. »Die Hotels, die ganzen Belege, die Telefonnotizen, ich glaub dir nicht, dass du das alles vernichtet hast, dafür bist du viel zu …« Er suchte nach Worten, und es stand ihm nicht. »Dafür bist du viel zu vorausschauend.«

Sie strich ihre Ärmel glatt, weil sie den Stoff unter den Handflächen mochte, und dachte an all die Unterlagen, die Vollrath ihr rausgesucht hatte, ein Archiv des zu Verbergenden, und an die Zeitkapsel und den Polier. Ehringshausen? Guter Mann. Geschickt bei Nachschachtungen.

»Bei mir ist nichts zu finden«, sagte sie.

Burose atmete aus, und es klang, als hätte er vorher lange nicht Luft geholt. »Diese ganzen Gerüchte, die dein Freund Ladius weitererzählt hat, aufgeschrieben von dieser Martha Bretz, du hättest die Handschrift sehen sollen, da glaubt man alles, vor allem, wenn man der Senator ist. Keine schützende Hand mehr über dem Projekt, keine Zahlungsgarantien, damit die Berlinförderung fließen kann, gar nichts mehr. Ab jetzt jeder für sich. Geordnete Insolvenz, Käufersuche, womöglich Zwangsversteigerung. Und sie werden versuchen, an deine Honorare zu kommen. Soll ich die Summe noch mal sagen, oder ist dir das zu schmutzig?«

Sie zuckte die Achseln. »Nichts ist schmutzig an fünfunddreißig Millionen, wenn sie redlich verdient sind.«

Burose schüttelte den Kopf. »Ich weiß nicht, ob dir der Ernst der Lage bewusst ist«, sagte er, geschwollen. Also, als sei ihm die Zunge geschwollen. Langsam, mühselig, Silbe für Silbe. »Am Ende kauft jemand dein Hochhaus für eine Mark.«

Die Architektin lächelte. »Das war ab dem Moment nicht mehr mein Hochhaus, als ich die erste Zeichnung gemacht habe. Weißt du noch?«

Burose verzog das Gesicht.

»Seitdem ist es eures. Das Einzige, was mir gehört, sind die fünfunddreißig Millionen.«

Burose ging, als hätte er dadurch einen starken Abgang. Aber er war einfach nur ein Mann mit einem hässlichen Lodenmantel über dem Arm, der mit wenig Haaren eine Suite verließ, nichts, was einen irgendwie beeindrucken musste.

# XVI.

Ladius polterte die Treppe zur Suite der Architektin so laut hoch, dass er sein eigenes Wort nicht verstand. Sein eigenes Wort war Scheiße, Scheiße, Scheiße. Heinz Burose kam ihm entgegen und wollte ihn festhalten, aber den schüttelte er mühelos ab. Er wummerte gegen die Tür, bis dieser Vollrath auftauchte, den musste man nur ein bisschen in Bauchhöhe beiseiteschieben, dann war der schon weg.

Ladius atmete schwer und ließ die Architektin auf sich zukommen. »Und?«, fragte er, als sie ihn erreicht hatte. Ein Haarreif, der sie jünger machte, eine weiße Strickjacke über der weißen Bluse, eine hellblaue Hose mit weißen Steppnähten. Freizeit, Kaminzeit, ein bisschen plauschen.

»Der liebe Ladius«, sagte sie. »Kündigen Sie sich doch nächstes Mal vorher an, dann habe ich auch mehr Zeit für Sie.«

»Wo ist das Geld?«

»Im Moment ist es ganz schlecht. Ich bin auf dem Weg zum Kamingespräch, vielleicht haben Sie beim nächsten Projekt Gelegenheit, daran teilzunehmen. Dieses Jahr wirken Sie, wenn ich offen sein darf, etwas indisponiert.«

»Mein Geld.«

Sie atmete ruhig und sah ihn an. Prüfend, aber auch mit einer Spur Mitgefühl.

Ladius wurde schwindlig. Er verstand erst jetzt. Er begriff, dass er bis eben von völlig falschen Voraussetzungen ausgegangen war. Davon, dass sie … Was hatte er erwartet? Dass er im Recht war, weil Geld wichtig war. Weil es falsch war, wenn Geld weg war, und richtig, wenn Geld da war. Wegen Doris. Weil sein und Doris' Geld so gut wie nicht mehr da war und die Architektin ihm dadurch etwas schuldete. Eine Erklärung, eine Entschuldigung. Ein Versprechen, dass sich noch etwas würde regeln lassen können. Eine Wiedergutmachung. Aber daran, wie sie dastand, nicht einmal bereit, ihn hereinzubitten und ihn ein klein wenig zu umgarnen, sah er, dass es ihr im eigentlichen, wortwörtlichen Sinne völlig egal war.

»Die Firma wird womöglich leider Insolvenz anmelden«, sagte sie. »Das Projekt hat sich anders entwickelt, als wir alle gehofft haben, und selbst dieses Wochenende verläuft womöglich anders als geplant. Da spielen natürlich verschiedene Faktoren eine Rolle. Womöglich sogar das Wetter, bei Sturmflut gerät man nicht in Investitionslaune. Hinterher ist man immer schlauer. Also, das ist ein mögliches Szenario. Die geordnete Insolvenz. Und darauf spielen Sie ja offenbar an. Darum spreche ich das so offen aus.«

Ladius lehnte sich an die Tür, unfähig, Halt zu finden in ihrem Eintopf aus ihm bereits bekannten Informationen und Gemeinplätzen und Wahrheiten, die er lieber nicht gehört hätte.

»Ist das Ihr Ernst?«

»Ich habe es mir ja nicht ausgesucht. Die Angelion wird das Kegel-Hochhaus nicht zu den Quadratmeterpreisen vermieten können, die projektiert waren. Und, ja, womöglich gibt es keinen Käufer, der in die Bresche springen könnte. Also, noch ist das letzte Wort nicht gesprochen. Aber Sie wissen ja, wie das ist. Sie kennen sich ja aus. Sie haben ja alle«, sie lächelte, »Informationen.«

Langsam tauchte er aus seiner Haltlosigkeit und Betäubung auf. »Ich weiß gar nichts. Ich weiß nicht, wie das ist. Ich weiß nur, dass mein Geld weg ist.«

»Weg?«, sagte sie. »Es hat sich verändert. Alles fließt.«

»Verändert?«

»Sie können Ihre Investition als Verlust abschreiben.« Sie sah ihn an, bis er wegsah. »Und wenn Sie sich engagiert haben in einem Ausmaß, dass eine Verlustabschreibung nicht mehr lukrativ, sondern … bedrohlich ist, dann beruht das auf einer Entscheidung, die Sie getroffen haben, und nicht ich.«

»Es ist alles weg«, sagte Ladius.

»Von ›weg‹ kann in dem Sinne keine Rede sein. Das Kegel-Hochhaus ist ja auch nicht weg.«

»Aber Ihre Firma ist weg.«

Sie machte eine abwägende Handbewegung, sodass ihr Armreif lautlos über ihren Ärmel glitt. »Die Firma ist gegebenenfalls zahlungsunfähig, ja.«

»Aber das ist doch Ihre Schuld.«

»Schuld? Ladius, was für ein Weltbild Sie haben. Merken Sie gar nicht, wie viele Dinge da miteinander zusammenhängen? Das geht von Baukosten bis hin zu irgendwelchen Gespenstergeschichten, die Menschen in Unruhe versetzen, und dann gerät alles in Schieflage. Leider eben auch die Firma.«

»Ihre Firma. Sie sagen immer nur die Firma. Ihre Firma. Das sind doch Sie.«

»Ich habe viele Firmen.«

Ladius machte einen Schritt auf sie zu, wie sich das gehörte, wenn man nicht mehr weiterwusste. Das wirst du mir büßen. Jetzt ist Zahltag. Na warte, Freundchen. Du wirst jetzt dein blaues Wunder erleben. Jetzt regnet's Backpfeifen.

Sie bewegte sich nicht und runzelte die Stirn. Ladius blieb den entscheidenden Schritt von ihr entfernt stehen.

»Haben Sie eine Mark?«, fragte sie.

Ladius atmete schwer. Diese Frau hatte Nerven. Ihn jetzt auch noch anzupumpen für den Zigarettenautomaten, vielleicht die Garderobe. Unwillkürlich klopfte er auf seine Sakkotaschen.

»Ich meine nur«, sagte sie. »Falls es zum Äußersten kommt und die Versteigerung nicht das Mindestgebot bringen sollte. Ich denke, um und bei 150 Millionen, jetzt mal rein hypothetisch. Dann macht der Senat vielleicht so ein symbolisches Geschäft mit einem Investor. Für eine D-Mark. Das wäre doch vielleicht was für Sie, lieber Ladius. Dann gehört der ganze Kegel Ihnen. Das höchste Hochhaus in West-Berlin. Von da oben können Sie alles sehen, die ganze Stadt.« Sie lächelte und zog ihre Ärmel glatt. »Eine Mark. Sie können ja noch mal in Ruhe schauen. Vielleicht zwischen den Polstern im Mercedes.«

## XVII.

Als Ann und Otto aus dem Haupthaus kamen, sahen sie, dass die Flut komplett losgebrochen war, der Sturm von der einen, das Wasser von der anderen Seite, man wusste auf dieser Insel jetzt erst recht nicht mehr, wo Land und wo Meer war. Sie brauchten sich keinen Blick zuzuwerfen, um loszurennen, bei den Fasssaunen stand das Wasser bereits bis kurz vor die Türen, die eine oder andere schien schon zu schaukeln, kurz davor, sich loszureißen. Sie hatten nie darüber gesprochen, wann und warum auch, aber sie wussten beide, dass Cecily und Jürgen eine Sache am Laufen hatten, hin und wieder, das war schwer einzuschätzen, aber womöglich waren die in diesem Fass übereinander hergefallen, oder Cecily über Jürgen, und jetzt merkten sie nicht, wie um sie herum die Welt wegschwamm. Sie mussten die beiden da rausholen.

Nach zehn, zwölf Schritten spürte Otto seine Füße nicht mehr, er machte sich Sorgen um Envers Simca, weil die Nordsee einem nun überall bis zum Knie ging. Und wenn man in ein Sandloch trat, bis über den Bauchnabel. Er streckte die Hand nach Ann aus und fand ihre schon auf halbem Weg zu sich. Sie zog sich als Erste das kleine Holztreppchen zum Fasseingang hinauf und riss an der Tür, bis die aufklappte und Ann halb in der Luft, halb im Wasser baumelte, beide Hände am Holzgriff. Otto schob sie von hinten ins Fass und stürzte hinterher. Sie rollten übereinander und suchten in der Dunkelheit, weil das Wasser längst den Strom gekappt hatte. Das falsche Fass? Otto warf sich auf eine der Bänke, um kurz durchzuatmen, stieß sich dabei aber dermaßen den Kopf, dass er zum zweiten Mal an diesem Abend Sterne sah. Ann setzte sich neben ihn, und keiner von ihnen wusste, wer zuerst mit dem Schlottern anfing. Sie waren falsch angezogen für die Witterungsverhältnisse.

»Wo sind Cecily und Jürgen?«, fragte Otto.

»Wenn ich drüber nachdenke, wundert es mich nicht, dass die nicht auf uns gewartet haben«, sagte Ann und schauderte, dass es Otto ansteckte.

»Lass uns am besten hier drin kurz abwarten, bis sich das da draußen beruhigt hat«, sagte er.

»Ich hab heute keine Pläne mehr«, sagte Ann.

In diesem Moment ging ein Ruck durch das Fass, und dann gerieten ihnen die Wände ins Rollen. Sie stützten sich mit den Füßen vom Boden ab, bis sie wieder einigermaßen wussten, wo oben und wo unten war.

»Wir haben uns losgerissen«, sagte Ann. »Wir schwimmen.«

»Immerhin«, sagte Otto.

»Nichts wie raus?«

Otto stand auf und prüfte mit einer Hand die Tür, die andere zur Stabilisierung an der Wand. Ein eiskaltes Rinnsal schäumte durch den unteren Türschlitz. »Wenn ich die aufmache, ertrinken wir.«

»Ja, dann lass mal«, sagte Ann.

Er setzte sich neben sie. Sie stand auf, zog die vier großen Saunatücher aus dem Rattanregal und teilte sie unter ihnen auf.

»Woher kommt der Wind?«, fragte Otto.

»Ich weiß es nicht mehr«, sagte Ann. »Von überall. Aber es fühlt sich an, als treiben wir raus aufs Meer.«

Otto nickte. Er wickelte sich in das eine Handtuch und legte sich das andere über die Schulter, Ann auch. Unter ihren Füßen hörten sie ein Gurgeln und Spülen, über ihren Köpfen ein Sausen und Brausen. Es war absurd und, dachte Otto, außerordentlich gefährlich.

»Vielleicht sterben wir«, sagte Ann, die es nicht lassen konnte, immer das Offensichtliche auszusprechen. »Deine Haare sehen dumm aus.«

Otto zog nachdenklich die Mundwinkel nach unten. »Glaube ich nicht«, sagte er.

»Wieso?«, fragte Ann. »Doch irgendwie nur deshalb, weil du die Hauptfigur deiner eigenen Geschichte bist und weil du dich deshalb für unsterblich hältst.«

»Welcher Geschichte?«, fragte Otto.

Ann überlegte. »Die, die erst noch anfängt, oder die, die gerade aufhört.«

Es gab einen Schlag gegen die Seite des Fasses.

»Ein Felsen, eine Mole oder eins von den anderen Fässern«, sagte Otto, abermals erschauernd, aber um Analyse bemüht. Man bräuchte eine zuverlässige Quelle, oder am besten zwei.

»Worüber haben wir uns eigentlich gestritten?«, fragte Ann.

Otto überlegte. »Das musst du doch wissen. Du hast dich gestritten.«

»Mit dir.«

»Ich weiß es nicht mehr.«

»Es fällt mir bestimmt gleich wieder ein«, sagte Ann. Sie

schwiegen, und Otto dachte darüber nach, ab wann man wusste, dass man wohl sterben würde. Kurz vorher, währenddessen oder immer erst hinterher?

»Versprichst du mir was?«

»Kommt drauf an, was«, sagte Ann, vernünftig bis zum Tod.

»Dass du nicht ausziehst, wenn wir jemals wieder an Land kommen.«

Sie schwieg, und Ottos Herz sank wie das Fass, bei dem das Wasser jetzt schon durchs Schlüsselloch kam, in einem harten weißen Strahl.

»Das kann ich nicht«, sagte sie. »Das ist irgendwie schräg mit der Wohnung, die ganze Situation. Also, nichts gegen deine Mutter. Ich mag auch Tempelhof nicht so.«

Otto schloss die Augen. Er hatte sich einen etwas feierliche-ren vorletzten oder vorvorletzten Moment gewünscht.

»Lass uns lieber was anderes suchen und noch mal von vorn anfangen«, sagte Ann. Das Fass rollte und schob sie auf der Bank zusammen, bis sie die Arme umeinanderlegten und nur noch ih-ren Atem hörten. Dann war der Boden über ihnen, das Wasser von unter der Tür spritzte auf sie herab, und Otto fand keinen Halt an den Deckenleuchten. Das Fass rollte zurück, sie fanden die Bank wieder, ihre Handtücher waren schwer von Salzwasser.

»Lass uns jetzt küssen«, sagte Ann, »damit wir nicht so zufällig gegeneinanderstoßen, und dann ergibt sich das. Erstens wäre das peinlich und aufgesetzt, zweitens will ich darauf nicht warten.«

Und Otto hatte auch später nie eine zweite Version dieses Teils der Geschichte parat. Weil die eine, die es gab, ihm völlig ausreichte, und weil er durchs Nacherzählen nur was hätte ka-putt machen können.

Sie küssten sich, solange es ging, und es machte ihnen viel Freude.

Am Morgen nach dem Unwetter rief die Architektin zu Hause an. Der Parkplatz leerte sich, die Trümmer waren noch nicht weggeräumt. Darum würde das Hotel sich kümmern. Vollrath war dran. Die Gäste waren verschwunden.

Nach dem sechsten oder siebten Klingeln wurde in Halensee abgehoben. Sie wartete gern darauf, weil es ihr Zeit gab, sich daran zu erinnern, wie lange man bei ihnen zu Hause brauchte, um eines der vier Telefone zu erreichen.

»Mein Lieber«, sagte sie. »Ich habe eine Bitte. Ich bin heute Abend zurück, ja, wir brechen gleich auf. Also, ich fahre alleine. Aber das löst sich hier langsam auf.«

Sie sah über die Dächer der Reetdach-Katen und die gerupften Dünen, die Fasstrümmer, aufs Meer, glatt, hart und dunkel wie eine Schieferfassade von Eternit.

»Ach, das kann man nicht sagen. Jedenfalls würde ich heute Abend gerne schwimmen.«

Sie lauschte ihrem Mann und lächelte. »Ja, ich weiß. Aber wenn du jetzt das Wasser aufdrehst, dann müsste ich doch heute Abend schon ... Ja, genau. Ich war dieses Jahr noch gar nicht im Pool. Frisches Wasser. Ich danke dir. Ich freu mich drauf.«

Sie legte auf, straffte die Schultern und konnte es eigentlich kaum erwarten.

Enver Prifti zog die etwas speckige Plastikhülle von der mechanischen Schreibmaschine und spürte, wie eine Trauer über ihn kam, die ihn selbst überraschte. Er hielt sich für unsentimental, aber Todesfälle im Kollegenkreis beschäftigten einen dann doch. Nicht zuletzt, weil es das Illusionäre des ganzen Systems zeigte: die Legende, jeder sei ersetzbar, sie seien alle nur kleine, bestenfalls mittelgroße Rädchen im Getriebe. Diese ganzen Märchen, die einem der Kapitalismus erzählte, damit die Angestellten und Arbeiter sich nicht zu wichtig nahmen, damit sie nicht aufmuckten, damit sie dankbar blieben: All das entpuppte sich spätestens in dem Moment als Lüge, wenn jemand von ihnen von einem Moment auf den anderen starb.

Es musste weitergehen, hatte der Chef gesagt, die Leser erwarteten jeden Morgen ihre Zeitung, ihnen war egal, wer die schrieb, wer die zusammenklebte, wer die druckte: »Das ist das Einzige, was wir ganz sicher wissen.« Ein Nachruf im Lokalteil, erste Seite, prägnant, aber kurz, zwei Spalten, sechzig Zeilen.

Für einen ganzen Menschen.

Enver ließ ein frisches Blatt Papier in die Maschine knacken, legte die Führungsrollen an, schob den Wagen nach rechts und lehnte sich zurück. Wo anfangen? Was wusste er eigentlich?

Ausgerechnet jetzt klingelte das Telefon, und er war dankbar dafür.

»Lokalredaktion Volksblatt, Prifti«, sagte er.

Na, das schlug ja wohl dem Fass die Krone ins Gesicht. »Otto?«, sagte er. »Sag mal, spinnst du? Wo seid ihr eigentlich?«

Von Otto, der sich zwischen den Jahren mit Envers Auto abgemeldet hatte, aber dann weder am 2. noch am 3. wieder aufgetaucht war, und jetzt war schon der 4. Januar, kam nur unverständliches Zeug. Küstenwache, Sauna, siebenundsiebzig, dann wieder Küstenwache, Unterkühlung.

»Jetzt warte mal«, sagte Enver. »Was ist mit meinem Auto? Ja, das ist nur so lange Volkseigentum, wie alles läuft und es aufgetankt wieder bei mir vor der Tür steht. Und was ist mit Ann?«

Küstenwache, Sauna, Unterkühlung, Otto wiederholte sich, ein ganz schwieriger Gesprächspartner. Aber das Auto war wohl in Ordnung, wobei: Wasser im Auspuff. Aber ansonsten alles wie neu. Morgen!

»Das erzähl ich dir in Ruhe«, sagte Otto.

»Ich muss dir auch noch was sagen.« Enver betrachtete die Schreibmaschine und das leere Blatt, als könnte er da schon was ablesen. »Hm. ist tot.«

Was?

»Hm. hat tot am Schreibtisch gesessen. Vornübergebeugt. Darum bin ich an ihr Telefon gegangen. Also, nicht gerade eben. Schon vorgestern. Gegen Abend, vermutlich. Es war keiner mehr in der Lokalredaktion. Ich hab sie gestern Morgen gefunden. Der Chef hat gesagt, ob ich einspringen kann, weil ich ja eh immer bei den Konferenzen dabei bin.« Und jetzt sitze ich hier und weiß nicht, was ich schreiben soll. Bei Otto sah das so einfach aus, dem fiel immer was ein, der konnte aus dem Nichts im Handumdrehen sechzig Zeilen machen. »Ja«, sagte Enver. »Sehr traurig, das stimmt. Aber ...«, er wiegte den Kopf, am Ende musste man die Dinge beim Namen nennen, »... du kannst nicht jeden Tag am Arbeitsplatz eine Flasche Scharlachberg trinken und erwarten, ewig zu leben.«

»Doch«, sagte Otto, seine Stimme trocken und ohne Echo in der Telefonzelle in Westerland, der Geruch nach feuchtem Telefonbuch, grauem Plastik, Zigarette und Urin. Ann stand an Envers Auto gelehnt und tippte auf die Armbanduhr, die sie nicht hatte. »Doch.«

Enver schwieg, pietätvoll oder mit den Gedanken schon woanders.

»Hast du was zu schreiben?«, fragte Otto.

»Ich befinde mich im Besitz der Produktionsmittel«, sagte Enver.

»Darf ich dir was diktieren?«

»Ausnahmsweise.«

»Ich hab's Hm. versprochen.« Otto räusperte sich. »Datum, Ortsmarke Berlin.«

»Spandau«, sagte Enver.

»Ja. Edith Hausmann, Rathausreporterin und Ressortleiterin Lokales beim Spandauer Volksblatt, ist im Alter von ...«

»Zweiundsechzig Jahren«, sagte Enver, im Hintergrund die vertraute Perkussion der Schreibmaschine.

»... überraschend verstorben. Sie kam ...«

»Die biografischen Daten hab ich alle«, sagte Enver. »Was mir fehlt, ist so ein bisschen ... der Kern von Hm. Oder so was.«

Otto nickte in seiner Telefonzelle. »Edith Hausmann konnte sich im Zweifelsfall immer darauf verlassen, dass viele sie liebten. Sie half anderen, ohne es sie spüren zu lassen. Sie wusste immer etwas mehr, als sie preisgab. Ihre Welt lag zwischen Schreibmaschine und Schreibtischschublade, aber diese Welt war unermesslich groß. Sie war ein Vorbild …«

»… und eine Freundin der Arbeiterklasse?«, sagte Enver.

Jetzt, hier oben im vierzehnten Stock, denkt Otto an die verbotene Zeitkapsel, von der ihm Hörsch und Baltasano erzählt haben, damals im Keller, vor einem guten halben Jahr. Eine Ewigkeit, was ihn betrifft, aber das Kegel-Hochhaus ist immer noch nicht fertig. Der Bau ruht wieder, ein Käufer wird gesucht, und das Abgeordnetenhaus von Berlin untersucht, wie all das, worin Otto jetzt steht, im Himmel über Steglitz, überhaupt zustande gekommen ist. Wer die Finanzierung überprüft hat, wer die Verträge zwischen der Stadt und der Firma der Architektin geschlossen hat, wer die Wirtschaftlichkeitsgutachten genehmigt und die persönliche Haftung der Architektin ausgeschlossen hat. Wer mit wem wann in welchem Hotelzimmer übernachtet hat.

Und wenn in dieser Zeitkapsel alles ist, was die Architektin jemals zu verbergen gehabt hat? Vor allem: alles, was Otto an Unterlagen verloren hat, weil er es sich von Ladius hat stehlen lassen. Das Erbe von Hm., mit dem er so achtlos umgegangen ist. Diese Zeitkapsel jetzt zu finden, Monate nach dem Debakel von Sylt, mit allen Unterlagen – das wäre am Ende nicht nur ein richtiger Coup, während die Untersuchungsausschüsse laufen und der Regierende Bürgermeister womöglich zurücktreten muss. Es wäre vor allem Ottos Rettung. Vielleicht hat dieser

Vollrath ein schlechtes Gewissen bekommen, oder er hat einfach endgültig genug gehabt und will sich erleichtern. Was, wenn in der Zeitkapsel alles ist, was Otto der Welt über die Architektin sagen will?

Eine ganze Serie im Wochenendteil, womöglich.

Otto geht über den kaum vorhandenen Flur und denkt an Hm. Mit der hätte er sich gern beraten, die hätte der Geschichte noch mal Leben einhauchen können. Enver ist ihm ein bisschen zu streng.

Vielleicht hat der Polier das Material aber auch extra hier oben abgelegt, im vierzehnten Stock, damit er sich aus dem Staub machen kann, während Otto es findet. Und vielleicht können Enver und er zumindest was daraus stricken, womit sie ein paar Leute im Senat und in den Behörden in Schwierigkeiten bringen. Ohne weiteres Material braucht er sich an der Architektin nicht mehr abzuarbeiten. Deren Termin vorm Untersuchungsausschuss ist pro forma, da muss er sehen, dass er überhaupt auf drei Spalten kommt. Wie ausführlich kann man beschreiben, dass an jemandem alles abperlt und dass ein Mensch schon längst wieder woanders ist, bei den nächsten Projekten, immer in Bewegung?

Otto geht auf die Knie und findet, dass es ihm guttut, in dieser Höhe auf allen vieren zu sein. Er streckt die Hand nach der Kapsel aus und zieht sie unter der abgerissenen Bauplane hervor, die sie halb verdeckt. Ein schweres, scharrendes Geräusch auf dem rauen Untergrund, wie der Anfang eines experimentellen Musikstücks, von Runzelschorf oder Zunderschwamm.

Seine Hand zuckt zurück. Eine flach abgesägte Fliegerbombe, etwa in Nachttischhöhe, deren Spitze jemand entfernt hat, um eine Metallplatte anzubringen, die man mit Flügelschrauben abdrehen kann. Ulfs Nachttisch, aus Jürgens Zimmer. Eines der wenigen Dinge, die Jürgen abgeholt hat, während Ann und Otto bei der Arbeit waren. Er hat seinen Wohnungsschlüssel auf den Küchentisch gelegt.

Otto hockt sich hin und zieht die Bombe zu sich heran. Seine Finger suchen und finden die Flügelmuttern und drehen sie auf, eine nach der anderen. Er nimmt die Deckelscheibe ab und greift in die Bombe, Jürgens Geheimversteck. Zuerst findet er einen Brief.

*Hallo Otto!*
*Weißt du noch, die Sumpfhexe? Hier haben wir uns*
*kennengelernt, vor diesem Hochhaus. Ich hatte Angst,*
*du wirfst einen Brief von mir weg, wenn ich den mit der*
*Post schicke, oder du kommst nicht, wenn ich mich*
*irgendwo mit dir verabreden will. Und so kannst du das*
*Hochhaus endlich mal von innen sehen. Ich möchte mich*
*bei dir entschuldigen. Ich schlafe wieder auf der Baustelle.*
*Wenn du wieder runterkommst, bin ich im Bauwagen mit*
*der grünen Tür, falls du zuhören willst, also, meiner*
*Entschuldigung. Wir sind doch Freunde. Hoffe ich.*
*Keine Sorge, der Polier passt auf, es ist alles verhältnis-*
*mäßig sicher.*
*Ciao,*
*Jürgen*

*PS: Vielleicht erinnerst du dich an die Nacht, als wir da*
*im Schlamm lagen. Ich habe nach einer Weile wirklich*
*geglaubt, dass die Sumpfhexe wieder auftaucht. Ich hätte*
*sie dir gern gezeigt. Vielleicht schaffen wir das ja noch.*

Otto lässt den Brief sinken und atmet aus. Er fasst noch einmal in die Öffnung und stößt auf etwas Weiches, eingepackt in knisterndes Papier. Er zieht die Hand wieder heraus und reißt das Papier von Jürgens Käsebrot. Er setzt sich auf den Boden, beißt in die Stulle und merkt, dass er riesengroßen Hunger hat.

# Nachbemerkung

Die Zitate, die Chic Miller sich über die Architektin notiert (Kapitel 52), stammen aus Medienberichten über die West-Berliner Architektin Sigrid Kressmann-Zschach aus den Jahren 1969 bis 1973. Die Zitate erschienen in »Der Spiegel«, »Süddeutsche Zeitung«, »Jasmin«, »Der Tagesspiegel« und »PPP – Parlamentarischer Pressedienst«. Von diesen Passagen abgesehen sind die Architektin und alle anderen Personen in diesem Roman fiktive Figuren.

Beim Schreiben haben mir folgende Kolleg*innen besonders geholfen, indem sie mir Ratschläge, Informationen, Anregung und Unterstützung gegeben haben: Diana Helfrich, Magda Birkmann, Markus Friederici, Dieter Heinemann, Maike Rasch, Alena Schröder, Isabel Strube, Meike Werkmeister, Tilman Winterling sowie insbesondere meine Lektorin Katharina Rottenbacher und die Fachleute bei btb und der Agentur Michael Gaeb. Vielen Dank.

# Till Raether

# Disko

Roman

240 Seiten, ISBN 978-3-442-75926-2

**München, 1975. Ein Roman darüber,
was Musik bewirken kann.**

An einem dunklen Novembermorgen 1975 bricht die 14jährige
Beeke vom Hof ihrer Familie in Ostholstein auf. Ihre Mutter ist
gestorben, ihr Vater völlig überfordert. Jetzt will Beeke ihren
großen Bruder in München ausfindig machen, der vor Jahren
als Disko-Produzent in der neuen Welt des »Munich Sound«
abgetaucht ist. Es werden Tage und Nächte wie im Traum, voll
mit neuen Klängen und Erfahrungen. Doch das Wiedersehen
hat dramatische Folgen. Und noch fünfzig Jahre später hat Beeke
das Gefühl, ihrem Bruder und sich selbst erklären zu müssen,
was damals eigentlich wirklich passiert ist.

»Mitreißend, rasant erzählt, ein schmissiger Roman.«
*Deutschlandfunk Kultur* über *Die Architektin*

**btb**